証言 零戦 真珠湾攻撃、激戦地ラバウル、そして特攻の真実

神立尚紀

講談社＋α文庫
プラスアルファ

証言　零戦
真珠湾攻撃、激戦地ラバウル、そして特攻の真実

目次

まえがき

零式艦上戦闘機《れいしき》（略称・零戦《れいせん》）が日本海軍に制式採用されたのは、日本が中華民国と戦火を交えていた昭和十五（一九四〇）年七月二十四日。同年九月十三日、進藤三郎《しんどうさぶろう》大尉が指揮する第十二航空隊の零戦十三機が、中国四川省重慶《しせんじゅうけい》上空で中華民国空軍のソ連製戦闘機、ポリカルポフE15、E16約三十機と遭遇、この初めての空戦で、二十七機を撃墜（日本側記録）、零戦の損失ゼロという一方的な勝利をおさめた。いまから七十七年前のことである。

今年（平成二十九＝二〇一七年）五月十一日、この零戦初空戦に参加した十三名の日本側搭乗員のうち、唯一存命の三上一禧《みかみかつよし》さん（当時二空曹、のち少尉。『証言　零戦　生存率二割の戦場を生き抜いた男たち』講談社＋α文庫に所収）が、満百歳の誕生日を迎えた。長寿社会と言われるが、男性にとって百歳のハードルはやはり高く、日本海軍の元戦闘機搭乗員で、百歳の長寿を保ったのは三上さんが初となる。

戦争を体験した世代の高齢化が進み、記憶の風化が叫ばれるなか、零戦のデビュー戦を経験した元搭乗員が、インタビューはもはや不可能な状況とはいえ、いまも健在でおられることを寿《ことほ》ぎたい。

私が、かつて零戦を駆《か》って戦った元搭乗員たちと出会い、本にすることを目的に取材を始めたのは、戦後五十年の平成七（一九九五）年。守るべきもののために命を捨てる覚悟をし、現実の死と向き合ってきた男たちの迫力と、個性豊かな人となりに惹かれ、この人たちが生きた証を一つでも多く残したいと、夢中で取材を重ねた。

初めての元零戦搭乗員の証言集『零戦の20世紀』（スコラ。現在は絶版）を上梓《じょうし》したのが平成九（一九九七）年。もう二十年も前のことだが、その後、大きく変わったと感じることが三つある。

一つは、当事者である元搭乗員そのものの心境の変化。もとより、日本海軍には「サイレントネイビー」という言葉があって、自分のことを人に話すのをよしとしない気風があった。それに加えて、敗戦の屈辱と、戦後、一変した価値観への戸惑いと反発、戦後教育を受けた子供世代との間に生じた深い溝……さまざまな要因があるにせよ、ほとんどの人は自身の戦争体験を、家族にさえ話してこなかった。それが、戦後五十年の節目あたりから、なにか残さなければ、と考える人が増えた。これは、七十代、八十代を迎えて、それぞれに寿命を意識し始めた時期であったのかもしれないし、孫の世代が成長して、話を聞く側の姿勢も変化してきたのかもしれない。

二つめは、読者層の変化。『零戦の20世紀』のときは、読者からいただく手紙は、登場する搭乗員に近い戦争体験者世代か、中高年男性のいわゆる戦記マニア、プラモデルマニアの層にほぼ限られていた。それが、出版を重ねるごとに若い読者、なかでも、それまで戦記には縁遠いと思われていた女性読者がめだって増えた。さらに近年では、小説から史実に興味を持ったり、軍艦や飛行機を擬人化したゲームや、搭乗員をキャラクター化したアニメなどから関心を持つようになった、新時代の読者が現れるようになった。ただ、興味の糸口はなんであれ、「ほんとうのことが知りたい」という若い世代が増えたのは歓迎したい。それと同時に、孫や曾孫の世代から、祖父の世代のことが知りたい、誰かに伝えたい、と真摯《しんし》に学び始める動きも出てきた。

三つめは、出版の世界でも、零戦をテーマにした本で、「エース」あるいは「撃墜王」という枕詞《まくらことば》の呪縛《じゅばく》が解けつつあること。言い換えれば、「エース」的な空戦チャンバラ活劇よりも、むしろヒューマンな内容、正確な記述が求められる時代になったような気がする。おそらくこれは、前述の読者層の変化ともリンクしていて、興味の対象が、零戦という「モノ」から、それに関わった「人」へと移りつつあるのではないか、というのが、私の推論である。そもそも、日本海軍にエースという称号、制度は存在せず、本を売らんがためのキャッチに過ぎなかったのだから、これは当事者である零戦搭乗員の意に沿う形の変化であるとはいえる。

ただ、人の寿命でやむを得ないこととはいえ、この二十年で、私の出会った元零戦搭乗員の多くが鬼籍に入ってしまわれた。取材のときの表情やしぐさ、語り口調や声のトーンまでありありと思い出されるのに、あの人もこの人ももはやこの世にはいない、ということに、やり場のない悲しみや苛立《いらだ》ちを感じることもある。

これから、戦争のことを勉強したい、もっと知りたい、という若い人が増えているときに、語ってくれる当事者、体験者がいない、というのは憂《うれ》うべきことだ。であるならば、当事者の話をきちんと聞いた者が、責任をもって次の世代に伝えなければいけない。――そう、この二十年でもっとも変わったのは、読者の多くが自分より若い世代になったことに気づいた、私自身の意識のありようなのかもしれない。

『証言 零戦』シリーズ三冊めとなる本書の登場人物は六名。全員が故人である。

進藤三郎さん（少佐）は、重慶上空での零戦初空戦の指揮官で、真珠湾攻撃でも空母「赤城《あかぎ》」戦闘機分隊長として第二次発進部隊制空隊の零戦三十五機を率いた。零戦を語る上で欠かせない著名な指揮官でありながら、戦後はかたくななまでに口を閉ざし、表に出ることはなかった。

羽切松雄《はきりまつお》さん（中尉）は「ヒゲの羽切」の異名で知られた名物パイロットで、中国・成都《せいと》の敵飛行場へ強行着陸したり、ソロモン戦線で機銃弾を受け、重傷を負っても、驚異的な回復力でふたたび大空で戦い続けたり、いわば昔の豪傑、武将のようなエピソードにこと欠かない人だが、じつに緻密な理論派でもあった。

渡辺秀夫《わたなべひでお》さん（飛曹長）は、搭乗員の相次ぐ消耗に、深刻な士官不足をきたしたラバウルの零戦隊で、二十三歳の下士官でありながら空中指揮官の大任を果たした。空戦で被弾、顔の右半面を失う重傷を負いながらも生還。私の取材に応じたのが、自身のことを語る最初で最後の機会になった。

加藤清《かとうきよし》さん（飛曹長）は、オーストラリア・ダーウィン上空で、イギリスの誇る名機・スピットファイアを圧倒、航空隊司令から特別表彰されたことで知られる。やんちゃ坊主の面影を残す豪快な人だったが、やはり私以外の取材は受けていない。

中村佳雄《なかむらよしお》さん（飛曹長）は、自転車もない寒村に生まれ育ち、海軍を志願してわずか二年足らずで戦闘機乗りになった。搭乗員の戦死率約八割、平均生存期間三ヵ月と言われたラバウルで、誰よりも長い一年四ヵ月にわたって戦い続けた。海上に落下傘降下し、一ヵ月近くも行方不明になってなお生還した強運の持ち主でもあった。

角田《つのだ》和男《かずお》さん（中尉）は、全ての零戦搭乗員のなかでも五指に入る歴戦の搭乗員で、最後は特攻隊員となり、直掩《ちょくえん》機として、爆装した特攻機の突入を見届ける辛《つら》く非情な出撃を重ねた。戦後は開拓農民となり、戦歿した戦友、部下の慰霊行脚《あんぎゃ》に生涯を捧げた。搭乗員仲間の誰からも一目置かれ、かつ敬愛を集めた人だった。

今回はさらに、新たな試みとして、楽しげな宴会で撮られた一枚の写真から読み解く搭乗員たちの運命と現実を、「外伝」として付記した。

私はこの人たちのことを、英雄として描きたいとは思わない。と言って、心ならずも戦争に翻弄《ほんろう》された、かわいそうな被害者だとも思わない。ただ、昭和のはじめ、大空に憧れ、己の生きた時代になすべきことを果たした青年たちのいたこと、その等身大の姿を、いまを生きる日本人、特に孫、曾孫の世代に知ってもらいたい。

――これが、零戦搭乗員たちから世紀を超えた遺言とも言うべき「最後の証言」を託された私の、取材者としてのささやかな一念である。「零戦初空戦」に参加した三上一禧さんがご存命なように、日本人にとっての太平洋戦争は、まだ実在の人物をキャラクター化して遊べるほどに遠い昔の出来事ではないのだから。

アッツ
キスカ
ダッチハーバー
樺太
千島列島
択捉
北海道
日本
東京
太平洋
小笠原諸島
硫黄島
ミッドウェー
ハワイ諸島
パールハーバー
オアフ
ウェーク(米)
マリアナ諸島
サイパン
グアム(米)
ヤップ
マーシャル諸島
マキン
タラワ
ギルバート諸島
カロリン諸島
トラック
ニュー
ブリテン
ラバウル
ニューギニア
パプア
サモア諸島
ソロモン諸島
ポートモレスビー
ガダルカナル
サンタ・クルーズ
トンガ諸島
ケアンズ
フィジー諸島
ヌーメア
クインズランド
ブリスベン
ニュー・サウスウェールズ

零戦が活動した地域
東はハワイ・パールハーバー。
西はセイロン(現スリランカ)。
北はアラスカ・ダッチハーバー。
南はオーストラリア北部沿岸
という広大な地域に及んだ。

「零戦」の読み方について

この戦闘機は、昭和十五（一九四〇）年に制式採用され、この年、神武紀元二六〇〇年の末尾の〇《れい》をとって「零式《れいしき》艦上戦闘機」と名づけられた。略する場合には、「零戦《れいせん》」となる。一方、当時、「零戦」と戦った連合軍パイロットたちは、「ゼロファイター」あるいは「ゼロ」と呼んでいた。では、実際に操縦していた搭乗員たちはなんと呼んでいたのか。飛行隊長も務めた歴戦の搭乗員・日高盛康さんは、「戦中はやっぱりレイセンでした。ただ、戦後はゼロセンと呼ぶ方が自然になった」と記憶しており、また、終戦直前まで米軍機邀撃《ようげき》戦に従事した土方敏夫さんによれば、所属する「戦闘三〇三飛行隊では、当時もゼロセンと呼んでいた」とのことで、搭乗員たちの間でも呼び方は混在していた。そこで本書では、タイトルは、戦後、一般的になった呼び方「ゼロせん」を、本文中は、正式名称に由来する「れいせん」を採用した。

第一章

進《しん》藤《どう》三《さぶ》郎《ろう》

重慶《じゅうけい》上空初空戦、真珠湾攻撃で零戦隊を率いた伝説の指揮官

昭和17年秋、ラバウルへ出発する直前、東京駅にて

やくざともケンカする広島のやんちゃ坊主が飛行機に憧れて海軍兵学校へ

昭和十五（一九四〇）年九月十三日金曜日。蔣介石《しょうかいせき》率いる中国国民党政府が臨時首都を構えていた四川省《しせん》・重慶《じゅうけい》上空で、進藤三郎大尉の指揮する第十二航空隊の零式艦上戦闘機十三機が、中国空軍のソ連製戦闘機・ポリカルポフE15、E16（正しくはИ《イー》15、И16だが、これら戦闘機の呼称については、旧日本海軍、および中国空軍の呼称に従う）約三十機と交戦、うち二十七機を撃墜（日本側記録）、空戦による損失ゼロという、圧倒的勝利を収めた。

零戦は、その年七月に海軍に制式採用されたばかりであり、新鋭戦闘機にふさわしい、華々しいデビュー戦であった。零戦の戦いの幕を開けた指揮官・進藤三郎大尉（のち少佐）は、真珠湾攻撃のさいにも空母「赤城《あかぎ》」戦闘機分隊長として第二次発進部隊の零戦三十五機を率いたことで知られる。戦争を生き抜き、戦後も長命を保ったが、戦記に必ずその名が登場する著名な零戦隊指揮官でありながら、本人が長く沈黙を守ってきたこともあり、その実像が知られることはほとんどなかった。

昔の部下だった元搭乗員たちから断片的に伝わってくる話も、

「進藤さんはあまり人と会いたがらないし、もし会えても通りいっぺんの話しか聞けないんじゃないか」

といった、取材依頼をためらわせるようなニュアンスのものばかりである。

ところが、進藤さんと海軍兵学校同期で、同じく零戦隊指揮官だった鈴木實《みのる》さんと出会い、インタビューを重ねてみると、時おり話に出てくる進藤さんの人となりやエピソードは、ほかの人の話から想像する、人嫌いで気むずかしいイメージとは正反対だった。

「彼は沈着に見えておっちょこちょいなところがあってね。昔、飛行機で何度か落ちたのは別としても、八十歳を過ぎて竹馬に飛び乗ろうとして転んで怪我したり、エサを食べている犬の口に手を突っ込んで嚙《か》まれて大怪我をしたり。しかし、クラスの戦闘機乗りのなかでは、僕と山下政雄と並んで操縦の腕はよかった。なんといっても零戦初の空戦を指揮したんだから。紹介してあげるから広島に会いに行きなさい」

鈴木さんはその場で進藤さんに電話をかけてくれた。

「進藤か。貴様の話を聞きたいっていう若い人が来てるから紹介する。よろしく頼む」

話はそれだけである。海軍兵学校のクラスメート同士は、何歳になっても「俺、貴様」と呼び合う。海軍では万事、用件は簡潔に伝えることがよしとされていた。若き日の習慣が染みついていて、電話で長話をすることなどまずないらしかった。

「やあ、いらっしゃい」

午前十一時、広島駅からタクシーに乗って到着した私を、進藤さんは玄関先で出迎えてくれた。満面の笑みに、私は初対面の緊張がいくぶん解けるのを感じた。平成八（一九九六）年八月下旬のことである。進藤さんは、戦史にその名を刻む歴戦の戦闘機隊指揮官とは思えない穏やかな風貌と、飄々《ひょうひょう》とした話しぶりが印象的な人であった。

「これまではやむを得ない場合のみに、聞かれたことだけ答えてきましたが、今回は鈴木からの紹介だから、心を開いて話をしましょう」

進藤家の庭には、高さ三メートルほどの木が植えられ、八重咲きの、拳《こぶし》ほどの大きさの白い花がいくつも咲いていた。

「これは酔芙蓉《すいふよう》と言うて、朝、白い花が咲いて、それが夕方になると赤くなる。酒に酔うみたいじゃ、言うんで酔芙蓉と名づけられたらしいです」

酔芙蓉の下には、早くも萩《はぎ》が薄紫色の可憐な花を咲かせている。

以後八回、四十時間にわたる進藤さんのインタビューは、そんなふうに始まった。

進藤三郎さんは、海軍機関科士官であった進藤登三郎《とさぶろう》さんの三男として明治四十四（一九一一）年八月二十八日、横須賀に生まれ、父の転勤に伴って広島で育った。勉強はできるがやんちゃ坊主で、小学校を通じて学業成績は全て「甲」だったが、「操行」の評価はほとんどが「丙《へい》」か「乙」だった。

飛行機乗りを志すきっかけは、小学校に上がる前の大正六（一九一七）年頃のこと。横須賀で海軍の水上機が飛ぶのを見て、その勇ましい姿とエンジンの爆音に憧れたことだったという。六歳の進藤さんが見た飛行機は、フランス製の「ファルマン水上機」かアメリカ製「カーチス水上機」のいずれかで、どちらも翼以外の胴体は骨組みだけの原始的な機体であった。当時は航空兵力の草創期で、海軍航空隊はまだ横須賀にしかない。

「人間が空を飛ぶ、というのが刺激的でね、夢のように思えた。それからというもの、寝ても覚めても飛行機のことを考えていました。小さい頃から、乗り物やスピードの速いものに憧れてたんです」

小学校一年生のとき、父の転勤で横須賀から呉《くれ》に転居したが、その年のこと、家に出入りする呉服屋が停めていた自転車に人目を盗んで乗り、崖から飛んで気絶したのが乗り物体験の最初だという。小学校四年生だった大正十（一九二一）年、父が航空機の研究開発を目的として開設された呉海軍工廠《こうしょう》広支廠（のち、広海軍工廠となる）の総務部長に就任すると、進藤さんにとって飛行機はさらに身近なものになった。広工廠では、双発複葉のイギリス製ショートF5飛行艇のライセンス生産が始まっていて、父の勤務先に行けば、飛行機に乗ることは叶《かな》わなくても見ることはできる。

「あるとき、飛行機を見て興奮し、工廠に置いてあったオートバイに無断でまたがって、スピードを出しすぎて桟橋《さんばし》の端で曲がり切れずに海に落ちたことがありました。竹馬に乗ったまま階段から飛び降りようとして怪我をしたこともあります」

広島第一中学校（現・広島国泰寺《こくたいじ》高校）四年生のとき、些細《ささい》なことから町でやくざ者と喧嘩《けんか》して、相手に怪我を負わせてそれが警察沙汰《ざた》になったことから退校処分になり、父の縁故を頼って私立崇徳《そうとく》中学校（現・崇徳中学校・高校）に転入する。そこで四年生をやり直し、飛行機に乗りたい一心で海軍兵学校を受験、どうにか合格して昭和四（一九二九）年四月、六十期生として入校した。退校処分のことは履歴に残るから、海軍士官の子弟でなければ、まず合格はしなかっただろうと、進藤さんは言う。

「海軍は大艦巨砲主義が主流でした。最後の勝負は、日露戦争の日本海海戦のように、巨砲を搭載した戦艦同士の砲撃戦で決まる、とされていて、飛行機など補助的なものに過ぎないと、軽んじられていたのは事実です。海軍で出世したければ、砲術の道に進むのが一番、と言われてましたがね、私はそちらの方には興味がなかったもんで。勉強は、あまり熱心にはやらんかったです」

昭和七（一九三二）年十一月、六十期生は兵学校を卒業、少尉候補生となる。進藤さんの卒業席次は同期生百二十七名中百九番。この順位は「ハンモックナンバー」と呼ばれ、海軍にいるあいだはこれがつきまとう。クラスメートどうしであっても、食卓の席は成績順に並べられるし、戦闘時にも成績が下位の者は上位の者の指揮下に入らなければならない。だが、進藤さんは飛行機に乗れればそれでよく、海軍で偉くなる気持ちはさらさらなかった。

「兵学校を卒業すると、練習艦隊の軍艦『八雲《やぐも》』『磐手《いわて》』に分乗、昭和八（一九三三）年三月、北米方面に向けた遠洋航海に出航しました。互いに仮想敵国とは目しているものの、日米関係が、まださほどギクシャクしていない時期のことです」

練習艦隊が入港したロサンゼルスの外港・サンペドロには、司令長官リチャード・H・リー大将の将旗が翻《ひるがえ》る戦艦「カリフォルニア」をはじめ、戦艦、巡洋艦、航空母艦など、米合衆国艦隊の大部分が在泊し、日本から来た少尉候補生たちを歓待した。米海軍の少尉たちを「磐手」に招待し、日系二世の女性をホステス役に盛大な酒宴を開いたり、日本の少尉候補生が米軍艦に招待されたりしているうちに、互いの理解と友情も深まってゆく。禁酒法下の米軍士官たちに、日本の軍艦でふるまわれる日本酒やビールは、ことのほか喜ばれた。

「二ヵ月にわたって、各地の港に寄港しながら、西海岸を北から南へ。行く先々で、米軍や日系人社会の歓待を受け、港に在泊中は、上陸も比較的自由に許されていました。ロサンゼルスでは、移住していた中学時代の同級生が、自動車で迎えに来てくれてびっくりしました。日本では自家用車なんて、限られた金持ちのものだったけど、ここでは、ふつうの市民が、当たり前のように車を運転している。それで乗り物好きの血が騒ぎ、友人に頼み込んで運転させてもらったんです。ところが、走り出してすぐ、交差点で曲がってきた車にゴツンとぶつけてしまいました。相手は白人の女性でした。すぐに降りて謝ったら、許してくれましたけどね。

ロスでは、ヘンリー・大江さんという、民間飛行学校の教官をしていた日系二世の人に、自家用飛行機に乗せてもらいました。ロスからサンディエゴまで、三十分ほどのフライトだったでしょうか。はじめて空を飛んだ感激もさることながら、アメリカでは、民間人が飛行機まで持っとるのかと、そちらのほうに驚きました」

飛行訓練中の三度の事故を乗り越えて、空母乗組員として中国戦線へ

遠洋航海から帰った進藤さんは、巡洋艦「名取《なとり》」、戦艦「日向《ひゅうが》」、伊号第四潜水艦、呂号第六十六潜水艦で勤務したのち、昭和九（一九三四）年十一月十五日付で、念願の「海軍練習航空隊飛行学生（第二十六期）」を命ぜられ、霞ケ浦《かすみがうら》海軍航空隊に転勤する。海兵の同期生で、飛行学生に選ばれたのは三十四名であった。

ここで八ヵ月半、初等練習機、中間練習機で訓練を重ね、各々の希望と適性に応じて専修機種が決められる。進藤さんは戦闘機専修と決まった。

「嬉しかった。乗るなら一人で自由自在に空を飛べる戦闘機、と思っていましたから、戦闘機専修を告げられたときは天にも昇る気持ちでした。飛行機こそわが恋人、飛行機の上で死ねたら本望だと思いました」

昭和十（一九三五）年七月末、大村海軍航空隊に転勤、ここでは複葉の三式艦上戦闘機、九〇式《きゅうまる》艦上戦闘機を使って、戦闘機搭乗員としての腕を磨く。

当時の戦闘機乗りは少数精鋭で、教官（准士官以上）、教員（下士官）とも、職人肌の名人が揃《そろ》っていた。進藤さんをマンツーマンで鍛えたのは、蝶野仁郎《ちょうのじろう》一空曹で

ある。蝶野一空曹は階級こそ下士官だが、海軍は九年め、年齢は進藤さんより四歳年上の当時二十八歳、飛行機の搭乗歴は五年も古く、海軍屈指の空戦技術の持ち主であった。

「進藤中尉、一丁やりましょう」

と、蝶野一空曹に声をかけられると、進藤さんの闘志に火がつく。

二機で離陸して、大村湾上空でいったん二手に分かれる。時間を決めて反転し、互いに空戦を挑んで、最終的に相手の後ろについた方が勝ちである。

はじめのうち、進藤さんは、蝶野一空曹に手も足も出なかった。同じ高度ですれ違い、相手をにらみながら旋回し、宙返りに入る。強烈なG（加速度）がかかり、腸《はらわた》が下がるような感じがするとともに、視界が暗くなる。首を極限まで後ろに曲げて、上《う》目遣《めづか》いの視界の端で相手の動きを追おうとするが、どんなに力いっぱい操縦桿《かん》を引き、小さく回ったつもりでも、宙返りの頂点で、蝶野機がまるで魔法のようにフッと視界から消える。あわてて後ろを振り返ると、蝶野機はすでに後ろについていて、翼を振って「戦闘終了」の合図をしている。実戦なら、すでに撃墜されているところだ。

「もう一回、もう一丁、と回数を重ねるうちに、どうやらエンジンの使い方にコツがあるらしいことがわかりました。ふつうの円を描いて回るんじゃなく、宙返り頂点でエンジンをふかし、かえって大回りしながら、先に宙返りを終えた相手機の後ろにつくんです。スロットルをやや絞り気味に宙返りに入って、途中でエンジンパワーをもう一押しする。それとは別に、宙返りの頂点で操縦桿を倒し、逆方向にフットバーを蹴って、エルロンと方向舵を利かせて機体を捻《ひね》って小回りする方法もある。いくつも方法はあったと思いますが、当時はこれらを総称して『ひねり込み』と呼んでいました。それに気づいてからは、蝶野一空曹ともなんとか互角に戦えるようになりました。『だいぶ上手になりましたね』と喜んでくれたときは嬉しかった……」

大村空で腕を磨くこと一年。その間、進藤さんは三度の事故に見舞われている。一度めは昭和十年十一月。空中火災だった。

「機体の飛行時間二百時間ごとに行われる定期分解手入れ終了後の試飛行に上がりました。飛行機は九〇戦です。一通りのテストを行い、最後にかねてよりやってみたいと思っていた背面上昇飛行を試みたら、突然、座席内がガソリン臭くなり、ガソリンのしぶきが顔にかかった。急いで機体を引き起こすと同時に、足元から火焔《かえん》が噴き出してきて。はじめは冷静に、練習航空隊で習った消火方法をあれこれ試してみたんですが一向に消えず、火勢はますます強くなって足の方から腕にまで火がついてきたのでそろそろ慌て出し……落下傘降下しようと下を見たらちょうど大村市街の上空だったのでひとまず大村湾上空まで飛びました。それでようやく脱出しようとしたら、安全バンドが新式のに変わっていて、航空手袋をしたまま留め金が外せない。やむなく海上に不時着水を決意したんですが、もう操縦席は炎に包まれて飛行服も燃えていて、あまりの熱さに思わず『お父さん！』と叫びましたよ。顔にかかる炎を避けようと機体を横すべりさせながら、猛烈なスピードのまま海面に突入して、気がついたときは海底に沈んでいました。バンドが外せないので、落ち着こうと一度海水を飲み、手袋を脱いでやっと留め金をはずして浮き上がることができました」

進藤さんは、ちょうど側《そば》で漁をしていた漁船に救助された。漁師の話では、飛行機が海面から沈んで進藤さんが浮き上がるまで一分半ほどだったという。後日、大村空が機体を引き揚げ調査したところ、火災の原因は、整備員が燃料タンクの蓋《ふた》をきっちり閉めていなかったことだった。安全バンドの留め金の形状も、手袋をしたまま外せるよう、すぐに改良されることになった。

二度めの事故は、火傷《やけど》も癒《い》えた昭和十一（一九三六）年二月二十七日のこと。この日、大村は吹雪だったが、夜には天候が回復したため、夜間の離着陸訓練が行われることになった。経験のない夜間飛行だから、飛行機は二人乗りの九〇式二号艦上偵察機で、後席にはベテランの戦闘機乗り・半田亘理《はんだわたり》一空曹が同乗した。

「大村湾上空で突然、エンジンが停止しました。燃料切れと判断、燃料コックを切り替えたんですがエンジンはかからず、やむなく冷たい海面に不時着水しました。飛行機はしばらく浮いていて、尾翼の航空灯は点灯したままでした。半田一空曹にも怪我はなく、飛行機につかまりながら救助を待ちましたが、二月の海は耐えがたいほど冷たくて、三十分後、救助艇に助け上げられると同時に気を失いました。例によって飛行機は引き揚げられましたが、原因は、前日の分解手入れのさい、燃料コックの目盛板が九十度ずれて取りつけられていたためでした」

憧れて戦闘機乗りになったが、数ヵ月のうちに二度の大事故に遭《あ》い、二機の飛行機を壊したことで、進藤さんはしばらく飛行機に乗ることに恐怖を覚えたという。三度めの事故は、昭和十一年五月のことだった。

「大村から沖縄への単独洋上航法訓練の帰途、鬼界《きかい》ヶ島に不時着する訓練が行われたんですが、未完成の飛行場で不整地に機首を突っ込んでしまい、逆立ち状態になってプロペラを曲げてしまいました。しかし、三度めの正直というのか、これでなんだか厄《やく》払いができた気がして、以後はまた飛行機に乗るのが楽しくなりましたね」

昭和十一年十一月、進藤さんは空母「加賀《かが》」乗組を命ぜられた。「加賀」は、大正期の日本海軍が計画した、戦艦八隻、巡洋戦艦八隻を基幹とする「八八艦隊」の、主力戦艦の一隻として建造が始まったが、大正十（一九二一）年、ワシントン軍縮会議で締結された条約により戦艦の保有数が米英の六割に制限されたため、建造途中に航空母艦に改装されたものである。昭和三（一九二八）年の建造当初は、三段式の飛行甲板を持っていたが、それでは飛行甲板の有効面積が狭く、今後、登場するであろう高性能の航空機に対応できないことから、昭和十（一九三五）年、大規模な改修をほどこして、広大な一枚の飛行甲板を持つ、近代的な空母に生まれ変わっていた。「加賀」の飛行隊長は柴田武雄少佐。装備機は九〇戦で、分隊長は、五十嵐周正大尉と中島正大尉。五十嵐大尉は、こののちも進藤さんの転勤先でしばしば直属上官となる人である。

「初めての航空母艦勤務ですが、蝶野一空曹が一緒に転勤してきたことは、なによりも心強かった。私は、五十嵐分隊長を補佐する分隊士として、飛行訓練の傍《かたわ》ら、部下の人事関係の書類の作成・管理をはじめ、訓練の手配から記録をつけるまで、多くの雑用を担《にな》わされることになりました」

昭和十二（一九三七）年七月七日、北京《ペキン》郊外・盧溝橋《ろこうきょう》で日中両軍の軍事衝突が起

こり（北支《ほくし》事変）、七月十一日、陸軍三個師団の派兵が閣議で決定したことで、事態は一気に日中全面戦争へと進むことになる。

「加賀」は、中国大陸へ向かう陸軍輸送船団を護衛して、八月十日、佐世保を出港した。ところがその前日の八月九日、居留民保護のために進駐していた海軍上海《シャンハイ》特別陸戦隊の大山勇夫《いさお》中尉、斎藤要蔵一等水兵が、自由通行路において中国保安隊に殺害される事件が発生、戦火は上海にも飛び火する（第二次上海事変。のち北支事変とあわせて支那事変と呼ばれる）。「加賀」は急遽《きゅうきょ》、上海沖に派遣され、空から陸戦隊の掩護《えんご》にあたることになった。

八月十五日、「加賀」は、南京《ナンキン》、廣徳《こうとく》、蘇州《そしゅう》の中国軍飛行場を空襲するため、八九式艦上攻撃機（艦攻・水平爆撃または雷撃を主任務にする。三人乗り）、九四式艦上爆撃機（艦爆・急降下爆撃機。二人乗り）、計四十五機の攻撃隊を発艦させた。ところが、悪天候で目標変更を余儀なくされ、杭州《こうしゅう》へ向かった八九艦攻十六機は、中国空軍のカーチス・ホーク戦闘機二十数機と遭遇、なすすべもなく八機を撃墜され、また九四艦爆も二機を失うという大損害を受けた。

護衛戦闘機をもたない攻撃隊の予想外の損失を受け、翌十六日は、二十四機の艦攻、艦爆を、五十嵐大尉以下六機の戦闘機が護衛して出撃することとなり、初陣《ういじん》の進藤さんも、第二小隊長として、林八太郎一空（一等航空兵）を列機にしたがえて参加することになった。

「殺された大山中尉は私のクラスメートですから、よし、ここは大山の仇討ちだ、という気持ちが強かったですね」

攻撃隊に戦闘機がついていれば、敵戦闘機も容易に手出しはしてこない。爆撃を終え、高度千五百メートルを飛んで帰途につく途中、進藤さんは、五百メートル下方を反航してくる敵機三機を見つけた。敵は二人乗りのダグラス偵察機であった。飛行隊長・柴田少佐が編纂《へんさん》した「加賀戦闘機隊空戦記（軍極秘）」には、

〈進藤小隊は直《ただ》ちにその内一機に追いつき、進藤機は敵の正後方より、林機は敵の右後方より、見事な協同攻撃、互いに一撃を加え、確かに手応えあり（中略）、敵の発動機がプルプルと緩やかになったと見る間に機首を上げ、次いで左に横すべりを始めた。最後のとどめをと思ったが、間もなく敵は田圃《たんぼ》の中にそのままの姿勢で突っ込んだ〉

と、記録されている。しかし、進藤さんは、

「実はこのとき、私は、自分の不注意で危うく死ぬところでした」

と言う。

「敵機発見と同時に増槽（航続距離を伸ばすために使う、燃料の落下タンク。空気抵

抗になるので、空戦時には落とすのが原則）の落下レバーを操作し、メインタンクへの切り替えを忘れたまま空戦してた。敵機を撃墜して、ホッとしたときにそのことに気づいて、しまった！　と、顔が青ざめる思いでしたね。ふつうなら、燃料切れでそのままエンジンが止まってしまうはずが、なぜか快調に動いている。わけがわからないまま母艦に帰投すると、レバーの引きが甘かったのか、落としたはずの増槽が落ちておらず、かえって命拾いをしたんです。初陣で上がってたんでしょうね。敵を見たらあわててしまって、無我夢中でしたね」

下士官搭乗員たちに慕われた「操縦の腕がよく、ざっくばらんないい親分」

「加賀」は数日後、佐世保に戻り、そこで新型の海軍初の全金属製低翼単葉機・九六式艦上戦闘機六機を受領して、ふたたび上海沖に赴《おもむ》いた。零戦での活躍の陰に隠れて、あまり語られることがないが、進藤さんは、九六戦による初の出撃にも参加しているのだ。だが、制式採用からまもない九六戦はまだ未完成な部分が多く、進藤さんも二度、危うく未帰還になるような目に遭っている。

「八月二十九日、母艦から中支の廣徳飛行場の爆撃に向かう攻撃隊を掩護して出撃しました。往路は増槽を使い、敵地の十浬《カイリ》（約十八・五キロ）手前で増槽を落とし、メインタンクに切り替えようと燃料コックを操作しようとしたら、固くて動かない。エンジンが止まったまま高度二千メートルから五百メートルまで降下、敵地上空では不時着もできず、自決を決意したものの、こんなことで死ぬのはいかにも情けない。『チクショウ！』と叫びながら、持っていたジャックナイフの柄でコックを叩き続けたところ、高度二百メートル付近でようやくコックが動き、エンジンが始動した。それで、心配してついてきていた列機と一緒に攻撃隊を追って、直掩《ちょくえん》任務に復帰しました。しかしこの攻撃のとき、艦爆隊指揮官・上敷領《かみしきりょう》清大尉機が急降下爆撃の途中、敵対空砲火に被弾、火だるまになって廣徳飛行場の格納庫に突入するのをまのあたりにしたんです。改めて戦争の凄《すさ》まじいことを思い知らされました」

九月に入ると「加賀」飛行機隊は上海・公大《クンダ》にできた特設飛行場に進出、ここを拠点に南京の中国空軍拠点への空襲を繰り返した。

昭和十二（一九三七）年十二月一日、進藤さんは、「加賀」を降りて、戦闘機の訓練部隊として開隊した佐伯《さえき》海軍航空隊の分隊長に発令される。佐伯空では、練習機教程を終えたばかりの搭乗員たちが、九〇戦での訓練に励んでいた。

のちに進藤さんの指揮下、零戦初空戦に参加する三上一禧《かつよし》さんも、そのなかの一人である。青森県出身、昭和九（一九三四）年、海軍を志願し、横須賀海兵団に入団した三上さんは、操練三十七期を二番の成績で卒業し、十二年七月から佐伯で訓練を受けていた。三上さんは語る。

「佐伯空の飛行場は佐伯湾《さいき》に臨み、市街地をはさんで一方は山岳地帯。気流も悪く、初心者泣かせでした。あるとき、着陸しようと接地態勢を整えるものの、なぜか着陸地点をオーバーしてしまう。やり直しても同じ。三回め、もうこれ以上の失敗は許されないと思い、目標地点よりオーバーしながら強引に着陸しました。報告するとき、進藤分隊長に、『機首を下げすぎて速度が残るんだ』と注意され、その一言でハッと開眼できたような気がして、以後は完璧な着陸ができるようになりました」

また、三上さんより四ヵ月遅れで佐伯空に来た、操練三十八期出身の坂井三郎さんは、

「佐伯空には、上陸（海軍はすべて艦上生活が基本となるので、陸上基地からの外出でも「上陸」と言った）した下士官が、町中で欠礼したのを見咎《みとが》めて、家族の目の前でぶん殴るような士官もいたし、われわれ下士官兵に対してツン、と澄ました顔をしたがる士官が多いなか、進藤さんは飄々としていて、細かいことはあまり言わない。ざっくり遊びのほうも相当なものだったようですが、それを部下に隠そうともしない。ざっく

ばらんで飾り気がない、操縦の腕もいいし、私たちにとってはいい親分でしたよ」
と、回想している。

海軍士官は転勤が多く、短くて半年足らず、長くても二年で、次の配置を言い渡される。進藤さんは、昭和十三（一九三八）年六月一日、海軍大尉に進級、七月末には第十三航空隊分隊長として中国大陸へ赴き、十一月には大村海軍航空隊分隊長として、また内地に帰還するなど、あわただしく異動を重ねた。

新型戦闘機＝零戦登場。『これはいい飛行機だ！』といっぺんに気に入った」

大村空で一年半、実戦部隊に巣立つ戦闘機搭乗員の訓練の総仕上げや、佐世保海軍工廠で飛行機の検査などに従事したのち、昭和十五（一九四〇）年五月一日付で進藤さんに実戦部隊への転勤が発令された。行き先は漢口《かんこう》基地で作戦中の第十二航空隊。支那事変勃発とともに編成され、三年近くにわたって中国大陸で戦い続けている、まさに第一線部隊である。その活躍は、対する中国空軍が、十二空だけを日本の「正規空軍」と呼び、その他の日本陸海軍航空部隊のことは「雑軍」と呼んでいたというほどのものであった。これが三度めの戦地勤務となる進藤さんは、十二空の第三分隊長として、九六戦九機を率いて出撃する立場になった。

ところが――。

「海軍航空隊は漢口を拠点に、蔣介石が首都を置く重慶への攻撃を繰り返していましたが、片道四百三十浬（約八百キロ）、往復で八百六十浬もの長距離飛行となるため、片道二百浬がせいぜいの九六戦では攻撃隊に同行することはできませんでした。中国空軍の戦意は旺盛で、護衛戦闘機を持たない攻撃隊の九六式陸上攻撃機（中攻）の犠牲は大きく、昭和十五（一九四〇）年四月十二日、重慶空襲作戦（百一号作戦）開始以来、七機の未帰還機を数えた。長距離進攻に同行可能な新型戦闘機が出てこなければどうにもならん――横須賀海軍航空隊（横空）に、『新型戦闘機受領のため』と称し、十二空の搭乗員数名とともに出張を命ぜられたのは七月上旬のことでした」

その「新型戦闘機」がどんな飛行機なのか、進藤さんに事前にはなにも知らされていなかった。

横空の格納庫の扉が開き、両翼を数名ずつの整備員に押されてエプロンに引き出された「新型戦闘機」を見て、進藤さんは思わず目を瞠《みは》ったという。

「銀色に輝く大きなスピンナー、密閉式の風防、スマートな機体。エンジンのカウリングは黒く塗られ、それ以外の部分はライトグレーに輝いている。それは、いままで乗ってきたどの戦闘機にも似ていない、美しい姿でした」

十二試艦上戦闘機、のちの「零戦」である。十二試艦戦は、油圧による引込脚を日本の戦闘機として初めて採用、九六戦までの標準武装であった、機首に装備される七ミリ七機銃二挺《ちょう》に加え、大口径で威力の大きい二十ミリ機銃二挺を両翼に装備するなどの新機軸を打ち出した、まさに次世代の戦闘機だった。

「乗ってみるとね、素直な操縦感覚に『これはいい飛行機だ！』といっぺんに気に入った。前方視界がよく、地上滑走の安定性がいいから離着陸が楽で、密閉式の風防で風圧がかからないし、エンジンの爆音も静かに感じる。可変ピッチのプロペラも、エンジン出力のロスが抑えられて有効だと思いました。これは、搭乗員がレバーを操作することでプロペラピッチを二十五度から四十五度の広範囲で動かすことができる、自動車の変速機みたいなものです」

横空では、すでに横山保大尉率いる搭乗員たちが、十二試艦戦のテスト飛行を始めており、七月十五日、まず準備のできた横山大尉以下六機が、漢口に向け出発した。このとき、十二試艦戦はまだ海軍に制式採用されていない。試作機のまま送り出さざるを得ないほど、前線からの要望は切実だったのだ。晴れて制式採用されたのは七月二十四日のこと。この年、昭和十五（一九四〇）年が神武天皇即位紀元二六〇〇年であったことから末尾の〇《れい》をとって、「零式一号艦上戦闘機」（A6M2）と名づけられた。略称は、はじめのうち「零式」と呼ばれたが、すぐに「零戦」が一般的になる。

制式採用前日の七月二十三日、進藤さん率いる七機が第二陣として横空を出発、九州の大村、中国の上海で燃料を補給し、二十六日、上海で故障の見つかった一機をのぞく六機が漢口に到着した。その後、さらに八月十三日には横空分隊長・下川万兵衛《まんべえ》大尉を空輸指揮官とする七機が進出している。

制式採用されたとはいうものの、零戦にはなおも未解決の問題が山積していた。振動が大きい、エンジンの筒温過昇、引込脚の不具合、二十ミリ機銃の弾丸が出ない、増槽が落ちない、などなど、どれも実戦で使うには見過ごせないトラブルだった。

「私は九六戦のとき初期不良でえらい目に遭ってますから。エンジンや機体のトラブルで搭乗員が命を落とすようなことになったらもったいない、申し訳ない、そう思って、横山大尉と一緒にじっくりと故障の対策をやりました。しかし、一日も早い実戦投入を願う司令部からは、早く出撃しろ、と矢の催促でしたね。横山大尉も私も、第一聯合《れんごう》航空隊（木更津《きさらづ》空、鹿屋《かのや》空）司令官・山口多聞《たもん》少将、第二聯合航空隊（十二空、十三空）司令官・大西瀧治郎《たきじろう》少将から個別に呼ばれ、叱責《しっせき》に近い調子で出撃を要請されました。横山大尉は大西少将から、『貴様は命が惜しいのか！』とまで言われたそうです。それでも、初《しょ》っ端《ぱな》からつまずいては元も子もなくなりますから、黙ってテストと対策を続けました」

トラブルに対処するためのテスト飛行と並行して、搭乗員の慣熟飛行も行われた。横空から十二試艦戦とともに転勤してきた搭乗員を中心にしたA班、もとから十二空にいた搭乗員を中心に選抜したB班、それぞれ十二名を、分隊とは別に編成し、その二班を横山大尉、進藤大尉、進藤さんのクラスメート・伊藤俊隆大尉の三名の分隊長が指揮することとなった。A班の搭乗員たちは、十二試艦戦試作一号機からテストを手がけているという誇りから、ぜひ一番槍は自分たちの手で、と意気込んでいた。B班はB班で、戦地ではわれわれの方が一日の長があると思っている。ただ、B班の選にもれ、零戦に乗る機会を得られなかった搭乗員も相当数いた。九六戦で行う基地の上空哨戒なども、十二空の大切な任務であったのだ。

新聞各紙がトップ記事で報じた零戦初空戦の戦果

そして八月十九日、零戦初出撃の日はやってきた。横山大尉率いるA班七機、進藤さん率いるB班主体の六機からなる、二個中隊十三機の零戦は、漢口基地を出撃した。途中、中継基地として整備されたばかりの宜昌《ぎしょう》飛行場に燃料補給のため着陸したところ、藤原喜平二空曹の操縦する一機が着陸に失敗、転覆し、その機体はその後の作戦に使われることはなく、作戦における零戦の事実上最初の喪失となった。事故原因は、引込脚の出し忘れとも伝えられている。固定脚の九六戦では起こりえない、新型機ならではの事故だった。

残る十二機は宜昌を飛び立ち、中攻隊五十四機を護衛して重慶上空へ。しかし中国空軍は、この新型戦闘機の登場を察知したのか、一機も飛び上がってこなかった。

さらに翌二十日にも、伊藤大尉率いるB班主体（うちA班二名）の十二機が中攻隊とともに重慶へ向かうが、この日も会敵することなく空《むな》しく引き揚げてきた。

その後しばらくは悪天候で出撃の機会を得ず、ようやく三度めの出撃ができたのは九月十二日のことであった。

横山大尉が指揮するA班主体の十二機（うちB班四名）は、中攻隊の爆撃終了後も一時間にわたって重慶上空にとどまったが、またもや敵機は現れなかった。しかし帰投後、搭乗員たちを喜ばせる情報が偵察機より入った。

敵は交戦を避け、零戦がいなくなってから、あたかも日本機を撃退したかのようにデモンストレーション飛行をしていると考えられた。

明日はその逆を衝《つ》けばよい。翌日の指揮官に決まっていた進藤さんは、司令部で綿密な作戦の打ち合わせを行った。十二空の「戦闘機隊奥地空襲戦闘詳報」の中の「空戦計画」によると、

〈中攻隊ト同時ニ重慶上空ニ進撃シ爆撃終了後一旦重慶ヨリ約三十浬附近迄《まで》引返シ更ニ重慶上空ニ進撃敵機ヲ捕捉セントス〉

とある。これは、進藤さん自らの発案だった。万一、機位を失して帰れなくなる零戦が出た場合にそなえて、九七艦攻六機からなる収容隊を、帰途に配置することとした。中継基地の宜昌は、川を隔てて向こう岸に敵陣地があり、しばしば砲撃を受けるので、九七艦攻二機で敵野砲陣地を制圧する。また、零戦隊と中攻隊からなる第一攻撃隊とは別に、第二攻撃隊として、難波《なんば》正三郎予備中尉が率いる九九艦爆八機が、重慶江南セメント工場を爆撃する。まさに至れり尽くせりの作戦だった。

九月十三日、会敵の予感が出撃搭乗員の胸をときめかせた。この日は金曜日で、「十三日の金曜日」は縁起の悪い日と当時も言われていたが、進藤さんは、

「なに、縁起の悪い日は相手にとっても縁起が悪いさ」

と、意に介さなかった。

午前八時三十分、零戦十三機は、支那方面艦隊司令長官・嶋田繁太郎《しげたろう》中将じきじきの見送りを受け、漢口を飛び立った。出発に先立って、嶋田中将は搭乗員一人一人の名前を書いた紙片を手に、激励した。

九時三十分、中継基地の宜昌に着陸、燃料補給の上、十二時に発進、高度二千メートルで誘導機の九八式陸上偵察機（機長・千早猛彦大尉）と合流した。空には一点の雲もなく晴れわたり、快適な飛行であった。

午後一時十分、中攻隊（十三空・鈴木正一少佐指揮する九六陸攻二十七機。爆弾・八百キロ×九、二百五十キロ×三十六、六十キロ×七十二）と合流、中攻隊の後上方を掩護しつつ高度七千五百メートルで重慶上空に進撃、対空砲火のすさまじい弾幕のなか、一時三十四分、爆撃が終了すると、計画通り、引き返したと見せかけるため一旦反転、敵機の出現を待った。

約十六分後、待ちに待った偵察機からの電信（モールス信号）が、レシーバーを通して進藤さんの耳に届いた。

〈B区高サ五〇〇〇米《メートル》　戦闘機三〇機　左廻リ　一三五〇〉

零戦隊はただちに反転、ふたたび重慶上空に取って返した。

午後二時ちょうど、進藤さんの三番機・大木芳男二空曹が、高度五千メートルで反航してくる約三十機の敵編隊を発見、バンク（翼を左右に傾けて振ること）と機銃発射で進藤機に知らせると、進藤さんは第一中隊七機を率いてただちに接敵行動を開始した。敵機は、低翼単葉引込脚のポリカルポフE16と複葉のE15の混成であった。

「機影が見えたときは、しめた！　と思いました。しかし、私が空中で敵機とまみえるのは三年ぶりで、ひさびさの空戦であわてていたのかどうか。こちらのスピードが速いのがわかっていても、早く近づきたい一心で増速してしまい、先頭のE16を狙った第一撃は、スピードがつきすぎてまともな射撃になりませんでした」

進藤さんが撃ちもらしたE16の指揮官機（楊夢清《ようむせい》上尉＝大尉）は、左急旋回で射弾を回避したが、続いて攻撃に入った大木二空曹機が一撃で撃墜。ほぼ同時に、進藤さんの二番機・北畑三郎一空曹機が、編隊最右翼のE16を、これも一撃で空中分解させている。

一撃めを失敗した進藤さんは、次に別のE15に狙いを定めた。

「こんどは落ち着いてスピードを絞って一撃、効果がなかったので引き起こしてもう一撃。すると、左翼と操縦席付近に二十ミリ機銃弾が命中して破片が飛び散るのが見え、E15はそのままぐっと機首を持ち上げると、錐揉《きりも》みになって墜《お》ちていきました。途中まで二番機がついてきてたけど、いつの間にか離れてしまいましたね。みなそれぞれの目標をとらえて、混戦になりました。それからは、敵の援軍を警戒せにゃいかんし、味方で不利になったのがいたら助けてやらんといかんから、上空で監視しておったんです。これは指揮官として当然やるべきことですがね。

しかし、上から見ていて、ほとんど不安は感じなかったですね。E16なんかと零戦の大きさが違うからよくわかるんですが、みんな敵機の後ろについているし、敵の落下傘が二つ三つ、開くのも見えました。零戦がやられそうな場面は、全然見なかったですからね」

零戦隊は獲物を求めて飛び回り、空戦時間は三十分以上に及んだ。重慶の空に敵影は見えなくなり、弾丸を撃ち尽くした零戦は、午後三時四十五分から四時二十分にかけ、あるいは単機、あるいは数機で宜昌に還ってきた。進藤さんは、光増政之一空曹機、山谷初政三空曹機、平本政治三空曹機を引きつれ、四時過ぎに帰投した。

「私が着陸したあとに、次々と深追いした連中が還ってきました。それを数えててね、最後の一機が還ってきたときはほんとうに嬉しかったですねえ。敵と遭いさえすれば戦果はある程度挙がると予期していたから、それよりも全機還ってきてくれたことのほうが嬉しかった。十三機めの機影が見えたとき、『やった！』って飛び上がった覚えがありますよ」

宜昌で十三名の搭乗員を集め、戦果を集計すると、遭遇した敵機の総数よりも多い撃墜確実三十機、不確実八機におよんだ。損害は被弾機四機、また高塚寅一一空曹機が引込脚の故障で、宜昌に着陸したさい転覆・大破したのみだった。

進藤さんは取りまとめた部下たちの戦果に、自身が上空から見た結果を加味、戦果の重複も考慮に入れて、最終的に二十七機撃墜確実と判断、さっそく漢口の司令部に報告の無電が打たれた。

〈中支空襲部隊機密第二八番電　十三日　一七三〇
本日重慶第十五回攻撃ニ於テ我ガ戦闘機隊（零戦十三機）ハ敵戦闘機隊二十七機ヲ敵首都上空ニ捕捉其ノ全機ヲ確実撃墜セリ〉

中華民国空軍の記録によると、この日、出撃した中国機は、E15十九機とE16十五機、計三十四機で、うち三十三機が空戦に参加、十三機が撃墜され、十機が被弾損傷したとある。中国軍パイロットの戦死者は十名、負傷者八名であった。

初空戦での華々しい戦果を土産に、事故で一機欠けた十二機の零戦隊は、意気揚々と漢口基地に引き揚げてきた。高塚一空曹も、他機の胴体にもぐり込み、一緒に還ってきた。

漢口の空は、美しい夕焼けに染まっていた。
予期していたとはいえ、大戦果に基地は沸きたった。嶋田長官、大西、山口両司令官はじめ基地の総員が出迎え、搭乗員の胴上げが始まった。この日、漢口基地は夜になっても興奮さめやらず、祝宴は一晩中続いた。
翌日から、
「重慶上空でデモ中の敵機　廿七《にじゆうしち》を悉《ことごと》く撃墜―海鷲《うみわし》の三十五次爆撃」（九月十四日付朝日新聞西部本社版）
「重慶で大空中戦廿七機撃墜　きのふも爆撃海鷲の大戦果」（九月十五日付大阪毎日新聞）
「海の荒鷲　逆手攻撃の妙を発揮」（九月十五日付鹿児島朝日新聞）
「世界戦史に前例のない敵廿七機完全撃墜　わが海鷲不滅の戦果」（九月十七日付中国新聞）
と、新聞各紙に大きな見出しが躍った。ただし「零戦」が登場したことは機密事項とされ、各紙ともに戦闘の概要は伝えても、機体についてはその詳細はおろか、名前すら報じていない。零戦の名が海軍省より公表されたのは、この日から四年以上が経った昭和十九（一九四四）年十一月二十三日付の新聞発表が最初である。

初空戦を境に中国空軍機は重慶の空から姿を消し、さらに奥地の成都《せいと》に後退する。零戦隊はなおも長距離進攻を繰り返し、中国大陸の空を席巻し続けた。

十月三十一日、九月十三日の重慶空襲における十二空戦闘機隊の活躍に対し、支那方面艦隊司令長官・嶋田繁太郎中将より感状が授与された。

〈進藤海軍大尉ノ指揮セシ第十二航空隊戦闘機隊

昭和十五年九月十三日長駆四川省ノ山岳地帯ヲ突破シテ攻撃機隊ノ重慶爆撃ヲ掩護シ一時行動ヲ韜晦《とうかい》敵機誘出ニ努メタル後再度重慶上空ニ進撃シ陸上偵察機ノ協力ニ依リ敵戦闘機二十七機ヲ発見捕捉シ勇戦奮闘克《よ》ク其ノ全機ヲ確実ニ撃墜シタルハ武勲顕著ナリ　仍《よっ》テ茲《ここ》ニ感状ヲ授与ス〉

進藤さんに感状が授与されたことは上聞《じょうぶん》に達し（天皇に報告され）、そのことが十一月十七日付の新聞各紙で、やはりトップ記事の扱いで取り上げられている。なかでも、地元広島の中国新聞では、一面とは別に、三面でも進藤さんの顔写真入りで、

〈感状に燦《さん》たり海の荒鷲　廣島っ子・進藤大尉　床しや控へめに交々《こもごも》語る両親〉

との見出しで両親のインタビュー記事を掲載している。

〈「三郎の今度の武勲もみんな郷土の皆さまのご後援の賜《たまもの》です」

と言葉少ない夫妻に代つて大尉が可愛がつてゐる愛犬チロが主人の武勲をたたへる

かの如く日本犬の逞《たくま》しさを両耳に見せて吠え立てる〉

進藤家には、新聞を見て祝いを述べに来る客が引きもきらなかった。

こうして零戦は、まさに向かうところ敵なしの鮮烈なデビューを飾った。しかしこれは、零戦の歴史のほんの序章に過ぎない。

進藤さんは、昭和十五（一九四〇）年十一月一日付で、重慶政府への援助物資を輸送する援蔣ルート遮断《しゃだん》作戦のため、仏印（現・ベトナム）ハノイにあった第十四航空隊分隊長に転じ、十二月十二日には零戦七機をもって祥雲《しょううん》の敵飛行場を急襲、二十二機を炎上させる戦果を挙げてふたたび感状を授与された。これは、進藤さんの戦歴のなかで、もっとも会心の戦いであったという。

「偵察機の協力を得て、三百五十浬（約六百五十キロ）もの雲上飛行をしました。幸い、目的地上空に雲の切れ目があり、飛行場には多数の敵機がいるのが見えた。部下を単縦陣にして銃撃に入りましたが、私が一撃めを終えて機体を引き起こしたとき、飛行場の隅に対空機銃の陣地が見えた。それで、飛行機の銃撃は部下たちに任せて、私は機銃陣地の攻撃に向かったんです。銃撃すると敵兵は四散し、さらに指揮所と思われる場所にも機銃陣地をみとめて銃撃。その間に部下たちは飛行場の敵機を次々と炎上させていて、私は上空で機銃陣地の監視と、敵戦闘機来襲にそなえての警戒にあたりました。地上の敵機は二十二機。その全機を炎上させたのを確認して部下に集合を命じ、全機無事に連れて帰ることができた。我が方には一発の被弾もありませんでした。これは、昭和十二（一九三七）年の廣徳飛行場攻撃のとき、地上砲火で艦爆隊指揮官の上敷領大尉機が撃墜されたのをまのあたりにして、飛行場銃撃のさいはまず敵の地上砲火を制圧すべしと、教訓にしたのが生きたんですね」

だが、昭和十六（一九四一）年二月二十一日の昆明《こんめい》空襲で、進藤さんは、片腕と恃《たの》み空戦の師と仰ぐ蝶野仁郎空曹長を失ってしまう。蝶野空曹長機は、援蔣ルートの路上に立ち往生していたトラックの車列を銃撃中、敵地上砲火に被弾、火だるまとなって進藤さんの目の前で墜落したのである。これが、零戦の被撃墜第一号であり、蝶野空曹長は零戦では最初の戦死者となった。蝶野空曹長の死は、進藤さんにとって大きな打撃であった。

「私はこの頃、毎日、命をすり減らしながら戦う搭乗員と、大陸に物見遊山で来ているかのような地上勤務者との意識のギャップに、苛立《いらだ》ちを覚えていました。

蝶野君が戦死した晩もそうでした。私は胸がいっぱいで。一番信頼していた部下が死んだんですからね……。しかし私一人が沈痛な気持ちでいるときに、士官室ではふだん通りの馬鹿話に花を咲かせてる。整備長が、ハノイの町に行ってかあちゃんへの土産に化粧品を買ったとか、あれ買った、これ買った、と見せびらかすから、とうとう我慢できなくなって、やめろ、言うて怒鳴った。『搭乗員に土産はないんだ！』と」

愛媛県出身の蝶野空曹長は三十三歳、郷里に妻と三人の息子を残していた。

猛訓練の最中、「絶対他言無用」の前置きのもと伝えられた真珠湾攻撃計画

昭和十四（一九三九）年、ドイツ軍がポーランドに侵攻したことに端を発する欧州での大戦は、日本がドイツと軍事同盟を結んだことで、もはや対岸の火事とは言えなくなっていた。日米関係は悪化の一途をたどり、昭和十六（一九四一）年七月二十八日、日本軍の南部仏印進駐を機に、アメリカは日本への石油輸出を全面的に禁止、イギリス、オランダもこれに同調する。世にいう「ＡＢＣＤ包囲網」である。

この制裁措置は、石油その他の工業物資の多くをアメリカからの輸入に依存してきた日本にとって、まさに死命を制するものであった。米英蘭との戦争は、もはや不可避と考えられた。

海軍も極秘裏に開戦準備に入る。第一段作戦では、機動部隊によるハワイ真珠湾空

襲と同時に、台湾に配備する基地航空部隊がフィリピンの米軍基地を叩く。仏印に展開する陸攻隊は英国東洋艦隊に備え、マレー半島に上陸する陸軍部隊を支援する。

航空母艦「赤城」「加賀」の第一航空戦隊、「蒼龍《そうりゅう》」「飛龍《ひりゅう》」の第二航空戦隊を主力に、第一航空艦隊（一航艦＝司令長官・南雲忠一《なぐもちゅういち》中将）が新たに編成されたのは、昭和十六年四月のことである。一航艦は、空母と少数の駆逐艦だけで編成されたが、実戦に際しては、他の艦隊から臨時に配属する速力の速い戦艦、巡洋艦、駆逐艦などを合わせ、「機動部隊」として作戦に従事することになっていた。

空母は、従来の「大艦巨砲主義」のもとでは艦隊決戦の補助兵力に過ぎなかったが、飛行機を発着艦させる風力を得るために、一般的な戦艦よりも五ノットほど速い時速三十ノット（約五十六キロ）前後の高速が出せるようになっている。その高速性能と、搭載する艦上機の航続力を合わせれば、神出鬼没に敵艦隊や敵基地を攻撃することができる。これまで、英海軍が戦艦部隊に空母を随伴させた例はあるものの、空母を主力とした大規模な機動部隊の編成は、これが世界で初めての試みであった。

第十四航空隊分隊長としてハノイにいた進藤さんは、機動部隊の編成にともなう人事異動で、南雲中将の座乗する旗艦「赤城」の戦闘機分隊長に転勤を命ぜられた。「赤城」戦闘機隊の飛行隊長は、海兵で三期先輩の板谷茂少佐である。

「長く続いた戦地勤務で、私の体は疲れ切っていました。できれば今度は内地の練習航空隊の教官配置につけてもらえないかと思っていた矢先の転勤命令で、正直なところ、はじめはげんなりしましたね」

各航空母艦に配属される飛行機搭乗員は、艦上戦闘機、艦上爆撃機、艦上攻撃機とも、海軍でも選りすぐりの優秀な人材が集められていた。

空母搭載の飛行機隊は、洋上訓練や出撃のとき以外は、陸上基地で訓練を行うのを常としていた。異動してきた搭乗員が揃うと、「赤城」戦闘機隊は、鹿児島・鴨池《かもいけ》基地を拠点に、飛行訓練を開始した。

まずは、搭乗員全員の零戦での慣熟飛行から始まり、着艦訓練の前段階として、母艦の飛行甲板を想定した、飛行場の限られた範囲に飛行機をピタリと着陸させる定着訓練が行われる。五月になると空戦、無線電話、着艦訓練と、訓練もより実戦的になり、特に空戦訓練は、一機対一機の単機空戦よりもチームワークを重視する編隊空戦に重点が置かれ、二機対三機、三機対六機の編隊同士の空戦訓練が、実戦さながらに行われた。吹き流しを標的とする射撃訓練も、さかんに行われた。

九月に入ると空母「翔鶴《しょうかく》」「瑞鶴《ずいかく》」からなる第五航空戦隊が、新たに機動部隊に加わり、「赤城」の搭乗員の一部は五航戦に転勤する。一航戦、二航戦の戦闘機隊は全機、大分県の佐伯基地に移って合同訓練を始める。五航戦戦闘機隊は大村、次いで大分基地で訓練をする。

なんのための猛訓練なのか、搭乗員には見当もつかない。もっとも、海軍の猛訓練はいつものことだから、不審に思う者はいなかった。

「猛訓練が進むにつれ、疲れがどうしようもないほど蓄積してきました。体がだるく、食欲もない。食事の匂いが鼻につき、吐いてしまうこともある。八月には黄疸《おうだん》の症状も出始め、周囲から『君の目は黄色いじゃないか』と言われるほどでした。病気で勤務を離れるとなると、最悪の場合、配置のない『待命』を経て『予備役編入』、つまり海軍をクビになる可能性がある。それでも仕方がない、休暇療養を願い出ようと決心したんですが……」

ところが、そう決心した矢先の、進藤さんの記憶によれば十月一日頃、各航空戦隊の司令官、幕僚、空母の艦長、飛行長、飛行隊長クラスの幹部が、志布志《しぶし》湾に停泊中の「赤城」参謀長室に集められ、ここで南雲中将より、「絶対他言無用」との前置きのもと、真珠湾攻撃計画が伝えられた。航空参謀・源田實《みのる》中佐からは、今後、この作戦に対応するための訓練を急ピッチで進める旨《むね》の指示もあった。

「しまった。これを聞いたからには、休ませてくれとは言えないな」

と、進藤さんは観念した。傍らにいた飛行隊長・板谷少佐が、やや興奮の面持ちで、

「進藤君、こりゃ、しっかりやらんといかんな」

と、声をかけてきた。

「やりましょう」

進藤さんは答えた。だが、解散が告げられ、基地に帰る内火艇に乗り込むときに、

「俺たちは、ただ死力を尽くして戦うだけだが、戦争の後始末はどうやってつけるつもりなのかな」

と、誰にともなくつぶやいた板谷少佐の言葉がいつまでも心に残った。こちらのほうが本音なんだろうな、と進藤さんは思った。

板谷少佐の海兵五十七期と進藤さんの六十期は、海軍兵学校卒業後、遠洋航海でアメリカに行っている。進藤さんは、八年前に見たアメリカを思い出した。

「西海岸だけを見ても、国土は広いし、街は立派だし、あらゆるものが進んでいる。恐るべき国力。こんな国と戦争しても、局地戦ですむならともかく、全面戦争になれば勝てるはずがない」

という進藤さんの感想は、海軍士官として常識的なものの見方でもあった。しか

し、

「もし戦争になったら、なるべく敵に痛い目を見させて、講和条件が有利になるよう全力で戦う。そのためには、個々の戦闘能力を、極限まで高める努力を惜しまない」

という決意もまた、軍人として当然ともいえる、暗黙の了解事項であった。

昭和十六（一九四一）年十月には、戦闘機隊の訓練は仕上げの段階に入りつつあった。この月、搭乗員一人ひとりの訓練回数は、射撃訓練、空戦訓練ともに十数回を数えた。訓練項目に航法通信訓練が加えられ、コンパスと、波頭を目視して判断する風向、風力を頼りに長距離を飛ぶ三角航法、そして無線でモールス信号を受信する訓練などが行われた。高高度飛行の訓練も実施され、耐寒グリスを塗った二十ミリ機銃による、高度八千メートルでの射撃訓練も行われた。

十一月に入ると、志布志湾に機動部隊の六隻の空母と飛行機が集められ、十一月三日、南雲中将より機動部隊の各艦長にハワイ作戦実施が伝達された。その日の夜半、特別集合訓練が発動され、翌四日から三日間にわたって、全機全力をもって、佐伯湾を真珠湾に見立てた攻撃訓練が、作戦に定められた通りの手順で行われた。

〈十一月四日「ハワイ」攻撃ヲ想定　第一次攻撃隊　〇七〇〇（注：午前七時）発

進、第二次攻撃隊〇八三〇発進。十一月五日　第一次〇六〇〇、第二次〇七三〇。十一月六日　〇五〇〇ヨリ訓練開始〉

と、進藤さんはメモに書き残している。十一月六日には、戦闘機隊が半数ずつ、攻撃隊と邀撃《ようげき》隊の二手にわかれ、攻撃隊はいかに敵戦闘機の邀撃を排除して攻撃を成功させるか、邀撃隊はいかに敵の攻撃隊を撃退するか、という訓練も行われた。激しい訓練で、攻撃隊の九九艦爆のなかには不時着する機も出た。

訓練が終了すると、「赤城」「蒼龍」は横須賀、「加賀」「飛龍」は佐世保、「翔鶴」「瑞鶴」は呉と、それぞれの母港に入って準備を行い、飛行機隊はふたたび、陸上基地に戻って訓練を続けた。このとき、戦闘機が洋上で単機になってしまった場合に備えて、無線帰投方位測定機（クルシー）を使っての帰投訓練が実施されている。

無線帰投方位測定機は、ダイヤルで周波数を合わせて機上のループアンテナを手動で回し、電波（長波）の送信源の方位を測定する装置である。電波を受信して計器板左下にある航路計の針を真ん中に合わせれば、機首は送信源に向く。

クルシーによる帰投訓練は、熊本放送局の電波を利用して行われた。クルシーさえ使えれば、いかなる場合にも母艦に帰れる。この安心感は、単座戦闘機の搭乗員にとって非常に大きなものであった。

十一月中旬には、各母艦は飛行機隊を収容し、可燃物、私物の陸揚げや兵器弾薬、食糧の最後の積み込みを終え、佐伯湾に集結した。十七日、「赤城」飛行甲板上で、南雲長官以下、機動部隊の幕僚、指揮官を集めた壮行会が行われ、列席した山本五十六《いそろく》聯合艦隊司令長官は祝杯をあげるとき、「征途を祝し、成功を祈る」と、沈痛な面持ちで一言だけ述べた。

「赤城」が佐伯湾を出たのは、十一月十八日のことである。行動を隠匿《いんとく》するため、出航と同時に、各艦は厳重な無線封鎖を実施した。

空母六隻を主力とする機動部隊は、ひとまず北へ向かい、千島列島の択捉《えとろふ》島単冠《ひとかっぷ》湾に集結した。六隻の空母の飛行機搭乗員には、この間の航海中に、ハワイ作戦のことが伝えられている。湾の西に見える単冠山は、すでに裾《すそ》まで雪に覆《おお》われていた。十一月二十四日、六隻の空母の全搭乗員が「赤城」に集められ、真珠湾の全景模型を前に、米軍の状況説明と最終打ち合わせが行われた。進藤さんが手元に残していたハワイ作戦関連の軍機書類の日付は、この日から始まっている。機動部隊の行動についてはもちろん、攻撃隊の編成や各機ごとの呼び出し符号、各隊ごとの無線周波数など、詳細な作戦計画が、すでにでき上がっていた。

十一月二十六日、機動部隊は単冠湾を抜錨、各艦、単冠山に向かって副砲、高角砲の試射を行った。凍てつく空気に、砲声が轟《とどろ》いた。た。艦隊はそのまま針路を東にとった。

「もう十分に訓練した。自信を持って戦いに臨める。しかし、今度こそは生きて帰れないだろうな」

と、進藤さんは、遠ざかってゆく雪の単冠山を見ながら、物思いにふけった。

同じ日、アメリカ政府から日本に対し、事実上の最後通牒《つうちょう》となる「ハル・ノート」が提示される。これは、米側が、日米およびイギリス、中国、オランダ、ソ連、タイとの包括的な不可侵条約を提案するかわりに、日本に中国、仏印からの即時撤兵、日露戦争以来築いた海外権益の放棄、それに日本側の解釈としては日独伊三国同盟の破棄を求めるもので、七十六年を経た現在ではさまざまな解釈や推論がなされているが、当時の日本、特に陸軍にとっては受け入れがたい内容であった。

時化《しけ》模様の航海が続いた。護衛の戦艦、巡洋艦、駆逐艦、補給船、潜水艦など、総勢三十一隻もの艦隊を、隠密裏にハワイ北方までたどり着かせなければならない「赤城」艦上の機動部隊司令部は緊張の連続だった。

雷撃隊の搭乗員は、真珠湾に停泊中の米戦艦のシルエットを見て、艦形と艦名を頭に叩きこんだ。戦闘機の若手搭乗員には、七ミリ七機銃の弾丸を弾帯に装塡《そうてん》する作業が課せられた。

指揮官は、部下たちを、いかに平常心で戦いに臨ませるかに心を砕いた。「赤城」の艦内で、進藤さんはつとめて普段と変わらず部下たちと接し、「訓練どおりにやれば必ず勝てる」と、不安を取り除こうとした。

真珠湾第二次攻撃隊制空隊隊長として、空母「赤城」より先陣を切って発艦

昭和十六（一九四一）年十二月一日、機動部隊は日付変更線を越えた。機動部隊は日本時間で行動するので、時差で時間感覚がずれてくる。この日の御前会議で、日本は英米との開戦を決定する。

十二月二日、

「新高山《にいたかやま》ノボレ 一二〇八」

という暗号電報が、聯合艦隊司令部より届いた。これは、「X日（開戦日）を十二月八日とす」という意味である。開戦は、十二月八日午前零時と決まった。ただし、日米の外交交渉次第では、まだ作戦が中止になることもあり得る。しかし、反転命令は出ず、矢はついに弦《つる》を放れた。

十二月八日、午前一時半（日本時間・以下同）。第一次発進部隊が次々と六隻の母艦を発艦する。

第一次発進部隊は、零戦四十三機、九九艦爆五十一機、九七艦攻八十九機（うち雷撃隊四十機、水平爆撃隊四十九機）、計百八十三機で、総指揮官は淵田美津雄《ふちだみつお》中佐である。第一次攻撃では、雷撃隊が二列に並んで停泊している米戦艦の外側の艦を攻撃、水平爆撃隊が上空より内側の艦を爆撃する。さらに艦爆隊は飛行場施設を爆撃することになっていた。

各母艦では、第一次の発艦後、すぐに第二次発進部隊の準備が始められた。

第二次は零戦三十六機、九九艦爆七十八機、九七艦攻（水平爆撃のみ）五十四機、計百六十八機が発艦し、うち零戦一機と艦爆二機が、エンジン故障で引き返している。こんどは、艦爆が第一次で撃ちもらした敵艦を狙い、艦攻が敵飛行場を水平爆撃することになっていた。

午前一時四十分、格納庫からリフトに載せられた飛行機が次々と飛行甲板に揚げられ、整備員によって所定の位置に並べられる。搭乗員が飛行甲板に整列する。空は白々と明るくなり、太陽が雲に隠れそうになりながら昇ってくる。飛行機のエンジンが始動され、回転するプロペラが、日の光を浴びて鈍く輝く。

「赤城」から発艦するのは、零戦九機と九九艦爆十八機。二時十三分、進藤さんの搭乗する零戦、ＡＩ－１０２号機は、その先頭を切って発艦した。第二次発進部隊の総指揮官は「瑞鶴」艦攻隊の嶋崎重和少佐、進藤さんは、制空隊（零戦隊）の指揮官を務める。

「第一次の発進を見送ったときにはさすがに興奮しましたが、いざ自分が発進する段になると気持ちも落ち着き、支那事変のときと変わらない平常心に戻りました。死を覚悟しましたが、それほど悲壮な気分にもなりません。真珠湾に向け進撃中、クルシーのスイッチを入れたら、ホノルル放送が聞こえてきました。陽気な音楽が流れていたのが突然止まって早口の英語でワイワイ言い出したから、よくは聞き取れませんが、これは第一次の連中やってるな、と奇襲の成功を確信しました」

と、進藤さん。オアフ島北端、白波の砕けるカフク岬を望んだところで高度を六千メートルまで上げ、敵戦闘機の出現に備える。オアフ島上空には、対空砲火の弾幕の煙が点々と散らばっていた。

「それを遠くから見て、敵機だと勘違いして、接敵行動を起こしそうになりました。途中で気づいて、なんだ、煙か、と苦笑いしましたが」

第一次に遅れること約一時間、真珠湾上空に差しかかると、湾内はすでに爆煙に覆われていた。心配した敵戦闘機の姿も見えない。空戦がなければ、第一次と同じく、地上銃撃が零戦隊の主任務になる。進藤さんはバンクを振って、各隊ごとに散開し、それぞれの目標に向かうことを命じた。

「艦攻の水平爆撃が終わるのを待って、私は『赤城』の零戦九機を率いてヒッカム飛行場に銃撃に入りました。しかし、敵の対空砲火はものすごかったですね。飛行場は黒煙に覆われていましたが、風上に数機のB－17が確認でき、それを銃撃しました。高度を下げると、きな臭いにおいが鼻をつき、あまりの煙に戦果の確認も困難なほどでした。それで、銃撃を二撃で切り上げて、いったん上昇したんですが」

銃撃を続行しようにも、煙で目標が視認できず、味方同士の空中衝突の危険も懸念された。進藤さんは、あらかじめ最終的な戦果確認を命ぜられていたので、高度を千メートル以下にまで下げ、単機でふたたび真珠湾上空に戻った。

「立ちのぼる黒煙の間から、上甲板まで海中に没したり、横転して赤腹を見せている敵艦が見えますが、海が浅いので、沈没したかどうかまでは判断できないもののほうが多い。それでも、噴き上がる炎や爆煙、次々に起こる誘爆のすさまじさを見れば、完膚なきまでにやっつけたことはまちがいない。これはえらいことになってるなあ、と思いながら、胸がすくような喜びがふつふつと湧いてきましたね。しかしそれと同時に、ここで枕を蹴飛ばしたのはいいが、目を覚ましたアメリカが、このまま黙って降参するわけがない、という思いも胸中をよぎります。これだけ派手に攻撃を仕掛けたら、もはや引き返すことはできまい。戦争は行くところまで行くだろう、そうなれば日本は……」

進藤さんは、歓喜と不安、諦観《ていかん》が入り交じった妙な気分で、カエナ岬西方の集合地点に向かった。

空襲を終えた攻撃隊、制空隊は、次々と母艦に帰投し、各指揮官が発着艦指揮所の前に搭乗員を集め、戦果を集計した。

進藤さんは、「赤城」艦爆隊と合流して帰還した。南雲中将が、わざわざ艦橋から飛行甲板上に下りてきて、「ご苦労だった」と進藤さんの手を握った。

ほどなく、最後まで真珠湾上空にとどまっていた総指揮官・淵田中佐の九七艦攻が帰艦する。大戦果の報に、艦内は沸き立った。しかし日本側にとって残念なことに、いるはずの敵空母は真珠湾に在泊していなかった。もし、敵空母が近くの海上にいるのなら、こんどはこちらが攻撃されるかもしれない。第一次、第二次の攻撃から帰還した零戦が、燃料、弾薬を補給して各空母から上空哨戒のため発艦する。

艦上では、第三次発進部隊の準備が進められている。「蒼龍」の二航戦司令官・山口多聞少将からは、「蒼龍」「飛龍」の発艦準備が完了したとの信号が送られてきた。

しかし、南雲中将は、第三次発進部隊の発艦をとりやめ、日本への帰投針路をとることを命じた。

「当然もう一度出撃するつもりで準備をしていましたが、中止になったと聞いて、正直なところホッとしました。詰めが甘いな、とは思いましたが……」

体調不良を押してここまできたが、ようやく任務が果たせた。緊張の糸が切れた進藤さんは、士官室の祝宴にも出ず、そのまま私室で寝込んでしまった。

真珠湾攻撃で日本側は、米戦艦四隻と標的艦一隻を撃沈したのをはじめ、戦艦四隻、その他十三隻に大きな損害を与え、飛行機二百三十一機を撃墜破するなどの戦果を挙げた。資料によって異なるが、米側の死者・行方不明者は二千四百二名、負傷者千三百八十二名を数えた。いっぽう、日本側の損失は、飛行機二十九機（第一次九機、第二次二十機。うち零戦九機、九九艦爆十五機、九七艦攻五機）と特殊潜航艇五隻で、戦死者は六十四名（うち飛行機搭乗員五十五名。別に、十二月九日、上空哨戒の零戦一機が着艦に失敗、搭乗員一名死亡）。また、米軍の激しい対空砲火を浴びて、要修理の飛行機は百機あまりにのぼった。

こうして、機動部隊は意気揚々と引き揚げたが、参加搭乗員のまったくあずかり知らないところで、外交上の重大な瑕疵《かし》が起こっていたことが、やがて明らかになる。日米交渉の打ち切りを伝える最後通牒を、攻撃開始の三十分前に米政府に伝える手はずになっていたにもかかわらず、ワシントン日本大使館の職務怠慢で通告が遅れ、攻撃開始に間に合わなかったのである。

攻撃を受けた米側が、このミスを見逃すはずがない。真珠湾攻撃は「卑怯なだまし討ちである」と喧伝《けんでん》され、かえって米国内の世論をひとつにまとめる結果となった。「リメンバー・パールハーバー」のスローガンのもと、一丸となった米軍はその後、驚異的な立ち直りを見せ、これから三年九ヵ月におよぶ長い戦いが始まる。

最後通牒が遅れたことを、搭乗員たちは当時知る由《よし》もなかったが、戦後になって聞かされた「だまし討ち」の汚名は、じつに心外なものであった。

「あれは『だまし討ち』ではなく『奇襲』です。最後通牒が間に合わなかったのは事実なんでしょうが、アメリカも一八九八年の米西戦争では宣戦布告なしに戦争をした前歴があります。

ハル・ノートを日本に突きつけた時点で開戦を覚悟し、戦争準備をしていたはず。真珠湾の対空砲火を見れば一目瞭然《いちもくりょうぜん》ですよ。ふつう、炸裂《さくれつ》弾を弾薬庫から出して信管を取り付け、発射するまでには、ある程度の時間を要する。それが、第一次の雷撃隊からも損害が出るほどの早さで反撃できたんですから、砲側に置いて臨戦準備をしていたとしか考えられない。

それなのに『だまし討ち』などというのは、日本側の実力を過小評価していたため、予想以上の被害を出してしまったことに対する責任逃れの言い訳にすぎないと思います。――そもそも戦争に『だまし討ち』などないんだ」

真珠湾攻撃の帰途、二航戦の「蒼龍」「飛龍」は、ウェーク島攻略作戦に参加するため、本隊を離れた。残る「赤城」「加賀」「翔鶴」「瑞鶴」は、十二月二十三日から二十四日にかけて瀬戸内海・柱島《はしらじま》の聯合艦隊泊地に投錨《とうびょう》する。入港に先立って、各艦の飛行機隊は、零戦隊は佐伯基地経由で岩国基地へ、艦爆、艦攻は鹿屋基地経由で宇佐《うさ》基地へと向かい、ここでしばしの休養が与えられた。

進藤さんは、十二月二十五日、岩国基地から呉海軍病院に直行し、軍医の診察を受けた。診断の結果は、「航空神経症兼『カタール性』黄疸」、二週間の加療が必要とのことで、そのまま入院することになった。十二月三十日付で「赤城」分隊長の職を解かれ、さしあたって任務のない「呉鎮守府附」の辞令が出る。また、この日から広島の生家での転地療養が認められ、進藤さんは、ひさびさに正月を両親と迎えることができた。

「これで海軍をクビになるなら仕方がない。でも、搭乗員が足りないからすぐにお役御免、とはいかないだろう。治るまでに戦争が終わるとは思えないし、次に戦場に出るときは、いよいよ年貢の納めどきだろうな」

などと、進藤さんはとりとめもなく考えた。戦争の行く末について、楽観的に考えることはとてもできない。真珠湾攻撃に参加したことだけは告げたが、両親を心配させまいと思い、戦争の話はつとめてしないようにした。それでも、「海鷲《かいしゅう》・進藤大尉」の帰郷は誰からともなく近所に伝わり、毎日のように真珠湾の話をねだりに客がやってくる。子供たちは、道で進藤さんの姿を認めると、憧憬《しょうけい》のまなざしで、直立不動になって挙手の敬礼をした。

空戦はチームプレーの団体戦。嫌悪した「手柄を立てる」という言葉

真珠湾攻撃から帰った進藤さんは、療養生活を送ること二ヵ月半、ようやく黄疸の症状もおさまり、昭和十七（一九四二）年二月九日、呉鎮守府に出頭し、現場復帰を願い出た。二月十二日、〈大分海軍航空隊司令ノ命ヲ受ケ服務スヘシ〉という辞令を

受けて大分空に着任、操縦訓練を再開、そして四月一日、戦闘機搭乗員の訓練部隊として徳島海軍航空隊が新たに創設されると、その飛行隊長兼教官に補せられた。

最前線・ニューブリテン島ラバウルで作戦中の、第五八二海軍航空隊飛行隊長兼分隊長への転勤辞令が出たのは、昭和十七年十一月八日のこと。五八二空は、その年八月六日、ラバウルに進出した第二航空隊が改称した航空隊で、零戦と九九艦爆の混成部隊である。本来はソロモン諸島のガダルカナル島に進出し、アメリカとオーストラリアの交通路を遮断する任務につくはずだったが、八月七日、米軍がガダルカナル島に上陸、日本海軍がつくった飛行場を占領されたことから、否応なしにガダルカナル島をめぐる攻防戦に投入されることになった。さらに、東部ニューギニアを足がかりに攻勢を強めてくる敵との戦いにも力を注がざるを得ず、ソロモン、ニューギニア二方面の、数にまさる敵機との苦しい戦いを続けている。

「転勤を命ぜられたときは、来たか、と、思わず身が引き締まるのを感じました。今度こそ生きて帰っては来られまい。五八二空は、私の転勤とときを同じくして、従来の零戦十五機、九九艦爆十六機から、零戦三十六機、九九艦爆二十四機へと大増勢されることになっていました」

海兵のクラスメートのなかにはすでに少佐になっている者もいて、進藤さんはこの時点で、海軍の現役士官として最古参の大尉である。飛行隊長は、航空隊のなかで司令、副長、飛行長に次ぎ、実際に飛行機に乗る立場としては最高のポストだが、少佐進級を目前に控えた進藤さんには、大きな航空作戦で複数の航空隊が合同作戦を行う場合など、空中総指揮官としての役割が求められていた。

ちょうど、特設空母「大鷹《たいよう》」が、十一月中旬にトラック基地まで零戦を運ぶというのでそれに便乗することにして、出港前の数日間、進藤さんはあわただしく生家に帰ると、これまで処分しそこなっていた零戦による初空戦や真珠湾攻撃に関する機密書類を父に託《たく》した。

昭和十七（一九四二）年十一月十九日、飛行機と進藤さんたち転勤者を満載した空母「大鷹」は、横須賀港を出港、十一月二十七日にラバウルに到着した。

ラバウルは、かつてオーストラリア委任統治領の首府だった町で、三方を火山に囲まれて、東に湾口のあるシンプソン湾（日本軍は「松島湾」と呼んだ）を抱いた地形である。山の標高はせいぜい二百〜三百メートルにすぎないが活火山群で、なかでも湾の北口にある花吹山《はなぶきやま》（タブルブル山）はつねにもうもうと噴煙を上げていた。

飛行場は、湾口に臨み戦闘機隊と艦爆隊が使用している「東飛行場」のほかに、南西方のブナカナウという山の上に広い「西飛行場」があって、陸攻隊がおもに使っている。そのほか、東方のココポという町の近くに訓練用のトベラ飛行場がある。

五八二空の本部は、かつてオーストラリア人が使っていた建物を、海軍が接収して使っているもので、ブーゲンビリアの赤い花が咲き乱れる生垣をめぐらせた、高床のバンガロー風木造二階建ての建物である。

司令・山本栄中佐、副長（兼飛行長）・八木勝利少佐に次いで五八二空のナンバー3である飛行隊長の進藤さんには、六畳ほどの広さの個室があてがわれた。キャンバス張りの折りたたみ式簡易ベッドと執務机、椅子などが置いてある。マラリアやデング熱などの風土病を媒介する蚊が多いので、ベッドの四隅には鉄の棒を立てて蚊帳を張る仕組みになっていた。

搭乗員が揃ったところで五八二空の総員集合がかけられ、進藤さん以下の新着任者が紹介された。進藤さんは隊員たちの前に立ち、

「進藤大尉、ただいまから飛行隊長として指揮をとる。諸君は八月以来、前線にあって奮闘し、まことにご苦労である。緒戦の華々しい戦闘にくらべ、こんにちでは毎日が苦しい戦いの連続になっている。しかし、ここで持ちこたえなくては敵はさらに勢いを増してくるだろう。海軍戦闘機隊のモットーは編隊協同空戦だ。しかも搭乗員が

戦果を挙げる陰には、整備員や兵器員といった裏方の努力が不可欠である。けっして一人の手柄を立てようなどとは思わず、より強く、より強く、一致団結して戦い抜くように」

と訓示をした。スタンドプレーを戒め、チームプレーに徹すること。これは進藤さんが零戦の初空戦を指揮して以来、これまでの経験から得た信念であった。

「戦闘機乗りといえば一匹狼で、名人芸を競う格闘技のようなイメージを持たれているかもしれませんが、それは戦闘機を知らない人のいうことで、実際には団体戦です。一人ひとりが腕を磨くのは当然だが、個人の技倆《ぎりょう》がどんなにすぐれていても、チームワークがなければ勝つことはできません」

と、進藤さんは語っている。だいたい、「手柄を立てる」という言葉自体、抜け駆けをよしとする自己中心的な響きが感じられて進藤さんは嫌いであった。

いちばん辛かったのは搭乗割を書くこと。そのうち何人かはかならず死ぬ

進藤さんがラバウルに着任した頃、ガダルカナル島をめぐる攻防戦の戦況は不利になるいっぽうで、奪回はもはや不可能だった。昭和十七（一九四二）年十二月三十一日の御前会議でガ島撤退の方針が決定され、昭和十八（一九四三）年一月四日、ついに「撤退」の大命が下された。

だが、撤退の方針は決まっても、現に島にいる部隊には補給を続けなければならない。昭和十八年一月は、ソロモン方面は輸送船団護衛、ガダルカナル島攻撃、ニューギニア方面は引き続きポートモレスビー攻撃と、零戦隊にとっては休む暇もないような激戦が続いた。「空の要塞」と呼ばれた敵の四発重爆撃機・ボーイングB－17による日本軍基地に対する空襲も、激しさを増している。

零戦の損失も目立ってその数を増してきて、ベテラン搭乗員ですら空戦性能に劣るグラマンF4Fワイルドキャット戦闘機に撃墜されることが多くなった。山本司令は、飛行隊長に万一のことがあってはと、進藤さんをあまり出撃させたがらなかったが、それでも一月には五度の出撃が記録され、一月二十四日にはラバウル上空でB－17一機を列機とともに撃墜している。

ヒヤリとする場面もあった。

一月二日、零戦二十一機、九九艦爆十二機を率いてニューギニアのネルソン岬沖の敵輸送船攻撃に出撃したときのこと。艦爆隊の急降下爆撃で二百トン級の小型船を撃沈、千トン級輸送船に至近弾を浴びせ、帰途につく途中、進藤さんの二番機、八並《やつなみ》信孝一飛曹機が、進藤機に覆いかぶさるような妙な動きをする。バンクを振って定位置に戻るよう促《うなが》しても、八並機は離れようとしない。八並一飛曹は二十二歳、ガッチリとした体格の折り目正しい男で、腕も視力もよく、進藤さんが目をとめて自ら列機に指名した搭乗員である。

ラバウルに帰ってすぐに、進藤さんは八並一飛曹を呼びつけた。

「お前、どうして編隊を崩してあんな飛び方をしたか」

すると八並一飛曹は、

「敵機が上にいました」

という。進藤さんは驚いた。

「戦闘機か？」

「はい、ロッキードP－38でした。一機でしたが、優位の態勢から奇襲の機会を窺《うかが》っているもののようでした。隊長にバンクで知らせましたが、気づいてもらえませんので、敵が撃ってきたら盾《たて》になるつもりで上についていました。ニューブリテン島が見える頃、敵機はあきらめたのか引き返していきました」

それで八並は上に覆いかぶさるような飛び方をしていたのかと、進藤さんは初めて合点がいった。

「私はこのP－38にまったく気づいていなかった。双発双胴のこの敵戦闘機は零戦よりもはるかにスピードが速く、高高度から一撃離脱の攻撃を受けたらひとたまりもなかったでしょう。穴があったら入りたい気持ちになりましたよ。と同時に、身を挺《てい》してでも指揮官機を守ろうとする八並の気魄《きはく》と責任感に感動を覚えました」

ガダルカナル島の陸上部隊の撤収作戦は、昭和十八（一九四三）年二月一日、四日、七日の三次にわたり、駆逐艦を大動員して夜間、行われた。「ケ」号作戦と呼ばれる。

ラバウル、ブインの基地航空部隊の零戦隊は、ラバウルに派遣されてきた「瑞鶴」零戦隊の応援を受けて、二月一日の撤収開始から輸送部隊の上空警戒にあたるとともに、敵航空兵力に打撃を与えようと、総力を挙げて出撃を重ねた。

米軍側は、日本側の行動をガダルカナル島への増援作戦と誤判断していた。撤収輸送にあたった駆逐艦部隊は、米軍機の空襲と魚雷艇による攻撃は受けたものの損害は予想以上に少なく、駆逐艦一隻が沈没、二隻が損傷を受けただけだった。撤収作戦そのものは、「天佑神助《てんゆう》」と言われたほどの大成功を収め、収容した人員は、防衛庁防衛研修所戦史室編「戦史叢書《そうしょ》」によると一万二千八百五名におよんだ。米軍は、二月八日朝になって、ガダルカナル島エスペランス岬付近に放置された日本軍の舟艇や補給品を発見して、初めて撤退を知ったという。

五八二空の零戦隊と艦爆隊の主力は、ガダルカナル島撤収作戦を支援するため、一月三十一日、ブイン基地に進出した。

二月一日、進藤さんが五八二空零戦隊二十一機を率い、「瑞鶴」零戦隊十九機とともに九九艦爆十五機を掩護して、ガダルカナル島北方の敵艦隊攻撃に向かうこととなった。

十二時五十五分、ルンガ泊地に敵巡洋艦二隻、駆逐艦三隻を発見、艦爆隊は急降下爆撃に入る。このとき、五八二空零戦隊は艦爆隊の避退方向に網を張るかのように待ち構えているグラマンF4F十数機を発見。進藤さんはただちに鈴木宇三郎中尉が指揮する第二中隊九機と角田和男《つのだかずお》飛曹長指揮の第三中隊六機を敵戦闘機に向わせた。進藤さん直率の第一中隊九機は、新たな敵機に備え、またピンチに陥った味方機を救援するため上空で監視にあたる。

艦爆隊は二百五十キロ爆弾の急降下爆撃で巡洋艦二隻を撃沈、五八二空零戦隊はグラマンF4F六機、「瑞鶴」零戦隊はF4F十三機を撃墜したと報告したが、零戦三機、艦爆五機を失った。米側資料によると、実際の損失は駆逐艦一隻沈没とF4F八機であった。この戦いは「イサベル島沖海戦」と呼ばれる。

ガダルカナル島撤退作戦以来、五八二空は主力を山本司令と進藤さんが率いてブーゲンビル島ブイン基地に進出させ、ラバウルの本隊は八木副長が預かって、新着任搭乗員の訓練や補充された飛行機の試飛行などにあたっていた。

ブイン基地の本部や兵舎は、敵機の爆撃を避けるため、飛行場から四キロほど離れた西の海岸沿いにある。下士官兵の宿舎は天幕を張った幕舎だが、司令室と士官室、士官寝室には、作ったばかりの木造バラックがあてられている。パネル囲いの寝室は、ベッドが二台ようやく入る程度の狭い部屋で、洋館の一室を私室として使えたラバウルとは雲泥の差があった。

便所は、寝室の裏の沼地に突き出して作られていて、水のなかに用を足す。そこには色鮮やかな熱帯魚が何種類かいて、麩《ふ》に喰らいつく池の鯉のように落下物に群がる。ときには大きなワニが、スイーッと尻の下を通るようなスリルを味わうこともできた。ブインでは新鮮な食料がつねに不足していたが、隊員たちは、ここの魚だけはけっして釣って食おうとしなかった。風呂はドラム缶風呂、真水には鉄分が多く含まれていて、タオルがたちまち真っ赤になる。水が悪いので、隊員たちは慢性的な下痢に悩まされた。

ブインに進出してから、山本司令は以前にも増して進藤さんを出撃させようとしなくなった。士官の少ない五八二空で、進藤さんは司令にとって唯一の相談相手であった。毎日の出撃の搭乗割は、搭乗員の技倆、体調や出撃頻度《ひんど》を考慮しながら進藤さんが書く。

「この頃、いちばん辛かったのは搭乗割を書くことでした。というのはね、搭乗割を書くと、そのうちの何人かはかならず死ぬんですよ。それを決めるのは私ですから……。搭乗員には無理な戦いをするな、命を大切にしろというんですが、敵が強くなったんだからどうしようもない。毎日、本当に辛かったですね」

四月十八日、聯合艦隊司令長官・山本五十六大将が、乗機一式陸攻がP－38に撃墜され戦死したときも、進藤さんは長官が巡視する予定だったブイン基地にいた。

「母艦の航空部隊をラバウルに派遣し、基地航空隊と協同でガダルカナル、ニューギニアの敵航空兵力を撃滅せよ、ということで山本長官が陣頭指揮をとって『い』号作戦が実施されたんですが、ガダルカナルだけで手いっぱいで、二正面作戦がうまくいくとは思えなかった。その作戦が終了して、長官が前線を視察する、と言い出したらしい。

司令にそのことを伝えられて、長官が何もわざわざこんなところまで来なくても、俺たちは頑張ってやってるのになぁ、と思いましたよ。現場は、『い』号作戦があろうがなかろうが、毎日、戦い続けているわけで、司令部の思いつきで人騒がせなことをしてくれるな、というのが率直な感想でした」

長官機が到着する予定時刻、一機の零戦が突然、ブイン基地に着陸し、降りてきた搭乗員が、「長官機が空戦中です。応援頼みます！」と叫んでふたたび飛び上がっていった。

「五八二空は上空哨戒も命ぜられておらず、長官を迎えるために飛行機を列線に並べていました。急いで『まわせーッ！』と叫んで整備員に零戦のエンジンを始動させ、単機で飛び上がったんですが……。ジャングルのなかから、黒煙が高く上がっているのが見えました。山本長官機の墜落地点でした。その位置、飛行場からの角度を確認して帰りましたが……。当時はブイン上空で敵戦闘機の待ち伏せに遭うなんて思ってもみなかったんです」

百機近い編隊を指揮したルンガ沖航空戦で、多くの歴戦の搭乗員を失う

山本長官戦死後、米軍は増強された航空兵力をもって、波状攻撃とも呼べるほどの激しさで、ラバウル、ブインをはじめとする日本軍基地に大規模な空襲を繰り返すようになった。

そこで、航空作戦の敗勢を挽回するために、ふたたび「い」号作戦のような大作戦（六〇三作戦）が立案された。この作戦は、戦闘機だけでガダルカナル島西方のルッセル島方面に進撃し、敵戦闘機を誘い出して撃滅する「ソ」作戦、敵戦闘機の戦力に打撃を与えた上で、戦爆（戦闘機、爆撃機）連合で出撃、ガダルカナル島方面の敵艦船を攻撃する「セ」作戦からなるものであった。

「この戦いが、私にとっていちばん記憶に残るものでした。零戦初空戦や真珠湾攻撃よりも、です。これまでの空戦が楽だったとは言いませんが、『ソ』作戦、『セ』作戦はとくに厳しい戦いでしたね……」

昭和十八（一九四三）年六月一日付で、進藤さんは少佐に進級した。進藤さんは、こんどの大作戦には、是が非でも自分が指揮して出撃することを山本栄司令に強く進

言し、認めさせた。

六月七日、「ソ」作戦が実施される。午前七時十五分、ブイン基地に集結していた零戦隊は、滑走路に積もった砂塵を巻き上げて発進した。総指揮官は進藤さんで、五八二空は進藤さん直率の二十一機、二〇四《ふたまるよん》空は宮野善治郎大尉率いる二十四機。さらに、ブカ基地を発進した向井一郎大尉率いる二五一《ふたごおいち》空の三十六機を加え、あわせて八十一機からなる零戦の大編隊は、空を圧してガダルカナル島西方上空へと向かった。

この日、零戦隊は、邀撃してきた米軍機の大群と激しい空戦を交え、四十一機の撃墜を報告。しかし、我が方の自爆・未帰還機も九機を数えた。米軍側の記録には、百十機の戦闘機で邀撃し、零戦二十四機を撃墜、七機を失ったと記されている。空戦の戦果は互いに誇大になりがちだが、双方の実際の損失を比べると、零戦九機の損失に対して米軍機の損失は七機に過ぎなかった。

六月十二日にも零戦の大編隊による第二次「ソ」作戦が行われ、三十機撃墜(うち五機は不確実)、零戦隊の未帰還六機。二度にわたる「ソ」作戦で、敵戦闘機の戦力に一定の打撃を与えたと判断されたことから、六月十六日、こんどは艦爆隊が合同して、「六〇三作戦」の主作戦である「セ」作戦が実施されることになる。

ブイン基地は快晴だった。午前九時、指揮所前に搭乗員が整列。

この日は、九九艦爆二十四機を七十機の零戦で護衛する。零戦隊は、敵戦闘機と空戦をまじえ、爆撃の前路を切り開く「制空隊」、艦爆にピッタリとつき従う「直掩隊」、そして艦爆の避退コース上に先行し、低空で待ち伏せしている敵戦闘機を掃討する「収容隊」の三隊に分かれ、爆撃成功に万全を期す構えになっていた。

五八二空は制空隊、二五一空が直掩隊、そして二〇四空は収容隊である。なかでも今回、二〇四空飛行隊長・宮野善治郎大尉の発案で採用された「収容隊」は、艦爆隊を無事に帰投させるため、高度の優位を捨てて優勢な敵戦闘機のなかに自ら飛び込む危険な役目で、発案者の宮野大尉自らがその任にあたることとなった。

午前十時、ブイン基地出撃。五八二空庶務主任・守屋清主計中尉は、大作戦に興奮を抑えられず、早朝から愛用のカメラ・セミプリンスを手に、ブインの飛行場に出ていた。

「焦茶色の飛行服に同色の救命胴衣をつけ、飛行帽に半長靴《はんちょうか》で身をかためた搭乗員たちの姿がまぶしく、首に巻いた純白の絹マフラーが凛々《りり》しく美しかった。談笑しながら愛機へ向かう姿にはなんの気負いも見られず、たのもしく感じられたものです。私は、発進を見送ろうと滑走路に向かいました」

守屋さんが見ている前で、進藤機が滑走路の中央に出た。進藤機は、両翼に長銃身の二十ミリ機銃、二号銃三型を装備した新型の零戦二二型甲である。機番号は173、濃緑色の機体の後部胴体に描かれた、「く」の字二本の黄色い指揮官標識が鮮やかに印象に残った。

進藤さんは、風防を開けたまま、司令官以下の見送りに軽く敬礼すると、白いマフラーを風になびかせて轟然《ごうぜん》と離陸滑走にうつった。

「同じ航空隊でも、零戦の搭乗員は整備員や主計科とは明らかに違う別格の存在感をもっていて、主計中尉ごときが気安く話しかけることのできないような雰囲気があった。威張っていたわけではなく、ただ、近寄りがたい殺気をみなぎらせていたんです。飛行隊長の進藤少佐にいたっては、雲の上の存在でした。私は憧れのスターを仰ぎ見るような気持ちで、離陸滑走に入った進藤機にカメラを向け、シャッターを切りました」

と、守屋さん。進藤さん直率の五八二空十六機、宮野善治郎大尉率いる二〇四空二十四機、香下孝中尉率いる二五一空八機の零戦隊に続いて、二百五十キロ爆弾一発と六十キロ爆弾二発をかかえた江間保大尉率いる五八二空の九九艦爆二十四機も離陸。十時五分、ブカから飛来した大野竹好中尉が率いる二五一空の零戦二十二機とブイン上空で合同し、合計九十四機の大編隊は一路、ガダルカナル島を目指して南東方向に向かって飛んでいった。

ルンガ泊地はガダルカナル島北西端に位置している。そこへ、南西から島を横切る形で突撃し、爆撃を終えるとそのまま北進し、海の方向に避退するのが日本側の計画だった。

艦爆を中心に、その左右と後方にほぼ同数の零戦が掩護する形で飛ぶこと一時間四十分。ガダルカナル島南側から陸地上空に入ると、山の北向こうの海岸線に、目指すルンガ泊地が見えてきた。進藤さんは、バンクを振って、「トツレ」（突撃準備隊形作レ）を下令する。艦爆隊の第二中隊以下が、全速で前に出て第一中隊と並んだ。ここまでは訓練どおりの一糸乱れぬ隊形だった。

艦爆が攻撃態勢に入るまでは零戦隊は絶対に離れてはいけない。零戦のほうがスピードが速いので、二機ずつが交差してバリカンの刃のような動きで飛びながら、艦爆隊についてゆく。

攻撃開始の頃合いを見て、進藤機がふたたびバンクを振って突撃を令する。艦爆は各小隊、三機ごとの単縦陣となり、高速で敵艦隊をめがけて急降下に入る。

「そのとき、前上方からグラマンF4F十二機の編隊が突っ込んでくるのが見えた。

F4Fは零戦に構わず、まっしぐらに艦爆隊に襲いかかってきます。編隊をリードすべき総指揮官が最初から空戦に入るのは避けたいところだが、そう言っていられる状況ではなかった。私は敵機を追い払おうと、とっさに単機で正面から敵編隊に挑んでいったんです。すると敵機は、私の機に記された指揮官標識に気づいたのか、艦爆を攻撃するのをやめ、全機でかかってきた。敵機を撃墜するより、一刻も長くこの敵を引きつけないといけない、そう考えて、フットバーを踏んで機体を横滑りさせながら敵弾をかわし、敵機が味方編隊から遠ざかるように飛び続けました」

その昔、蝶野一空曹に仕込まれた空戦の腕前は健在である。進藤さんは、敵機の動きを見ながら、その主翼前縁にある機銃口がチカチカ光るのと同時に操縦桿を思い切り引いて左急旋回をうつ。敵機はつんのめって進藤機の前に飛び出す。照準器の光枠いっぱいに敵機の姿が見える。おあつらえ向きの射撃体勢だ。

「しめた！」

と、進藤さんは左手で機銃の発射把柄《はへい》を握った。二号銃が火を噴き、機銃弾が敵機の胴体に炸裂する。敵機はブワッと黒煙を吐く。

「しかし、撃墜を確認している暇はありません。振り返るとまた、別の敵機の翼がチカチカ光る。目の前を白い尾を引いて曳痕《えいこん》弾がよぎる。空戦しながら味方攻撃隊のほうを見ると、新手の敵戦闘機が現れたのか、一機の九九艦爆が撃墜され、飛沫《ひまつ》を上げて海面に突っ込むのが目の端に映りました。掩護するはずなのに申し訳ない、と涙が出そうになりました。

グラマンを振りほどこうと、目の前に浮かぶ断雲のなかに逃げ込む。しかし、雲から出ると、敵機はちゃんと先回りして待ち構えてる。また雲に入る。そんな動きをしばらく繰り返し、海面すれすれでスコールに飛び込み、ようやく敵機を振り切ることができました……」

この日は米軍も、百四機もの戦闘機を邀撃に発進させていて、進藤機が十二対一の空戦を演じている間にも、彼我入り乱れての大空戦が繰り広げられていた。

この日の戦闘で、日本側は米軍機二十八機を撃墜（うち不確実二機）、大型輸送船四隻、中型輸送船二隻、小型輸送船一隻を撃沈、大型輸送船一隻を中破させたと報告したが、米側資料によると、この日の米軍戦闘機百四機のうち、失われたのは六機に過ぎない。輸送船一隻と戦車揚陸艦一隻が大損害を受けたが、いずれも沈没をまぬがれている。

いっぽう、日本側の損害は、零戦十五機が未帰還（戦死十五名）、一機不時着水、四機被弾（負傷二名）、艦爆十三機が自爆または未帰還、四機被弾（戦死二十八名、負傷一名）という大きなもので、戦死した零戦搭乗員のなかには、名指揮官と謳われた二〇四空飛行隊長・宮野善治郎大尉や、昭和十五（一九四〇）年九月十三日の零戦初空戦で進藤さんの三番機をつとめた大木芳男飛曹長ら、海軍航空隊の至宝とも呼べる歴戦の搭乗員がいた。艦爆の損失にいたっては、未帰還機だけとっても過半数を超える致命的な数字であった。

「総指揮官たる私がグラマンに空戦を挑んだことで隊形がくずれ、そのため味方が苦戦したのではないかと、ずっと悔やみ続けました。グラマンに追われてやっと振り切ったとき、思わず安堵のため息をついたことを、自分自身、心底恥ずかしく思った。しかし、支那事変の頃にはそれなりに使えていた無線電話が、整備上の問題か、この頃になると全然使えず、無線も通じないのに百機近い編隊を意のままに指揮することなど、実際にはできはしない。いままで感じたことのないような無力感にとらわれましたね……」

と、進藤さんは語っている。

六月十六日の「セ」作戦による戦いは、「ルンガ沖航空戦」と名付けられ、六月十八日午後三時三十分をもって大本営から発表された。

前線から内地へ転出し結婚。異様に感じた戦時体制の窮屈な空気

ルンガ沖航空戦を境に、それからのソロモン航空戦は、攻勢に出る敵を必死で食い止めようとする、ほぼ防戦一方の凄惨な戦いとなった。

七月十三日をもって、五八二空戦闘機隊が、戦力の消耗を理由に解散されることになり、進藤さんは、戦死した宮野大尉の後任として、二〇四空飛行隊長に異動となった。五八二空は一時、九九艦爆だけの航空隊になり、のち艦攻部隊に改編される。

「しかし、私はこの頃、マラリアに罹《かか》りましてね。一時は四十二度もの高熱が出て、意識不明の状態になり、生死の境をさまよいました。だから、二〇四空では、ほとんど作戦を指揮して飛ぶ機会はなかったんです。回復してからも、もっぱらラバウルで新人搭乗員の訓練を指揮していました」

八月に入ると、米軍の猛攻に、ガダルカナルにもっとも近いムンダ基地が放棄される。八月十五日には、米軍はベララベラ島に上陸。零戦隊はそれに一矢を報いようと奮闘を続けるが、搭乗員は次々と戦いに斃《たお》れていった。

進藤さんは九月十五日付で第二航空戦隊司令部附として転出することになり、後任の二〇四空飛行隊長は岡嶋清熊《きよくま》大尉が短期間務めたあと、倉兼義男大尉が着任する。

「私は乗艦を空母『龍鳳《りゅうほう》』に指定され、思い出深いラバウルを発ってトラック環礁の泊地にいた『龍鳳』に着任しました。奉職履歴によると九月十八日のことです。『龍鳳』は小さな艦でしたね。翌十九日、『龍鳳』はトラックを出港し、二十四日、呉に入港しました。ひさびさの内地です。ところが、もう内地には燃料がないからというので、十月二十四日には昭南《しょうなん》——シンガポールのことですね——に派遣され、ここで二航戦の飛行機隊を訓練することになりました」

十一月一日付で、進藤さんは二航戦司令部附から「龍鳳」飛行長に発令されるが、仕事の内容にはまったく変化はない。

「そしたらね、またラバウルへ呼び返された。基地航空隊が戦力を消耗して、母艦部隊が出て行かざるを得なくなったんです。はじめニューアイルランド島のカビエンに進出して、そこで訓練をやってから、昭和十九（一九四四）年一月後半、私が二航戦戦闘機隊を引き連れてラバウルに進出しました。もうこの頃には進攻はできなくて、邀撃戦が主でした。敵は毎日、百機近くで空襲に来よるもんだから、ひと月足らずで戦力を消耗して、トラックに引き揚げました」

聯合艦隊の南の拠点であったトラックは、昭和十九年二月十七日、十八日と米機動部隊の急襲を受け、集結していた航空部隊が壊滅。そのため、海軍はラバウルの航空部隊をトラックに後退させた。これは、海軍がソロモンの航空戦を放棄し、ラバウルの零戦隊が消滅することを意味していた。

トラックに後退したものの、指揮するべき部隊が壊滅状態となっていた進藤さんは、三月十日付で第六五三海軍航空隊附（飛行長）に転勤を命ぜられ、呉に帰ってきた。

六五三空は小型空母「千歳《ちとせ》」「千代田」「瑞鳳《ずいほう》」の三隻からなる第三航空戦隊に属する航空隊として、新たに編成されたばかりである。飛行機定数は零戦六十三機、艦攻二十七機で、作戦時にはそれが三隻の空母に分乗して戦う。零戦のうち十八機は五二型、四十五機は、二一型に爆弾を積んで艦爆の代わりに使用する戦闘爆撃機（爆戦）であった。

六五三空と同時に、空母「大鳳《たいほう》」「翔鶴」「瑞鶴」の第一航空戦隊に属する六〇一空、「隼鷹《じゅんよう》」「飛鷹《ひよう》」「龍鳳」の第二航空戦隊に属する六五二空が編成され、きたるべき米機動部隊との決戦に備えることになったが、進藤さんの率いる六五三空は、三つの航空隊のなかで搭乗員の練度がもっとも低かった。飛行隊長・中川健二大尉をのぞ

く士官搭乗員は十名全員が飛行学生卒業後半年未満で、もちろん実戦経験はない。搭乗員の概要を聞かされ、

「これは大変なことになったぞ」

と、進藤さんは憂鬱《ゆううつ》な気分になった。もちろんこれは、「決戦」に臨むどころか、一から訓練を始めないと戦争に使えそうにない。もはや日本が勝つとは思えない。搭乗員の側の責任ではないのだが。またこの

「いままで大勢の部下を死なせてきたが、もはや日本が勝つとは思えない。搭乗員たちを死なせるのか……。俺もそろそろ死に場所を考えなきゃいかんな」

休暇を許された進藤さんは、憂鬱な気分のまま、背広姿で広島の街に一人遊びに出た。体質的に酒を受けつけないが、夜の街の空気が懐かしかったのだ。南洋灼《や》けした肌に、夜風がひんやりと心地よい。灯火管制で薄暗い通りを煙草をプカプカやりながら歩いていると、

「こらこらッ！」

と呼び止める者がいる。見れば、カーキ色の国民服にゲートル（巻脚絆《まききゃはん》）姿の、中年の警防団員であった。戦争が始まってから、空襲に備える身支度として、すべての男子は防空服装としてゲートルを着用することが奨励され、また、坊主頭こそが「非常時」の身だしなみとされる風潮があった。折悪しく防空演習がはじまり、ゲートル

も巻かず、髪を伸ばした進藤さんの姿が、男の癇《かん》に障《さわ》ったのに違いなかった。

「こら、何じゃ、その格好は。煙草を消せ、煙草を」

居丈高《いたけだか》に怒鳴る男に、

「なぜですか」

と進藤さんは聞いた。

「なぜもへちまもあるか、敵機に見つかったらどうする」

「上空から煙草の火が見えますか」

「見えるに決まっとる。貴様、口答えしよるか」

「そうですかねえ、私は夜間飛行もだいぶやっとるけど、上空から煙草の火を見つけたことは一度もないですがね」

相手はきまりの悪そうな顔をして黙ってしまった。

進藤さんが皆実《みなみ》町の生家に帰ると、挨拶もそこそこに父・登三郎さんが、

「三郎、待ちかねたぞ。お前、結婚せい。もう話はつけてある」

という。相手は以前、父が海軍を辞め東洋工業で働いていた頃に住んでいた、広島市白島《はくしま》の借家の近所にある病院の次女で、名は天野和子、二十一歳である。進藤さんは三十二歳、ずっと戦地暮らしの息子が、結婚のチャンスがないままであるのを心配

した登三郎さんが知人の医師に相談し、その医師が天野家の親戚であったことから、適齢期の和子さんに白羽の矢が立ったのだ。

「近所だったから、妹たちとは知り合いだったらしい。どうせ俺は近々、死ぬんじゃが、しかし、結婚というものの味を知ってから死ぬのも悪くないと思った。クラスメートは皆、すでに所帯をもっていて、私は同期のなかで一番遅かったんです」

話はとんとん拍子に進み、帰郷の翌日には進藤家で見合いをする。和子さんは小柄で利発そうな美人で、進藤さんは思わず胸がときめくのを感じた。

進藤さんが広島にいられるのはわずか五日間ほどである。三月十九日日曜日、海軍大臣の婚姻許可がおりたその日に、進藤、天野両家は三郎さん、和子さんの結婚式を、広島藩祖浅《あさ》野《の》長政《ながまさ》を祀《まつ》る饒津《にぎつ》神社で挙げた。進藤さんは礼装ではなく紺の第一種軍装、和子さんは振袖に角隠しという姿であった。列席者は両家あわせて二十名ほどと、呉、江田島で勤務している進藤さんの海兵のクラスメートが三名だった。

「当時のことだから、新婚旅行もなにもありゃせん。結婚式の翌日、家内を連れて連絡船で松山に赴きました。松山基地では六五三空の飛行訓練が行われていて、当分ここにいなきゃいかん。私は、廃業した料亭の奥座敷を間借りし、そこに家内を住まわせて航空隊に通勤しました。

飛行長になったから、もう実戦で零戦隊を指揮する立場ではないんですが、司令・木村軍治中佐の下で六五三空の零戦、艦攻の機材調達や訓練計画、人事などの実務を全て統括することになり、かなり忙しかったですよ」

四月のある日、要務で長崎県の大村基地に赴いたさい、背広姿で長崎から汽車に乗った進藤さんは、国民服を着た中年の男にからまれた。

「なんばしよっか、この非常時に髪なんか伸ばしよって」

「どうもすみません、必要なもんでつい伸ばしております」

「なんで必要か」

「いや、飛行機がひっくり返ったときに怪我せんように……」

進藤さんが答えると、男は、エッと驚いて態度を豹変《ひょうへん》させ、

「これは大変失礼しました。海軍さんでしたか、いや、結構であります。ご苦労さまなことです」

と、揉み手せんばかりに機嫌をとり始めた。

「『銃後』は戦意旺盛で、かえって軍人の方が窮屈に感じるほどでしたね。世の中が戦争一色に染められているような空気は、前線帰りの身にも異様に感じられたものです。外地や航空隊のなかの方が、むしろ自由な雰囲気でした」

昭和十九（一九四四）年五月上旬から中旬にかけて、六五三空の零戦隊、艦攻隊は「千歳」「千代田」「瑞鳳」の三隻の空母に収容され、訓練のためボルネオ島北東沖にあるタウイタウイ泊地に向かうことになった。進藤さんは五月六日、松山市西部の三津浜港に停泊していた「千歳」に乗艦した。十日、「千歳」は錨を上げ、十六日、タウイタウイに入泊した。機密保持のため、進藤さんは、艦に乗ることも、出港することも、これから戦いに臨むであろうことも、和子さんに告げてこなかった。

比島沖海戦の惨敗。嫌悪感を感じた「決戦」という言葉の大安売り

聯合艦隊は、空母「大鳳」「翔鶴」「瑞鶴」「隼鷹」「飛鷹」「龍鳳」「千歳」「千代田」「瑞鳳」の九隻を基幹とする第一機動艦隊（司令長官・小澤治三郎中将）を編成し、これと基地航空部隊である第一航空艦隊（一航艦）とで、マリアナ方面に来襲が予想される敵機動部隊と本格的な決戦を行い、敵の進攻意図を破砕して退勢を一挙に挽回しようとしていた。この作戦は「あ」号作戦と呼ばれる。

掛け声こそ勇ましいが、機動部隊も第一航空艦隊も、その実態は心もとないものであった。一航艦は、二月のトラック空襲以来の敵機動部隊との戦闘で戦力を消耗し、

飛行機は配備予定の三分の一にも満たない五百三十機しか揃っていない。しかもベテラン搭乗員の多くをすでに失い、補充された搭乗員の多くは練習航空隊を出て短期間の訓練を受けただけの初心者だった。

機動部隊も、似たような状況である。五月中旬、燃料を求めて産油地に近いタウイタウイ泊地に集結したのはいいが、特に六五三空は十分な訓練を受けていない搭乗員が多く、空母の飛行甲板に着艦するのも一苦労である。

「新人搭乗員に着艦訓練をさせるたびに、寿命が縮むような思いをしました。機動部隊の合同訓練をタウイタウイで実施する予定だったのが、無風状態が続いて飛行機を発艦させるために必要な風力が得られず、泊地の外では米軍の潜水艦が出没していることもあって、満足な訓練ができなかったんです」

「あ」号作戦では、日本機の長い航続力を生かして敵艦上機の攻撃圏外から攻撃隊を発進させる「アウトレンジ戦法」をとることになっていたが、肝心の搭乗員の練度がこれでは、そう都合よく戦いが運べるはずがない。

日米機動部隊が激突したのは六月十九日のことである。日本の機動部隊は、グアム島西方三百浬（約五百五十六キロ）の位置にあって、六月十九日未明から四十四機の索敵機を出し、その「敵機動部隊発見」の報告をもとに次々と攻撃隊を発艦させた。

参加兵力は、日本側の空母九隻、艦上機四百三十九機に対して、米機動部隊は空母十五隻、艦上機九百二機と、約二倍の開きがある。

進藤さんの第三航空戦隊からは、零戦十四機、爆戦四十三機、「天山《てんざん》」艦攻七機の計六十四機が発進した。攻撃隊は目標の敵機動部隊にたどり着く前に、待ち構えていたグラマンF6Fの奇襲を受け、かろうじてそれを突破した機も、敵機動部隊上空で恐るべき威力を持つVT信管（近接自動信管）を装備した対空砲火で次々と撃墜された。VT信管は、砲弾が目標の一定距離内に達すると、電波信管が作動し自動的に砲弾を炸裂させる）を装備した対空砲火で次々と撃墜された。零戦八機、爆戦三十一機、「天山」二機の計四十一機が未帰還となり、戦果は、敵戦艦、巡洋艦に各一発の爆弾を命中させたほかは、F6F一機を撃墜しただけだった。

「要するにあのときには敵のレーダーや無線が非常に発達していて、こちらの攻撃隊の動きが、逐一グラマンに伝えられていた。敵機動部隊の五十浬（約九十三キロ）ぐらい手前に網を張られていて、そこでやられてる。VT信管のことは当時はわからなかったけど、未帰還機のあまりの多さに愕然《がくぜん》としましたよ。情けなさと悔しさで、なんとも言えない気持ちでした」

三航戦の攻撃隊に続き、一航戦、二航戦の放った攻撃隊も、似たような経過をたどった。先制攻撃をかけながら、四百五十機ものＦ６Ｆによる邀撃と有効な対空砲火を前に、攻撃隊のほとんどが撃墜され、それに対し得られた戦果はわずかであった。米機動部隊は十九日には日本機動部隊を発見できず、二十日の夕刻にやっと発見、一度だけ攻撃をかけてきている。上空直衛の零戦隊は、敵機二十機を撃墜したが、この空襲と潜水艦の攻撃で、日本側は空母「大鳳」「翔鶴」「飛鷹」を失った。二日間におよぶ戦闘が終わったとき、日本機動部隊に飛行機は六十一機しか残っていなかった。記録的大敗と言っていい。

この、昭和十九（一九四四）年六月十九日、二十日の日米機動部隊の戦いを、「マリアナ沖海戦」と呼ぶ。

いかに大敗を喫しても、戦争が続いている限りは休息は許されない。マリアナ沖から帰った進藤さんは、六月二十八日から大分基地でさっそく部隊の再建にとりかかった。一人取り残され広島に帰っていた和子さんを大分に呼び寄せ、水交社（海軍士官の親睦・娯楽施設）に仮住まいを始めた。水交社には、士官が家族とともに長期滞在できるような、台所のついた部屋がいくつもあった。和子さんの回想――。

「航空隊が訓練をしていることは私にもわかりますが、主人は仕事についてはなにも話さない。日曜日になると部下の方たちを何人かつれてきて、私の手料理でもてなすんですが、戦争の話をしているのは聞いたことがありません。九月末、部下の方たちにご馳走しようと広島に帰り、名物の松茸を籠いっぱい持って帰ってきました。ところが、大分に戻ってみると、水交社の部屋はもぬけの殻になってる。またも主人は、なにも言わずにいなくなってたんです」

進藤さん率いる六五三空の主力は、沖縄・小禄《おろく》基地を経て十月十四日、台湾に進出。折しも台湾沖に現れた敵機動部隊の攻撃で戦力の半数近くを失い、さらに、フィリピンでの決戦を意味する「捷《しょう》一号」作戦の発動とともにルソン島のバンバン基地、マバラカット基地に進出した。六五三空の一部は、小澤治三郎中将が率いるいわゆる「囮《おとり》」艦隊の四隻の空母に分乗している。もはや搭載する飛行機さえ満足に揃わない空母部隊は、全滅覚悟で囮となって敵機動部隊を引きつけ、栗田健男中将率いる戦艦「大和」以下の主力部隊がレイテ島の敵上陸部隊を砲撃、撃滅するのを支援するしかなかった。

だが、「決戦」の掛け声のもと、日本海軍の総力を挙げた戦いは、またしても日本側の一方的な敗北に終わった。小澤艦隊は、囮として十分に敵を引きつけた上で、敵艦上機の攻撃を受け、空母四隻全てが撃沈された。 また、十月二十日、第一航空艦隊で初めて編成された特攻隊が、二十五日、敵護衛空母群への突入に成功している。栗田艦隊は、敵艦上機や潜水艦による執拗《しつよう》な攻撃を受け、戦艦「武蔵」を撃沈されるなどの痛手を受けながらもレイテ湾まであと少しのところにまで達していた。防備のうすい敵輸送船団に対し、「大和」以下、残る四隻の戦艦の大口径砲で猛射を浴びせれば、敵上陸部隊に壊滅的な打撃を与えることができるはずだった。

——にもかかわらず、栗田中将は突入せずに艦隊を反転させた。この理由については、栗田艦隊の至近距離に敵機動部隊がいるという幻の情報を信じた、レイテ湾内の敵情が不明であった、小澤艦隊の戦闘状況が無線連絡の不備で栗田中将のもとに届かなかった、などの説があるが、要するに栗田長官とその幕僚たちが臆病風に吹かれたから、というのがもっとも簡明で客観的な答えである。

「陸上基地でも情報が錯綜《さくそう》していて、なにがどうなっているのか正確にはわからない。しかし、栗田艦隊の突入が未遂に終わったらしいことを知り、全身の力が抜けるような気がしました。マバラカットでは、かつての五八二空司令で、いまは二〇一空司令となっている山本栄大佐と一緒に、関行男大尉以下、神風特攻敷島隊の出撃を見送りました。山本大佐は飛行機の事故で左脚を骨折して松葉杖をつき、たった一年数ヵ月しか経っていないのに、ラバウル時代よりずいぶん老けたように見えました。

特攻については、ついにここまできたか、とは思いましたが、馬鹿なことを、とは思わなかった。これも、主力部隊である栗田艦隊の突入を助け、押し寄せる敵を食い止めるためという大義名分があればこそです。そのために、私の部下も大勢が命を失った。なのにこの期におよんで主力部隊が逃げ出すとは、いったいどういうことか。なんのためにこれまで戦ってきたのか、『決戦』とはなんなのか……。

私は『決戦』という言葉が嫌いでした。決戦、決戦と何べんも。いままで、その掛け声のもとでどれほど多くの部下を死なせてきたことか。決戦という言葉の大安売り。決戦なんて一回でいいんだ、といつも思っていました」

「比島沖海戦」と呼ばれるこの戦いで、日本海軍は戦艦「武蔵」「山城」「扶桑《ふそう》」をはじめ、空母四隻、巡洋艦十隻、駆逐艦十一隻など多くの艦艇を失い、さらに多くの艦艇が損傷を受けた。ここに日本聯合艦隊はほぼ壊滅、戦闘能力を喪失した。米側の沈没艦艇は、軽空母一隻、護衛空母二隻、駆逐艦三隻にすぎなかった。

「とにかく、情けない時代でした。若い士官たちは、自分がやらなきゃ、と使命感に燃えていたようですが、この頃になると、飛行機の性能の面でも、搭乗員の技倆の面でも、敵に大差をつけられて、よほど有利な態勢でなければ絶対に空戦に入るな、という教育をせざるを得なかった。かつては、中国空軍のソ連製戦闘機を一方的に追い回していたのが、いまや零戦が、そのときの中国軍機の立場になってしまっている。緒戦の手痛いしっぺ返しを食わされているような気がしたものです」

勝てないとわかっていたが、敗戦の現実を前に感じたこの上ない屈辱感

進藤さんは、六五三空の残存部隊を率いて昭和十九（一九四四）年十一月四日、鹿児島基地に帰還した。十一月十五日、こんどは同じ鹿児島基地の第二〇三海軍航空隊飛行長を命ぜられ、二十八日に着任する。二〇三空は、戦闘機搭乗員の訓練部隊だった厚木海軍航空隊が改名した航空隊で、司令は山中龍太郎大佐。台湾沖航空戦と比島決戦で戦力を消耗し、引き揚げてきた戦闘第三〇三飛行隊、戦闘第三一二飛行隊からなり、飛行機の定数はそれぞれ零戦四十八機。予想される沖縄への米軍来攻に備えた南九州の制空部隊として、再建を急いでいたが、飛行機の生産が消耗に追いつかない状況で、なかなか機数を揃えることができなかった。

十二月三日、二〇三空は鹿屋基地の東隣にある笠之原基地に置かれることになり、昭和二十（一九四五）年一月になると、進藤さんは基地の近くの民家の離れを借り、そこに和子さんを呼び寄せた。和子さんはそのとき、第一子を身ごもっていた。

三月十八日、敵機動部隊が突如、九州沖に現れ、九州各地の航空基地は艦上機による激しい空襲を受けた。翌十九日には呉軍港が大空襲を受け、艦船と地上施設に大きな被害が出た。二十一日、その敵機動部隊を求めて、鹿屋基地から七二一空（神雷部隊）の一式陸攻十八機が、零戦三十機に護衛されて出撃する。陸攻のうち十五機は、機体の腹に人間爆弾「桜花《おうか》」を抱いていて、これが「桜花」の初出撃だった。

陸攻隊指揮官の野中五郎少佐は、兵学校で落第して卒業は一年遅れたが、もとは進藤さんのクラスメートで、空への思いを語り合った仲である。進藤さんの指揮下にある二〇三空零戦隊も十一機が一緒に出撃する。進藤さんが鹿屋基地に駆けつけたときはもう出撃間際で、搭乗員が整列していた。野中少佐は隊員たちに、

「戦わんかな最後の血の一滴まで。太平洋を血の海たらしめよ」

と訓示すると、乗機に向かって歩いていった。進藤さんは野中少佐の背中越しに、

「気をつけてな」

と声をかけるのがやっとであった。進藤さんは、戦闘帽を力の限り振って、彼らの離陸を見送った。機首に一・二トンもの爆薬を仕込んだ「桜花」を抱いた陸攻は、見るからに重そうにゆっくりと上昇していった。野中隊は、途中で待ち構えた敵戦闘機に陸攻全機が撃墜され、攻撃は失敗に終わった。このときの戦死者は、陸攻隊・野中

少佐以下百三十五名、桜花隊・三橋謙太郎大尉以下十五名、零戦隊・漆山《うるしやま》睦夫《むつお》大尉以下十名、合計百六十名に達した。

野中少佐が出撃前夜に、

「ろくに戦闘機もない状況ではまず成功しないよ。特攻なんてぶっ潰してくれ」

と遺言していたことを進藤さんが知るのは、戦後になってからのことである。

「ちょうどその頃、山中司令に呼ばれ、『うちもそろそろ特攻を出さないといかんだろうか』と言う。ついに来たか、と思いました。

比島沖海戦のときは、どうしてもレイテ湾に栗田艦隊を突入させなきゃいかん、という切羽詰まった状況で、限られた飛行機で敵空母をやっつけるにはそれしかないと理解はしましたが、この頃の特攻は、もはや尋常な作戦だとは思えなかった。それで司令に、『うちの隊にはいっぺんこっきりで死なせるような部下は一人もおりません。何べんも使って戦果を挙げてもらわなきゃならんのですから、特攻は出したくありません』と答えたら、『そうだな』と相槌《あいづち》をうたれました。――司令部からなにを言ってきたのかは知りませんが」

進藤さんはその後、五月三日付で筑波海軍航空隊飛行長に転勤を命ぜられ、十三日に着任する。筑波空の司令は、零戦の前身である十二試艦戦の海軍側初飛行を担当した中野忠二郎大佐、副長は五十嵐周正中佐。茨城県に本部を置き、もとは戦闘機搭乗員を養成する練習航空隊だったが、実戦部隊に格上げされ、局地戦闘機「紫電《しでん》」で編成された戦闘第四〇二飛行隊、戦闘第四〇三飛行隊を傘下におさめていた。

マリアナの失陥以来、日本のほぼ全土が、米陸軍の新型爆撃機・ボーイングB－29の行動圏内に入り、東京、大阪はもちろん、全国の主要都市や軍事施設の多くが激しい空襲を受け、焦土と化している。B－29は、高速で重装甲、しかも強力な防禦《ぼうぎょ》砲火を持ち、零戦や「紫電」「紫電改《しでんかい》」では撃墜することはおろか、攻撃することさえ難しかった。進藤さんは、部下たちがあまりにもB－29を墜とせないのに業を煮やし、

「遠くから撃つから当たらないんだろう。じゃあ、俺が手本を見せてやる」

と、「紫電」に飛び乗り邀撃に上がったことがあるが、B－29のあまりの速さに追いつくことさえできなかったという。

昭和二十（一九四五）年七月になると、筑波空では、戦闘第四〇二飛行隊を進藤さんの指揮下、京都府の福知山基地に、戦闘四〇三飛行隊は、中野大佐に代わり司令になった五十嵐中佐が率い、兵庫県の姫路基地に、それぞれ展開させた。空襲による被害を避け、敵の本土上陸部隊を迎え撃つための訓練を重ねるためである。機種は順次、新鋭機「紫電改」に更新され、いずれは、九州防空に活躍中の第三四三海軍航空

隊に代わる、海軍の新たな主力戦闘機隊になるはずだった。

「八月六日、広島に新型爆弾が投下され――そのときは原子爆弾とはわかりませんが――全滅した、という情報が入った。これは、うちも無事では済まんだろうと思いました。筑波空は三四三空と交代する予定でしたから、三四三から搭乗員をもらい受ける相談のため、九日朝早くに大村基地へ飛んだんです。ところが、この日は司令も飛行長も不在で、話をする相手がおらん。それで福知山にとんぼ返りしたんですが、帰りに広島上空を飛んでみた。瀬戸内海上空から望むと、緑の山々や青い海の風景が広がるなかで、広島だけが灰色というか、広い範囲で色がなくなってるんです。これはやられたなあ、うちも駄目だ。両親が生きているとも思えん。家の上空を旋回して状況を確認する気にもなれなかった。福知山に帰って、私が大村基地を離陸してほどなく、長崎に二発めの新型爆弾が投下されたことを知りました」

そして八月十五日正午、戦争終結を告げる天皇の玉音が放送される。福知山基地でも、総員が指揮所に集合してラジオを聴いた。

「しかしラジオの雑音が多くて、陛下のお言葉がなんだかよくわからない。激励されたぐらいに思って、放送が終わってから、それじゃこれから訓練だ、と、平常通り訓練を始めたんです。ちょうどその日、宝塚歌劇団の月組が基地に慰問に来ていましたが、予定通りやってもらいました。

だんだん、戦争が終わりだ、ということはわかってきましたが、しかしまだ停戦だ、と。交渉して和議が決裂したらまたやるんだ、そう思って訓練を続けていました。厚木の三〇二空からも、抗戦の呼びかけの使者が来ましたね。フィリピンに飛ぶ降伏の軍使機を撃墜しろって言うから、そんな、日本の飛行機を墜とせるか、と一喝しましたが。

そうこうしている間に、高松宮（海軍大佐・昭和天皇の弟宮）の使者がやって来て、終戦は陛下の御意志であると。筑波空を指揮下におさめる第七十一航空戦隊司令部からも飛行訓練をやめろ、と言ってきました。そして、五十嵐司令から、福知山にある可動機を全機、姫路基地に持ってこい、と命ぜられたんです」

八月二十一日のことである。進藤さんは、機銃弾を全弾装備して、いつでも戦える準備のできた十三機の「紫電改」を率い、姫路基地に着陸した。

「そしたら、着陸と同時にプロペラをはずされて……。五十嵐中佐は、昭和十一（一九三六）年、私がまだ中尉の頃、空母『加賀』に乗り組んだときの直属の分隊長で、その後も同じ部隊で勤務することが多く、親しい上官でした。この人とともに本土決戦で死ぬのなら悔いはない、とさえ思っていたんですが」

五十嵐中佐の口から出たのは、
「本日より休暇を与える。搭乗員は皆、一刻も早く帰郷せよ」
という、思いがけない命令であった。進藤さんは、顔が蒼ざめるような憤《いきどお》りを感じた。

勝てる戦争ではないことはずっと前からわかっている。しかし、いざ敗戦という現実に直面したとき、進藤さんの胸にこみ上げてきたのは安堵ではなく悔しさだった。軍人にとって、「勝てない」ということは「負ける」という思考と必ずしもつながっていない。少なくとも、降参して講和を結ぶというのは、この上ない屈辱だと進藤さんは思った。

「戦争が終わったのはわかりました。しかし、命令といわれても、私には福知山に帰って、部隊を解散させる責任がある。私一人でも、帰らせてください」

と進藤さんは主張したが、聞き入れられなかった。搭乗員たちはその場で武装解除され、着剣した衛兵の監視つきでトラックの荷台に乗せられ、姫路駅まで十キロ近い道のりを護送された。

姫路市街は、七月三日に受けた空襲で、焼け野原になっていたが、姫路城の天守閣は無事だったらしく、黒い偽装網をかぶせた姿でそびえ立っていた。搭乗員は出身地別に、山陽本線の上下の列車に振り分けられ、飛行服、飛行帽姿のまま、窓の破れた満員の客車に、押し込めるように乗せられた。

「勝手にしやがれ、どうにでもなれ」

と、進藤さんは、暗澹《あんたん》とした思いで広島に帰った。

敗戦直後、掌《てのひら》を返したように変節する社会の中で、生き延びるための苦闘

広島の街は、一面の焼け野原になっていた。進藤さんの生家は、爆心地から南東へ約二・八キロの距離にある。帰ってみると、爆風で壁が落ち、畳や建具も吹っ飛び、柱も「く」の字に折れ曲がったような状態だったが、蓮田《はすだ》のなかの一軒家であったため類焼を免れ、父・登三郎さんと母・タメさんが二人で暮らしていた。

厳格だった父が、目に涙を浮かべて、

「三郎、ご苦労さんじゃったなあ」

と迎えてくれたとき、初めて負けた実感が、悔しさとともに体中から湧いてきた。父子は、抱き合って長いこと泣いた。

家族の安否については、妻・和子さんと、昭和二十（一九四五）年五月二十五日に

生まれたばかりの長男・忠彦さんは、和子さんの母方の里である広島県北東部の庄原《しょうばら》町に疎開していて無事、しかし、白島にあった和子さんの実家が、経営する病院ごと原爆で焼け落ち、和子さんの姉・孝子さんが亡くなっていたことを知った。次兄・次郎さんは陸軍に召集され、陸軍上等兵として中国大陸で戦死。二人の弟はそれぞれ独立し、二人の妹もそれぞれ嫁いで広島を離れている。

それからしばらくは放心状態が続き、毎日、原爆の爆風で屋根瓦が飛び室内がめちゃくちゃになった家の片づけをしたり、自宅から三キロほど南の宇品《うじな》海岸で釣りをしたりして過ごした。

和子さんの父・天野進作さんが釣り船を持っていたので、連れだって瀬戸内海を西に向かい、山口県の大島まで遠征することもあった。磯釣りでも船釣りでも、釣れるのはハゼやメバル、キスぐらいで釣果《ちょうか》は芳《かんば》しくなかったが、さしあたって、他にすることがなにも思いつかなかったのである。

秋も深まったある日、いつものように生家近くの焼け跡を歩いていると、遊んでいた五、六人の小学校高学年とおぼしき子供たちが進藤さんの姿を認めて、

「見てみい、あいつは戦犯じゃ。戦犯が通りよる」

と石を投げつけてきた。新聞でしばしば写真入りで報道されていたので、地元の子

供たちは進藤さんの顔を知っていたのだ。「こら!」と怒鳴ると逃げ散っていったが、やるせない思いが残った。

年が明け、昭和二十一(一九四六)年になると、広島駅南口前あたりでは、闇市のバラックがぼちぼち立ち並ぶようになった。進駐軍の兵隊相手の、妖《あや》しげなバーも開店していた。

広島に最初に進駐してきたのは、オーストラリア軍を中心に編成された英連邦軍である。進藤さんは、広島駅前で、進駐してきた豪州兵にぶら下がるように腕を組み、歩いていく日本人女性を見たとき、つくづく世の中がいやになった。

この変わり身の早さ。

「それ以来、日本人というものがあんまり信じられなくなったんです」

つい昨日まで、積極的に軍人をもてはやし、戦争の後押しをしてきた新聞やラジオが、掌《てのひら》を返して、あたかも前々から戦争に反対であったかのような報道をしている。周囲の人間を見ても、戦争中、威勢のいいことを言っていたものほど、その変節ぶりが著しい。

批判する相手(=陸海軍)が消滅して、身に危険のおよぶ心配がなくなってからの軍部、戦争批判の大合唱は、進藤さんには、時流におもねる卑怯な自己保身の術としか思えなかった。「卑怯者」は、いわゆる「進歩的文化人」や「戦後民主主義者」と呼ばれる者のなかに多くいて、敗戦にうちひしがれた世相に巧みに乗っかり、世論をリードしていた。

「さかんに宣伝されている、『自由』にも『民主主義』にも興味はない。私は、自分はこれからの時代に生きてゆくべき人間ではないような気がしました。『生き残った』のではなく、『死に損なってしまった』という意識の方が強かった。自決することを考えましたが、あいにく姫路基地で武装解除されたので拳銃を持っていない。生命を絶つ方法をあれこれ考えているうち、終戦直前、生まれたばかりの長男に会いに庄原へ行ったとき、差し出した人差し指を小さな手で無心に握ってきた感触が甦《よみがえ》り、死ねなくなってしまった。われながら情けない気がしました」

戦後の風潮は、戦時中の日本のやってきたことをことごとく「悪」と断じるものであった。戦没者のことを犬死によばわりすることさえ、「進歩的」と称するインテリ層の間では流行していた。そんな言説を見聞きすると、「何を言いやがる」と進藤さんは悔しかった。

直属の部下だけで、百六十名もの戦死者を出している。なかでも、昭和十八（一九四三）年、ガダルカナル島をめぐる航空戦では、部下たちの最期を幾度も目の当たりにした。対空砲火を浴びて、ソロモンの海に飛沫《ひまつ》を上げて突っ込んだ艦上爆撃機や、襲いかかる敵戦闘機から艦爆を守ろうと、自ら盾になって弾丸を受け、空中で火の玉となり爆発した零戦の姿を思い出すたび、あれが犬死にだというのか、と、やりきれない思いに涙が溢《あふ》れた。

進藤さんには、戦後の世の中はしだいに住みづらいものになっていた。旧軍人ということで、周囲から白眼視されているのが肌で感じられる。戦争の記憶は自分の胸の奥底に秘めておくしかなかった。

そして終戦直後のハイパーインフレと、それに続く新円切り替えで紙幣が紙くず同然になり、頼りにしていた海軍の退職金も底が見えた昭和二十一（一九四六）年四月のある日、これまで心の拠《よ》りどころであった、零戦初空戦を指揮したさいに支那方面艦隊司令長官・嶋田繁太郎中将より授与された感状を、破り裂いた。そして、生きるための仕事を求めて妻子をつれて東京に出、そこから横須賀に流れつく。

横須賀には、クラスメートの鈴木實さんがいて、かつて上官だった石川信吾・元少将の口利きで、旧陸軍から払い下げられるトヨタ製の軍用トラックが手に入るという。進藤さんもこの話に乗ることにした。そして、西松組（現・西松建設）に車ごと雇われて運転手を約一年。トラックを買うのに七万円もの借金をしたが、すでに戦災の焼け跡の復興が始まり、建設資材を運ぶ仕事はいくらでもあった。

ところが、はじめのうち順調に行くかに思えたトラックの仕事にも、思わぬ壁が立ちはだかる。日本のあらゆる産業の非軍事化を目指していたGHQが、昭和二十一年十一月、日本の太平洋岸にあった製油所の操業を禁止するなどの措置をとり、翌二十二（一九四七）年二月には石油製品に指定配給物資として配給切符制が実施されたため、肝心のガソリンが思うように手に入らなくなったのである。

建設資材を運ぶ仕事は、需要はあるはずなのに激減した。そこで進藤さんは、伝手《つて》を頼って会津の山奥にあった沼沢鉱山という、鉱夫が二十名ほどの小さな鉱山の鉱山長の仕事についた。

沼沢鉱山で採掘したのはおもに硫化鉱、褐鉄鉱である。雪深い土地で冬は仕事にならず、父・登三郎さんが愛用していた猟銃を担いで、兎《うさぎ》や山鳥を狩って暮らした。外部との接触の機会がまったくないこの会津での生活が、進藤さんにとっては生涯で一番気楽な時間だった。この頃、昔の搭乗員仲間や部下たちの間では、

「進藤少佐が行方不明になってるそうだな」

「ああ、どうやら自決したらしいぞ」

などとあらぬ噂がたてられていたが、本人はもちろん、そんなことは知る由もない。

順調だった鉱山での仕事も、三年ほどで硫化鉱がとれなくなり、褐鉄鉱の品質も落ちてきて、取引先から安く買い叩かれるようになった。やがて長男が小学校に上がる年齢になるが、鉱山の近くには小学校がなく、山を一つ越したところの小学校まで歩いて通わなければならない。

昭和二十七（一九五二）年、冬が来る前に進藤さんは鉱山を閉じ、藤沢の家に戻った。すでにサンフランシスコ講和条約の発効で日本は独立を取り戻し、戦後、占領軍に禁じられていた航空活動も再開されている。進藤さんは、まだ空を飛ぶことに未練があった。

「飛行機の仕事を探してみると、東京の農協と提携して、小笠原諸島の農産物を空輸する会社を設立する動きがあるという。矢も盾もたまらずその話に乗ろうとしたんですが、一千万円が必要とされた飛行機を購入するだけの資金が半分しか集まらず、計画は流れてしまいました。どうしようかと思っていたところへ、発足したばかりの海上警備隊（海上自衛隊の前身）から、ぜひ入隊してくれんか、と話があった。これから航空戦力を拡充するから、指揮官要員が必要だと。入ればすぐ中佐に相当する階級になるとのことで、すっかり乗り気になりました。それで、昭和二十七年の暮れ、横須賀基地に出頭したんですが、健康診断で糖尿病との結果が出て、不採用になってしまった。会津の山奥で、贅沢《ぜいたく》な食習慣とは無縁の暮らしを送ってきたのに、なんでこんなことになったのか、わけがわからなかったですね」

海上警備隊入りはあきらめざるを得ず、父・登三郎さんの勧めもあって治療のため広島に帰った。

広島へ帰る途中、和子の兄・天野恒久さんが勤める大阪大学附属病院で検査をしたところ、糖尿病の初期段階で、食餌《しょくじ》療法で治るとのことで、それからは和子さんの監督のもと、徹底的な食事制限を設けて治療に専念した。

「病気が治ると、どうやってこれから生活していくかということを考えなきゃいかん。年齢も四十二歳になり、新たに手に職をつけるのもむずかしい。ここで父が助け舟を出してくれたんです」

父・登三郎さんはかつて東洋工業（現・マツダ）顧問を務め、経営方針をめぐって松田重次郎社長と衝突、退社している。そんないきさつからすれば頼みにくいことであったに違いないが、東洋工業に、息子を採用してくれるよう頭を下げに行ったのである。すると、組合との関係で中途採用はむずかしいが、昭和二十八（一九五三）年に倒産した山口県のディーラーの再建要員としてなら採用できるという。

こうして昭和二十九（一九五四）年秋、進藤さんは東洋工業に入社した。秘書課に籍を置きながら、三ヵ月間、自動車工場で自動車の勉強をし、サービス工場の工場長になるための講習を受け、昭和三十（一九五五）年二月、新生の山口マツダに工場長として出向した。東洋工業の主力商品は当時、三輪トラックであった。

会社近くの山口市神田町に居を構え、サービス部長、部品サービス本部長、常務取締役を歴任し、山口マツダのサービス部門の責任者として、県内に十二あったサービス拠点、百二十名のサービスマンを統括する仕事に従事した。

進藤さんは、海軍時代に学んだことを応用して、会社の部下を教育した。

「兵学校に入校したとき、六十期生のスローガンとして『古今無比、東西第一、天下第一等』という言葉が掲げられましたが、私はこれをそのままサービスマンたちのスローガンにした。世界で一番の者になれ。他人の真似のできないものを持て。ブレーキの調整なら誰にも負けないとか、エンジンのことなら任せとけ、とか、なんでもいい。そして、それが達成できたら次の目標に移れ、と、口をすっぱくして言ったものです」

会社でも家庭でも、進藤さんは寡黙であった。和子さんには、夫婦でしみじみ話し

たという記憶はほとんどない。亭主関白で、気に入らないことがあると和子さんを叱《しか》ったりもするが、息子たちの教育については、

「わしは戦後教育のことはわからん」

といっさい口を出さない。保護者会に出るのも、息子たちの相談に乗るのも、和子さんの仕事であった。家庭内で戦争の話など全くしない。和子さんは、夫が戦時中、海軍少佐で飛行機に乗っていたことぐらいは知っていても、どんな戦歴を持つかなどずっと知らないままであった。

昭和五十四（一九七九）年五月、常務取締役になっていた進藤さんは、突然、辞職を申し出た。

「大事な約束を忘れていて、人に言われるまで気がつかなかった。これ以上やれば周囲に迷惑をかける」

というのがその理由であった。

「空しい人生だった」――棘《とげ》のように胸に刺さり続ける最後の言葉

進藤さんはその後、趣味のブリッジのクラブに入ったり、庭木の手入れをしたり、

悠々自適の日々を送った。舟が好きで、小さな釣り船を持ち、それを建築関係の仕事をしている次男・和彦さんが暮らす廿日市《はつかいち》の港に繫留している。ときどき、和彦さんが迎えに来て、一緒に舟釣りをするのが、進藤さんの最大の楽しみであった。

海兵六十期のクラスメートとの旅行にもしばしば出かけている。なかでも、同じ戦闘機乗りで、かつて進藤さんとともに「六十期戦闘機三羽烏」と呼ばれた鈴木實さん（中佐）、山下政雄さん（少佐）との友情は別格だった。鈴木さんは戦後、キングレコードに入り、洋楽本部長としてカーペンターズをはじめ、多くの海外アーティストを日本で売り出した。山下さんは、民間航空会社を設立し、東亜国内航空の創設者の一人である。

私がはじめて進藤さんに会った平成八（一九九六）年は、そんなクラスメートたちも八十歳代半ばとなり、鈴木さんは糖尿病、進藤さんは心臓病と、それぞれ深刻な持病を抱えていた頃だった。進藤さんは、心臓の機能が健康な状態の半分以下に落ち、いつ止まってもおかしくないと医者に言われたことを、和子さんには隠している。山下さんは、癌《がん》で横浜の病院に入院していたが、すでに末期で意識が混濁《こんだく》してきていた。

「六十期戦闘機三羽烏」が最後に集ったのは、平成九（一九九七）年四月十一日のことである。この日、枝垂桜《しだれざくら》の美しい東京・原宿の水交会で行われたクラス会に、進藤さんは決死の思いで参加した。体力的にもうこれが最後だと思えたし、親友の山下さんが生きているうちにどうしても病院を見舞い、会っておきたかったのだ。

このとき私は、鈴木さんから相談を受け、クラス会が終わると、進藤さん夫妻と鈴木さん夫妻を車に乗せ、山下さんが入院する横浜市都筑区の病院に向かった。病室の山下さんは全身にチューブがつけられ、意識のほとんどない状態だった。変わり果てた山下さんの姿を見て、進藤さんは号泣し、

「山下、山下、しっかりせいよ」

と呼び続けた。鈴木さんはただ黙って立っていた。進藤さんは鈴木さんを振り返ると、

「おい、ミノル。貴様、なんで泣かんのか！」

と詰《なじ》ったが、鈴木さんは鈴木さんで、心のなかは涙で溢れていたのだろうと思う。

病院を出て、その日の宿泊先である東京・市ヶ谷のホテルに向かう途中、進藤さんはめずらしく饒舌《じょうぜつ》だった。首都高速で渋滞に巻き込まれ、ノロノロと渋谷あたりを通過するとき、

「トラックの運転手をしてた頃、渋谷駅前の交差点で左折しようとして、前方が青信号になったので発進、ハンドルを切って曲がった目の前の信号が赤で停止してしまっ

たら、交通整理の巡査に、『こらこら、そこで止まっちゃいかん』と頭ごなしに怒鳴られた。運転免許も取りたてだったけど、交通ルールもなにも、当時は信号なんかほとんどなかったからね。渋谷の景色は変わってしまったけど、懐かしい」

といった具合に、戦中、戦後の思い出をずっと語り続けていた。鈴木さんはその間、沈痛な表情でひと言も口を開かない。親友との最後の別れに際して、これがそれぞれにやり場のない気持ちの表し方なのだろう、と私は思った。山下さんは、自らの戦争体験を語る機会のほとんどないまま、同年六月二十六日に亡くなった。


山下さんの見舞いに行ったあと、進藤さんの体はだんだん衰弱していった。一人での外出はもはや難しく、毎週楽しみにしているブリッジのクラブにも、人が送り迎えしてくれなければ行くことはできなかった。

ちょうどこの頃、進藤さんが率いた重慶上空の零戦初空戦で撃墜され、九死に一生を得た中華民国空軍の元パイロット・徐華江《じょかこう》さんが、自分を撃墜した零戦搭乗員・三上一禧さんを探し当て、平成十（一九九八）年八月十五日、東京・霞が関ビルの一室で奇跡的な再会を果たしている。このとき、零戦搭乗員の取材を続けてきたいきがかり上、メディア対応と当日の司会にあたったのが私だった。私は、指揮官の進藤さん、参加搭乗員でもう一人、当時存命だった岩井勉さんにはあらかじめそのことを伝えている。三上さんと徐さんの再会の模様は、ＮＨＫと日本テレビが全国ネットのニュースとして取り上げた。二人が感極まって抱き合うシーンをテレビで見て、進藤さんは涙をこぼしたという。

私が進藤さんと最後に会ったのは、平成十一（一九九九）年初秋のことだった。初めて進藤さん方を訪ねてからちょうど三年。庭には酔芙蓉の花が、あのときと変わらず美しく咲いていたが、進藤さんはずいぶん弱っておられるように見えた。話をするときも肩で息をする感じで、昼食にとってくれた握り鮨にもほとんど手をつけず、

「私は最近は食欲があまりないから、これ、よかったらあなたが食べなさい」

と、残りを桶《おけ》ごと私の前に置いた。

「いまは一日このソファに座ったまま、ほとんど動かん。十二空の戦闘詳報や真珠湾攻撃の書類なんかは、本棚のここから手の届く範囲に置いてあって、ときどき読み返して昔を偲《しの》んでいます。最近はウトウトと昼寝していることの方が多いですがね」

三年前には、八時間続けて話をしても疲れた様子はそれほど見られなかったのが、回を重ねるごとに進藤さんの体力が落ちてくるのが目に見えて、インタビュー時間はだんだん短くなっていた。八度めの訪問となるこの日は見るからに具合が悪そうで、

私は早々に辞去することにした。玄関に見送りに出るのも辛そうだったので、居間で、

「では、ここで失礼します。ありがとうございました。お大事になさってください」

と、いとまの挨拶をした。

「お構いもできなくて申し訳ない。またお会いしましょう」

ソファに座ったまま、進藤さんは右手をあげた。和子さんが、玄関まで見送りに出てくれた。

平成十二（二〇〇〇）年二月二日の午後、進藤さんは、いつも午睡をしていたソファに座ったまま、眠るように息を引きとった。その顔はおだやかで、微笑《ほほえ》んでいるようにさえ見えたという。享年八十八、戒名は「翔空院壮翼日進居士」。

いつの取材のときだったか、進藤さんに、これまでの人生を振り返っての感慨をたずねてみたことがある。進藤さんは即座に、

「空しい人生だったように思いますね」

と答えた。

「戦争中は誠心誠意働いて、真剣に戦って、そのことにいささかの悔いもありませんが、一生懸命やってきたことが戦後、馬鹿みたいに言われてきて。つまらん人生でしたね」

予期せぬ答えに、この言葉をどう受け止めるべきなのか、戸惑いを感じたのを昨日のことのように憶《おぼ》えている。おそらくこれが、国のため、国民のためと信じて全力で戦い、その挙《あ》げ句《く》に石を投げられた元軍人たちの本音なのかもしれない、と思った。

――進藤さんが亡くなって十七年が過ぎたが、この言葉はずっと、私の胸に棘《とげ》のように刺さったままだ。

進藤三郎（しんどう　さぶろう）
明治四十四（一九一一）年、横須賀に生まれ、呉で育つ。昭和七（一九三二）年、海軍兵学校（六十期）を卒業、飛行学生を経て戦闘機搭乗員となる。昭和十二（一九三七）年、空母「加賀」乗組として第二次上海事変で初陣。昭和十五（一九四〇）年、中国大陸・漢口基地に展開していた第十二航空隊分隊長となり、採用されたばかりの零式艦上戦闘機（零戦）十三機を率い、敵戦闘機二十七機撃墜（日本側記録）、日本側の損失ゼロという一方的勝利をおさめる。昭和十六（一九四一）年、空母「赤城」分隊長として、真珠湾攻撃第二次発進部隊戦闘機隊を指揮。昭和十七（一九四二）年から十八（一九四三）年にかけては第五八二海軍航空隊飛行隊長として、ラバウル、ブイン基地を拠点にソロモン・ニューギニア方面の航空作戦を指揮。筑波海軍航空隊飛行長として福知山基地で終戦を迎えた。戦後は自動車ディーラー（山口マツダ）勤務。零戦隊きっての著名な指揮官ながら、戦争の話をすることは最後まで好まなかった。平成十二（二〇〇〇）年、歿《ぼっ》。享年八十八。

昭和9年、海軍少尉任官

昭和11年11月、大村空で戦闘機専修課程修了。前列左から鈴木實、進藤三郎、伊藤俊隆。中列左より横山保、右端山下政雄、後列左より2人め兼子正、3人め岡本晴年。バックは九〇式艦上戦闘機

昭和15年8月、揚子江上空を飛ぶ零戦。進藤さん撮影。この機を操縦するのは北畑三郎一空曹

昭和15年8月19日、零戦の初出撃を前に嶋田繁太郎中将の見送りを受け整列する搭乗員たち。搭乗員の前列、奥から手前に横山保大尉、羽切松雄一空曹、東山市郎空曹長、進藤三郎大尉、北畑三郎一空曹、白根斐夫中尉

昭和15年9月13日、重慶上空での零戦初空戦を終え、漢口基地に帰還した進藤大尉。
奥で腰に手を当てているのは大西瀧治郎中将

初空戦を終え、戦果を報告する搭乗員たち。飛行服姿の向かって左端が進藤大尉。
周囲に人の輪が広がっている

「零戦初空戦」に参加した搭乗員たちと十二空の幹部。前列左より光増政之一空曹、平本政治三空曹、山谷初政三空曹、末田利行二空曹、岩井勉二空曹。後列左より、横山保大尉、飛行長・時永縫之助中佐、山下小四郎空曹長、大木芳男二空曹、北畑三郎一空曹、進藤三郎大尉、司令・長谷川喜一大佐、白根斐夫中尉、高塚寅一一空曹、三上一禧二空曹、飛行隊長・箕輪三九馬少佐、伊藤俊隆大尉

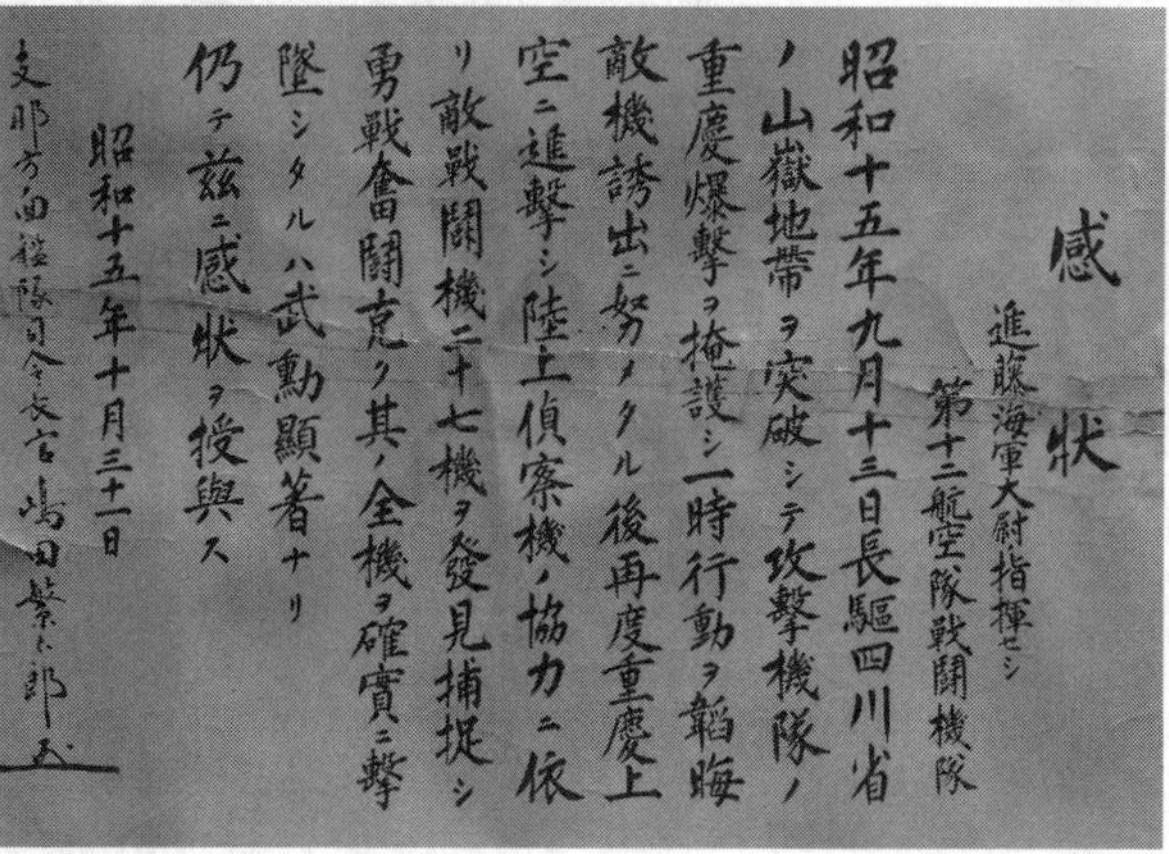

感状

進藤海軍大尉指揮セシ
第十二航空隊戦闘機隊

昭和十五年九月十三日長駆四川省ノ山嶽地帯ヲ突破シテ攻撃機隊ノ重慶爆撃ヲ掩護シ一時行動ヲ韜晦敵機誘出ニ努メタル後再度重慶上空ニ進撃シ陸上偵察機ノ協力ニ依リ敵戦闘機二十七機ヲ發見捕捉シ勇戦奮闘克ク其ノ全機ヲ確實ニ撃墜シタルハ武勲顯著ナリ

仍テ茲ニ感状ヲ授與ス

昭和十五年十月三十一日

支那方面艦隊司令長官 嶋田繁太郎

零戦初空戦の戦果に対し、嶋田繁太郎中将より授与された感状

昭和15年12月12日、ハノイ基地にて。左より、当時十四空分隊長の進藤大尉、蝶野仁郎空曹長、誘導偵察機の機長・平久江空曹長

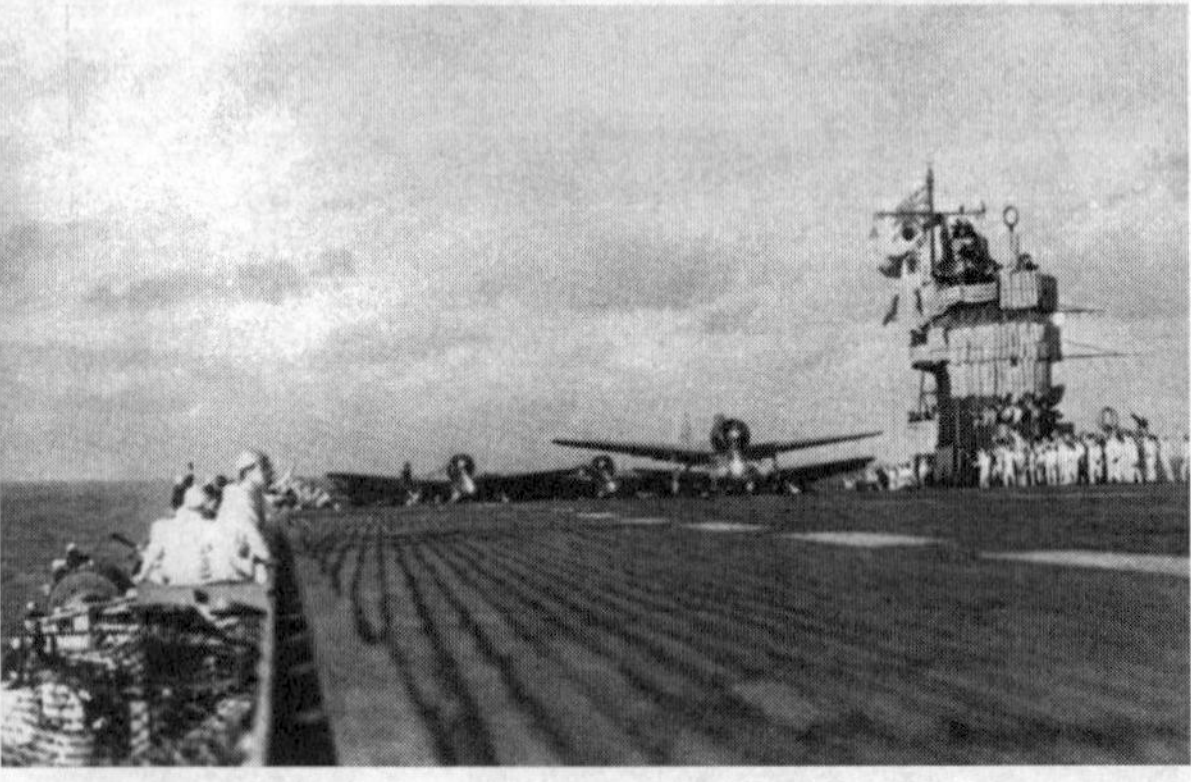

昭和16年12月8日、空母「赤城」を発艦する真珠湾攻撃第二次発進部隊。制空隊指揮官・進藤三郎大尉の零戦が、先頭を切って滑走をはじめた瞬間

昭和18年、ラバウル基地にて

昭和18年6月16日、「セ」作戦（ルンガ沖航空戦）に、ブイン基地を出撃する進藤少佐機、零戦二二型甲。胴体の二本線は指揮官標識。機番号は173

昭和20年3月21日、鹿屋基地で神雷部隊（桜花特攻隊）の出撃を見送る。手前から二〇三空司令・山中龍太郎大佐、進藤少佐

平成9年4月11日、海兵のクラス会が開かれた東京・原宿の水交会で。左が鈴木實さん、隆子さん夫婦。右が進藤三郎さん、和子さん夫婦

昭和25年頃、会津沼沢鉱山勤務時代

第二章

羽《は》切《きり》松《まつ》雄《お》

敵中強行着陸の離れ業《わざ》を演じた
海軍の名物パイロット

昭和13年頃、
25歳の羽切さん

富士トラック

殴られ通しの機関兵に辟易《へきえき》し、飛行機搭乗員に。零戦実用実験に携わる

昭和十五（一九四〇）年九月十三日、重慶《じゅうけい》上空での中国空軍戦闘機との初空戦で一方的勝利をおさめた零戦隊は、続いて十月四日、五日と、こんどは成都《せいと》の敵飛行場を急襲、所在の敵機を壊滅させた。

この十月四日の戦いで、零戦隊のうち四機が、討ち漏らした敵機や指揮所の焼き討ちを企図して、成都太平寺飛行場に強行着陸を敢行《かんこう》、このことは「破天荒の快挙」（読売新聞）として内地でも大きく報道され、子供向け絵本の題材にもなった。

言うまでもなく、戦闘機は空中で戦ってこそ、その威力を発揮する。いかに零戦が強く、仮に中国軍が弱かったとしても、敵兵が防備を固める飛行場の真っただ中に着陸するとは、大胆不敵と言うべきか、蛮勇と捉《とら》えるべきか。

このとき、敵飛行場に着陸した四名の零戦搭乗員のうち、唯一、戦争を生き抜いたのが羽切松雄さんである。

羽切さんは、髭《ひげ》をピンと張った独特の容姿から「ヒゲの羽切」と呼ばれ、対米戦が始まってからも、激戦地ソロモン諸島や本土上空で活躍。敵の機銃弾に肩を射抜かれ

るほどの重傷にも屈せず、最後まで戦い続けた。闘志と腕と度胸、そして頭脳を兼ね備えた名パイロットとして、海軍航空隊では知らぬ者はいない。

私が羽切さんと出会ったのは、戦後五十年の年、平成七（一九九五）年九月、長野県で開催された戦友会でのことだった。するどい眼光、小柄な体躯《たいく》から発散される迫力に圧倒されながらも、勇気を振り絞ってインタビューをお願いすると、

「ありがとう！」

と、意外な反応が返ってきた。大きな声だった。

数日後、静岡県富士市で羽切さんが経営する「富士トラック株式会社」の社長室を訪ねた。

「僕は耳が遠くなっちゃってね。若い頃、戦闘機のエンジンの爆音や急激な気圧の変化にさらされたせいだと医者は言うんだけども、質問は大きな声でお願いしますよ」

羽切さんは大正二（一九一三）年十一月五日、風光明媚《めいび》なことで知られる静岡県富士郡田子浦《たごのうら》村（現・富士市）で、半農半漁を営む羽切家の次男として生まれた。田子浦村は肥沃《ひよく》な土地と温暖な気象に恵まれ、水産資源も豊富で豊かな村であったが、大正末期から昭和のはじめの大不況の時代、家は長男が継ぐので、村にいても居場所が

なく、仕事もない農家の次男、三男はこぞって陸海軍を志願した。

羽切さんも、高等小学校を卒業して家業を手伝っていたが、昭和七（一九三二）年、満十八歳のとき、海軍を志願、同年六月一日、横須賀海兵団に入団する。国民皆兵、成年男子はひとしく兵役の義務を負う時代だったが、海軍の志願兵は狭き門で、この年、田子浦村から応募した十二名のうち、試験に合格したのは三名のみだった。内訳は、少年航空兵（予科練）一、水兵一、機関兵一で、羽切さんは、海軍で技術を身につけて将来の就職につなげようと、機関兵を選んだ。

海兵団での基礎教育を卒《お》え、三等機関兵に進級した羽切さんは、巡洋艦「摩耶《まや》」乗組を命ぜられる。「摩耶」は、「高雄《たかお》」型重巡洋艦の三番艦で、昭和七（一九三二）年六月に竣工《しゅんこう》したばかりの最新鋭艦である。海軍の花形ともよべる艦だったが、機関科での若年兵に対するしごきは想像を絶するものだったという。

「殴られ通しに殴られて、ほとほと機関兵が嫌になり、当時『摩耶』に搭載されていた二機の水上偵察機の雄姿に魅了されて、いつしか飛行機搭乗員を志すようになりました」

周囲の嫌がらせに耐えながら操縦練習生試験を受け続けた羽切さんは、何度めかの試験にやっと合格。昭和十（一九三五）年二月、第二十八期操縦練習生として、晴れて霞ケ浦《かすみがうら》海軍航空隊の門をくぐった。

「六ヵ月の過密スケジュールによる訓練は厳しいものでしたが、機関兵の勤務の厳しさと比べれば、なんということはありませんでした。大先輩の古賀清登《きよと》、黒岩利雄といった戦闘機の名パイロットが教員を務めていて、その指導のおかげで戦闘機専修に選ばれたんです」

昭和十年八月、操縦練習生を卒業、千葉県の館山《たてやま》海軍航空隊で、戦闘機搭乗員としての訓練を受けることになる。館山空は、当時、各機種混成の延長教育部隊で、ここで一緒に訓練を受けたなかに、海軍兵学校五十九期の横山保中尉（のち中佐）がいた。

のちに零戦隊の名指揮官として名高くなる横山中尉は、操縦はあまり上手なほうではなかったという、いくつもの証言がある。だが、華があって戦場で部下を惹《ひ》きつける、不思議な人間的魅力があった。この横山中尉との出会いが、羽切さんのその後を決定づける、運命的な出来事だった。

昭和十年十一月、青森県の大湊《おおみなと》海軍航空隊へ転勤。大湊空は、海軍における飛行機の耐寒、耐雪の実験および訓練を行う唯一の航空隊である。飛行場に降り積もった雪を圧雪し、車輪の代わりに橇《そり》をつけた飛行機を飛ばすが、圧雪には、旧式の三式艦上戦闘機の両翼を切り取り、脚に畳八畳分ほどのフライパンのような鉄板をくっつけた「新鋭圧雪機」を使った。雪深い辺境の地の勤務は、周囲からは気の毒がられたが、恐山でのスキー大会、夏の大湊祭り、遠泳競技など、羽切さんにとっては楽しくも平和な青春の一コマだったという。

大湊で約二年を過ごすうち、昭和十二（一九三七）年七月七日には中国、北京《ペキン》郊外の盧溝橋《ろこうきょう》で日中両軍が激突、これをきっかけとして支那事変がはじまる。

昭和十二年十月、三等航空兵曹になっていた羽切さんのもとへ、新造の空母「蒼《そう》龍《りゅう》」への転勤命令が届いた。はじめての実戦配備である。当時は、大湊から「蒼龍」飛行機隊のいる長崎県大村基地まで、急行に乗っても三日がかりの旅だった。前もって家に連絡をとり、富士駅で途中下車するつもりだったが、富士駅のホームに降りた羽切さんは、思わぬ光景に度肝をぬかれる。小学生から青年団、たすき掛けの婦人会会員、軍服姿の在郷軍人、そして一般の村人にいたるまで、数百人もの人々が万歳《バンザイ》を叫んで、羽切さんを出迎えたのだ。

まだ具体的な戦地行きが決まっているわけでもないのにこの興奮。おかげで家族や友人とゆっくり話すこともできないまま、混乱を避けるため出発を早めて、またも万歳の声に送られながら、次の汽車で故郷を発つことになった。

「蒼龍」戦闘機隊の使用機は九六艦戦で、横山保大尉が分隊長として着任していた。羽切さんはさっそく、横山大尉の二番機として搭乗割が組まれ、この固有編成は「蒼龍」での二年間、変わることはなかった。またこの頃、同じ昭和七（一九三二）年海軍入団の同年兵、羽切松雄、深沢等、小畑高信の各三空曹が、申し合わせたように髭をたくわえ、自慢し合うようになった。はじめは、隊長、分隊長も苦い顔をしていたが、それでも伸ばし続けるうち、それも「個性」と、公認されるようになったという。

「ヒゲの羽切」の誕生である。

昭和十三（一九三八）年五月、「蒼龍」飛行機隊は南京《ナンキン》大校場飛行場に進出。南京市街の上空哨戒《しょうかい》や、六十キロ爆弾二発を搭載しての陸戦協力など、休む間もない任務についた。羽切さんは六月末、基地に来襲した中国空軍のソ連製ツポレフSB爆撃機（エスベー爆撃機と通称された）を東山市郎一空曹と協同撃墜、初戦果を挙げている。横山大尉の二番機として、三番機・大石英男三空曹と三機で出撃、敵地上空で編隊宙返りをやってのけたこともあった。

昭和十四(一九三九)年十二月、二空曹になっていた羽切さんは、横須賀海軍航空隊(横空)に転勤を命ぜられた。当時の横空戦闘機隊は、飛行隊長・花本清登少佐、分隊長・下川万兵衛大尉以下約二十名からなり、下士官搭乗員にも編隊アクロバット飛行チームの先駆けとなった「岡村サーカス」の新井友吉、「片翼帰還」の樫村寛一、輪島由雄《よしお》、東山市郎、そして三上一禧《かつよし》と、海軍きっての名パイロットが揃《そろ》っていた。各々が「ひねり込み」など、独自の技を競い合っていたが、なかでも、羽切さんは、空戦訓練でしばしば手合わせをした樫村兵曹の空戦技術が忘れられないという。

また、民間から献納された「報国号」の命名式の祝賀飛行など、日頃鍛えた技倆《ぎりょう》のありったけを披露する場にも恵まれ、羽切さんにとってはまたとない修練の場だった。

「報国号の命名式は月に一、二回は東京・羽田、名古屋、伊丹のどこかで行われ、その都度、横空から飛行機を空輸して式に参列しました。当時の羽田飛行場は、まだ民間の旅客機もおらず、いまでは想像もつかないほど狭隘《きょうあい》な飛行場でした。

早朝に空輸された報国号が飛行場の真ん中に並べられ、紅白の幕が張り巡らされる。式場の周囲は黒山の人だかりですが、式典には献納側から会社の役員や家族など十数人、海軍側から航空本部長代理以下十数人、総勢二十人から多くて三十人ほどが参列しました。神式に則《のっと》った儀式に続いて双方の挨拶が終わると、搭乗員への花束贈呈。続いて、軍楽隊が、軍歌や戦時歌謡をしばらく演奏します。最後の「海ゆかば」が終わると、いよいよわれわれが登場して、ページェント飛行に出発します。

三機編隊で離陸して、その三機が交互に式場めがけて急降下、地面すれすれから急上昇横転など、見学者の様子まではわかりませんが、じつに戦闘機乗り冥利《みょうり》に尽きるひと時でした。羽田のときは、飛行が終わるとそのまま横空に着陸しますが、名古屋や伊丹のときは、燃料補給にもう一度着陸するので、そのとき何千人もの歓呼の声に迎えられるのには感激しました。伊丹では五機編隊で特殊飛行を披露したこともありましたよ」

ちょうどその頃、のちの零戦の原型、十二試艦上戦闘機試作一号機が横空にあった。羽切さんは、この飛行機の実用実験に携わっている。

はじめて操縦した十二試艦戦の印象について、羽切さんは、

「振動は多少、気にかかりましたが、上昇力は抜群で、『これは速いなあ』と思った。上下や左右の運動には安定感があり、乗り心地は最高でした」

と回想する。新時代の戦闘機としての資質を備えた機体であることを、テストパイロットたちは肌で感じ取っていた。ただ、引込脚、可変ピッチプロペラ、二十ミリ機銃搭載など、新機軸を満載したゆえのトラブルは多く、ときに人命にかかわるような事故も起きた。

昭和十五（一九四〇）年三月十一日には、海軍を除隊して、航空技術廠《しょう》（空技廠《くうぎしょう》）でテストパイロットを務めていた奥山益美工手《こうて》が操縦する十二試艦戦試作二号機が、横空上空で空中分解、奥山工手は脱出したものの落下傘から体が離れ、墜死するという痛ましい事故が発生した。奥山工手は、急降下中のプロペラの過回転状況を調査するため、テスト飛行をしていたもので、急降下中、衆人注視のもとで突然、空中分解を起こしたのだ。

一部始終を目撃していた羽切さんは語る。

「突然、キューンとするどい金属音が聞こえ、続いてパーンと、ものすごい炸裂《さくれつ》音がして、みんないっせいに上空を仰ぎました。

『空中分解だ！』

エンジンらしい黒いかたまりがすごい勢いで落ちてゆき、続いて機体がバラバラになって部品が飛び散る。その瞬間、投げ出されたようにパッと落下傘が開きました。

よかった、搭乗員は無事だったかと思いましたが、よく見ると様子がおかしい。鉄棒にぶら下がったように、ときどき両足をバタバタ振っている。両手でつかまっているんだ、と直感しました。もう少しだ、頑張れ、と心のなかで叫びながら見守るうち、高度百メートル足らずだったと思いますが、ついに力尽きて体が落下傘から離れてしまったんです。

しばらくして、殉職した搭乗員は、昭和七（一九三二）年に海軍を志願した私の同年兵、奥山君であることがわかりました。下士官あがりのため、『工手』などという肩書でしたが、気風《きっぷ》のいい男で、誰にも負けない操縦技倆の持ち主でしたよ」

空中分解した十二試艦戦二号機の部品は、そのほとんどが拾い集められ、空技廠飛行機部第三工場に並べられて、さっそく事故原因の調査が始まった。

調査にあたった空技廠の海軍技師・松平精《ただし》さんによると、事故の原因は、「水平尾翼の後縁に取り付けられた昇降舵が、速度が上がることでフラッター（羽ばたくような震動）を起こすのを防ぐためのマスバランス（左右の昇降舵を結ぶパイプに取り付けられた錘《おもり》）が、事故発生までの離着陸のショックで折損していたために起きた『昇降舵フラッター』」

であった。部品強度の不足と、金属疲労が合わさって起きた事故と考えられ、解決策として、すぐに部品の補強が行われた。

戦意高揚の宣伝材料となり、「ヒゲの羽切」の名を高めた敵中着陸

昭和十五（一九四〇）年三月、羽切さんは、周囲のすすめで遠縁にあたる文子さんと結婚。六月末、旧知の横山保大尉が、横空に転勤してきた。十二試艦戦で一個分隊を編成し、戦地に送り出すためである。横山大尉は慣熟飛行の傍《かたわ》ら、戦地行きの搭乗員の編成を進めた。そのことを知った搭乗員や整備員は、われ先にと戦地行きを希望したという。横空の下川大尉も横山大尉の要望を全面的に受け入れ、横空戦闘機隊のベストメンバーを横山分隊に譲った。七月に入ると、空技廠から送られてくる機数も増えて、他機種の実験は棚上げされ、テスト飛行の全力が十二試艦戦に注がれるようになった。七月十五日、横山大尉率いる六機が漢口基地の第十二航空隊に向け出発する。二十四日、十二試艦戦は海軍に制式採用され、零式艦上戦闘機（零戦）となった。

羽切さんが、下川大尉の指揮下、漢口《かんこう》に進出したのは、八月十三日のことだった。八月十九日、零戦の重慶初空襲のときは、羽切さんは横山大尉の二番機として出

撃。しかしこの日は敵機と遭遇せず、むなしく帰投した。九月十二日の第三回出撃のときも参加したが敵を見ず、飛行場を銃撃して建物を炎上させたのみであった。

「そして翌十三日、進藤三郎大尉が発案した特殊な戦法（いったん引き返したと見せかけて、ふたたび敵地上空に舞い戻る）で敵を捕捉し、二十七機撃墜の大戦果を挙げたわけですが、これはもう、なんとしても悔しかったですね」

重慶の空から姿を消した中国空軍は、さらに奥地の成都に後退して戦力の回復に努めていた。十月四日、零戦八機をもって、集結しつつある成都の敵戦闘機を撃滅することになり、横山大尉以下、前回の出撃で選に漏れた搭乗員を中心に、搭乗割が組まれた。

「重慶上空の一番槍は逃してしまいましたが、こんどは成都への一番乗り。よし、敵を徹底的にやっつけるぞ、と心に期するものがありました」

と、この日、横山大尉の二番機として参加した羽切さんは回想する。

出撃前夜。漢口の搭乗員宿舎で、四人の搭乗員がひそかに話し合いを持っていた。この宿舎は、日本軍による占領前は監獄として使われていた建物で、雑居房ごとに数名の搭乗員が起居している。酷暑の漢口で、窓のない監獄部屋は暑くてたまらず、毎日、冷房用の大きな氷柱が支給されている。この夜、集まったのは東山市郎空曹長、羽切松雄一空曹、中瀬正幸一空曹、大石英男二空曹。いずれも横空から十二空へ、零戦とともに転勤してきた搭乗員たちである。羽切さんは語る。

「十二空の零戦の搭乗員は、主に横空から来た十二名を中心としたA班、十二空の現地で編成されたB班と分かれていたわけですが、初空戦では主にB班の連中が戦果を挙げたわけだから、われわれA班としては、試作一号機からテストをしてきた誇りがあるから面白くない。横山大尉も同じ気持ちだったろうと思います。それで、出撃の前の晩にこの四人が集まって、よし、明日は成都一番乗り、徹底的にやろうじゃないかと話し合いました。大石が、『もし撃ち漏らした敵機があったら、飛行場に着陸してやっつけよう』と言い出し、皆、即座に賛成しました。そして、着陸時にもし転覆《てんぷく》したりしたら、二人で尾部を持ち上げたら助けられるという約束までしていました」

同じ宿舎にいた岩井勉さん（二空曹）は、

「私もこの出撃に参加したくてたまらず、血判を押して横山大尉に提出しましたが、『お前は重慶でいいことをしておきながら（初空戦に参加したことを指す）、また成都へ行かせろとは虫が良すぎる』と叱《しか》られ、しぶしぶ引き下がりました。私は、予科練で一期先輩の中瀬一空曹と同室でしたが、その晩、東山分隊士（分隊長の補佐。中尉、少尉あるいは准士官の兵曹長が務める）がやってきて、『おい、明日はやるぞ。マッチとぼろ切れと拳銃を用意しておけ』と言って出て行った。中瀬さんは落ち着いたものでした。当時、十二空ではいくつかのグループがあって、特に彼ら横山グループは、よくひそかに集まって、賭け麻雀などやっていました（海軍では麻雀は禁止されていた）。宿舎が元監獄で、音が外に漏れないから都合がいいんです。敵中着陸の件も、麻雀をやりながら相談したんではないかな」

という。そういえば、四人である。

肝心の横山大尉がこの計画を知っていたかどうか、羽切さんは、

「相談はわれわれ四名だけでやりましたが、おそらく東山分隊士が横山大尉に相談していたと思います。たぶん知っておられたんじゃないでしょうか」

と、横山大尉の関与をほのめかす。敵中着陸のアイディア自体は、昭和十三（一九三八）年七月十八日、南昌《なんしょう》攻撃で艦爆隊の小川正一中尉、小野了二空曹らが敵飛行場に着陸、地上にあった敵機を焼き払った例があり、羽切さんたちも成功を信じて疑っていなかった。

「上空は味方機が制圧しているし、敵の戦意は乏しいし、よし、行ける、と思ってい

ました」

十月四日午前八時三十分、漢口基地を出撃した零戦八機は、途中宜昌《ぎしょう》で燃料を補給、成都に向かった。この日は高度三千メートルほどのところに雲が層をなしており、零戦隊は偵察機の誘導のもと、雲の上を飛行した。

午後二時十五分、成都上空に到着。横山大尉は空中に敵影なしと判断して地上銃撃に入ったが、そのとき、羽切さんは、ふと左前方に敵機、ポリカルポフE16を発見した。

「敵機だ！　と、間髪をいれずにそれに突進しました。距離二百メートルまで肉薄して、敵機をＯＰＬ照準器に捉え、ダダダーッと一連射。命中！　敵機はたちまち火を噴いて墜《お》ちていきました。二十ミリ機銃の威力はすごい、と思いましたね。あとで横山大尉が、『いやあ、羽切、あれはうまく墜としたなあ』と絶賛してくれましたよ」

この調子ならだいぶ獲物にありつけそうだ。「あるなら出て来い、お代わり来い」、と心の中でつぶやきながら、羽切さんは上空を見渡したが、もう敵機はいなかった。

作戦通り、温江《おんこう》飛行場を偵察したが、そこにも敵機はいない。機首を転じて太平寺飛行場上空に突入すると、そこには一目で囮《おとり》ではないと判別できる、本物の飛行機が約二十機、翼を並べていた。

零戦隊はそれぞれの目標に向かって、入れかわり立ちかわり銃撃を加えた。零戦の二十ミリ機銃は、こんな地上銃撃の際にも絶大な破壊力を発揮した。

「ふと下を見ると、飛行場に零戦が一機、スーッと降りていくのが見えました。私はそのとき、戦闘の興奮で昨夜の約束のことなど、すっかり忘れていました。こりゃいかんと思って、飛行場上空を一周して着陸しましたが、大石、中瀬に続いて私は三番めでした」

羽切さんは、飛行場の真ん中に飛行機を停めると、風防を開いて地面に飛び降り、拳銃を手に、引き込み線に向かって脱兎《だっと》のごとくに走った。燃え上がる敵機からの火の粉があたり一面に降りそそぎ、熱気が飛行服を通して肌が焼けるように感じられた。

「約百メートル、時間にしたら三十秒ほどでしょうか。やっとの思いで敵機に取りついてみると、それは巧みに偽装された囮機でした。えい、いまいましい、と、他の獲物を探そうとしたら、周りをバン、バンと狙い撃ちの曳痕弾《えいこん》が飛んでゆく……と思ったが、いま思えば、燃える敵機の機銃弾が弾けて飛んでいたのかもしれません。敵兵の姿はまったく見えなかったですから」

身の危険を感じた羽切さんは、やおら立ち上がって愛機に向かって全力疾走、離陸したのは一番最後になった。攻撃後は高度三千メートルで集合の約束になっていたので高度をとると、三機の機影が見えた。

「脚が出たままの姿だったので、『敵飛行場に着陸した仲間が、脚を入れるのを忘れてやがる』と思いながら近づいてみると、それは味方機ではなく、敵のE16戦闘機でした。よしきた！ と思いながら、敵が気がつかないのを幸い、死角の後下方から四、五十メートルの距離まで接近し、右端の二番機に一撃すると、そいつはあっけなく左に傾いて墜ちていきました。残る二機も、二対一なのに逃げるばかりで向かってこない。それを追いかけて三、四撃して、ようやく田んぼのなかに一機を撃墜しましたが、私にとっては思いがけない戦果となりました。結局、単機で、一番最後に基地に戻りました」

この日の戦果は撃墜六機、地上炎上十九機に達した。

漢口基地で横山大尉が、十二空司令・長谷川喜一大佐に戦闘状況を報告する。はじめは上機嫌で聞いていた長谷川大佐が、敵中着陸のくだりになると、とたんに顔色を変えた。長谷川大佐は、

「指揮官たる者の思慮が足りない！ 敵飛行場に着陸するなど戦術にあらず、蛮勇である！」

と、横山大尉を怒鳴りつけた。

司令には怒られたが、横山大尉は、まったく悪びれることなく、

「『撃滅せよ』との命令を果たそうとしたまで。部下たちの行動の全責任は、指揮官たる私にあります」

と言い切った。

羽切さんたち四名の敵中着陸は、海軍による戦意高揚の恰好の宣伝材料として、結局、追認される。新聞紙上でも大きく報じられ、「ヒゲの羽切」は一躍、全国にその名を轟《とどろ》かせることとなった。羽切さんの話。

「新聞では針小棒大、敵機を焼き払ったことになっていますが、実際にはそこまではできなかった。目的は半《なか》ばで達せられなかったけども、でかいことをやり遂げたという、満足感は大きかったですね。横山大尉も、ようやったとご満悦でしたよ」

東山空曹長、中瀬一空曹の二人は敵指揮所に放火したとも伝えられるが、戦闘詳報にはそれに該当する記録はなく、定かではない。

この敵中着陸については、後年、戦史家からは批判の声も上がっている。

なかでも、海軍兵学校七十一期出身の戦闘機搭乗員（大尉）で、特攻兵器「桜花《おうか》」で編成された第七二一海軍航空隊分隊長を務めた湯野川守正さん（戦後、航空自衛隊

空将補）は、「独断専行」と題した論考（『海軍戦闘機隊史』零戦《ゼロせん》搭乗員会編・原書房）のなかで、

〈中には、敵飛行場に降着し、敵機の焼討ちを企図した暴挙といわれる筋合いの行動（昭和十五年十月四日）もあるが、それさえも、賞揚されるという結果が出たことがある。

本行動が命令によるものか、着陸した四人の独断専行によるものかは不明瞭である。（中略）

もしも、命令であったとしたら、最新式兵器である零戦が、被弾又は搭乗員の死傷によって再離陸ができない場合も考えに入れるべきであり、本命令は適切を欠いたものであろう。命令によらない行動とすれば、本件は独断専行ではなく、独断専恣《せんし》に属するものであったと考えられる〉

と、厳しく指摘している。だが、そんな見方に対して羽切さんは、

〈この頃は過ぎたる独断専行や蛮勇も、失敗しない限りむしろ奨励された時代であった。決して軽挙妄動とは思わない〉

と、遺稿となった手記の中で反論している。

「独断専行」については、現地の指揮官が予期せぬ状況の変化に遭遇した場合、上級

司令部ならどう考えるかを判断し、それに沿った行動を独断でとるのが「独断専行」、自分一人の勝手な判断で、上層部の意に反した行動をとるのが「独断専恣」と、言葉の上ではっきりと区別されていた。

敵中着陸の翌十月五日、零戦隊は飯田房太《ふさた》大尉の指揮で重ねて成都を攻撃、地上銃撃で十機を炎上させ、ふたたび中国空軍主力は壊滅した。

十月三十一日になって、九月十三日の重慶空襲、十月四日の成都空襲における十二空戦闘機隊の活躍に対し、支那方面艦隊司令長官・嶋田繁太郎《しげたろう》中将より感状が授与された。十月四日の敵中着陸については、後世の目はともかく、のちに感状まで授与されているので、「独断専行」として認められたと考えて差し支えはないだろう。

人体の限界を超える加速度に耐えた「海軍一の強心臓」

零戦隊の中国奥地に対する出撃は、昭和十六（一九四一）年になっても続き、その都度、一方的な戦果を挙げ続けた。漢口に、また暑い夏がやって来た。

この頃、敵の反撃に力がなく、搭乗員も整備員も気が緩んでいたのか、十二空では小さなミスによる怪我や、記録に残らないような破損事故が頻発《ひんぱつ》していた。この一年で、搭乗員の多くが新人と入れ替わり、零戦初登場の頃の不安や緊張を知るものが少なくなっている。零戦が強いのは当然、といった態度で、はじめから戦争を舐《な》めてかかっているものも少なからずいる。前年からいる歴戦の搭乗員たちは、弛緩した空気をこのまま放置すれば、いずれ大事故になるのでは、と危惧していた。

七月のある晩、漢口の元監獄の宿舎で、先任搭乗員の羽切さん（一等飛行兵曹。六月一日より下士官兵の階級呼称が変更され、航空兵、航空兵曹→飛行兵、飛行兵曹となる）と次席の三上一禧さん（同）が、下士官兵搭乗員総員に整列をかけた。

「お前たち、敵が弱いからといって気を抜くな。敵は自分たちの心の中にも潜んでいるんだ。油断するな！　これから気合を入れてやる！　足を開け、ケツを出せ」

と、野球のバットで、並んだ搭乗員たちの尻を、何発も、力の限りに殴った。

練習生の頃ならともかく、第一線の航空隊で、一人前の搭乗員を相手にこのような制裁が行われることは、きわめてまれなことである。

「飛行機の事故は即、死につながる。お前たちをつまらんことで死なせたくないんだ。勘弁しろよ」

羽切さんは、心の中で叫びながら、殴り続けた。羽切さんの髭面は、涙でくしゃくしゃになっていた。殴りながら、三上さんも泣いていた。羽切さんも三上さんも、長い戦闘機搭乗員としての経歴のなかで、部下を殴ったのは後にも先にもこのときだけだった。

八月十一日、成都攻撃が、真木《まき》成一《しげかず》少佐の指揮下、行われることになった。第二中隊長は鈴木實《みのる》大尉。だが、出撃の前日、鈴木大尉は試飛行を終えて着陸する際、車輪が回転せず、そのまま つんのめる形で転覆、頸椎《けいつい》骨折の重傷を負う。事故の原因は、車輪の部品の錆《さ》びつきによるものと考えられた。黄砂の付着が腐蝕を早めたのかもしれないが、整備不良であることは明らかである。羽切さんや三上さんの抱いていた危惧が、的中した形になってしまった。

中国大陸での海軍航空隊の作戦は終わろうとしていた。昭和十六（一九四一）年九月十五日、零戦隊は内地に引き揚げることになる。これは、来《きた》るべき対米英戦争に備えるためであった。

前年九月十三日の初空戦からの一年間で、零戦隊の挙げた戦果は撃墜百三機、地上撃破百六十三機に達していた。損害は、昭和十六年三月十一日・十四空の蝶野仁《ちょうのじ》郎《ろう》空曹長が昆明《こんめい》で、五月二十日・十二空の木村美一一空曹が成都で、六月二十三日・十二空の小林喜四郎一飛（一等飛行兵）が蘭州《らんしゅう》でと、計三機がそれぞれ、敵の地上砲火に撃墜されたが、空戦で敵機に撃墜された零戦は一機もいなかった。

内地に帰還した羽切さんは、戦闘機搭乗員の教育部隊である筑波海軍航空隊の教員になった。約十ヵ月足らずの教員生活の間に、ついに大東亜戦争が始まる。練習生の訓練にもいっそう気合が入ったが、昭和十七（一九四二）年四月一日付で羽切さんは准士官である飛行兵曹長（飛曹長）に任官。同時に進級した角田和男《つのだかずお》飛曹長とともに准士官学生を命ぜられ、筑波空を去った。准士官学生では、将校としての基礎訓練、分隊長を補佐する分隊士として必要な、人事関係や戦闘報告の書類のつくり方などの勉強をするが、戦争がはげしくなるとこのような悠長なことはやっていられなくなり、このときを最後に実施されていない。

昭和十七年八月、羽切さんはふたたび横須賀海軍航空隊に復帰する。この頃にはもう、羽切飛曹長と言えば、剛勇無双、しかも緻密な頭脳をもった理論派として、また、髭をピンと張った独特の容貌から、海軍でも知らぬ者のない名物搭乗員となっていた。

横空では、超低空を高速で飛んで爆弾を投下、海面に反跳させて敵艦の舷側に命中させる「反跳爆撃」や、空中で炸裂して敵機を撃墜する「三号爆弾」のテスト、零戦の各種改良型、局地戦闘機雷電の実用実験など、多忙な日々を送ることになるが、なかでも圧巻は、昭和十八（一九四三）年はじめに行った、零戦による荷重実験だった。

空母「瑞鶴《ずいかく》」に搭載された零戦が空戦中、機体を前上方攻撃から引き起こし、後下方攻撃に移ろうとした際に補助翼がガタガタになり、空中分解寸前で帰還したことから、横空ではただちにその原因を究明するための実験を行うことになり、羽切さんがこの実験を担当した。

「体の限界までプラスG（加速度）をかけてくれ」との命令のもと、事故機と同じ零戦三二型で高度五千メートルより急降下、時速三百二十ノット（約五百九十三キロ）の高速で強引に引き起こし、羽切さんは完全に失神したが、数秒後、かろうじて意識を回復し、無事着陸することができた。機体に異常はなかった。

荷重計を見ると、なんと八・六G（自分の体重の八・六倍の力が全身にかかる）を示していた。通常、宙返りなどの特殊飛行でかかるのは五G程度で、七Gともなると、視界が暗転し、一瞬、目が見えなくなる「ブラックアウト」と呼ばれる現象が起きる。耐Gスーツがまだなかった当時、八・六Gは、ほとんど人体の限界と言ってよかった。飛行実験の翌日、空技廠の航空医学の専門家が、羽切さんの精密検査にやってきたという。このとき、羽切さんは「海軍一の強心臓」であるとの伝説が生まれた。ときに羽切さん三十歳。心技体ともに充実し、まさに絶頂の時期である。

ただ、名パイロット羽切さんにも苦手とすることがあった。それは、無線電信である。

羽切さんが卒業した部内選抜の操縦練習生は、すでに基礎訓練を修了した一人前の下士官兵のなかから選ばれるので、いきなり操縦訓練が始まる。そのため、無線の機械や通信技術を学ぶカリキュラムはほとんどなかった。いっぽう、はじめから飛行兵になることを前提に海軍に入隊する予科練習生（予科練）は、コースによるが、基礎教育の一年から三年の間に、じっくりと無線電信の訓練も行われるのだ。

予科練の訓練では、一分間にモールス符号で八十五字以上とれることが求められているから、それをマスターしている搭乗員は、音声の電話の感度が悪くて電信（トンツー）になっても困ることはない。逆に操練出身者で、モールス符号が不自由なくとれるのは、通信兵から転科してきた人ぐらいである。

教育課程を修了すると軍服の左腕に「特技章」がつくが、これも操練が鳶《とび》の羽根をかたどったシンプルなデザインであるのに対し、予科練を経て飛行練習生を卒えた者は鷲《わし》のマークで、操練より格が一段上にみなされる。進級も、操練より予科練出身者のほうがずっと早かった。

腕で知られた羽切さんも、横空で基地からの無線誘導で邀撃《ようげき》に上がる訓練をするとき、予科練出身の搭乗員がすばやくモールスを了解して次の動きに移れるのに、羽切さんは信号の速さについてゆけず、ずいぶん悔しい思いをしたという。

戦闘機同士の、音声による無線電話がどうやら使い物になったのは、敵機による日本本土空襲が激しくなった大戦末期のことである。

昭和十八（一九四三）年七月、羽切さんは、第二〇四《ふたまるよん》海軍航空隊（二〇四空）に転勤を命ぜられ、ようやく前線に出ることになった。二〇四空は、前年ラバウルに進出した第六航空隊が改称したもので、以来、約一年にわたってラバウル、ソロモン諸島方面の主力戦闘機隊として活躍したが、四月十八日、聯合《れんごう》艦隊司令長官・山本五十六《いそろく》大将が目前で戦死、六月十六日には零戦隊きっての名指揮官と謳われた宮野善治郎大尉も戦死し、苦しい戦いを強いられていた。七月当時の飛行隊長は、かつて重慶上空で零戦初空戦の指揮をとった進藤三郎《しんどうさぶろう》少佐である。

その頃の模様を、二〇四空の一員だった大原亮治《りょうじ》さん（当時、二飛曹）は、

「ヒゲの羽切分隊士来る、の知らせに、先輩たちは手を取り合って喜んでいました。

私は初対面でしたが、ほんとうに心強く思ったものです」

と回想する。

羽切さんが着任してみると、二〇四空の主力は最前線のブーゲンビル島ブイン基地に進出していて、ラバウルには、副長・玉井浅一中佐以下の留守部隊がいるのみだった。

生え抜きの戦闘機乗りである玉井中佐は、羽切さんに、

「羽切君、君が横空から出てくるようでは、内地にはもう、古い搭乗員は残っていないんだろうなあ」

と、しんみりした調子で声をかけた。

羽切さんが飛行場を見渡すと、留守部隊なのに零戦が二十数機も並べられていた。内地で、前線では飛行機が足りないと聞かされてきた羽切さんは、不審に思って玉井中佐にたずねてみた。

「うん、内地から整備済みで送られてくるんだが、振動が多くて使えないんだよ。そうだ、羽切君。君は横空から来たんだから、しばらく試飛行でもやりながら、早く戦場に慣れてくれ」

羽切さんは、さっそくその日から零戦の不調の原因解明にとりかかった。長年の経

験に則ってテスト飛行を重ね、ついに原因は燃料の混合比の濃すぎと判明する。高温の南方では、内地よりも空気が薄いことがその原因だった。

特殊な原因による二、三機のほかは、ほとんどこれで解決し、数日のうちに三十機以上を前進基地のブインに送ることができた。

玉井中佐は、

「さすがベテラン！　たいしたもんだ」

と感心しきりであったが、羽切さんはこれだけで、敵機数十機撃墜に匹敵する働きをしたことになる。

空戦で重傷を負うも、驚異の精神力でリハビリに励み、前線復帰

羽切さんのラバウル方面での初陣《ういじん》は、七月二十五日のレンドバ島邀撃戦だった。

この日、八機を率いて出撃、敵の舟艇群を銃撃して帰途についたが、基地に着陸してはじめて、二機いなくなっていることに気づいた。

「二機がいつやられたかわからず、改めてソロモンの空の戦いの激しさを思い知らされました。支那事変とは戦争の質が全然違ったですね。

ぼくが着任した頃には、敵も相当研究していて、けっしてこちらのペースに乗ってきませんでした。なかなか、一度に二機も三機も撃墜できるものじゃない。ぼくは一回の出撃で一機撃墜して、それで無事に帰ってくるのを目標にしていました」

二〇四空の戦闘記録を見ると、羽切さんは、よくも体がもったと思えるほど、連日、中隊長として列機を率いて出撃している。この頃の乗機は零戦二二型。三二型の強力なエンジンと二一型の優美な主翼をあわせたような型で、羽切さんは歴代の零戦各型のうち、この二二型が一番バランスがよく、好きだったという。

中隊長は本来、大尉か中尉が勤める配置だが、士官搭乗員の相次ぐ戦死で指揮官が足りなくなり、この頃になると羽切さんのような准士官（飛曹長）や上飛曹、ときには一飛曹がその任につくことさえあった。ふたたび、大原亮治さんの回想――。

「羽切さんは眼光するどく、顔は笑っていても目は笑っていなかった。あたりを払う迫力がありましたが、反面、じつに人情味のある、細やかな心遣いの人でした。出撃するとき、一緒に編隊を組んで、風防のなかのあの髭を見ただけで、よし、今日も大丈夫だ、という安心感が湧いてきたものでした」

物量にものをいわせて攻めてくる米軍部隊に対し、一日に数回の出撃を強いられることもめずらしくなかった。羽切さんは、八月十五日、ベララベラ島の敵上陸部隊攻撃で三度も出撃し、三度めに最愛の列機、渡辺清三郎二飛曹を失ったことが忘れられないという。渡辺二飛曹は昭和十五（一九四〇）年、志願して海軍に入り、昭和十七（一九四二）年、操縦練習生の後身である部内選抜の丙《へい》種予科練三期を経て戦闘機搭乗員になった。これまで約一年、最前線にいて、二〇四空の戦闘機搭乗員のなかでは最多の出撃が、四機の撃墜（うち一機は不確実）戦果とともに記録されている。

「三度めの出撃を引き受けて、搭乗員休憩所に行ってみると、渡辺はマッサージを受けながら、『また行くんですか』と疲れ切った表情でした。

『そうなんだ。明日はたっぷり休ませるから、今日はもう一度頑張ってくれ』そう言って励ましてはみたものの、なにか心に引っかかるものがありました」

ベララベラ島へは高度八千メートルで進入したが、突然、上空から十数機の敵戦闘機に奇襲される。羽切さんはとっさに一機を追って急降下したが、その後ろに敵機が二機、ピタリと追尾していた。その後ろには羽切機の急を救おうと、渡辺機。そのまた後方にもたくさんの敵機。危ない！　と思ったとたん、渡辺機が火を噴いた。

「新潟出身でまだ若かったが、戦場慣れした優秀な渡辺は、ぼくがもっとも頼りにしていた男でした。ぼくのミスが彼を死なせてしまったことに、いまも責任を痛感しています」

約二ヵ月間、二〇四空の先頭に立って戦い続けた羽切さんも、ついに九月二十三日、ブイン上空で被弾、重傷を負ってしまう。

この日、早朝から空襲警報で発進した零戦二十七機が、ブイン西方で敵戦闘機約百二十機と激突。たちまち激しい空戦が繰り広げられた。羽切さんはいつもの目標を超え、二機を撃墜して三機めを攻撃しようとした瞬間、ものすごい衝撃を感じた。

「一瞬、操縦席が真っ暗になり、竜巻に放り込まれたようでした。機は海面めがけて墜落してゆく。操縦桿《かん》をいくら引き起こしても機首が起きない。

とっさに操縦桿に目を向けて驚きました。一生懸命引き起こしているはずの操縦桿に右腕はなく、勝手に座席の右下で汽車のピストンのように激しく上下している。

『やられた！　右腕だ！』……やっと気づいて、私は左手で右手を持ち上げると、両手で操縦桿をぐっと引き起こすと同時に、エンジンのスイッチを切りました」

右肩の後方からグラマンF４Fの十二・七ミリ機銃弾が貫通、鎖骨、肩甲骨を粉砕する重傷で、二度と操縦桿は握れない、という軍医の診断だった。

羽切さんは内地に送還されることになり、十月十日、病院船「高砂丸《たかさごまる》」でラバウルをあとにした。ラバウルを離れるその日、南東方面艦隊の航空参謀になっていた横山保少佐が、わざわざブインから見送りに来てくれた。

「羽切、もう戦闘機乗りはあきらめて、内地で療養に専念して、一日も早く元気になって後輩の指導をしてくれ。頼むぞ」


しかし、内地に帰った羽切さんは、驚異的な精神力でリハビリに励み、肩より上には絶対に上がらないと言われていた右腕を、棒を使って上げる訓練を一日何千回となく繰り返した。そして、ついにはふたたび操縦桿を握れるまでに回復し、わずか半年後の昭和十九(一九四四)年三月には三たび横空付となり、大空に復帰した。

「大きな怪我をすると後方に下がる人が多いなか、羽切さんだけは最後まで、戦わんかなの気迫を失わなかった。毎日、竹刀をもって黙々とリハビリに励み、飛行長が搭乗割を書かなくても、『おい、飛べる飛行機ないか』と飛び上がって行った」

二〇四空時代から引き続き、横空でも羽切さんと一緒になった大原亮治さんの述懐である。


戦後、この負傷のことで、役場から傷痍《しょうい》軍人恩給の申請を勧めてきたことがあったが、羽切さんは、この通り、腕は動くからいりません、とことわったという。

そんななか、ラバウルから帰還した直後の十一月十八日に長女・由美子さんが病死、羽切さんは、娘が、重傷を負った自分の身代わりになってくれたような気がしてならなかったという。また、米軍の大型爆撃機B－29の本土空襲が激しくなっていた昭和二十（一九四五）年三月二日には、妻・文子さんが熱病により、二十六歳の若さで急死。プライベートでは重ねての不幸に見舞われた。

文子さんが亡くなったときには、空襲の激化で車の手配がつかず、居を構えていた金沢八景の借家から火葬場がある汐入まで、折からの雪が降り積もった約七キロの道のりを自分でリヤカーをひいて、遺体を運んだという。

だが、羽切さんはそんなそぶりを微塵《みじん》も見せず、当時、横空で一緒にいた隊員たちは誰もそのことを知らなかった。生き残った戦友たちが、羽切さんが戦いのさなか、妻子を喪《うしな》っていたことを知るのは、戦後数十年が経ってからのことである。

話は前後するが、昭和十九（一九四四）年五月のある日、訓練飛行を終え横空に着陸直後の羽切さん（当時少尉）の三番機・安部三男上飛（上等飛行兵）の零戦が、離陸直前の陸上爆撃機「銀河」に衝突された。「銀河」はプロペラで安部機をズタズタに切り刻んで、かろうじて飛び上がって行ったが、安部機の胴体は「く」の字形にへし折られ、はずみでスロットルレバーが前方（エンジンをふかす）に押されたらしく、エンジン全開で暴走をはじめた。安部上飛は後頭部をプロペラで割られ、白い脳《のう》漿《しょう》が吹き出したように見える。機は時速三十キロ以上の速度で、一定の弧を描いて突っ走っている。暴走を止めようと、方々から搭乗員や整備員が、丸太や脚立などの障害物をもってきて機の前に置くが、少し向きを変えるぐらいで全然効果がない。数百名もの人垣が遠巻きに見守るが、なすすべもなかった。

羽切さんはとっさに斜め前方より暴走機に駆け寄り、かろうじて翼端をかわして左手で尾翼をつかむと、胴体の上に飛び乗った。

「無我夢中で操縦席に駆け上がり、死体をこえてエンジンのスイッチを切って、ようやく止まってくれました。周囲からは『離れ業《わざ》だ』ともてはやされましたが、ぼくは列機を失った責任感で、しばらくは沈痛な思いでした」

その後も羽切さんは、数次の本土防空戦で、押し寄せる敵機と戦い続けた。

昭和二十（一九四五）年二月十六日には、関東上空に飛来した米機動部隊艦上機の大編隊との空戦で、新鋭機「紫電改《しでんかい》」に搭乗してグラマンF6Fヘルキャット一機を撃墜。

「胴体がずんぐり太く、いかにも強そうな戦闘機でした。三浦半島の先で敵編隊を発見すると、私は一機を狙って優位な態勢から一撃をかけました。が、敵はすぐさま立て直して前下方から撃ち上げてきた。私は強引にこの敵機の腹の下にもぐり込んで、死角の後下方から二十ミリ機銃四挺を発射、胴体から白煙を引きはじめたのを見て三撃め。数十発は命中したと思いますが、こんどはどす黒い煙を吐いて、地上めがけて墜ちていきました。さらに次の敵機を狙いましたが、すかさず反撃されて射撃ができない。ふと後方を振り返ると、別の敵機が私めがけて攻撃してくる……。F6Fは、ソロモンで戦ったグラマンF4FやボートシコルスキーF4U、ロッキードP－38やカーチスP－40などと比べて空中性能が段違いによく、戦意も旺盛で、弾丸が命中してもなかなか火を噴かない。これは手ごわい相手だと感じました」

この空戦で、零戦で出撃した羽切さんの三番機・山崎卓《たかし》上飛曹は、空戦中に被弾、操縦が不能となったので横浜市杉田付近の山林に落下傘降下したが、傘体が木の枝にひっかかり、宙づりになっているところを、駆け付けた地元警防団に米軍パイロットと間違われ、撲殺されるという悲劇が起こった。

空襲で殺気立っている民間人としては、落ちてくるのは全部、米兵だと信じてしまっていたのかもしれない。山崎上飛曹は、ラバウル以来歴戦の搭乗員で、横空では下士官兵搭乗員の総元締めである先任搭乗員を務めていた。

「部下のなかには、杉田を銃撃に行ってやろうかと息巻く者もいました。もちろん、そんなことするはずがありませんが。山崎君は、惜しみても余りある戦死だった。このような悲惨な事故を二度と繰り返さないよう、以後、海軍航空隊では、飛行服や飛行帽に大小いくつかの日の丸を縫いつけて、味方識別のマークにすることになりました」

羽切さんは、三月には零戦でB－29一機を撃墜、四月十二日には、テスト中の二十七号ロケット爆弾を両翼に搭載した「紫電改」を駆って、B－29の大編隊を邀撃している。

二十七号爆弾とは、従来、爆撃機との戦闘に使われていた空対空爆弾、「三号爆弾」をロケット爆弾としたもので、発射すると、あらかじめ定められた秒時ののち、時限信管により発火、炸裂する。炸裂すれば、黄燐を使用した百三十五個の弾子が六十度の角度で敵機を包み込むというものである。

「江の島上空で情報を待っていると、『敵大編隊、大島通過』、次いで『下田上空』との無線電話が入りました。全速力でそちらへ向かうと、B－29の大編隊が見えた。その数、約百機。その上空には、無数の敵戦闘機が見える。一番機の塚本祐造大尉機は、敵の真正面に針路をとり、静かにバンクして『攻撃開始』を下令しました。B－29に対して、浅い前下方攻撃。みるみる敵機は近づいてくる。敵の防禦砲火が、大小無数の曳痕弾となってあたり一面に飛び交います。距離五百メートル、ここだっ、と思ってロケット弾の発射ボタンを力いっぱい押したんですが、どうしたことか、反応がない。畜生！ 肝心なときに不発か、と思っても、もう間に合わない。あっという間にB－29の巨大な機体が眼前に迫り、すかさず左フットバーを蹴って急反転しました。その瞬間、バリバリッと背中で音がしたかと思うと、身体全体に砂利を投げつけられたような衝撃を感じました。

機首をめぐらして離脱、エンジンを切って足元に目をやると、右膝あたりの飛行服が破れていて、急に痛みを感じました」

敵弾の弾片で、右膝の皿を砕かれる重傷だった。結局、これが羽切さんの最後の飛行になる。

羽切さんはまたも入院を余儀なくされ、海軍病院として使用されていた熱海の古屋旅館で、八月十五日、終戦を告げる玉音放送を聴いた。

四ヵ月におよぶ療養中に気持ちも落ち着き、終戦を知ってもとくに動揺はなかった。いったん、横空に帰って残務整理をしたのち、八月二十三日には故郷に復員した。信頼していた戦友に、海軍の退職金を持ち逃げされるアクシデントはあったが、やるだけやったとの思いから、さばさばした心境だったという。羽切さんは満三十一歳だった。

「ぼくは政治家であるより、戦闘機パイロットであった」

復員した羽切さんは、しばらく家業の半農半漁の仕事を手伝って過ごしたが、昭和二十一(一九四六)年、請《こ》われて田子浦の青年団長となる。終戦の混乱で青年団が犯罪集団と化していて、それをまとめて正常化するには、死線を超えてきた羽切しかいない、と、当時の船山啓次郎村長に白羽の矢を立てられたのである。

「村祭りの日、対立するグループ同士が、棒きれや鍬《くわ》、鋤《すき》を手に広場に集まってくる。ぼくはその真ん中で、腕組みをして立ってる。ときどき、誰かが動きそうになると睨《にら》みつける。ぼくになにか言いたそうな顔をしているやつもいるが、なにも言ってこない。そうしているうち、互いに手をだしあぐねたのか、いなくなりました。そんなことが何度か続いて、約三年がかりで、青年団を正常な状態に戻すことができました」

そのことがあって、昭和二十九（一九五四）年、町村合併で富士市が誕生したとき、第一回富士市議会議員選挙にかつぎ出され、思いがけず地方政治の道に進むことになった。その間、昭和二十二（一九四七）年には貞子さんと再婚、二十八（一九五三）年、弟らとともにトラック会社（富士トラック株式会社）を創業している。市議会議員を十二年半、務めた後、昭和四十二（一九六七）年には自由民主党から静岡県議会議員に立候補して当選。以後、四期十六年間にわたって県議を務めることになる。

昭和五十五（一九八〇）年、三十数年ぶりにかつての隊長・横山保中佐と再会したが、いつから歩行困難になったのか、付き添いの人の肩につかまってようやく歩く姿に愕然《がくぜん》とし、疎遠になっていたことを詫《わ》びたという。横山さんは、羽切さんの議員バッジに戸惑いを感じているようだったが、その日は戦後の話はまったく出ず、昔話に花が咲いた。横山さんが亡くなったのは、その翌年のことだった。

昭和五十八年の選挙でまさかの落選。それを機に政治からは手を引き事業に専念。静岡県トラック協会会長を八年間にわたって務めた。

「ぼくは思い返してみるとね、戦後三十何年というもの政治に没頭して、戦争のことを考えたり、戦友会に出席したり、ほとんどしてこなかったし、する暇もなかった。もったいないことをしたと思っています。

政治家として二十八年半、海軍は十三年でそのうち戦闘機に乗っていたのが約十年。しかしその十年がね、言うに言えない充実感があった。欲も得もなく純粋に一生懸命に生きて、苦しいこと、楽しいこと、いつまで経っても忘れられない思い出がたくさんあります。海軍の頃は、自分自身の働きについても満足しているし、誇らしく思っています。

ところが政治家ということになるとね、なにかこう、駆け引きをしてだね、大言壮語してはったりを言ってみたり、同志でありながら足の引っぱり合いをしてみたり。嫌でも汚い金に手を染めざるを得ないようなこともありました。地元にはそれなりに貢献できたと思うけれども、自分自身にも不信感がありましたしね。

政治の仲間はその後のお付き合いはできないが、海軍のほうは、いまもなつかしい友達が、どこへ行っても残っています。やはり人生振り返って、ぼくは政治家であるより戦闘機パイロットであった、そのことのほうに重みと誇りを感じています」

羽切さんは、私が出会った平成七（一九九五）年にはすでに、癌《がん》におかされていた。家族には前立腺癌で手遅れ、と宣告されていたが、本人には告知されていなかったという。

富士市の羽切さん方には何度か赴《おもむ》き、インタビューに応じていただいた。最後に羽切さんと会ったのは、平成八（一九九六）年、熱海で開かれた二〇四空会（二〇四空の戦友会）に参加したときのことである。温泉で、羽切さんの右肩に残る、グラマンF4Fの十二・七ミリ機銃弾によるすさまじい貫通銃創の傷痕を見たとき、私は思わず息を呑んだ。宿を発つ日の朝、ほかの元隊員の人たちと一緒に羽切さんの部屋に挨拶に行くと、羽切さんはまだ浴衣姿のままだった。

そこで、おそるおそる、

「肩の傷痕の写真を撮らせてください」

と頼むと、羽切さんは気軽に「あいよ」と、浴衣を脱いでくれた。

羽切さんの具合が悪く、入院したらしいと聞かされたのは、それからほどなくのことだった。あわてて出した手紙に、羽切さんからの返事は、「近ごろ体調が悪く、気力も衰えてきています」というものだった。気力の権化のような羽切さんのこと、これはよくないと思い、重ねて手紙を書いたが、それに対しての返事はなく、かわりに自宅の畑で採れた梨が送られてきた。

羽切さんが亡くなったのは、年が明けて間もない平成九（一九九七）年一月十五日のことだった。享年八十三。

戒名は、静興院大乗日松居士。

八・六Gに耐え、敵の機銃弾さえものとはしなかった肉体も、病魔には勝てなかった。

いまでは数少なくなった、「男の中の男」と呼ぶにふさわしい人だった。

羽切松雄（はきり　まつお）

大正二（一九一三）年、静岡県に生まれる。昭和七（一九三二）年、海軍四等機関兵として横須賀海兵団に入団。飛行機搭乗員を志し、昭和十（一九三五）年八月、二十八期操縦練習生を卒業。昭和十五（一九四〇）年八月、第十二航空隊の一員として漢口基地に進出。十月四日の成都空襲では敵飛行場に強行着陸するという離れ業を演じる。以後、横須賀海軍航空隊で各種の飛行実験に従事したのち、昭和十八（一九四三）年七月、第二〇四海軍航空隊に転じ、ソロモン諸島方面に出動。九月二十三日、ブイン上空で被弾、重傷を負い、内地に送還されるが、再起後、横須賀海軍航空隊で飛行実験と防空任務につく。「ヒゲの羽切」と呼ばれ、腕と度胸と頭脳を兼ね備えた、海軍戦闘機隊で知らぬ者のいない名物パイロットであった。終戦時、海軍中尉。戦後は運送業を手がけ、富士トラック株式会社社長。また、富士市議会議員を十二年、静岡県議会議員を十六年務めた。平成九（一九九七）年一月歿《ぼっ》。享年八十三。

昭和10年、操縦練習生の頃。右端が羽切さん

昭和13年、空母「蒼龍」時代。九六戦とともに。当時25歳

昭和15年、漢口基地で

昭和16年4月、漢口基地で零戦の尾翼に撃墜マークを描く羽切さん

昭和17年1月、筑波海軍航空隊教員の頃

昭和20年2月、横須賀海軍航空隊戦闘指揮所にて。右が羽切さん、左は戸口勇三郎飛曹長。バックに零戦や「紫電」が並んでいる

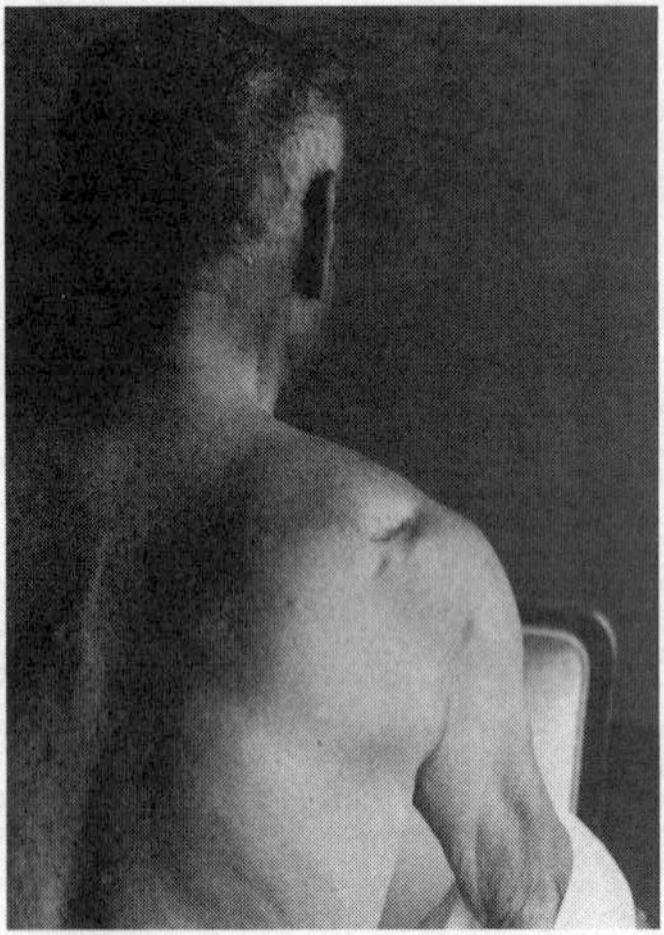

背中に生々しく残る機銃弾による傷痕

第三章

渡《わた》辺《なべ》秀《ひで》夫《お》

「武功抜群」ソロモン航空戦を支えた
下士官搭乗員の不屈の闘魂

昭和16年、飛
行練習生時代

武功抜群

空戦で右眼を失いながら帰還し、草鹿《くさか》中将より白鞘《しらさや》の日本刀を授与される

大戦中、日米両軍が激闘を繰り広げた南太平洋で、日本軍の一大拠点となったのが、ニューブリテン島の北東部に位置するラバウルだった。

昭和十七（一九四二）年一月、アメリカとオーストラリアとの連絡路を遮断《しゃだん》する作戦の一環として、オーストラリアの委任統治領であったこの地を占領した日本軍は、飛行場の整備を進め、順次、航空部隊を進出させた。

当初は、ニューギニア南東部の連合軍の拠点・ポートモレスビー攻略へ向けての作戦が主な任務だったが、同年八月、ソロモン諸島のガダルカナル島に米軍が上陸すると、ニューギニア、ソロモンの二正面での戦いを余儀なくされた。

開戦当初は無敵を誇った零戦隊も、日ごとに増強される敵戦闘機の前に、しだいに損失を重ねてゆき、消耗と疲労のいちじるしい部隊は再建のため内地に帰され、代わって新たな部隊が投入された。

昭和十八（一九四三）年一月になると、日本軍はガダルカナル島の奪還を断念、二月、同島から撤退する。ラバウルはそれ以後、進出拠点から防衛拠点へと性格を変

え、攻勢に転じようとする米軍を必死で防ぎとめる、長く苦しい戦いを繰り広げるようになる。

歴戦の搭乗員が次々と斃《たお》れ、指揮官となるべき士官パイロットも、そのほとんどが戦死してしまう。そんな、いわばもっとも苦しい時期のラバウル零戦隊を背負って戦った、二十三歳の下士官搭乗員がいた。

渡辺秀夫上飛曹。

その名を抜きにして、大戦中盤のソロモン航空戦は語れない。

渡辺上飛曹は、当時、ラバウル、ソロモン方面での航空戦の主力となっていた第二《ふた》〇四《まるよん》海軍航空隊で、士官搭乗員の相次ぐ消耗のなか、ときに出撃部隊全体を率いる空中指揮官の大任を果たした。昭和十八年八月二十六日、日本軍の前進基地のあったブーゲンビル島ブイン上空の邀撃《ようげき》戦で被弾、右眼を失う重傷を負いながらもかろうじて帰還、南東方面艦隊司令長官・草鹿任一《じんいち》中将より、「武功抜群」と記された白鞘の日本刀を授与されている。

私が、福島県に暮らす渡辺さんとはじめて会ったのは、平成十一（一九九九）年六月のことである。じつは、ここへ至るまでの道のりが長かった。

「零戦《ゼロせん》搭乗員会」の事務局で出会った、同じく二〇四空の一員であった大原亮治《りょうじ》さんに、渡辺さんを紹介されたのが平成八（一九九六）年のはじめ頃。手紙で取材意図を伝え、電話でインタビューをお願いすると、あまり気乗りした様子ではないものの、会ってくれるという。さっそく、新幹線のチケットを買い、出発の準備をしていたところ、当日の朝になって、

「やっぱり気が進まない」

と、断りの電話が入った。その後も同じようなことが続き、キャンセルになること数度。

「顔面の古傷が影響して、戦争の話をしようとすると気分が塞《ふさ》ぐんじゃないか」

と、紹介者の大原さんは言い、私も気長に待つことにした。渡辺さん本人は、インタビューに逡巡《しゅんじゅん》しながらも、なにかを残したい意思は持っているらしい。手紙や資料を送ってくれたり、電話をかけてきてくれることもしばしばで、まったく脈がないわけではなさそうだった。ただ、渡辺さんは朝が早い。電話がかかってくるのはたいてい朝の六時台で、報道の仕事柄、夜が遅いことの多い私には、少々つらいこともあった。

そして三年半が過ぎたある日、例によって朝六時に電話が鳴った。渡辺さんから

だ。

「今日は気分がいいんです。今日なら話ができそうだから、いまから来られませんか」

「いまからですか？」

とるものもとりあえず、当日の予定をキャンセルして、新幹線に飛び乗った。

午前十時半、福島駅の新幹線ホームで迎えてくれた渡辺さんは、戦歴から想像するのとは正反対の、じつに淡々としたやさしい雰囲気の人だった。

右眼を中心に、その周囲の頭蓋骨を敵弾で砕かれたと聞いていたが、一見、それほど酷《ひど》い傷痕は見られない。ただ、右眼が義眼であることはすぐにわかった。

「海軍病院で、うまく顔を修復してくれたんです。戦時中は、手足を失ったり、顔面に重傷を負うなんて日常茶飯事でしたから、形成の手術はいまよりも発達していたのかもしれません」

タクシーに乗って、福島市近郊の渡辺さんの自宅へ向かう。庭は畑になっている。主人の姿をみとめた柴犬が、玄関先で勢いよく尻尾を振った。

「戦後は役所に勤めましたが、退職後は農業をやってます」

渡辺さんは言った。そして、私を応接間に招き入れると、

「今日、気分がいい、と言ったのは、これが出てきたからなんです」

と、やおら立てかけてあった一本の日本刀を取りあげた。白鞘の日本刀。鞘には
〝武功抜群〟と、墨痕《ぼっこん》鮮やかに書かれている。

「ブイン上空でやられて重傷を負ったあと、ラバウルの海軍病院に入院中に、草鹿長官からいただいた刀です」

目釘《めくぎ》をはずして銘を見せてくれた。肥前国忠次《ひぜんのくにただつぐ》作の銘がある。

「この刀が……」

と、私は思った。渡辺さんがこの刀を授与されたことについては、さまざまな戦記本で触れられている。そのほとんどに〈軍刀を授与された〉と記されているが、それは間違いで、目の前にある刀は、軍刀の拵《こしら》えもなにもない、白鞘の日本刀だった。

「これは、復員したあと、うちの父が、進駐軍に没収されるのを恐れて、どこかに隠し持っていたんです。その後、没収のおそれがなくなって刀剣登録もしたんですが、どこにしまい込んでいたか、わからないままでした。父が突然倒れて息を引き取ったとき、『刀はどこだ』と聞いたんですが間に合わなくて。……それが最近、父の遺品を整理していてタンスを動かしたら、その下から出てきた。それで、話す決心がつい

たんです」

刀の茎《なかご》、銘の裏側には、昭和十七年七月吉祥日の文字が刻まれ、登録証によると長さ六十七・八センチ、反り二・〇センチ、目釘穴一個とある。この刀が、渡辺さんの心の拠《よ》りどころだったのだ。

さっそく、撮影をお願いする。刀を地に突いて私のカメラの前に立つ姿には、古武士の風格があった。

渡辺さんは大正九（一九二〇）年、福島市郊外の荒井村（現・福島市荒井）の農家に生まれた。

子供の頃は腕白で、近隣にもきこえたガキ大将だったが、人一倍正義感の強い少年でもあった。どういうきっかけだったか、本人も忘れてしまっていたが、ものごころついた頃から強烈に飛行機に憧れ、なにがなんでもパイロットになりたい、と思いつめるようになったという。

飛行機に乗るために、まずは中学校を出て海軍兵学校をめざそうと思ったが、

「百姓は学校なんか出るもんでない」

との父の一声であえなく挫折。それならばと、高等小学校を出て予科練を受験しよ

うとするが、これも父の反対でかなわなかった。父は、かつて水兵として装甲巡洋艦「八雲《やぐも》」に乗り組み、第一次世界大戦では、当時ドイツの租借地であった中国大陸の青島《チンタオ》攻略戦に従軍した経歴をもっている。その父が、航空兵は駄目だが水兵ならばよい、と海軍を志願することについては許してくれたので、昭和十二（一九三七）年六月一日、海軍四等水兵として横須賀海兵団に入団した。

海兵団での基礎教育をおえると、練習艦になっていた軍艦「八雲」乗組。親子二代で同じ艦に乗り組むことが決まったとき、父はたいそう喜んでくれたという。その後、砲術学校を経て、駆逐艦「響《ひびき》」の射手となった。

部内選抜で飛行機搭乗員になる道があることは知っていたが、親の同意がなければ操縦練習生を受験することはできない。しかし、渡辺さんは、それでも空への思いが断ちがたく、ついには印鑑を自分で用意して両親に無断で同意書をつくり、駆逐艦の砲術長の反対をも押し切って、昭和十五（一九四〇）年十一月、第五十七期操縦練習生を受験した。

結果は、めでたく合格。同年十二月、操縦練習生の制度が変わって丙《へい》種飛行予科練習生となったが、その二期生として茨城県の土浦海軍航空隊に入隊した。

そして、第十二期飛行練習生として、筑波海軍航空隊で中間練習機の訓練を受けたのち、艦上爆撃機専修となって大分県の宇佐《うさ》海軍航空隊で実用機による訓練を受け、開戦直前の昭和十六（一九四一）年十一月二十九日、こんどは戦闘機搭乗員に転換するため横須賀海軍航空隊（横空）に配属された。

横空は海軍航空隊の総本山であり、搭乗員も選りすぐりの優秀な人材が揃《そろ》っていた。渡辺さんは、ここで空戦の基本をみっちりと叩き込まれることになる。

「横空には、羽切松雄《はきりまつお》さんとか、樫村寛一さんとか、上手な人がいっぱいおりました。私は操縦適性はよいほうだったし、操縦には自信がありましたが、空戦訓練で絶対に負けないぞ、と思っていても、やってみたらやっぱり負けるものですね」

「アメリカの戦闘機乗りは下手くそだなあ、と、いつも思ってました」

渡辺さんは、昭和十七（一九四二）年三月、マーシャル諸島に進出していた千歳《ちとせ》海軍航空隊に転勤、ウェーク島やルオット島の防空任務にあたったが、当時はこの方面の戦局は一段落ついていて、さしたる空戦も起こらなかった。千歳空ではいまだに九六戦を使っていて、零戦への機種変更の途中であった。

「ウェーク島では、もっぱら基地の上空哨戒《しょうかい》です。たまに空襲もありましたが、来たってB－17が数機ぐらいで、たいした敵じゃありません。日記でもつけておけばよかったんだけど、毎日、酒を飲むのに忙しくて、それどころではありませんでした。だから、一年もいたのに、その頃のことはもうほとんど記憶にないんです」

第二〇一《ふたまるいち》海軍航空隊と名を変えた千歳空戦闘機隊は、翌昭和十八（一九四三）年二月、米軍によるアリューシャン列島のアッツ島侵攻にそなえて北方に転用されることになり、隊員は輸送船「鳴門丸《なるとまる》」に便乗して内地に帰還する。

宮城県の松島航空基地で北方進出の準備をはじめた三月二十四日、渡辺さんに最前線・ラバウルにいる第二〇四海軍航空隊への転勤が命ぜられた。

「最前線だからと言って、べつになんの感慨もありません。航空便の出る千葉県の木更津《きさらづ》基地に向かう途中、福島の実家に立ち寄りましたが、父は『しっかりやれよ』と言ってくれました」

二〇四空は、前年八月、第六航空隊としてラバウルに進出して以来、この方面の戦闘機隊の主力として激戦を繰り広げていた。司令は杉本丑衛《うしえ》大佐、副長・玉井浅一中佐、飛行隊長は宮野善治郎大尉である。

四月三日、ラバウルに着任した渡辺さんは、十二日のポートモレスビー攻撃を皮切りに、連日の出撃に小隊長として参加、自身も着実に戦果を挙げていった。

なかでも、五月十三日のルッセル島航空撃滅戦では、渡辺さんは米軍の新鋭戦闘機・ボートシコルスキーF4Uコルセア二機を撃墜、ベルP－39エアラコブラ一機を不確実撃墜した記録が残っている。通算して、渡辺さんの撃墜した敵機は、協同、不確実もふくめ四十八機という。

渡辺さんの回想――。

「宮野大尉はいい隊長でしたね、思いやりがあって。隊全体が、まるで家族のように仲がよかった。前にいた部隊もよかったけど、ここはとびきりいい雰囲気だったと思います。

私自身、空中では強かったと思っています。敵戦闘機との空戦では絶対に負けない自信がありました。

ポートモレスビーの敵は、イギリスやオーストラリアの戦闘機で、これは全然問題になりません。ガダルカナルのほうはアメリカのやつで、そちらは少し手ごたえがあったけど、しかし、どっちにしても弱かった。こちらが向かっていくと逃げるだけなんですから。

アメリカの戦闘機乗りは下手くそだなあ、と、いつも思っていました。まるで赤ん坊を相手に喧嘩《けんか》をしているようなもので、まったく勝負になりません。だから、こんなふうにやられることになるとは、思ってもみなかったですね」

ラバウルでは、搭乗員宿舎は市街に点在していて、日が暮れると、搭乗員は翌朝までの自由時間が黙認されている。

「出撃から帰ってくると、夕方から夜遅くまで、毎晩のように酒を飲む。前線でもビールは潤沢で、特に搭乗員は大事にされているから、酒保《しゅほ》（売店）から届けさせて好きなだけ飲めるんです。

一晩にビール二十本ぐらいは必ず飲んでいました。途中で寝てしまうのもいましたが、たいてい、飲まないやつも最後まで残ってましたね。

いつだって必ず、搭乗員室の隅に空きビンが積んであって、玉井副長が、搭乗員はよく飲むなあ、と呆れていたことがありました。

とにかく、ビールはいくらでもあるんですが、ただし、金はいる。それで、ときには司令や副長を招待して、その人のツケで届けさせる。夜中に主計兵を起こして、すき焼きが食べたい、おはぎが食べたいというと、言われたとおりに作ってきてくれる。

搭乗員は、ほかの兵隊と違って、『総員起こし』で起きなくてもよく、次の日の出撃に間に合うように起きればそれでいいんです。

翌日は、やっぱり酒は残ってますね。一人で立ってられないようなのがいて、そういうのは整列のとき、整備員に体をささえてもらう。それで、おぶってもらって飛行機に乗る。

ところが、操縦桿《かん》を握ると、とたんにシャンとするんです。一個小隊ごとに編隊で離陸するんですが、大丈夫かな、と思って振り返ると、さっきまでフラフラしていたやつが、ぴったり一メートルの距離をおいてビシッとついてくる。

どんなに二日酔いでも大丈夫でした。みんな一騎当千、自分がやられるなんて思ってもいない。戦友が戦死しても、自分だけはやられないと思っているのが戦闘機乗りです。空戦になったら敵を墜《お》としてやる、それだけでした。士気はほんとうに高かったですね」

しかし、そんな搭乗員たちの技倆《ぎりょう》と士気をもってしても、徐々に押し返される戦局の流れを止めることはできなかった。

四月十八日には、山本五十六《いそろく》聯合《れんごう》艦隊司令長官が、前線視察中、乗機の一式陸攻が敵戦闘機に撃墜され戦死。その護衛を果たせなかった二〇四空の戦いも、さらに激しく、悲壮感を帯びたものになる。

「山本長官機の護衛についたのは、森崎武予備中尉を指揮官とする二〇四空の零戦六機でしたが、これではいかにも少なかった。二〇四空では、二十機つけることを進言したのに、聯合艦隊司令部から退けられたと聞いています。護衛機は全機無事に還《かえ》ってきましたが、搭乗員には緘口《かんこう》令が敷かれていて、私は長官機がやられたことにしばらく気づきませんでした。暗号が解読されて敵戦闘機が待ち構えていたなんて、当時はまったくわかりませんから」

最高指揮官が前線で不慮の死を遂げたとなると、全軍、全国民の士気に与える影響ははかり知れない。山本長官の死は、まずは徹底的に秘匿《ひとく》されることになった。緘口令を敷かれたのは米側のパイロットも同じだったが、こちらの方は暗号解読の機密を漏らさないための処置で、その後は英雄として扱われる。

ところが、山本長官戦死の責任問題はどう扱われたかを見ていくと、この件で、南東方面艦隊、第二十六航空戦隊司令部など、責任の中枢にいる者で処分を受けたものは一人もいない。現場も同じである。護衛を担当した二〇四空司令はもちろん、森崎予備中尉以下六人の搭乗員が査問に付されることも、懲罰を言い渡されることも、軍法会議にかけられることもなかった。もちろん、進級にも影響はなく、司令、副長以下、生き残った者たちは定期にきちんと進級している。

総大将を敵に討ち取られても、誰も責任を問われる者がいないというのは、こんにちの目から見ればいささか奇異に感じられる。

その後も続く激戦で、六機の護衛戦闘機の搭乗員は、被弾して右手を失った柳谷謙治飛行兵長と、空戦で重傷を負った杉田庄一飛行兵長以外の四名が数ヵ月のうちに戦死する運命が待っているが、これは懲罰的に出撃を強いられたものではけっしてなかった。

記録の上で、この六人の出撃回数が他の搭乗員と比べて特別に多いということはない。山本長官戦死の翌日、四月十九日から、飛行隊長の宮野大尉、長官機護衛の森崎予備中尉が戦死する六月十六日までの二ヵ月弱のあいだに、ほぼ全部の搭乗員が、十五回から二十八回もの出撃を繰り返している。渡辺さんもその間、二十回の出撃を重ねた。

あえて言うなら、二〇四空をはじめ、ラバウル方面にいた部隊全体の出撃そのものが過重であったのだ。

その頃、二〇四空では、宮野大尉の発案で、小隊編成をこれまでの一個小隊三機から四機に切り替えることになり、宮野大尉自らが先頭に立って、出撃の合間を縫って訓練を始めている。

このところ、米戦闘機は四機編成をとり、二機ごとに巧みにカバーし合って付け入るスキを見せなかった。敵は一機の零戦に対して、一機が連携して戦いを挑んできた。これは、米海軍のジョン・S・サッチ少佐が、グラマンF4Fで零戦に対抗するために発案した戦法で、「サッチ・ウィーブ」と呼ばれる。零戦の、従来からの一個小隊三機の編成では、これに対抗するのは難しくなってきたのだ。

一個小隊を二機、二機の四機編成とし、上下左右に広がったり距離をつめたりすることで、敵機を挟撃したり、攻撃してくる敵機を追い払うことも容易になる。四機編成なら、米軍の編隊空戦の威力も心配しなくてよくなる……宮野大尉は、搭乗員たちを集め、懇々《こんこん》と説明した。

記録によると、この一個小隊四機の編成は六月四日から試験的に導入され、六月七日のガダルカナル方面航空撃滅戦で、三機編成の他部隊よりも有利に戦えることがわかったため、以後、海軍戦闘機隊全体に広がってゆく。

しかし、つねに先頭に立って戦い、新機軸を打ち出してきた宮野大尉も、六月十六日のガダルカナル島攻撃（のちに「ルンガ沖航空戦」と呼ばれる）で未帰還となり、戦死してしまった。

「攻撃に行くたび、艦爆隊の損害がとても大きかった。ほとんど還ってこないんです。艦爆の搭乗員たちは、九九艦爆をもじって『九九棺桶《かんおけ》』と自嘲して呼んでいたほどです。戦果を挙げることもおぼつかなく、行けばやられるから、士気も上がらない。そこで宮野大尉は、艦爆隊を無事に帰投させるための新しい戦法を考案したんですね」

敵戦闘機の邀撃を排除して、無事、攻撃目標の上空に達することができたならば、掩護《えんご》戦闘機隊は三隊に分かれ、その一隊（直掩《ちょくえん》隊）は、艦爆の上にかぶさりながら、直接の掩護のためにともに急降下していき、他の一隊（制空隊）は上空にある敵戦闘機と戦闘を交え、状況によっては優位より下方の戦闘に参加するという任務を持って上空に残る。

ここまでは在来の方法であるが、いま一隊（収容隊）は、艦爆隊の到達直前に先行し、目標付近に群がる敵戦闘機中に突入してかき回し、その間に味方艦爆の爆撃を容易たらしめ、避退の間隙を与える。

——だが、宮野大尉が言う「収容隊」は、艦爆隊のために自らを盾《たて》にすると言っても過言ではない、きわめて危険な役割である。司令部の幕僚をはじめ、各戦闘機隊、艦爆隊の指揮官が集った作戦会議の席で、宮野大尉は、

「この隊の指揮は私がとります」

と、淡々と事務的な口調で言った。

〈一座はしばしシーンとなった。しばし言葉を発するものはなかった〉

と、その席にいた第五八二《ごおやあふた》海軍航空隊艦爆隊指揮官・江間《えま》保《たもつ》大尉は手記に記している。

この日、零戦七十機（二〇四空二十四機、二五一空三十機、五八二空十六機）、九九艦爆二十四機の大編隊は、敵艦船がひしめくガダルカナル島北西端のルンガ泊地を目指した。この日は米軍も、百四機にものぼる戦闘機を邀撃に上げていて、大規模な空中戦が繰り広げられた。

宮野大尉が提唱し、自ら危険な任務を買って出た収容隊も、あまりに多数の敵機を前に、有効な働きができなかった。第二五一《ふたごおいち》海軍航空隊の大野竹好《たけよし》中尉は、遺稿となつた手記のなかで、

〈今や爆撃隊を守り通すために、戦闘機は自らを盾とせねばならなかつた。降り注ぐ

敵の曳痕《えいこん》弾と爆撃機の間に身を挺《てい》して、敵の銃弾をことごとく我が身に吸収し、火達《ひだる》磨《ま》となつて自爆する戦闘機の姿、それは凄愴《せいそう》にして荘厳なる神の姿であつた。一機自爆すれば、また一機が今自爆した僚機の位置に代はつて入つて、そして、また、敵の銃弾に身を曝《さら》して爆撃機を守つた。(中略)

艦爆危ふしと見るや、救ふに術《すべ》なく、身をもつて敵に激突して散つた戦闘機、火を吐きつつも艦爆に寄り添つて風防硝子《ガラス》を開き、決別の手を振りつつ身を翻《ひるがえ》して自爆を遂げた戦闘機、あるいは寄り添ふ戦闘機に感謝の手を振りつつ、痛手に帰る望みなきを知らせて、笑ひながら海中に突つ込んでいつた艦爆の操縦者。泣きながら、皆、泣きながら戦つてゐた〉

と、記している。

渡辺さんの回想――。

「高度五千～六千メートルから、艦爆隊の上を護衛しながら突っ込んでいくと、敵は、艦船からも地上陣地からも、ものすごい対空砲火を撃ち上げてきました。一分の隙間《すきま》もないような弾幕です。

艦爆隊はそれには目もくれず、ルンガ泊地の敵艦をめがけて急降下に入る。途中で火を噴いて墜ちてゆくのも何機かありました。そして、投弾を終えた艦爆が、安全圏まで退避したのを見届けて、われわれ戦闘機隊は空戦場に引き返して、敵の戦闘機を蹴散らすんです。燃料計を見ながら、帰れるぎりぎりの時間まで空戦をしました」

渡辺さんは小隊協同で三機のグラマンＦ４Ｆを撃墜して生還したが、この日の激戦で、二〇四空では宮野大尉、森崎予備中尉以下四機が未帰還、三機が不時着、また多くは途中のブカ、およびブイン基地に着陸し、その日のうちにラバウルに帰投したのは、渡辺さんをふくめ六機に過ぎなかった。

「搭乗員があまり帰ってこないので、二〇四空副長の玉井浅一中佐が心配して私を呼んで、『どうしたんだ』と聞くんだけど、私にも他の人のことはよくわからない。宮野大尉と森崎予備中尉が帰ってこないということで、司令も副長もがっかりされているようでした」

米側資料によると、この日の米軍戦闘機のうち、失ったのは六機のみ。輸送船一隻と戦車揚陸艦一隻が大損害を受けたが、沈没をまぬがれている。

いっぽう、日本側の損害は、零戦十五機未帰還、一機不時着水、被弾四機、艦爆十三機自爆未帰還、四機被弾という大きなものだった。

この日を境に、零戦隊がガダルカナル上空に進撃することはできなくなり、それからのソロモン航空戦は、防戦一方の凄惨《せいさん》な戦いとなった。

航空隊の士官搭乗員が全滅という危機的状況下で、攻撃隊の指揮を執る

二人の指揮官を一挙に失った二〇四空では、一時、士官パイロットが皆無となり、准士官も日高初男飛曹長一人だけという、かつてない危機的な事態に直面していた。

なぜ士官がいないと困るのかと言えば、海軍の制度上、准士官以上が見認《けんにん》していなければ撃墜などの戦果も正式には認められず、現認《げんにん》証明がなければ、たとえ味方機の最期が確認されてもその場で戦死が認定されない。軍隊も役所だから、決まりごとがあるのは仕方がないにしても、航空隊の士官搭乗員が全滅し、出撃の搭乗割に准士官以上が一人もいないという状況は、はじめから想定されていなかったのだ。

六月下旬には、飛行学生を卒業したばかりの島田正男、越田喜佐久《こしだきさく》両中尉が着任、七月に入ってからは、宮野大尉の後任の飛行隊長に進藤三郎《しんどうさぶろう》少佐、分隊長・鈴木宇三郎中尉、分隊士として羽切松雄、竹中義彦両飛曹長らが着任してきたが、連日の戦闘に指揮官の不足は如何《いかん》ともしがたく、せっかく着任した士官搭乗員も、越田中尉は七月十七日、島田中尉は八月十五日と、着任後まだ日の浅いうちに続けて戦死。下士官である渡辺さん（当時・上等飛行兵曹）がときに空中での指揮をとり、作戦を続けざ

るを得ない状況になっていた。

防衛省防衛研究所所蔵の「二〇四空飛行機隊戦闘行動調書」によると、渡辺さんが二〇四空零戦隊を率いて出撃したのは、六月三十日（二回）、七月一日、二日の、のべ四回のレンドバ島攻撃（それぞれ、零戦十二機が他部隊と協同して参加）、七月六日のブイン邀撃戦（十機）、七月二十一日のレンドバ島攻撃（十五機）、七月二十八日の輸送船団上空直衛、八月六日のブイン基地上空哨戒（二回。一次十二機、二次二十機）の、計九回にのぼる。

「自分が指揮官になって戦争ができるのかな、と思いましたが、私が指揮して出撃したときにはだいたい、うんと戦果が挙がったんです。搭乗員は若い人が多かったから、彼らにすれば、下士官の私が指揮官でいったほうがやりやすかったのかもしれません」

六月三十日、渡辺さんがはじめて二〇四空零戦隊の指揮をとったレンドバ島への攻撃で、二次にわたる出撃で十八機（うち不確実四）を撃墜し、全機が無事に帰還している。

二〇四空で一緒に戦った大原亮治さん（当時・二飛曹）は、

「渡辺さんは、地上ではおとなしかったけども、いったん空に上がったら闘志満々、私たち下士官兵搭乗員の兄貴分のような人でした。人望があって上下の誰からも信頼され、指揮官としてみんなが納得するだけのものはありましたね」

と言う。

八月十四日には、ブイン基地から目と鼻の先の距離にあるベララベラ島に敵上陸との情報に、渡辺さんと田中勝義二飛曹の二機で敵情偵察を敢行《かんこう》。その結果にもとづいて、翌十五日、三次にわたってベララベラ島の敵上陸部隊に全力攻撃をかけることになった。

第一次攻撃隊は零戦四十八機、艦爆六機で、午前五時にブイン基地を発進、五時四十五分にはベララベラ島南東上空に達し、敵船団上空で敵戦闘機約五十機の邀撃を受けた。

「この日の任務も艦爆隊の直掩です。戦闘機どうしの空戦では、敵は逃げるばかりで積極的には向かってこないんだけども、爆撃機が一緒のときは、こっちも自由がきかないことを知ってか、敵はかなり強引に攻撃を仕掛けてきました。

艦爆一機に零戦二機が両脇からはさむように護衛しながら、一緒に突っ込む。敵戦闘機が攻撃をかけてくると、機首をひねってそいつを追い払い、また艦爆についてゆく。空戦より、艦爆の掩護のほうが大変ですね。そして、艦爆は高度三百メートルで爆弾を投下すると、海面すれすれを全速で飛ばして退避します。私も、艦爆をカバーしながら、戦場を離脱しました。上空では、零戦と敵機が激しい空戦を展開していました」

渡辺さんは、続いて第二次攻撃隊にも参加、極限の疲労と闘いながら、かろうじて帰還した。

この日、三次にわたる攻撃にもかかわらず、米軍上陸部隊はさしたる損害も受けず、ベララベラ島への上陸に成功した。ベララベラを敵に取られたことで、日本側の防衛態勢は音を立てて崩れ始めた。それとともに、日本軍の前進基地であるブインへの敵機の空襲も頻繁になり、邀撃戦も激しさを増していった。

八月二十六日、この日は出撃の予定はなく、ブイン基地の二〇四空搭乗員たちは、戦闘指揮所に近い搭乗員待機所で、思い思いに時間を過ごしていた。囲碁や将棋に興じる者もいれば、レコードをかける者もいる。それは、いつもどおりの基地の光景だった。

午後二時十分頃、突然、敵機来襲を告げるサイレンが鳴り響いた。同時に、戦闘指揮所の鐘が激しく打ち鳴らされ、信号兵の戦闘ラッパも響きわたった。

ただちに、戦闘機隊に発進命令がくだった。搭乗員たちは飛行服をつける暇もなく、落下傘バンドだけをかかえて零戦に飛び乗った。

渡辺さんは、ランニングシャツに半ズボンの姿のまま、飛行靴も履かずに手近の零戦に駆け寄ると、真っ先に離陸した。

上昇しながら落下傘バンドをつけ、上空を見ると、早くも米軍の大型爆撃機・コンソリデーテッドB－24十数機の編隊が、爆撃針路に入っているのが見えた。味方機を待って編隊をととのえる余裕はない。渡辺さんは、敵機の前方に向かって急上昇した。そして、敵編隊の前方千メートル、高度差五百メートルの位置に達するや、そのまま急降下してスピードをつけ、B－24編隊の左側の一機に、腹面から垂直上昇で撃ち上げた。そして、敵機の上空に突き抜けて上昇し、こんどは上方からの攻撃態勢をとった。先ほどのB－24は、早くも煙を吐きながら編隊から離れ始めている。

「そのとき、前上方から二機のグラマンF4Fが射撃をしながら突っ込んできました。すかさず一番機に反航射撃を加えると、敵はパッと上下に開いて逃げようとした。

セオリーからいうと、この場合、上に行った敵機を追撃するべきなんですが、下を見ると味方機が次々と上昇してくるし、下に行ったやつのほうが墜としやすいかと考えて、まずは下にかわした敵一番機を追尾して一撃。するとそいつは、あっけなく火を噴いて墜ちてゆきました。

それで、もう一機の敵機とはまだ距離があるはずだが、そろそろ来るかな、と思いながら機首を引き起こして右後ろを振り返ったら、相手の飛行機を見ないまま、突然、バンバンッという大きな音がして、同時に目の前が真っ赤になり、爆風を受けたみたいに全身に激しいしびれを感じました。

痛みは全然ないんです。それで、はじめは飛行機が燃えているのかと思って、脱出しなくては、と風防を開けようとしたんですが、体が言うことを聞かず、手に力が入らなくて開けることができない。そこで初めて、これは体に弾丸《たま》が入ったなと思いました。

天皇陛下万歳、なんて思わない。ただ、父母兄弟が、私がここで死ぬのがわかるかな、とチラッと考えました。すると、上昇の姿勢にあった飛行機がスピードを失い、機首をガクンと落として錐揉《きりも》みに入りました。あわてて操縦桿をとろうとしましたが、手足がまったく動かないんです。だんだん気が遠くなって、そのまま意識を失ってしまいました」

渡辺さんは一機を撃墜したものの、零戦一機に対して二機が一組となり、連携して戦う米軍の戦法「サッチ・ウィーブ」の術中にはまったわけである。

「どれぐらい時間が過ぎたかはわかりませんが、気がついたときは錐揉みは止まっていて、飛行機はものすごいスピードで降下しているところでした。海面に激突か、それとも空中分解か、と思っていると、こんどは急上昇の姿勢になりました。飛行機は、きちんと調整さえされていれば、上昇、下降を繰り返しながらだんだん波がおさまって、放っておいてもまっすぐ飛ぶようになるんです。

依然として痛みは全然感じない。しかし、自分では怪我の状況はわかりません。ようやく手足が少し動くようになったので、飛行手袋をぬいでハンカチを取り出して顔を拭くと、しだいに左眼が見えるようになってきました。被弾したときの高度は三千～四千メートル。気を失っているあいだ、どういう飛び方をしていたのかわかりませんが、海面を見ると、まだけっこう高度がありました。

計器板はひとつ残らずめちゃくちゃに壊れていて、首から下のシャツが血だらけになっていました。命中した敵弾は一発だけでしたが、それが風防で炸裂《さくれつ》して、その弾片をくらったんです。しかし、炸裂弾（命中すれば炸裂し、弾片をまき散らす）だからまだ助かった。徹甲弾《てっこう》（装甲を撃ち破るための弾丸）の直撃なら頭が吹っ飛んでしまいますからね。

上空を見ると、まだ敵味方が入り乱れて空戦の最中でした。

それで、よし、もう一度行こうと思ってエンジンを入れ、操縦桿を引いたんですが、そうすると気を失ってしまう。何度かやってみたけど、どうしても操縦桿を引くことができないんです。それで、これでは戦闘はできないとあきらめて、基地に向かって反転しました。帰ろうと思ったら急に気分が悪くなってきて、食べたものを何度も戻してしまいました。ずいぶん吐いたと思います。

爆撃を終えて帰る敵機を追撃する形でしたから、よほど距離があったんでしょう。それから二十〜三十分は飛んだと思うんですが、とにかく飛行機をもって帰ろう、基地に帰ってから死のう、それだけでした。

頭痛がひどく、出血多量のせいか、ときどき気が遠くなってしまい、上昇と下降を繰り返しながらようやくブイン上空にたどり着きました。

戻ってみると、爆撃で穴だらけになった滑走路上で、設営隊の数台のトラックが、穴埋め用の土を運んでいるのが見えました。低空すれすれを飛んで、風防を開けて手でどけろ、という合図をして、みんなを滑走路からどかせて、決められた誘導コースよりも低空で飛行場にすべり込み、一発でうまく着陸できました」

渡辺さんは飛行機をそのまま戦闘指揮所前までもっていったが、エンジンを停止させると、それっきり気を失ってしまった。


意識が戻ったのは夜になってからだった。

「岩手県出身の古館伝三郎という軍医大尉が、応急手当てをしてくれました。彼は、いつも搭乗員室でワイワイ飲んでいて、ふだんから仲良くしてもらってたんです。

手当てがすんだあと、軍医が、付き添いに来てくれた整備科の人に、『今夜は危ないから、俺はそばについている。何かあったらすぐに起こせ』という声が聞こえました。それで、いよいよ俺も駄目なんだな、と思いましたが、飛行機を壊さずに基地まで帰れただけでも幸せだった、という気持ちでいっぱいでした。

しかし、自分でもまだ、どこに敵弾が当たったのかわからないし、痛みも感じない。ほかの人だと痛みとかあるんでしょうが、私はわりと無神経というか、痛みを感じないたちなんです。その後も、べつに痛くて困ったということはありませんでした」

しかし、本人にはわからなかったが、渡辺さんの傷はすさまじく、炸裂弾の破片で、右顔面の目から鼻にかけての骨が粉々になって肉が吹き飛ばされ、しかも顔面には無数の弾片が刺さっていた。

この日、渡辺機が着陸したときの模様を、二〇四空零戦搭乗員だった中村佳雄《なかむらよしお》さん（当時二飛曹）が記憶していた。

「搭乗員が降りてこないので、これはやられたなと思って駆け寄ると、渡辺さんが二、三人の整備員にかかえられて、飛び出した眼球を手で押さえながら血だらけの姿で降りてきて、あまりの大怪我に思わず息を呑みました」

渡辺さんは二日後、二〇四空が輸送機として使用していた九六式陸上攻撃機でラバウルへ移送され、そのまま第八海軍病院に入院した。ここでの診断でつけられた傷病名は、

〈右前頭部機銃弾弾片創、右前頭部複雑骨折、右眼損傷、左眼窩《がんか》上部採種状機銃弾片創〉

だった。

余談だが、戦後出版された戦記本のなかで、渡辺さんの負傷を、〈後方より被弾、右眼球貫通〉と書かれているものがあるが、右眼球貫通ではなく、振り返ったときに弾片を浴びたわけだから、これは間違いである。

入院中の病院で司令長官から手渡された日本刀に「武功抜群」の文字

八月三十日、渡辺さんは、この方面における海軍の最高指揮官である南東方面艦隊司令長官・草鹿任一中将の、突然の見舞いを受けた。艦隊司令長官が、部下の一下士官の病床を見舞うのは、異例のことである。

「長官が来られることは、事前にはなにも知らされていませんでした。私は頭に包帯をぐるぐる巻かれ、目も見えず、立つこともできない状態でした。

長官は、参謀の土井泰三《やすみ》中佐（戦後、陸上自衛隊に入り陸将）と二人で来られましたが、土井参謀という人も、以前から私に目をかけて、かわいがってくれていたんです。

それで土井参謀から、長官がお見えになったと言われてベッドの上で身を起こすと、手を出しなさい、と、長官自ら白鞘の日本刀を手渡されました。

そのときは見えませんでしたが、〝武功抜群〟と清書された奉書に紅白の水引をつけ、白鞘にも〝武功抜群〟と記されていました。

長官からは、ただ『ご苦労だった』の一言でしたね。参謀からは、功績は全軍に布告してあるから、との説明を受けました」

この〝武功抜群〟の日本刀は、激戦が続く南東方面作戦参加部隊の士気高揚策として、戦場における功績の顕著な者に与えられることになっていて、いわば金鵄《きんし》勲章の約束手形のようなものと言えた。

軍人としての最高の栄誉は、論功行賞による金鵄勲章の授与だが、昭和十五（一九四〇）年四月二十九日付で申請され、昭和十七（一九四二）年に行われた生存者論功行賞が最後の叙勲になっていて、結局、大東亜戦争における生存者の論功行賞は行われないままに終わる。

草鹿長官から〝武功抜群〟の日本刀または短刀を授与された搭乗員は、のべ十名だった。

渡辺さんはさらに、翌三十一日には杉本司令より善行表彰を受け、九月十三日、特設病院船「天應丸《てんおうまる》」に転院、そのまま内地に送還されることになった。

九月十一日付で杉本司令より渡辺さんの父に宛ててしたためられた手紙には、渡辺さんのこれまでの功績や負傷時の状況が生々しく記されている。少し読みづらいが、原文のまま主要な部分を引用する。

〈秀夫君ハ昨年中旬以来「ビスマルク」「ソロモン」群島方面ニ在リテ「ニューギニヤ」又ハ「ソロモン」群島方面作戦ニ従事シ或《あるい》ハ小隊長トシテ時ニハ中隊長トシテ指揮シ至ル所赫々《かくかく》タル武勲ヲ樹《た》テツツアリシガ去ル八月二十六日、敵飛行機ノ大群「ソロモン」群島味方航空基地ヲ来襲セル際戦闘機ヲ操縦シテ之ヲ邀撃シ良ク其ノ大半ヲ撃墜シテ之ヲ撃退シ得タルモ本空中戦闘ニ於テ渡辺上飛曹ハ右眼ニ敵飛行機ノ弾丸ヲ受ケタリ

右眼眼球ノ飛ビ出シタル重傷ニモ拘《かかわ》ラズ左眼ノミヲ以テ良ク飛行機ヲ操縦シ着陸後直チニ手当ヲナシ同方面海軍病院ニ入院セシメ左眼ハドーニカ失明セズニスムコトト相成申候モ遂ニ右眼ハ手ノ着ケ様モ無ク失明シ近ク病院船ヲ以テ内地帰還ノコトト相成申候

カカル状況ニテ多分、後シバラクハ音信モ無キ事ト存ジ申候モ生命ニ別状ナク又片眼ノミニテモ取リ止メタル上ハ今後銃後ニ於テハ充分役立チ得ルモノト考居申候

御帰還後ハ当方海軍病院ニ於テ治療ヲ受ケ将来ノコトヲ決定スル必要アリ（中略）

特ニ御本人ハ未ダ独身ニテ　此ノ方面モ心配仕居申候

渡辺兵曹戦地ニ於ケル長期戦功（敵機二十数機撃墜ト記憶ス）並ニ片眼失ヒタルモ更ニ戦闘ヲ継ケ　無事飛行場ニ帰還セシ勇武ニ対シテハ　方面長官ヨリモ特ニ軍刀拝受ノ栄ヲ賜リ申候〉

……右眼に被弾、また、日本刀を軍刀（軍刀の拵《こしら》えをしないと軍刀とは言わない）と取り違えた、戦後の戦記本の誤りの萌芽とも思える箇所も見てとれるが、重傷の部下を思い、家族を気遣う気持ちがにじみ出ていて、また、責任ある立場からの客観的な認識はこうであったという意味でも、史料的価値の高い手紙と言えるだろう。

杉本司令はその後、少将に進級し、終戦直前の昭和二十（一九四五）年六月十二日（推定）、フィリピン・クラーク地区で、もはや翼を失った第二十六航空戦隊司令官（クラーク防衛海軍部隊指揮官）として、ピナツボ山に立てこもり、武器弾薬も食糧もない絶望的な陸戦を指揮したのち、戦死した。その最期の状況は詳《つまび》らかではないが、きわめて数少ない生還者の証言から、杉本少将は、「俺の肉を食って生き延びよ」と部下に言い残して自決したとも伝えられる。

昭和十八（一九四三）年九月二十二日、内地に帰還した渡辺さんは、ただちに神奈川県の野比《のび》海軍病院に入院した。

ところが、あまりの重傷に、とてもここでは処置ができないとのことで、二十八日、横須賀海軍病院に転院。しかしここでも手のほどこしようがなく、十月六日、ベテランの眼科医と設備のそろっている東京の軍医学校に移された。

ここでようやく、弾片の除去手術を受け、次いで傷の治療、それから整形手術を受けることになる。

右眼から頰《ほお》にかけて、顔の砕けた骨をとる。そして、胸の肉を幅五センチ、長さ二十センチの短冊状に、短辺の上部を残して切り取り、切ったほうを持ち上げて首に縫合する。これは、切った肉に血を通わせるための処置である。首につけた部分がなじんだ頃を見計らって、胸に残っていた短辺を切り、それをまた持ち上げて頰に縫合する。この部分が頰になじめば、首につけた部分を切って、頰に縫合する。こうして、胸から切り取った肉を、血流を絶やさずに首を経由して移植する、手間と時間のかかる手術だった。

「眼科の先生が、うまく手術をやってくれました。整形外科だと、もっとひどい手術痕《こん》が残るところです。

なくなった眉《まゆ》をつけるのには、傷のある場所を避けて少し位置がずれてしまいましたが、頭の皮膚を移植しました。はじめは毛髪と同じ毛が生えてきますが、その場所になじんでくると、だんだん眉毛のようになります。

そんな手術をしているあいだも、べつに痛みは感じませんでした」

話が手術におよんだとき、渡辺さんが、

「だからいまでも、私の顔の右半分には骨がないんですよ」

と言った。

「さわってみますか?」

おそるおそる、手を右頬骨のあるべきところに触れてみると、確かに骨の感触がなかった。右眼窩から鼻、頬骨にかけての骨が吹き飛ばされてなお、この人はいま、生きている。しかし、弾片があと数ミリでもずれていれば、戦死していたことは間違いない。そんな修羅場をくぐり抜けた人と、いまこうやって不自由なく会話を交わしているということが、奇跡のように思えた。

渡辺さんが横須賀海軍病院に入院していた昭和十八(一九四三)年九月三十日、日本政府は、戦線縮小と作戦方針の見直しをふくめた「絶対国防圏」構想を発表した。

これは、北は千島からマリアナ諸島、西部ニューギニアにいたるラインを「絶対国防圏」として死守するというものだが、それは裏を返せば、その圏外にある地域の日本軍将兵を、国が見殺しにするということでもあった。ラバウル、ソロモンは、構想の圏外に取り残された。

十月二十三日以降、ラバウルでは、連日のように敵機の大編隊による猛攻を受けるようになった。もはや、ガダルカナル島上空の空戦など昔語りになっていた。

敵は物量に物をいわせて、まるでブルドーザーが地面をならすように進撃してきた。ソロモンの島々はつぎつぎと敵手に落ち、退勢はもはや決定的だった。

しかし、こんな戦況は、内地で治療中の渡辺さんには届かない。昭和十九（一九四四）年二月、海軍航空部隊がラバウルから撤退したことも、しばらくは知る由《よし》もなかった。

「結局、一年十ヵ月もの入院になりましたが、入院中は、うちから家族がしょっちゅう来てくれました。父は特別になにも言いません。ただ、（帰ってきて）よかったな、とそれだけでした。

ほんとうは、退院したら即、免役となって帰郷することになっていたんですが、負傷したときの艦隊参謀で、その頃は海軍省軍務局にいた土井泰三中佐に、退院したらまた飛行機を操縦させてください、絶対大丈夫だから、と直訴しました。まだまだやれると思っていましたから」

渡辺さんは海軍の現役にとどまることになり、昭和二十年六月八日、全治退院すると横須賀海兵団に仮入団し、六月二十一日付で、神奈川県の厚木基地を拠点とする飛行機の空輸部隊・第一〇八一海軍航空隊付を命ぜられた。しかし結局、ふたたび操縦桿を握ることのないまま、終戦を迎えた。

「終戦は、霞ケ浦《かすみがうら》の派遣隊で迎えました。とうとう来たな、という感じで、特に混乱はありませんでした。最後まで飛行機には乗るつもりでしたから、それが果たせなかったのは悔しかったですが」

飛行兵曹長に進級し、八月二十三日に復員した渡辺さんは、その年の十二月に結婚した。妻のキノイさんは、幼なじみの同級生の妹で、双方の親どうしが決めた結婚だった。

そして昭和二十三(一九四八)年、荒井村役場に就職し、昭和三十(一九五五)年、荒井村が福島市に編入されると、福島市役所に勤めた。役所では税務などを担当し、六十歳の定年まで勤め上げた。その後は、家業の農業を引き継ぎ、稲作や養蚕《ようさん》を手がけた。

最初にインタビューに応じてもらってからも、渡辺さんとの交流は続いた。

その後も変わらず、電話がかかってくるのは決まって朝六時である。渡辺さんは口数が少なく、こちらから訊《たず》ねたことにしか答えないのが常だったが、そのあとは必ず、丁寧な手紙で補足してくれるのだった。

渡辺さんの語り口は終始、淡々としていて、海軍や戦争への恨みごとはついぞ聞かれなかった。

「海軍は、自分が好きで入ったところですから、居心地はいいと思っていました。悪い思い出はないですね。戦後になってから昔の上官への恨み節や悪口ばかり言う人がいますが、私はそんなにいやな人にはぶつからなかったし、ああいう人間にはなりたくないと思います。

負傷したことも、戦争に出たら死ぬのが当たり前だと思っていたから、悔いは全然ありません。痛恨事だとも思ってません。

自分の人生を振り返っても、感慨は全然ない。なんとも思わないですね。まだまだこれからだと思ってますから」

渡辺さんは、昭和十二（一九三七）年に四等水兵として海軍に入って以来、終戦まで八年のあいだ、負傷のこともふくめて言うに言えない苦労をしてきたはずだが、このように言い切れるというのは、いかにも空の武人らしいと思った。

話を聞くほうにしても、元の上官の悪口や恨み、つらみを言われるよりもかえって、ずしりと心に響くものがあるし、言い知れぬ凄みを感じる。こういう、己の責務を黙々と果たしてきた人々の犠牲を積み重ねて、歴史は形づくられてゆくのだ。

福島の土湯温泉で、一緒に温泉につかりながら一晩お話を伺《うかが》ったのが、最後の思い出となった。渡辺さんはそのとき、

「戦争が終わってからも負傷の後遺症もなく、それで困ったことはありません。片眼が見えないことで、はじめのうちは遠近感がつかめず、よくつまずいたり、まっすぐ歩けなかったりしましたが、日常生活に支障はありませんでした。もともと私は体が丈夫で、生まれてから一度も、風邪ひとつひいたことがないんです。いまも、体にはどこも悪いところはありません。百二十歳ぐらいまでは生きなくちゃ、と思っているんですよ」

と言った。じっさい、渡辺さんは、負傷の痕をのぞけば健康そのものに見え、百二十歳をめざすというのも、あながち誇張ではないようにさえ思えた。

ところが、平成十四（二〇〇二）年六月三日、突然、渡辺さんの訃報が届く。自宅裏を流れている用水路に落ち、亡くなっているのが見つかったという。用水路は幅一メートル近く、流れが思いのほか急である。体力に自信のある渡辺さんは、いつもそうしてきたように、用水路を飛び越えようとして目測を誤り、転落したのではないかと推測された。享年八十一。八十二歳の誕生日を目前にひかえていた。

両眼が見えていれば、こんなことにはならなかったかもしれない。あれほどの負傷をものともしなかった人が、どうしてこんな事故で、と、呆然とする思いだった。運、不運とか、生命力とはなんだろう。運命の不思議を感じずにはいられない。

渡辺秀夫（わたなべ　ひでお）
大正九（一九二〇）年、福島県生まれ。昭和十二（一九三七）年、水兵として横須賀海兵団入団。丙種予科練（二期）を経て昭和十六（一九四一）年十一月、横須賀海軍航空隊に配属され、戦闘機搭乗員となる。千歳海軍航空隊、第二〇一海軍航空隊を経て昭和十八（一九四三）年四月、第二〇四海軍航空隊に転勤、ラバウルに進出。本人の記憶によると、協同撃墜をふくめ敵機四十八機を撃墜。士官搭乗員の相次ぐ戦死に、下士官（上等飛行兵曹）でありながら空中指揮官（中隊長、大隊長）を務めるなど数々の殊勲をたてるが、八月二十六日の空戦で被弾、顔面に弾片を浴び、右眼を失う重傷を負う。その奮戦と功績に対し、南東方面艦隊司令長官・草鹿仁一中将より「武功抜群」と記した白鞘の日本刀を授与された。除隊を拒み搭乗員として再起を図るが、果たせないまま終戦を迎えた。海軍飛行兵曹長。戦後は荒井村役場、福島市役所に勤め、その後、家業の農業を営んだ。平成十四（二〇〇二）年六月三日歿《ぼつ》。享年八十一。

昭和15年、駆逐艦「響」乗組当時。善行章一線の一等水兵で、左腕のマークは砲術の特技章

家族とともに。手前は両親

昭和16年末、横須賀海軍航空隊で。前列左端が渡辺さん

昭和17年、ウェーク島の千歳空搭乗員たち。後列中央が渡辺さん

千歳空所属の零戦二一型。渡辺さんの搭乗機という

昭和18年4月、ラバウル東飛行場に列線を敷いた、二〇四空の零戦

第四章

加《か》藤《とう》 清《きよし》

スピットファイアを相手に
「零戦は空戦では無敵」を証明

昭和20年、筑波
海軍航空隊時代

初空戦では敵は全然見えず。慣れても恐怖心を克服するのに時間がかかる

零戦、と一口に言っても、その実戦参加期間は昭和十五（一九四〇）年九月から昭和二十（一九四五）年八月の、足かけ六年におよび、戦った相手も、中華民国空軍のソ連製旧式戦闘機から、連合軍の新旧戦闘機、米陸軍の大型爆撃機まで、さまざまである。

大東亜戦争の開戦劈頭《へきとう》、零戦は連合軍機を寄せつけない圧倒的な強さを発揮したが、対戦した敵戦闘機の多くは、零戦よりも性能の劣る旧型機であった。

だが、昭和十七（一九四二）年八月、ソロモン諸島ガダルカナル島に上陸した米軍が、この地に零戦とほぼ拮抗《きっこう》する性能をもつグラマンF4Fワイルドキャットの精鋭部隊を送りこんだ頃から、その優位は揺らぎはじめる。

F4Fは、頑丈な機体強度とホームグラウンドの利を生かし、ラバウル、ブインからの長距離飛行に耐え、帰りの燃料を積んだ重い状態で戦わねばならない零戦隊を苦しめた。昭和十八（一九四三）年二月、日本軍がガダルカナル島から撤退すると、零戦の戦いは防戦一方となり、損失も目立って増えてゆく。

そんななか、オーストラリア北部のダーウィン上空で、豪空軍の、イギリスが誇る名機、スーパーマリン・スピットファイアを相手に、なおも一方的勝利をおさめ続けた零戦隊があった。

飛行隊長・鈴木實《みのる》少佐の率いる第二〇二《ふたまるふた》海軍航空隊である。

二〇二空は、緒戦のフィリピン空襲で米空軍を寄せつけず、東南アジア一帯で常勝を誇った第三航空隊が改称した部隊で、一騎当千とも言える多くの名パイロットを輩出した。

加藤（旧姓・伊藤）清さんは、そんな二〇二空で、部隊随一の撃墜戦果を挙げたことで知られる搭乗員である。

私が加藤さんとはじめて会ったのは、平成八（一九九六）年六月、靖国神社で行われた「丙飛《へいひ》会」（部内選抜である丙種予科練習生出身者の戦友会）の慰霊祭の席だった。引き合わせてくれたのは、丙飛会会長をつとめていた元零戦搭乗員・大原亮治《りょうじ》さんである。

「加藤さんは、オーストラリア上空でスピットファイアと戦った人だから、私らソロモンにいた搭乗員の知らない話が聞けると思いますよ」

加藤さんは当時七十五歳、郷里の新潟県村上市で建築会社を経営している。見るからに戦闘機搭乗員の頃のやんちゃな面影を色濃く残し、明るく豪快で、なんとも言えない優しさを感じる人で、初対面にもかかわらず、気さくに話をしてくれた。

「私は特に、鈴木隊長とは同郷（新潟県村上市）なものだから、かわいがってもらったし、ほんとうにお世話になりました。生き残ることができたのも、隊長のおかげだと思っています」

二〇二空飛行隊長・鈴木實少佐（のち中佐）にも、零戦《ゼロせん》搭乗員会代表世話人・志賀淑雄《よしお》さん（少佐）の紹介を得て、私はすでに会っていた。

ちょうどその日、鈴木さんが、白内障の手術で順天堂医院に入院されていて、私は、会が終われば見舞いに行くつもりだった。そのことを伝えると、加藤さんと、同じく二〇二空の一員だった林常作飛曹長（個人タクシー経営）の二人が、

「ぜひ隊長に会いたい。連れて行ってくれませんか」

と言うので、タクシーに同乗して順天堂医院へ向かった。

病院に着き、エレベーターに乗ろうとロビーで待っていると、偶然、ちょうど目の前で開いた扉から鈴木さんが、奥さんの隆子さんに付き添われて降りてきた。リハビリの院内散歩だった。あっと思う間もなく、加藤さんが直立不動の姿勢で、

「隊長！」

と、ロビー中に響きわたるような大きな声で鈴木さんに呼びかけた。

「隊長！　お久しぶりです！　村上の加藤です！」

八十六歳の鈴木さんは手術の直後で、まだ目がよく見えていない。「隊長」と呼ばれて、突然のことに一瞬、驚いた表情を見せたが、すぐに懐かしそうに相好《そうごう》をくずした。

私が、村上市で加藤さんが経営する建築会社「加藤組」を訪ねたのは、それから一年半後のことである。順天堂医院で、近いうちの再会を約して別れた直後、加藤さんが脳梗塞《こうそく》で倒れたのだ。幸い、一命はとりとめ、すっかり回復したというものの、ロングインタビューができる状態になるには、それだけの時間が必要だった。

「やあ、お待たせしちゃったね。あっちこっち取材に行って疲れたでしょう。宿をとっといたから、いまからそこへ行って話しましょう。今夜はゆっくり温泉にでもつかっていくといい。私は昔のことはなにも憶《おぼ》えてなくてね、あまり参考にはならんと思いますが……」

加藤さんは、トヨタ・センチュリーのハンドルを自ら握って日本海沿いを走る。途

中、昼食に立ち寄った食堂で、私の携帯電話から鈴木實さんに電話をすると、

「隊長！ 神立さんは確かにお預かりしました。ちゃんと話はしますから。ええ、隊長もどうかお元気で」

と、またもや大きな声。きっと五十数年前、隊長と話すときもこんな口調だったのだろう、と思った。


加藤清さんは、大正十（一九二一）年、三面《みおもて》川の鮭で知られる新潟県岩船郡村上町（現・村上市）に生まれた。旧姓は伊藤、父はコンクリート業を営んでおり、六人きょうだいの三男だった。


小さな城下町であった村上では、当時はまだ封建的な空気が色濃く残っていて、小学校が二つ、士族の学校と平民の学校が垣根をへだてて隣接していた。

「両校の子供たちは、垣根越しに石を投げ合ったりして、よく喧嘩《けんか》していましたね」


平民学校の加藤さんは、めぐまれた自然のなか、ガキ大将として成長していった。高等小学校を出るとしばらく織物工場で働いたが、仕事にも慣れた頃、「待てよ」と思ったという。

「ここでずっと働いていても、身につくものがなにもないじゃないか」

そこで一念発起、海軍機関兵だった従兄の水兵服姿に憧れて、海軍を志願する。昭和十四（一九三九）年六月一日、四等機関兵として横須賀海兵団に入団。四ヵ月の基礎訓練を卒《お》えると、水雷艇「鴻《おおとり》」乗組を命ぜられた。

御多分にもれず、この「鴻」でも、機関科の若年兵に対するしごきには想像を絶するものがあり、憧れて入った海軍ではあったが、こんなに殴られるとは思ってもみなかったという。

艦底の機関室で油まみれになって働き、「海軍精神注入棒」と称する樫《かし》の木の棒で尻を殴られる日々が続き、そこでまた、「待てよ」と、加藤さんは考えた。

「お天道様もおがめずに殴られてばかり、こんなところで終わってどうする」

そこで、

「よし、この野郎どもを見おろしてやろう」

と航空兵を志願。寝る時間を削って勉強にはげみ、操縦練習生を受験する。上官からは、

「機関兵をきらってよその兵科に行くなんてとんでもない。もし不合格で帰ってきたらお前、殺されるぞ」

と忠告されたが、幸い合格。昭和十五（一九四〇）年十一月、第二期丙種予科練習

生として、土浦海軍航空隊に入隊した。

「はじめて飛行機に乗ったときは、そりゃあもう、天にも昇る気持ちでしたよ」

と、加藤さんは言う。

中間練習機の教程を卒えると戦闘機専修に選ばれ、大分海軍航空隊で九五式艦上戦闘機、九六式艦上戦闘機での訓練を受け、昭和十六（一九四一）年十一月、第十二期飛行練習生を修了。すぐに、台湾・高雄《たかお》で編成されたばかりの第三航空隊（三空）に配属された。

第三航空隊は、昭和十六年九月、来《きた》るべき日米開戦をにらんで、おもに中華民国空軍との戦いで活躍した第十二航空隊などでの実戦経験者を主力として編成された、日本海軍初の戦闘機専門部隊である。

編成早々、編隊空戦、射撃、母艦を使うことを想定しての着艦訓練、黎明《れいめい》、薄暮の飛行訓練など、フィリピンの米軍基地空襲を念頭においた猛訓練が始められていたが、そのいっぽうで、新たな搭乗員の補充も行われていた。大分空での戦闘機訓練課程を卒業したばかりの、加藤さんら若い搭乗員たちで、飛行時間はおおむね二百時間から三百時間程度、第一次の作戦にはまだ使えないものの、いわば二の矢として部隊で練成するべく送り込まれてきたのである。

「着任してみたら、周りはみんな古い搭乗員ばかりで、われわれは腕に、新米搭乗員の印の赤いリボンをつけさせられました。コイツは危ないぞ、という、いまで言う初心者マークですね。毎日、編隊飛行、空戦、射撃と猛訓練を続けましたが、実戦にはなかなかつれて行ってもらえませんでした。いわば二軍スタートのようなものです」

三空は、十二月八日、開戦とともにフィリピン・ルソン島の米軍基地を攻撃、僚隊の台南海軍航空隊とともに、わずか数次の空襲で、フィリピンにあった米軍航空兵力を一掃するめざましい活躍をみせた。

その後も、日本軍の進撃にともない、ミンダナオ島ダバオ、セレベス島ケンダリー、ボルネオ島バリクパパン、チモール島クーパンなど前進につぐ前進を続けたが、ベテラン搭乗員揃《ぞろ》いの隊のなかでは、最若年の加藤さんの出番はなかなか回ってこず、たいてい留守番か基地の上空哨戒《しょうかい》だった。

「自分の腕が未熟だから仕方がないんだけども、やっぱり出撃したかったですねえ。空襲から帰ってくると先輩たちが、今日は何機撃墜したとか、手柄話をしてるでしょ。こっちは食卓番で食事の準備なんかしながら、いいなあ、と」

ようやく出番が訪れたのは、昭和十七（一九四二）年三月、大幅な編成替えがあり、開戦以来戦い続けたベテラン搭乗員の多くが内地に帰還したのちのことだった。

加藤さんの初戦果は、防衛省に残る記録で確認できる限りでは、同年四月四日、オーストラリア・ダーウィン空襲のときのカーチスP－40一機撃墜だが、本人の記憶によると、はじめて撃墜したのは輸送機だというから、あるいはもう少し早い時期だったのかもしれない。

「この日、私は、橋口嘉郎《よしろう》三飛曹の列機として出撃しました。橋口さんにはいろんなアドバイスをしてもらいました。出撃する前に、『おい伊藤、長距離進攻のときは飛行機に乗る前に必ずクソをしてこい。俺はいま行ってきた。いいのが出たぞオ』なんて、豪快な人でしたよ。

実際、ダーウィンは遠かった。何時間も座席に座りっぱなしだから、小はいいけど、大のほうはどうしようもない。小便袋っていうのがあって、小のほうはそこにするんだけど、風防を開けて捨てるときに、下手したら風圧で戻ってきてしまう。零戦のパイロットはおそらくみんな、そうやって自分のおしっこを頭からかぶった経験があるはずです。慣れてくると、機体を急激にすべらせて、遠心力をかけてすばやく放り出すんですがね。

——それはともかく、はじめて空戦に出たわけだけども、敵機が全然見えてこないんですよ。みんな、帰っていろいろ報告してるんですが、私にはどんな敵機が出てきたのかも見えていない。見えてないから、追いかけもしないわけです。少し慣れてきて、敵機が見えるようになってくると、おっかなかったですね。こんどは、やるかやられるか、でしょ。怖さを克服するにはだいぶ時間がかかりましたね。

初空戦のときだったかどうか、敵が見えないままに空戦が終わって、帰る途中にふと下を見ると、双発の輸送機が飛んでくる。翼には星のマークがありました。これは敵機だ、墜《お》とさなければ、と思って、編隊から離れてそいつに攻撃をかけたんです。こっちはもう、敵を墜としたくてムズムズしてるから、はじめて実戦で射撃するのは気持ちよかったですよ。たとえ輸送機でも、自分の撃った弾丸で敵を墜とした、というのは大きな自信になるものですね。自分でも墜とせるんだ、と、しばらく優越感にひたっていました。そのかわり、基地に帰ってからこっぴどく叱《しか》られました。勝手に編隊を離れて、と。でもまあ、敵を墜としたんだからね。

しかし結果的には、開戦直後の何ヵ月か、戦場に慣れるまで鍛えてもらえたのはよかったと思います」

三空零戦隊は、チモール島クーパン基地を拠点に、連合軍による南からの反攻を封じるべく、おもに陸上攻撃機を護衛してオーストラリア本土空襲を繰り返した。その回数は、昭和十七（一九四二）年三月から八月までのあいだに十一回におよぶが、加藤さんはそのうち六回の作戦に参加している。

「はじめの頃、ダーウィンに出てきた敵戦闘機はP‐40でした。あれは、零戦が突っ込んでいくと逃げるから、捕まえるのが大変でしたね。でも空戦になると、まさに大人と子供。ほんとうに、あの頃の零戦は強かったですね。

攻撃に参加したときに、必ずしも毎回、敵機を撃墜しているわけではないけど、だんだん慣れてくると度胸が据わってきました。

ダーウィン空襲なんていうのは、言っちゃなんだけども、敵戦闘機は零戦に対してびびっちゃってるし、地上砲火もあっちでポカ、こっちでポカ、と散発的で、そりゃ、やられたら死ぬんだけども、生きるか死ぬかという感じではありませんでした」

この間、三空零戦隊は撃墜百十一機（うち不確実三十二）、地上撃破三十機その他の戦果を報告し、損害は自爆（最期が確認されているもの）二機、行方不明七機、不時着水一機だった。

三空零戦隊が、比較的余裕をもって戦うことができた要因には、飛行機の性能や搭乗員の技倆《ぎりょう》の差もさることながら、進攻距離は長くとも毎日戦闘があったわけではなかったこと、敵機の空襲もあったが、爆撃機のみで航続距離のみじかい戦闘機はついてこなかったこと、またラバウルやソロモン方面にくらべ生活環境がよく、休養、娯楽に事欠かなかったことなどが挙げられると思われる。

「クーパンは火山があって緑が少なく、あまりいいところではなかったけれど、ケンダリーはよかったですね。現地人も友好的でね。

あと、バリ島のデンパサルもよかった。女の人がオッパイ出して歩いてるんですからね、刺激が強かったですが、あの伝統的な踊りの手の動きにはたまげました。感激しましたね。ジャワ島のスラバヤの町に遊びに出かけたら、たぶん逃げ出したオランダ人の家だと思うけど、ふつうの家に電気冷蔵庫があるのにも驚きました。日本ではそんなもの、見たこともなかったですからね。それで、冷蔵庫を開けてみたらベーコンが入ってて、もちろんその頃、ベーコンなんて知らないんだけども、どうやって食うのかもわからずに生のまま食べてみたら、そいつのうまかったこと。こんなにうまいものがこの世にあるのか、と感動しました。それ以来、ベーコンは私の大好物で、ホテルの朝食バイキングなんかでベーコンのカリカリに焼いたやつなんかがあると、そればっかりとって食べてます」

それでも、ときに手こずる敵機もあった。

「たまに空襲にくるボーイングB－17、あれはなかなか墜ちなかった。後になると、三号爆弾（空中爆弾）なんか使って、編隊でくるやつには効果があったけど、そのうち、敵も最初から編隊をくずしてくるようになって効果がなくなってきた。

それからは、垂直降下で直上方から攻撃をかけるようになったけど、敵機の高度も高いから、それもむずかしい。一撃はかけられても、下に抜けたら、二撃めはまず間に合わない。私の場合、一撃で墜とせた、ということはありません。

相手が戦闘機なら、後ろにつけば勝ちだけど、B－17なんかどこからでも撃ってきますからね。おっかなかったですよ」

条件が対等なら、「零戦は空戦では無敵」を証明しつづけた部隊

昭和十七（一九四二）年九月、ガダルカナル島の攻防戦が激しくなると、三空戦闘機隊も一部をラバウルに派遣することになった。飛行長・榊原喜与二《きよじ》中佐、飛行隊

長・相生《あいおい》高秀大尉の率いる零戦二十一機、九八式陸上偵察機は空母「大鷹《たいよう》」に便乗、九月十七日、ラバウルに進出し、台南海軍航空隊司令・齋藤正久大佐の指揮下に入った。

加藤さんもその一員として、十一月上旬までの約二ヵ月、ソロモン、ニューギニアの航空戦に参加することになる。ここでは、グラマンF4Fとも対戦し、また機体のトラブルで海に不時着水し、あわやということもあった。

「十月三日、山口定夫中尉以下、三空の零戦九機は、鹿屋《かのや》海軍航空隊零戦隊の伊藤俊隆大尉の指揮下、ガダルカナル島上空制圧に参加しました。

零戦には三菱製と中島製があって、そのとき乗っていたのは中島製でしたが、どうしても三菱製にくらべると作りが悪かった。

燃料タンクの切替コックは、胴体タンク、左タンク、右タンク、左右共通、増槽（落下タンク）と切り替えられるようになっていて、手袋のままでも回せるように、コック回しというのを挿し込んで回すようになってるんですが、三菱製のはちゃんと回るのに、中島製のは非常に固かったんですよ。

敵戦闘機を発見して、まず被弾するなら翼だな、と先に両翼タンクの燃料を使おうと『増槽』から『共通』にコックを回そうとしたら、コック回しがバキッと折れてしまった。だから、燃料はいっぱい残っているのにタンクの切り替えができず、空戦どころではなくなったんです。

それで、なんとか引き返そうと編隊から離れたら、グラマンＦ４Ｆが何機ぐらいかな、寄ってたかって追いかけてきた。うしろを見ながら必死で逃げ回って、スコールに飛び込んで、やっとの思いでふり切りましたが、あれはとことんまでやられたら駄目でしたね。

しかし、逃げ切ったのはいいけど、燃料が回らないからそのうちエンジンが止まり、ニュージョージア島とコロンバンガラ島の西、ガダルカナルとブインの中間あたりにあるギゾ島の近くの海面に不時着水しました。

フカ（鱶＝鮫《さめ》）よけにマフラーを足に結んで長く垂らし、ライフジャケットで浮かんでるから、体力を消耗しないようおとなしくしてたんです」

その頃、ガダルカナル島上空の制空権は、零戦隊が制圧する数十分間はべつとして、ほぼ米軍の手中にあった。日本側は、武器弾薬、食糧などの補給も思うに任せず、駆逐艦や潜水艦などを使って夜の闇に乗じ、細々と補給を続けていた。

「五、六時間も経った頃、あんな広い海の上で、たまたまガダルカナルに物資を輸送する駆逐艦が二隻、通りがかったんです。運ですねえ。

艦の上では魚雷を警戒して、見張員が必ず海面を見てるから、と習った通りに水をバシャバシャやると、幸い発見してくれて、カッターをおろしてくれて拾われました。一週間がかりでラバウルに帰りついたらみんなたまげてね。私は死んだものと思われていて、もう遺品整理もすんでたんですよ」

この日、三空では、大住《おおすみ》文雄一飛曹も、やはり燃料コックの故障のためガダルカナル北西方のイザベル島に不時着、行方不明になっていたが、二十二日間歩き続けて同島北西部レカタ水上機基地に生還した。だが、大住一飛曹は残念ながら、不時着時の負傷とマラリア、デング熱のため、昭和十八（一九四三）年一月二十日、戦病死してしまった。

加藤さんは、ラバウルに帰還後すぐの十月十三日より戦場に復帰し、さらに連日の空戦に参加。しかし、この方面での戦果は、十一月一日、ニューギニア・ラエ基地上空でベルP－39エアラコブラを一機撃墜したのみで終わる。

十一月一日、第三航空隊は第二〇二海軍航空隊と改称され、この月の上旬、ラバウル派遣隊はチモール島クーパン基地に戻った。クーパン方面の戦況は、しばらくは平穏だった。しかしその間も、近くに油田地帯が控えているため二〇二空では燃料も豊富で、訓練は十分にできたという。そしてそれが、昭和十八（一九四三）年三月からはじまる対スピットファイア戦の圧倒的勝利につながることになる。

日本軍の緒戦の進撃で、東南アジアの全域を失った連合軍は、オーストラリア北部のダーウィンを拠点に反攻の準備を進めていた。ダーウィンは天然の良港ともいえる入り江（ポートダーウィン）に面した港湾都市で、蘭印（現・インドネシア）や西部ニューギニアに近い、連合軍の重要拠点だった。

昭和十八年一月には、前年の零戦との戦いで惨敗した米陸軍のP－40にかわって、イギリス製の名機、スーパーマリン・スピットファイアMk・V戦闘機で編成された三個飛行隊約百機が、防空部隊として豪州に派遣される。

スピットファイアは、昭和十五（一九四〇）年、ドイツ空軍の空襲をイギリス本土上空で迎え撃った「バトル・オブ・ブリテン」と呼ばれる戦いで、ホーカー・ハリケーンとともに母国の空を守りきった戦闘機で、「救国の名機」とも呼ばれる。性能を零戦とくらべると、カタログスペック上の最大速力と上昇力はスピットファイアが勝り、武装はほぼ同等、航続距離は零戦のほうが圧倒的に長い。

ダーウィン地区に展開したスピットファイア隊は、オーストラリア空軍（RAA

F）に属する二個飛行隊と、イギリス空軍（RAF）に属する一個飛行隊で、この三個飛行隊で第十一航空団を編成していた。航空団司令は、北アフリカ戦線でドイツ空軍を相手に二十・五機撃墜の戦果を挙げたクライブ・R・コールドウェル中佐。ほかのパイロットたちもそれぞれヨーロッパやアフリカ戦線での実戦経験を積んできており、日本海軍の二〇二空とは好一対ともいえる精鋭部隊だった。

オーストラリアに有力な戦闘機隊現る、の報は日本側でもキャッチされ、しばらく中断していたダーウィン空襲が再開されることになった。

昭和十八年三月二日、相生高秀少佐の率いる零戦二十一機が出撃、敵飛行場を銃撃した帰途、敵戦闘機九機（P－39、ブリュースターF2Aバッファロー）と遭遇、空戦に入り、六機（うち不確実一）を撃墜したと報告したが、豪側記録ではこの日、コールドウェル以下五十四中隊が出撃した、とあるから、この時点ではまだ、日本側は敵戦闘機がスピットファイアであることには気づいていなかったようである。豪側も零戦三機の撃墜を記録しているが、この日、双方のじっさいの損失はゼロであった。

三次元で戦い、めまぐるしく状況が変わる空戦の結果は互いに誇大になりがちで、このようなことはめずらしいことではない。一機撃墜も三機で見れば三機撃墜になりうるし、急降下で逃げる敵機をも撃墜したと思い込む例も多いからだ。

かくして、二〇二空対豪第十一航空団の戦いは、静かに幕を開けた。

以後、二〇二空のダーウィン、およびその奥地にあるブロックスクリーク空襲は、三月十五日（小林實大尉以下二十七機）、五月二日（鈴木實少佐以下二十七機）、十日（宮口盛夫少尉以下九機）、十三日（石川友年飛曹長以下九機）、二十八日（石川飛曹長以下七機）、六月二十八日（鈴木少佐以下二十七機）、三十日（同）、七月六日（塩《しお》水流《ずる》俊夫中尉以下二十七機）、さらに九月七日（鈴木少佐以下三十六機）と続くが、加藤さんはそのすべてに参加している。

その間、二〇二空はスピットファイアなど敵戦闘機百一機（うち不確実二十）を撃墜と報告し、損失は零戦三機（うち、地上砲火によるもの一機）であった。豪側の記録ではスピットファイア三十八機を失ったとある。

昭和十八（一九四三）年三月末、二〇二空では飛行隊長が交代、相生少佐に代わって鈴木實少佐が着任した。鈴木少佐は明治四十三（一九一〇）年生まれ。くしくも豪空軍のコールドウェル中佐とは同年にあたる。支那事変で活躍、二度の感状をうけたベテランの指揮官で、昭和十六（一九四一）年八月に事故で重傷を負って以来、ひさびさの第一線勤務だった。加藤さんは語る。

「鈴木隊長はケガの後遺症で、首が片側にしか回りませんでした。訓練のとき、すぐに私を二番機に指名して、見張りを頼む、と。聞けば、隊長とは同郷で、しかもうんと遠いけれど縁続きになるらしい。それで、ずいぶん親しみを感じたものでした。階級をかさにきるようなことはなく、いつも温和で、しかも戦争がうまかった。指揮官によって戦争のしかたは全然ちがいます。列機としてついていると、駒の進めかた、部下の動かしかた、うまい、下手はすぐにわかります。大編隊で旋回するときなんか、顕著に出ますよ。敵発見から編隊の誘導、下手な指揮官につくと殺されちゃいますからね。

鈴木隊長は慎重で冷静沈着、だからと言ってけっして消極的ではなく、行動大胆。戦場の場数でしょうね、経験にもとづく状況判断、それがすばらしかった」

いっぽう、鈴木さんは、加藤さんのことを、

「印象に残っていますよ。あまり細かなことの記憶はないが、優秀な搭乗員だった。字が上手でね、手先も器用で気がきくから、書類を書いたりいろいろな雑用を頼んだ覚えがあります。典型的な戦闘機乗りでしたよ」

と回想する。鈴木さんは、この頃の状況を、未発表の手記にこう記している。

〈(昭和十八年三月) 第二十三航空戦隊第二〇二海軍航空隊飛行隊長に任ぜられ、南

方セレベス島のケンダリー飛行場に着任する事となった。司令官は石川信吾少将、司令は岡村基春中佐であった。

着任早々（五月までにダーウィン空襲を再開できるよう司令官に要請され）、零戦三十機対三十機の高高度編隊空戦の演習を行い、指揮官の敵発見法、指揮誘導法、隊内通話、通信、接敵法等の訓練に重点をおいた。

この第二〇二航空隊は極めて練度の高い歴戦の勇士のみの部隊で、若年搭乗員といえども飛行経験豊富で又実力ある者ばかりであり、全く一騎当千の士がそろっていた。当時豪州空軍は着々と兵力を増加補強されつつあり、我が占領地に対し積極攻撃を企図しつつあり、これに対し我が方は敵空軍兵力及びポートダーウィン付近に集積しつつある軍需物資を爆撃壊滅する任務を持ち、好機をつかむべく準備おさおさ怠りなかった〉

そしてその日はやってきた。

「出撃前、みんな飛行帽の上に鉢巻《はちまき》を締めて整列し、司令から任務を伝達される。かわらけ（素焼きの盃）にお神酒《みき》を注いで、それを飲み干したらダッと割って、勇ましいもんでしたよ、節度があって。身の引き締まる思いでしたね」

五月二日朝七時半、鈴木少佐の率いる二〇二空零戦隊二十七機は、クーパン基地を発進した。

零戦は、ラバウル・ソロモン方面の零戦のような緑色の迷彩は施されておらず、明るい灰色塗装のままである。零戦隊は平田種正少佐が指揮する七五三空の一式陸攻二十五機と合流すると、陸攻隊の後上方千メートル、高度五千メートルの位置に編隊を組み、一路、ダーウィンに向かった。

東南東に飛ぶこと約二時間、ダーウィンの沖合に浮かぶバサースト島手前百浬《カイリ》（約百八十五キロ）の地点で編隊は徐々に高度を上げ始め、陸攻隊は高度八千メートル、零戦隊は九千メートル近くにまで上げる。

ダーウィン上空も快晴だった。敵戦闘機の姿はまだ見えない。ポートダーウィンの入り江が見えると陸攻隊はふたたび高度を下げはじめた。敵の対空砲火が編隊のすぐ下で炸裂《さくれつ》する。九時四十分、高度七千五百メートルで、陸攻隊は入り江の東側にあるダーウィン東飛行場に爆撃を開始した。

陸攻隊は、二百五十キロ陸用爆弾三十六発と六十キロ陸用爆弾九十発、さらに七十キロ焼夷弾十六発を投下、爆弾のほとんどは飛行場の敵施設に命中し、五ヵ所で大火災が起きた。また飛行場をはずれた六十キロ爆弾六発によって、一ヵ所から大きな火柱が上がった。

爆撃を終了し、陸攻隊が海上に避退をはじめたとき、スピットファイアが約十機ずつ、三つの編隊に分かれて上昇してくるのが見えた。

豪空軍はバサースト島のレーダーで日本機の来襲を予知し、ダーウィン、シュトラウス、リビングストンの三つの飛行場から三個飛行隊三十三機のスピットファイアを発進させ、優位な態勢で迎え撃とうとしたが、日本側の爆撃開始が予想より早く、後手に回ってしまった。指揮官・コールドウェル中佐は、零戦隊が優位にあるので攻撃の機会を我慢強く待ち続け、日本側の編隊が帰途について高度を下げるところを狙おうとしていたのだ。

スピットファイアは、果敢に格闘戦を挑んできた。ただ、敵機の闘志は侮《あなど》りがたいのに、零戦隊の戦いぶりにはほとんど危うさが感じられなかった。

「敵が、零戦のもっとも得意とする縦の格闘戦に入ってきたので、してやったりと思いました。そして、あまりにも他愛なく後ろに回りこんでしまえるのに拍子抜けするような気がしましたね。あっという間に敵機の後ろにつき、一撃をかけると、敵機は煙を吐いて墜ちていきました。

そのとき、下方で、一機の零戦が六、七機のスピットファイアに追われているのが見えました。すぐさま追っている敵機の後上方にピッタリとつき、零戦が撃たれそうになると敵機の鼻先に威嚇射撃をしました。曳痕弾《えいこん》に驚いた敵は機を翻《ひるがえ》して離脱する。そんなことを何度か繰り返し、やっとその零戦を救うことができました。追われていたのは大先輩の中納勝次郎上飛曹で、一機のスピットファイアを撃墜した直後、救援に駆けつけた別の敵機に囲まれ、集中攻撃を受けたらしい。基地に帰って中納さんに、『いやあ、伊藤、今日は助けられたわ』と誉められて、このときのことは印象に残っていますね」

クーパン基地に帰還した搭乗員たちの戦果を集計すると、撃墜したスピットファイアは二十一機（うち不確実四機）にのぼった。零戦隊の損害は、七機が被弾したのみで、損失は一機もない。

豪州空軍の記録によると、昭和十八年五月二日の空戦によるスピットファイアの損失は、海上に撃墜されたもの五機（パイロットの死亡二名）、さらに燃料不足で五機、エンジン故障で三機、合計十三機であった。豪州側は、日本機十機（うち不確実四機）を撃墜したと報告している。この空戦での実際の損失機数を比べると、十三対ゼロの、零戦の一方的勝利であった。

ヨーロッパ、アフリカ戦線ではその運動性能のよさでドイツ軍機に対し勝利をおさめたスピットファイア隊は、自信をもって格闘戦を挑んできたが、練達者揃いの二〇二空零戦隊の敵ではなかった。

豪州空軍司令部はただちに、

「戦闘機隊の被害は甚大」

と、事実上の敗北宣言を発し、この日の戦訓から以後、零戦との格闘戦をなるべく避けることを決定している。

昭和十八（一九四三）年三月二日の初対決から九月七日までののべ九回の空戦で、二〇二空は、スピットファイア三十八機（実数）を撃墜、損失は空戦によるもの一機、地上砲火によるもの二機の計三機だった。

「ダーウィンには何度も行ったけど、だいたいは楽な戦いでした。きれいなところでしたよ、牧場が広がっていて。一度、観光に行きたい気持ちはありますね。

スピットファイアは、印象に残るような飛行機じゃなかったですよ。じっさいに当たってみても、ま、弱かったですね。最初は格闘戦になったけど、一度痛い目に遭《あ》って懲《こ》りたんでしょう、次からはその手には乗ってこなくなりました。零戦の優秀性を発揮できるほどの相手じゃなかった。あれなら、グラマンF4Fのほうがよほど手ごわい相手でした。

なにしろ零戦は空戦には強かった。B-17には手こずったけど、相手が戦闘機で、一対一なら絶対に負けなかった。じつにいい飛行機でしたよ」

——当時の二〇二空搭乗員ほどの技倆をもってはじめて言える台詞《せりふ》だが、ここまで言われれば、イギリスの誇る名機・スピットファイアも形なしである。ソロモンにおける米軍戦闘機ほど編隊空戦や一撃離脱戦法が徹底しておらず、零戦の弱点を攻めるツボを心得ていなかったせいでもあろう。

「その頃は、自分の乗機もだいたい決まっていました。機付の整備員も決まっていて、私の飛行機は同県人の下士官でした。陸攻の搭乗整備員の資格をもったベテランで、心強かった。これも運のいいことの一つでしたね」

ときに昭和十八年後半。各戦線では日本軍の苦戦が伝えられていたが、二〇二空の士気はあくまで高かった。

鈴木隊長以下、搭乗員全員がひげを蓄え、「ヒゲ部隊」と称して、マカッサルその他の町に繰り出しては陸軍の兵隊や憲兵と喧嘩し、しかも戦争には強い、ということで、人々の畏怖《いふ》の的だったという。

「だって、隊長がみんなにひげを生やせって言うんだもん。町の人たちなんかには、相当おそろしく感じられたかもしれませんね。私は酒を飲まなかったからおとなしいほうだったけど、やっぱり相当暴れましたね」

藤山一郎（歌手・一九一一〜一九九三）や森光子（女優・一九二〇〜二〇一二）の慰問団が、ケンダリーの二〇二空を訪れたこともあった。当時、ケンダリーには「X空《エックスくう》常設劇場」と称する二〇二空の舞台があり、分隊対抗の演芸会などが催されていたが、一流のプロの舞台には、隊員たちも大いに喜んだ。

「森光子はきれいでしたよ。いまでもテレビで姿を見るたびに思い出します」

と、加藤さん。ちなみに「X空」とは、前身の第三航空隊時代から、所属飛行機の尾翼記号がXと三桁の数字で記されていたことに由来する。

豪州空軍との激闘は続いていたものの、この方面ではソロモンやマーシャルのような悲壮感はまだなかった。

もっとも、昭和十八（一九四三）年十二月になると二〇二空の一部はふたたびラバウルに派遣され、昭和十九（一九四四）年に入ると、あちこちたらい回しにされたあげくに壊滅状態になり、解隊される運命が待っているが、加藤さんはそれより先、昭和十八年十一月には大分海軍航空隊教員となり、内地に転勤することになる。

昭和十六（一九四一）年十一月に三空に配属されて以来、連続して満二年におよぶ戦場生活は、転勤の多い海軍にあっては異例の長さだった。

転勤に先立って、それまでの加藤さんの功績に対し、二〇二空司令・内田定五郎中佐より特別表彰を受け、また、特別善行章一線が付与された。

「善行章」は、下士官兵の軍服の右肘《ひじ》につけた階級章（官職区別章）の上につく「へ」の字形の標識で、普通善行章は大過なく勤めていれば三年に一線ずつ付与されるが、「へ」の字の頂点に金属製の桜がつく「特別善行章（特善）」は、他に抜きんでた働きをしない限り、もらうことはできない。

二年前、新米マークの赤リボンを腕につけさせられていた若年搭乗員は、いまや同じ腕に「特善」をつけ、押しも押されもしない中堅搭乗員に成長していた。

表彰状によると、加藤さん（海軍一等飛行兵曹　伊藤清）は、

〈敵ト空戦ヲ交フルコト三十回　撃墜破セル敵機数三十二機ノ多キニ達セリ〉

とある。零戦搭乗員について書かれた戦記本に、加藤さんの戦果が「撃墜破三十機」と記されているが、これは本人への取材を怠って書かれた間違いである。

加藤さんはその内訳を、

「撃墜二十三機、地上撃破九機と記憶しています」

と言う。ただ、日本海軍になかった「エース」という概念は、加藤さんにもない。

「ああいう本で、数字だけでランクづけされて、エースだ、英雄だと言われるのはあまりいい気はしませんね」

とも語っている。

死力を尽くして負けた悔しさから、長い間、飛行機を見るのもいやだった

加藤さんは、昭和十八（一九四三）年十一月、大分海軍航空隊に着任、その後、筑波海軍航空隊に異動し、下士官教員を束ねる「先任教員」として、多くの戦闘機搭乗員を育てた。

「内地に帰れるのは嬉しかったですね。飛行機が日本に着くのが遅く感じました。

それからずっと教員をしていたわけですが、私は、訓練のとき練習生を絶対に殴らなかった。みんなこれから戦地に行って、飛び上がれば死ぬ連中なんだから……。自分も若い頃、殴られて嫌だったしね。

ただ、戦地風は吹かせますよ。そんなこと、戦場では通用せんぞ、とか」

筑波空で加藤さんの教えを受けた桑原和臣さん（甲種予科練十二期、平成十一年五

月歿《ぼつ》）は、

「訓練のときは厳しかったけど、私生活ではほんとうにやさしい、よき兄貴でした」

と回想する。

だが、戦局が厳しさを増してゆくにしたがい、加藤さんのもとを巣立っていった搭乗員の多くが、ふたたび還《かえ》ってこなかった。特攻隊員となって、せっかく空戦訓練で身につけた技倆を発揮できないまま、敵艦に突入した者も多かった。

「私は罪深い男ですよ。そうやって、教え子たちがつぎつぎと死んでいくんですからね」

――加藤さんの口調が、とたんに重く低くなった。

昭和十九（一九四四）年も終わりになると、日本本土も米軍の大型爆撃機・ボーイングB－29の爆撃にさらされるようになり、昭和二十（一九四五）年二月十六日から十七日にかけ、関東地方がはじめて敵機動部隊艦上機による大規模な空襲を受けた。加藤さんは、十六日、筑波空の教官、教員たちとともに邀撃《ようげき》に上がった。ひさびさの実戦である。

「でも、このときは戦果なし。グラマンF6Fヘルキャットは、それまでに出会ったどの敵戦闘機よりも性能がよかった。追い払うのが精いっぱいでした。大勢死にましたよ、あのときは。

結局、その後、筑波空では本土決戦にそなえて飛行機の温存策がとられ、一度も邀撃に上がる機会のないままで、これが私の最後の空戦になりました」

そして加藤さんは、姫路の筑波空派遣隊（戦闘四〇三飛行隊）で、終戦を迎えた。乗機は「紫電《しでん》」になっていた。

「八月十五日の正午前、敵飛行艇発見との報に、発進命令がくだされました。地上滑走中にエンジンの不調を感じたんですが、それまで温存策で、搭乗員とは名ばかりの日々だから、飛びたくてしようがない。小隊長としての責任感もあって、そのまま飛び上がりました。

飛行艇は、単に示威飛行だったんでしょう。爆弾も落とさずに引き揚げていった。で、帰ろうとしたら列機が寄ってきて、私の飛行機のオイルが漏れとる、と。『紫電』の『誉』エンジンは、これが泣きどころだったんです。やがてエンジンが焼きついて止まってしまい、姫路の陸軍飛行場にグライド（滑空）して着陸しました。

ところが、上空からはよく見えなかったんだけども、飛行場の窪みに脚をとられてひっくり返ってしまったんです。ＯＰＬ（光像式照準器）に額をぶつけて怪我をしました。そのうち、陸軍の将校が車で迎えに来てくれて、『海軍さん、戦争は終わりましたよ』と。そんな馬鹿なことがあるか、現に私は命令を受けて邀撃に出たじゃないかと、すぐには信じられませんでした。しばらくはキツネにつままれたみたいで。でも、ショックでしたよ。

われわれが飛んでるあいだに、終戦の詔勅《しょうちょく》の放送があったんですね。陸軍の兵隊は、早くも帰り支度を始めていました。海軍の飛行場に戻ると、ここでもみんな、身の周りの整理をしている。それで、ほんとうに終わったんだな、と」

加藤さんは、海兵団に入団以来、六年三ヵ月ぶりに郷里・村上に帰った。

「しかし私は、とにかく悔しくて情けなくて、どうしても家に入る気にならず、近くの祠《ほこら》で、涙を流して拝んでいました。すると、たまたま外に出てきたうちの父が、『おや、うちの清に似た人がいる』と、声をかけてくれたんです。

泣いてる私に、『お前が負けたんじゃない、国が負けたんだ。よく帰ってきたなあ』と、あれは嬉しかったですよ。地元でも、よその土地では戦犯呼ばわりされたり、いろいろあったみたいですが、このあたりではそういう空気はまったくなく、みんなあたたかく迎えてくれました。

『ご苦労だったね』『頑張ったのにね』、しかしそうやって慰められると、かえって責任を感じて、悔しさは当分、消えませんでした」

九月二十日になって、姫路基地から、飛行準備をして原隊に復帰せよ、という電報が届いた。搭乗員はみんな戦犯で処刑される、などという噂が流れていたこともあり、加藤さんの家族に動揺が走ったという。

「山形の親戚のうちにでも逃げたほうがいい、などと心配してくれましたが、ともかく姫路に行ってみました。姫路基地には留守部隊がまだいましたが、今回呼ばれたのは、川本力《つとむ》大尉と私ともう一人——どうしても名前が思い出せませんが——の三名だけでした。それで、なにをするのかと思ったら、『紫電』を三機、横須賀に空輸せよ、との命令でした。

留守隊の人たちがまことしやかに、『横須賀へ行ったら殺されるぞ』と言って、送別会を開いてくれ、川本大尉と、どうせ殺されるなら潔くやりましょうや、なんて言いながら飛行場に出ると、敵の戦闘機が八機、待機している。そいつらが先に離陸して、われわれ三機の周囲をガードして、横須賀に向かいました。高度は二千メートルと決められていて、自爆を警戒しているのがひしひしと伝わってきました。

着陸はわれわれが先。それを見届けて、アメリカのやつらも降りてきました。着陸すると、地上誘導の兵隊もアメリカ人で、ああ、負けたんだなあ、と実感しましたね。飛行機を止めると、アメリカの偉いのが出てきて煙草をくれました。殺される覚悟だったから、あれ、これは様子が違うぞ、と。それで、帰っていいって言うから、『やれやれ、助かった』――これが私の終戦でした」

帰郷してもしばらくは放心状態で、なにも手につかない日々が続いた。

「あんなに懸命に戦ったのに負けてしまった、ほんとうに慚愧《ざんき》にたえない、そういう気持ちで、戦後長いあいだ、戦争を思い出すのも、飛行機を見るのもいやでした。飛行機が上を飛んでも目をそむけてたぐらいです。だから、自衛隊ができたときも、まったく眼中になかったですね」

加藤さんは一時、電報電話局に勤めたがすぐに辞め、ぶらぶらしていたとき、母の縁者が経営する建築会社の「加藤組」（大正十三年創業）から誘われ、入社した。

「戦闘機乗りと建築屋っていうのは似たところがありましてね。私も、橋をかけたり道路をつくったり、建物を建てたりするのが性に合ってたんだと思います」

昭和二十二（一九四七）年、請《こ》われて加藤組の長女と結婚、跡取りに入り、姓が加藤にかわった。

以来、加藤組（昭和三十四年、株式会社に改組）は、村上市では最大手の建築会社として、公共事業を中心に業績を伸ばしている。

加藤さんは、常務取締役、専務取締役を歴任したあと、昭和五十一（一九七六）年、取締役社長に就任、平成四（一九九二）年、会長に退いたが、なお村上法人会会長など多くの肩書を持ち、自分の会社のこと以外にも多忙な日々を送っていた。その間、昭和五十五（一九八〇）年には「公益のため私財を寄附し功績顕著なる者」に授与される紺綬褒章《こんじゅほうしょう》、平成四年には建設大臣表彰を受けるなど、受賞の類も数多い。

――膳をはさんで、ひとしきり話を終えると、加藤さんは、

「じゃ、私はこれで、今日はいったん帰ります。明日の朝、また迎えに来るから、それまで日本海を見ながら温泉につかって、ゆっくりしてください」

と、ふたたびセンチュリーを運転して帰っていった。朝、加藤組の事務所を訪ねてから、すでに十時間ちかい時間が経過していた。それだけの時間、運転したり話し続けたりしたにもかかわらず、加藤さんはまったく疲れたそぶりを見せなかった。

翌日、加藤さんに、昨日の疑問点をいくつか確認しつつ、村上市のあちこちを案内してもらう。加藤組が施工を請け負った日本で最初の鮭の博物館、「イヨボヤ会館」が、三面川沿いに、まさに工事中だった。

「このガラス窓から、鮭の産卵が見られるようになるんですよ。完成したらぜひいらっしゃい」

半《なか》ば以上、でき上がったとみえる建物で、加藤さんは目を細めた。

町のどこへ行っても、「会長さん」と声がかかり、地元でもよほど顔の広い名士であることが窺《うかが》える。

「いままでの人生のなかで、海軍にいたのは七年足らずに過ぎませんが、そこで得たものは大きかった。

自分さえよければいいんじゃなく、自分が間違えればみんなに迷惑をかける、という責任感、それに、もっと大事なことは、自分の腕がよければやられない、勝てるんだ、ということ。仕事の上でもね、人と同じことをしててもだめだ。人を乗り越えないと、そのためには努力をしないと。

やられなかった、ということは、私に向かってきた敵の搭乗員より自分のほうが勝《まさ》ってたんだ、ということ。それが、やればできるんだ、という自信、心の拠《よ》りどころになっています。

すばらしい大きな勉強になりました。それと、前世でなにをしたか知らんが、運もよかったですね」

――しかし、と、加藤さんは言葉を続けた。

「いまの日本人は、あまりにも自分のことばかり大事にして、他人のことを顧みないですね。自分が好き勝手に生きるのが民主主義じゃない。責任を果たしてはじめて、自由は手に入る。義務を果たしてはじめて、平等の権利が生まれる。そういうことが置き去りにされているようです。

あの戦争で、祖国の繁栄を信じて戦った戦友たちも、まさか日本がこんな国になるとは思わなかったでしょう。現代の若者が、自分たちの父や祖父が国のために働いたんだ、という意識を回復しないと、日本なんて沈没してしまいます。自分の国を愛する気持ちがなければ、いくら経済大国だ、なんて威張ってみてもだめですよ」

加藤さんとは、その後も交流が続いた。さまざまな役職にともなう仕事や長唄の稽《けい》古《こ》で多忙のようだったが、質問したいことがあって電話をかけると、そのつど、的確な答えが返ってきた。

靖国神社で行われる丙飛会慰霊祭の懇親会の席で再会したときも、加藤さんは、機関兵として駆逐艦に配属された頃に受けたバッターの罰直（樫の棒で尻を殴る）の、「怪我をしない正しい殴られ方」など気軽に実演してみせてくれたりもした。

平成二十二（二〇一〇）年、私が、かつて加藤さんの隊長だった鈴木實中佐と、鈴木中佐のクラスメートで零戦のデビュー戦を指揮した進藤三郎《しんどうさぶろう》少佐を主人公にした『祖父たちの零戦』を講談社から上梓したときも、本を送ると、

「がんばってるね！　忙しいだろうけど時間を作って、また遊びにきてよ。顔も見たいし」

と、懐かしさのこもった元気な声で、真っ先に電話がかかってきた。

だが、それきり再会の機会がないまま、平成二十四（二〇一二）年七月、まさに突然、加藤さんの訃報が届いた。享年九十。

歿後、長女・紀代美さんから届いた手紙には、

〈父は戦争について家族に語ることはありませんでした〉

とあった。ただ一度、まだ小さかった三人の子供たちに、

「理由はなんにせよ、勝っても負けても二度と戦争はしてはならない」

と語りかけたことがあるという。

食うか食われるかの、幾多の空戦を勝ち抜いた自信、戦いに散った戦友たちへの追慕と哀悼《あいとう》の念、死力を尽くした戦争に負けた悔しさ、そして戦後の、厳しいながらも

命の危険のない平穏な日々、家族への愛情……。
心の奥にさまざまな思いを秘め、加藤さんは、子供たちにこのことだけを伝えた。
その心中を思えば、加藤さんがこの言葉を選んだ意味は限りなく重い。

加藤 清〈旧姓・伊藤〉（かとう〈いとう〉 きよし）
大正十（一九二一）年、新潟県生まれ。昭和十四（一九三九）年、横須賀海兵団に機関兵として入団。丙種予科練二期を経て戦闘機搭乗員となり、開戦直前の昭和十六（一九四一）年十一月、第三航空隊（のち、第二〇二海軍航空隊と改称）に配属。以後、約二年の間に台湾から東南アジア、ラバウル等を転戦、撃墜破三十二機（撃墜二十三、地上撃破九）の戦果を挙げ、航空隊司令より特別表彰を受ける。特に、オーストラリアのダーウィン上空で、豪空軍のスピットファイア戦闘機との戦いに一方的勝利をおさめた。昭和十八（一九四三）年十一月、内地帰還後は大分海軍航空隊、筑波海軍航空隊を経て、姫路基地で終戦を迎えた。海軍飛行兵曹長。戦後、加藤と改姓し、建築会社を経営した。平成二十四（二〇一二）年七月四日歿。享年九十。

昭和16年、大分海軍航空隊で戦闘機の操縦訓練をうける（右）

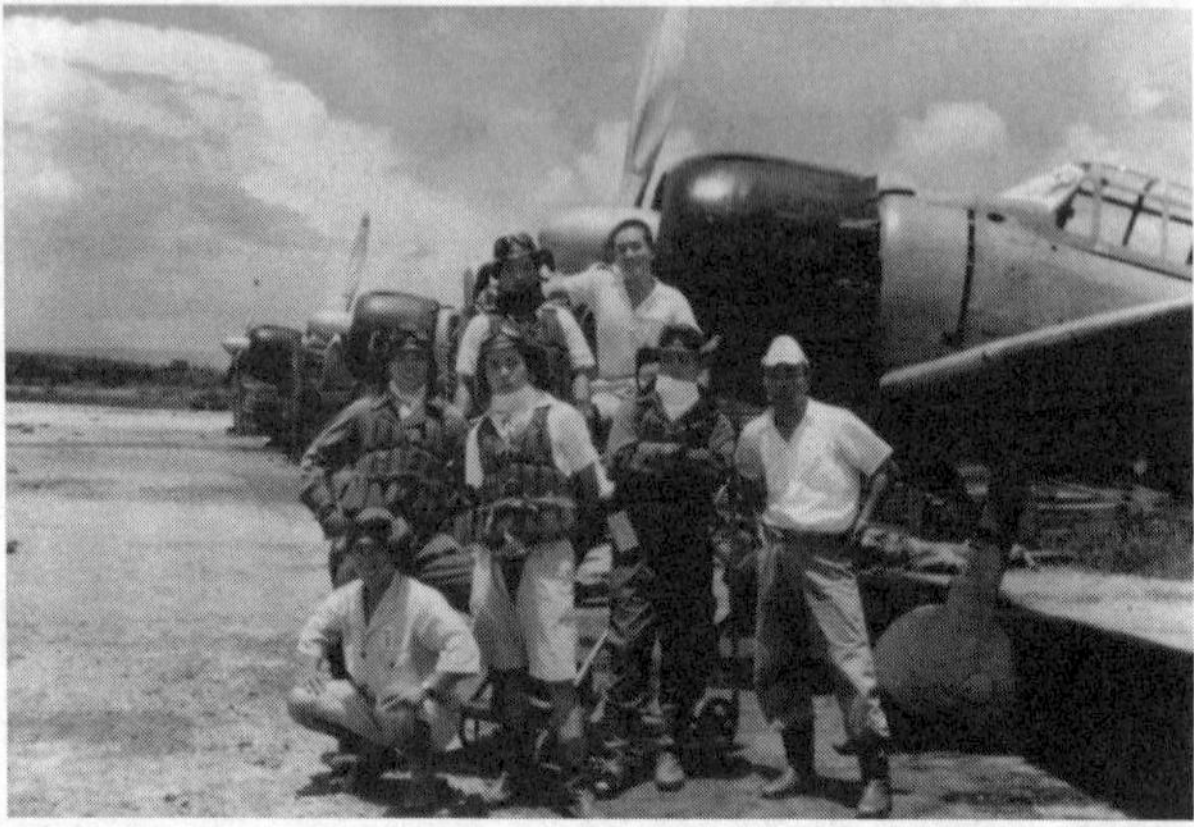

昭和18年2月28日、チモール島クーパン基地で、零戦の列線をバックに、二〇二空の搭乗員たち。右から2人めが加藤さん

昭和18年2月、愛機・零戦三二型（X-151号）とともに

昭和18年、クーパン基地にて。中央・山中忠男上飛曹、前列向かって左が加藤さん

豪空軍の主力戦闘機でもあったスピットファイア

二〇二空時代、林常作二飛曹（右）と

二〇二空司令・岡村基春中佐（右）と、飛行隊長・鈴木實少佐（左）

大分空時代、練習生に
指導中の加藤さん

昭和19年はじめ、
大分空にて

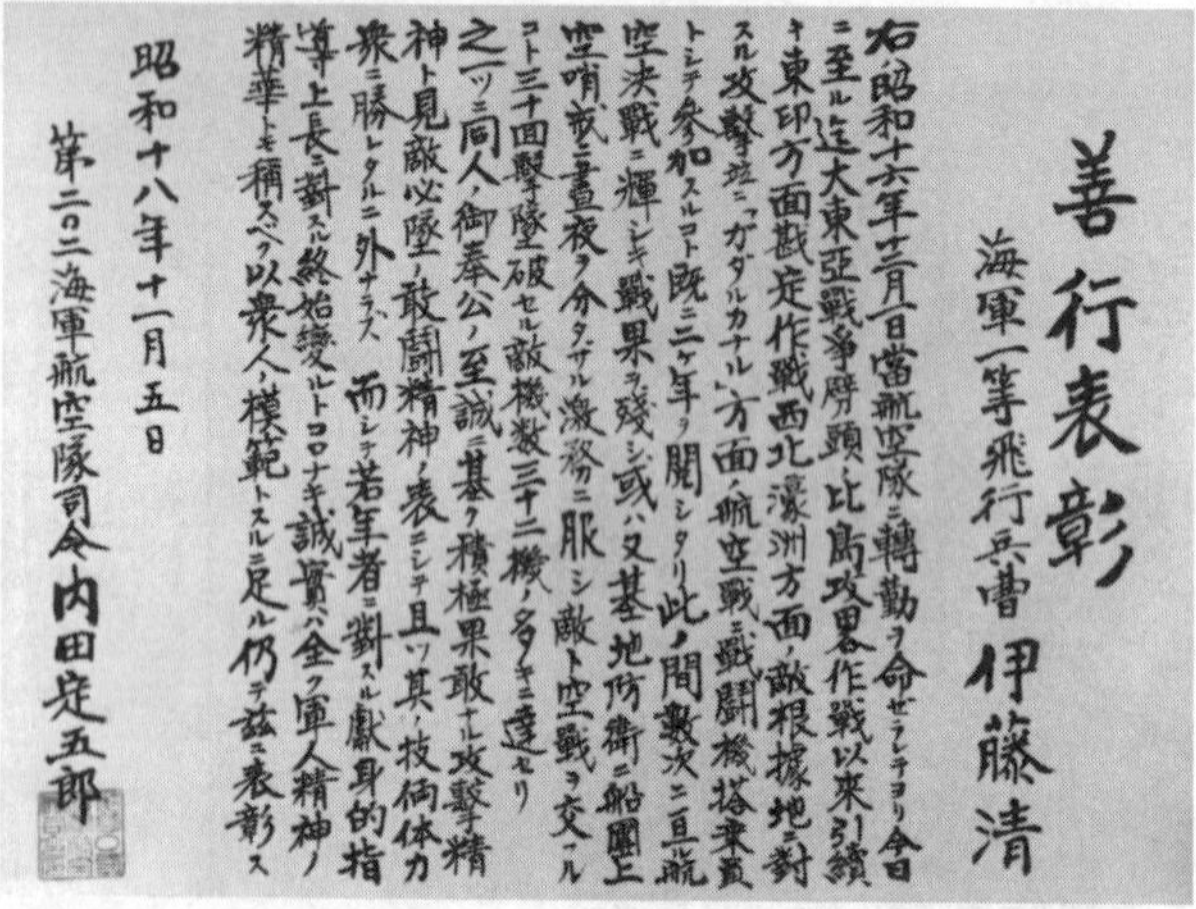

善行表彰

海軍一等飛行兵曹 伊藤清

右昭和十六年十二月一日當航空隊ニ轉勤ヲ命ゼラレテヨリ今日ニ至ル迄大東亞戰爭劈頭比島攻略作戰以來引續キ東印方面戡定作戰西北濠洲方面ノ敵根據地ニ對スル攻撃並ニ「ガダルカナル」方面ノ航空戰ニ戰鬪機搭乗員トシテ参加スルコト既ニ二ケ年ヲ閲シタリ此ノ間數次ニ亘ル航空決戰ニ輝シキ戰果ヲ殘シ或ハ又基地防衛ニ船團上空哨戒ニ晝夜ヲ分タザル激務ニ服シ敵ト空戰ヲ交ヘルコト三十回撃墜破セル敵機数三十二機ノ多キニ達セリ

之一ツニ同人ノ御奉公ノ至誠ニ基ク積極果敢ナル攻撃精神ト見敵必墜ノ敢闘精神ノ表ニシテ且ツ其ノ技倆体力衆ニ勝レタルニ外ナラズ 而シテ若年者ニ對スル獻身的指導上長ニ對スル終始變ルトコロナキ誠實ハ全ク軍人精神ノ精華トモ稱スベク以衆人ノ模範トスルニ足ル仍テ茲ニ表彰ス

昭和十八年十一月五日

第二〇二海軍航空隊司令 内田定五郎

内地転勤にあたり、二〇二空司令より授与された善行表彰。「撃墜破セル敵機数三十二機」と書かれている

平成８年、丙種予科練出身者の集いで。左から林常作さん、加藤さん、大原亮治さん

第五章

中村佳雄《なかむらよしお》

激戦地ラバウルで最も長く戦った
歴戦の搭乗員

昭和19年、局地
戦闘機「雷電」
の前で

自転車さえない僻地《へきち》に育った道産子が機関兵を経てわずか二年で戦闘機乗りに

大戦中、南太平洋における日本陸海軍の一大拠点だったラバウル。この地に展開した海軍の精鋭航空部隊は、俗に「ラバウル海軍航空隊」として知られ、その名を冠した歌（「ラバウル海軍航空隊」作曲・古関裕而《こせきゆうじ》、作詞・佐伯《さえき》孝夫、歌・灰田勝彦）が国内でも大ヒットした。

だが、いかにも勇壮で軽快な歌の旋律とはうらはらに、ラバウルを拠点としたソロモン、ニューギニア方面の航空戦は、長く苦しい熾烈《しれつ》なものだった。開戦直後の昭和十七（一九四二）年一月末、千歳《ちとせ》海軍航空隊の九六式艦上戦闘機がラバウルに進出して以来、昭和十九（一九四四）年二月下旬に航空隊の主力がトラック基地に後退するまで、のべ二年一ヵ月におよぶ戦いに投入された搭乗員は、その大半が戦死。戦後、「零戦《ゼロせん》搭乗員会」が調査したところでは、ラバウルに進出した戦闘機搭乗員の戦死率は七十五パーセント、戦死するまでの平均期間は三ヵ月、出撃回数八回、という数字が出ている。戦後つくられた修辞ではあるが、ラバウルはまさに「搭乗員の墓場」だった。

そんな過酷な戦場で、一年四ヵ月にわたって、一度の内地帰還もないまま誰よりも長く戦い抜いた零戦搭乗員が、中村佳雄さんである。

北海道上川郡朝日町（現・士別《しべつ》市）に暮らす中村さんを訪ねたのは、取材ノートを見返すと平成八（一九九六）年十月十六日のこと。ラバウルでともに戦った同年兵（同じ年に海軍に入った兵）の零戦搭乗員・大原亮治《りょうじ》さんの紹介だった。

「中村っていうのは無茶なやつでね。あるとき、空戦中にエンジン故障で戦場離脱、帰る途中で敵戦闘機と遭《あ》い、そいつを叩き墜《お》として帰ってきたんです。あとで『お前、なんで戦場離脱したのかわかってるのか！』と、大目玉を食ってましたよ。私も一年一ヵ月、ラバウルには長くいたほうだけど、中村はそれより三ヵ月も長くいたんだから。彼の話もぜひ聞いてくださいよ」

――旭川空港に出迎えてくれた中村さんは、大原さんに聞かされたエピソードから想像する通りの、いかにも戦闘機乗りらしく精悍《せいかん》で、温厚ななかにも、どこかやんちゃ坊主の面影を残す人だった。当時、七十三歳。

「やあ、はじめまして。大原からあなたのことは聞いています。じゃあ、行きましょうか」

旭川空港から中村さん方までは約九十キロあり、車で二時間弱の道のりである。広い北海道、ほかに交通手段がないから仕方がないが、中村さんは自分でハンドルを握り、わざわざ迎えにきてくれたのだ。

東京では、まだ紅葉もはじまっていない季節だが、ここではすでに、山という山が紅や黄色にみごとに彩られ、晩秋の気配が濃かった。私は、そのあまりの美しさに思わず息を呑んだ。

「いまがいちばんいい時期です。あと半月もすれば初雪が降ります。ヒグマもそろそろ冬眠の準備でしょう。――このへんの山にも、ヒグマがいるんですよ」

道央自動車道を北上し、士別市内で右に折れる。中村さんの家は、防寒のため玄関が二重のつくりになっていた。聞けば、冬季の最低気温は氷点下二十度を下回ることもしばしばあるという。

「数年前、不覚にもトラックの荷台から落ちて神経を傷めましてね、少しでも冷えると動けなくなるもんだから。暖房であなたには暑いかもしれませんが、まあ、さっそく話をしましょう」

中村佳雄さんは、大正十二（一九二三）年一月二十日、北海道上川郡上士別村

（現・士別市朝日町）の農家に、七人きょうだいの三男として生まれた。

「私らが子供の頃は、このあたりにはまだ自転車もありませんでした。米の飯もめったに食べられず、貧しいところでしたよ」

厳しい自然環境のもと、近隣では並ぶ者のいないガキ大将に成長した中村さんは、高等小学校を卒業してしばらく家業を手伝うが、家を継ぐのは長男だから、三男の中村さんにはいずれ居場所がなくなる。将来の進路を考えると、当時の農家の次男、三男に与えられた選択肢のうち、もっとも確実なのが兵隊になることだった。

「海のないところですから、もちろん軍艦など見たこともありませんが、高等小学校の恩師が海軍の下士官だった人で、手に職をつけるなら海軍だ、と。それで海軍の機関兵を志願したんです。ええ、戦争に行くなんて考えてもいません。動機はあくまで、家から独立して生きていくためですね。地元の役場で試験を受けて、それで入団が決まりました。

入団と言っても、海軍は陸軍とちがってどこにでもあるわけじゃない。北海道は横須賀鎮守府の管轄で、横須賀海兵団に入団することになります。札幌までは村の兵事係に付き添われ、そこからは全道から集まった志願者数百名と一緒に、道庁の兵事課の人に引率されて、二日がかりで横須賀に着きました。

——汽車に乗ったのもはじめてのことで、いまの海外旅行よりも大変でした。ここまで来たらもう引き返せないと思いましたね」

海軍の新兵は、海兵団で四ヵ月の基礎訓練を受けたのち、実施部隊に配属される。昭和十五（一九四〇）年六月一日、四等機関兵として入団した満十七歳の中村さんは、海軍で毎日米の飯が食べられることに感激したという。毎日の訓練は厳しいものだったが、それも、育った自然環境のなかでの生活と比べると、さほど大変だとも思わなかった。

海兵団を卒業し、三等機関兵に進級した中村さんは、同年十月、戦艦「比叡《ひえい》」乗組を命ぜられる。

「比叡」は「金剛《こんごう》」級巡洋戦艦の二番艦として大正三（一九一四）年に竣工《しゅんこう》、昭和五（一九三〇）年に批准したロンドン海軍軍縮条約のあおりを受け、兵装、機関の一部を撤去して練習戦艦に改装され、昭和天皇の御召艦に使われたりもしたが、昭和十一（一九三六）年の条約の期限切れを機に大改装、近代装備を施した高速戦艦として生まれ変わっていた。基準排水量三万二千百六十五トン、公試排水量三万七千トン、全長二百二十二メートル、全幅三十一・〇二メートル。主砲として三十六センチ砲八門、副砲に十五センチ砲十四門などを備え、最高速力は二十九・七ノット（時速約五十五キロ）と、ほかの戦艦より五ノット程度速い俊足を誇った。

「私は艦底にある補助機械室にまわされたんですが、ここでの新兵に対するしごきはすさまじかった。誰かが何かヘマをやると、連帯責任で全員が『海軍精神注入棒』と称する樫《かし》の木の棒で思い切り尻を叩かれる。ヘマがなくても、古い兵隊の虫の居所が悪ければやっぱり叩かれる。海軍には『ギンバイ』という言葉があって、食糧の積み下ろしのときを狙ったり、主計科の倉庫に忍び込んで食糧をくすねたりするんですが、そんなのにも駆り出される。命がけですよ、これは。

来る日も来る日も艦の底で、機関は暑いし、時間の感覚も季節感もなくなります。たまの非番には上甲板に出て外の空気を吸うんですが、あるとき、艦載水上機がカタパルトで射出されるところを見て、その雄姿に心を奪われたんです」

海軍では部内選抜の操縦練習生（操練）に合格すれば飛行機搭乗員になる道が開ける。中村さんは、機関科の先任下士官に操練受験を相談するが、

「案の定、というか、猛反対を受けました。機関科を嫌ってよそへ行くのか、と。しかし、どうしてもここを出て、自分も空を飛んでみたい。その一心で、どんなに殴られても曲げずに希望を出し続けました」

ついには先任下士官も根負けし、しぶしぶ中村さんの受験を分隊長に伝えてくれた。操縦練習生は、倍率数十倍におよぶ狭き門である。しかも、操縦訓練を卒業するまでは本籍は原隊にあるので、受験して不合格になったり、訓練中に適性なしと判断されてしまえば、もとの場所に帰されてしまう。

「不合格になって『比叡』に帰ったら、それこそどんな目に遭うかわからない。決死の覚悟でしたよ」

霞ケ浦《かすみがうら》海軍航空隊で適性試験を受け、めでたく合格。このときすでに、海軍の制度変更で、従来の操縦練習生が丙《へい》種予科練習生（丙飛《へいひ》）となっていたため、中村さんは昭和十六（一九四一）年二月二十八日、第三期丙種予科練習生として土浦海軍航空隊に入隊した。

丙飛は、従来の操練が、文字通り操縦訓練に特化していたのに対し、予科練習生としての短期間の基礎教育をほどこした上で、飛行練習生（飛練）として操縦訓練を受けさせるという、いわば二段構えの教育となっていた。操練出身の搭乗員は、元の兵種が信号兵でもない限り、モールス信号が苦手で無線が使えない者が多く、機関兵でない限り、内燃機関の基礎知識にも乏しい。そんな操練の弱点を、近代戦での必要に応じて補う目的で新設されたのが、丙飛であると言えた。丙飛三期の入隊者は四百二名、うち戦闘機に進んだ者は百五十一名と記録されている。

「毎日、米の飯が食えるばかりか、外の空気が吸える。しかもゆくゆくは飛行機に乗れる。希望に満ちた日々でした。適性検査ではじめて水上練習機に乗って霞ケ浦を離水したときは感激しましたね」
予科練の教程を経て第十八期飛行練習生に進み、九三式中間練習機による操縦訓練を受けたあと、戦闘機専修に選ばれて大村海軍航空隊に転属。ここで複葉の九五式艦上戦闘機、単葉の九六式艦上戦闘機での訓練を経て、昭和十七（一九四二）年五月、新編成の第六航空隊（六空）に配属される。自転車も見たことがなかった農村の少年は、海軍に入ってわずか二年足らずで一人前のパイロットに育て上げられたのだ。

全員が士官だった米軍搭乗員に対し、日本軍には二等兵という下っ端搭乗員もいた

中村さんが操縦訓練を受けていた昭和十六（一九四一）年十二月八日、日本はアメリカ、イギリスを中心とする連合国に宣戦。開戦当初、日本軍は各地で破竹の進撃を続け、東南アジア一帯を勢力下におさめていた。

第六航空隊は、太平洋方面の次なる作戦に投入する基地航空部隊として、新たに編成された戦闘機主体の特設航空隊で、司令・森田千里中佐、飛行長・玉井浅一少佐、飛行隊長兼分隊長は新郷英城大尉（のち兼子正大尉と交代）、戦闘機分隊長・宮野善治郎大尉、牧幸男大尉、偵察機分隊長・美坐《みざ》正巳大尉、飛行機定数零戦六十機、陸上偵察機八機という陣容であった。六空は三月十一日頃から編成準備に入り、二十八日頃から人員も逐次到着、四月一日に正式に開隊すると、千葉県の木更津基地で飛行訓練を始めた。木更津基地は房総半島中ほどの東京湾に面したところにあり、千六百五十メートル、千五百メートル、千二百メートル、九百メートルの四本の滑走路が交差する、当時としては広々とした飛行場だった。

「着任してすぐに聞かされたのが、六空はこれから占領する予定のミッドウェー島の駐留部隊になると。それで、五月下旬、零戦と搭乗員は機動部隊の航空母艦に便乗して出撃したんですが、着任したばかりの我々はまだ未熟だということで、木更津に居残りになってしまいました。丙飛三期は人数が多かったので、飛行練習生も二手に分けられ、二ヵ月前に飛練十七期を卒業した丙飛三期の同期生は――どうもこのへん、ややこしいんですが――ミッドウェーに行くことになりました。ところが、ミッドウェーに行ったはずの連中が、六月の下旬に帰って来た。詳しいことは聞かされませんが、機動部隊が壊滅して、同期生からも戦死者が出たらしい。それで六空は、ふたたび錬成に入りました」

ミッドウェー作戦の失敗で、大本営海軍部は、フィジー、サモア両諸島とニューヘブリデス諸島、およびニューカレドニアを攻略して米豪を遮断する「FS作戦」の実施を決め、六空は改めてこの作戦に投入されることになった。

すでに海軍航空隊はラバウルに拠点を置き、台南海軍航空隊（戦闘機）、第四航空隊（陸攻）、横浜海軍航空隊（飛行艇）などからなる第二十五航空戦隊（二十五航戦）が、ニューギニア・ポートモレスビーの敵要地への攻撃を繰り返していた。さらに、FS作戦を進めるための基地航空部隊の前進基地として、ソロモン群島のガダルカナル島に飛行場を建設することになり、ミッドウェーに投入される予定であった設営隊と陸戦隊がトラック島から急派された。設営隊がガダルカナルに上陸したのは七月六日。そこから、飛行場建設に向けての突貫作業が始まる。

出撃に備えて、六空では慌ただしく人事異動も行われた。飛行隊長・兼子大尉をはじめ、ミッドウェー海戦に出た搭乗員の一部はほかの部隊へ転出し、新しく飛行隊長として小福田《こふくだ》租《みつぎ》大尉が着任した。

小福田大尉は三十三歳。支那事変初期に初陣《ういじん》を飾って以来、大陸戦線を戦い歩き、しかも教官、飛行実験部員（テストパイロット）と一通りの経歴を積んできた、海軍戦闘機隊では有数の実力者であった。

小福田大尉はまた、いかつい容貌とはうらはらに、洒落《しゃれ》心のある人であった。飛行服の襟元《えりもと》に巻くマフラーも、定番の白のほかに水色のものを愛用していたし、霞ケ浦航空隊教官だった中尉のとき、練習生たちに、

「お前たち、大の男が褌《ふんどし》の洗濯なんかするんじゃない。裏表を返して一週間使ったら棄ててしまえ。顔にクリームぐらいつけとけよ、飛行帽には香水をたっぷりと振りかけておけ。搭乗員はいつ死ぬかわからぬ、そんな時、汗臭い匂いや、血なまぐさい匂いを出すのは恥だ。普段から身だしなみをよくしておけ。航空加俸はそのためにあるんだ。搭乗員は宵越《よいご》しの金など持つな」

と訓示したエピソードも語り継がれている。

中村さんより後に飛行練習生を卒業したばかりの若い搭乗員も、続々と転勤してきた。

わずか半年前の開戦当時は、搭乗員の階級は下士官が主で、零戦でいえば一個中隊

九機のなかに、中隊長を兼ねる分隊長と小隊長を兼ねる分隊士、准士官以上の搭乗員が二人いるのが標準的な編成だったが、このときの六空では、「兵」の階級の搭乗員が過半数を占めるという、戦闘機の実戦部隊としてはおそらく前代未聞の編成になっていた。対戦相手の米軍戦闘機搭乗員は全員が士官であるのとは対照的である。

米軍搭乗員が士官なのは、敵地上空に進攻して捕虜になる可能性の高い搭乗員には、捕虜への処遇を定めたジュネーブ条約との関連上、士官の階級を持たせたほうが有利（労役を課せられないなど）との判断があったためとも言われているが、日本海軍の人事制度では、搭乗員の錬成コースによっては、下士官はおろか、最短で二等飛行兵の階級で実戦部隊に配属される。中村さんは、

「その頃はそれほど意識しませんでしたが、二等飛行兵という階級で最前線の実戦に出た搭乗員というのは、世界戦史上、我々ぐらいのものだったんじゃないですかね。二等兵という下っ端の兵隊が、米軍中尉や大尉の士官が操縦する敵機と戦い、撃墜してたんだから、そのことは逆に誇りに思っています」

と回想する。

六空、陸攻隊の木更津海軍航空隊、三沢海軍航空隊からなる第二十六航空戦隊（二

十六航戦）に、ガダルカナル島基地への進出が発令されたのは、昭和十七（一九四二）年七月三十一日のことである。設営隊による突貫作業がようやく実を結んで、八月上旬には、飛行場の使用が可能になる見込みであった。

二十六航戦は、この年の春以降、ラバウル方面にあって疲労している二十五航戦と、秋には交代することになっていた。二十六航戦が木更津からラバウル、さらにガダルカナルへと進出し、二十五航戦が木更津に帰ってくるわけである。

ところが――。

八月七日、機動部隊に護られた米海兵師団が、突如として、ガダルカナル島北側対岸で横浜海軍航空隊が水上機基地を置いていたツラギ、次いでガダルカナル島に上陸を開始した。ミッドウェー海戦大勝の勢いに乗って、米軍が企図した第一作戦計画（ウォッチ・タワー作戦）によるもので、米軍はここを足がかりに、逐次、陸上航空基地を北上させようとしていた。

ちょうど設営隊の苦労が実を結び、八月五日には長さ八百メートル、幅六十メートルの滑走路が概成し、零戦の進出可能と報告されたばかりである。

ツラギからの敵来攻の急報を受けて、台南空の零戦十七機、四空の一式陸攻二十七機は、敵機動部隊を目指してラバウルを発進。予定海域に敵空母が発見できなかったので、目標を輸送船団に変更してツラギ上空に突入する。ブーゲンビル島の沿岸監視員の通報で日本側攻撃隊の動きを察知した米側は、空母「サラトガ」「エンタープライズ」「ワスプ」のグラマンF4Fワイルドキャット戦闘機計六十二機をもってこれを邀撃《ようげき》、激しい空中戦が繰り広げられた。台南空零戦隊は、敵機を四十九機撃墜したと報告（米側記録では、F4F十一機、SBD艦爆一機）したが、わが方も零戦二機、陸攻五機を失っている。

これとは別に、第二航空隊の九九艦爆九機が、戦闘機の護衛なしに、ツラギ沖の敵船団攻撃に出撃した。この艦爆隊は、猛烈な対空砲火を冒して敵船団に爆撃を敢行《かんこう》、米側資料によると駆逐艦一隻に命中弾を与えたが、戦闘で三機を失い、残る六機は帰途についたものの、うち三機は行方不明となり、指揮官井上大尉は途中の島岸に不時着、ショートランドに不時着、救助されたのは二機、搭乗員四名に過ぎなかった。

八月八日、海軍軍令部は、錬成中の二十六航戦を主力とする「第六空襲部隊」を臨時に編成、ガ島奪回に向けてラバウル方面に派遣することを決定した。また大本営は、精鋭といわれた陸軍の一木《いちき》支隊約二千四百名をガ島に急送し、同島を奪回、占領することとした。

一木支隊のうち、先遣隊約九百名は駆逐艦六隻に分乗、八月十八日、ガ島に上陸した。敵兵力を過少に判断していた同隊は、主力部隊の到着を待たずに攻撃を急ぎ、二十一日、予想外に頑強な敵の反撃を受け、八百名近くが戦死して敗退した。

一方、米軍は占領した日本軍飛行場をヘンダーソン飛行場と命名し、八月十九日に完成させる。そして早くも、二十日には米海兵隊のF4F十九機とSBD艦爆十二機が進出してきた。以後、圧倒的な国力を背景に、ガダルカナル島の米軍航空兵力は着々と増強されてゆく。

米軍がヘンダーソン飛行場を完成させる二日前の八月十七日、木更津基地からは、小福田大尉の率いる六空零戦隊の先遣隊十八機が、木更津海軍航空隊の陸攻三機に誘導され、ラバウルに向け発進した。これは、単座戦闘機としては前例を見ない長距離移動である。このときの零戦は、全機が新鋭の二号戦（零戦三二型）であった。

先遣隊として進出する搭乗員は二十名。零戦が十八機なので、うち二名は、誘導機の陸攻に便乗する。中村さんはまたも居残りとなり、訓練を進めて後日、第二陣として進出することになった。

先遣隊は途中、中継地の硫黄島《いおう》、サイパンでそれぞれ一機を着陸事故で失ったが、残る十六機の零戦は、二十二日、トラックに進出。さらに二十三日、カビエン基地に到着し、三十一日にはラバウルに進出を完了した。

宮野善治郎大尉以下、木更津に残っていた六空零戦隊の主力が、空母「瑞鳳《ずいほう》」に乗って横須賀を出港したのは、九月三十日のことである。搭乗員のほとんどが、空母への着艦経験がなかったため、飛行機はクレーンで搭載された。搭乗員は二十七名。満十九歳の中村さんも、このなかの一員として加わっていた。

十月七日、「瑞鳳」は、トラック島とラバウルの中間の海域に達した。いよいよ、発艦。途中、ラバウル北方のニューアイルランド島上空で悪天候に阻まれ、三機が脱落、二十四機がその日のうちにラバウルに到着した。

「ラバウルに着いてまずびっくりしたのは、着陸して滑走していると、現地人──私らは当時、『土人子《どじんこ》』と呼んでいました──が飛行場両脇の椰子《やし》の木の陰からもの珍しそうにこっちを見てるんですが、とにかく真っ黒で男も女も腰巻きひとつの裸同然の姿なんです。話には聞いていたけど、この目で見るのははじめてだから。これは変わったところに来たなあ、と思いましたよ」

六空の新たな拠点となるラバウル東飛行場は、煙を吐く活火山・通称「花吹山《はなぶきやま》」(タブルブル山)と擂鉢《すりばち》をかぶせたような休火山・通称「西吹山《にしぶきやま》」(バルカン山)が向かい合う湾の、少し花吹山に近い海辺にあった。そこから湾の奥にかけては市街地が広がり、街には活気があった。東飛行場から見て湾の反対側、西吹山を越えて西に入った山の上に、ブナカナウ飛行場、通称ラバウル西飛行場があって、主に陸攻隊が使用していた。湾は天然の良港になっていて、多くの軍艦や輸送船が在泊していた。

六空零戦隊は、ガダルカナル島空襲、輸送船団上空直衛、基地上空哨戒《しょうかい》と連日の出撃を重ね、基地も、ラバウルよりガダルカナルに近い前進基地のブカ島、ブーゲンビル島ブイン基地へと移動を重ねたが、この頃の搭乗員には歴戦のつわものが多く、若い中村さんにはなかなか出番がまわってこなかったという。

「せっかく戦地に来たのに、出撃させてもらえなきゃ始まらない。とにかく名前を売り込んで連れて行ってもらおうと、小福田隊長や宮野大尉、下士官の古い人の弁当を運んだり、風防磨きや飛行機の手入れなど、一生懸命にいろいろやりましたよ。出撃のときに持って行く『空襲袋』というのがあって、古い落下傘の布を切って、若い搭乗員が作るんですが、それに食糧品とかサイダー、ポケットウイスキーなんかを詰めて届けたりね。しかし、なかなか搭乗配置はもらえなかったですね」

「実戦に出たい」というのは若い搭乗員に共通した願いであり、天を衝《つ》くような闘志の前には、出撃すれば死ぬかもしれないなどというのは、それほど大きな問題ではなかったと、中村さんは言う。

エンジン不調で戦線離脱。帰投中に敵機に遭遇し初撃墜

ところで、昭和十七(一九四二)年十一月一日付で、海軍の制度上、かなり大きな改定が加えられた。

まず、下士官兵の階級呼称の変更。従来、下から四等兵、三等兵、二等兵、一等兵、三等兵曹、二等兵曹、一等兵曹であったのが、陸軍式に合わせて、この日から二等兵、一等兵、上等兵、兵長、二等兵曹、一等兵曹、上等兵曹と呼ばれることになった。飛行科でいえば、三等飛行兵曹がなくなり、上等飛行兵(上飛)、飛行兵長(飛長)、上等飛行兵曹(上飛曹)という呼称が新たに増えた。この日、中村さんは二等飛行兵から ひとつ進級して、新制度の飛行兵長(飛長)になった。

次に、航空隊名の変更。外戦部隊である航空隊は、従来、国会審議を経て予算の通った常設航空隊は、正式には編成地の「地名」に「海軍」がつき、たとえば「台南海軍航空隊」のように呼ばれ、戦時予算で臨時に編成された特設航空隊は、「海軍」が入らず「第六航空隊」などと呼ばれていたが、それでは移動の激しい現状にそぐわ

ず、航空隊の任務もわかりづらい。そこで、外戦部隊については「数字」「海軍」「航空隊」の呼称で呼ばれることとなった。

新しい航空隊名は、百位が機種（一・偵察機、二〜三・戦闘機、四・水偵、五・艦爆または艦攻、六・母艦機、七・陸攻、八・飛行艇、九・哨戒機、一〇・輸送機）、十位が所管鎮守府（〇〜二・横須賀、三〜四・呉、五〜七・佐世保、八〜九・舞鶴）、一位は奇数が常設航空隊、偶数が特設航空隊、という区分となった。

横須賀鎮守府所管の戦闘機特設航空隊である六空は、第二〇四海軍航空隊（略称二〇四空）と改称された。数字の読み方は、「ふたまるよん」となる。

十一月十二日の深夜、戦艦「比叡」「霧島《きりしま》」、軽巡一隻、駆逐艦十四隻からなる日本艦隊は、ガダルカナル島の米軍飛行場を砲撃するため、島の北西部に位置するルンガ泊地沖に突入した。米軍は、すでにある日本軍が造った飛行場のほかに、新たな飛行場の建設も軌道に乗せていた。前月の十月十三日、戦艦「金剛」「榛名《はるな》」が砲撃に成功、飛行場を一時使用不能にする戦果を挙げていて、その夢をふたたびという、いわば二匹めのドジョウを狙ったかのような作戦であったが、さすがに敵も同じ手に引っかかることはなく、巡洋艦五、駆逐艦八からなる警戒部隊を配置していた。目標地点を目前にして両艦隊は激突、三十分にわたって砲撃戦を繰り広げ、日本側は敵軽巡二隻、駆逐艦四隻を撃沈、重巡二隻、軽巡一隻、駆逐艦三隻に損傷を与えたが、「比叡」が大破、駆逐艦三隻を失い、他に軽巡一隻、駆逐艦六隻が損傷を受けている。

翌十一月十三日、航空部隊各隊は、舵が故障して行動の自由がきかなくなり、サボ島のまわりを回っている「比叡」の上空直衛に交代で出撃した。その数、のべ四十二機というが、防衛省防衛研究所所蔵の戦闘行動調書には不備があるらしく、生存者の記憶と残された記録は必ずしも一致しない。

この日、出撃した二〇四空零戦隊で、記録にあるのは森崎武予備中尉以下の六機のみ、それも「比叡」を発見できずに帰ってきている。中村さんはその搭乗割（編成表）には入っていないが、上空から確かに「比叡」を見た記憶が残っていると言う。

「私は海兵団を出て最初に配属されたのが『比叡』でしたから。飛行機を志願せずにあのまま乗っていたら、今頃あそこにいたんだな、と感慨がありましたね……。あの機関科の先任下士官はどうしてるんだろうか、同年兵は無事だろうかと」

「比叡」はその夜、キングストン弁を開いて自沈し、大東亜戦争における日本戦艦として初の喪失となった。

「次の日に行ったら、もう沈んでいました。その頃から、古い人がどんどんやられていって、我々にも出番がまわってくるようになったんです」

以後、中村さんは、主に尾関行治《ゆきはる》上飛曹や宮野大尉の列機として、通算して約二百回もの出撃に参加することになる。

零戦隊は、数にまさる敵機と互角以上の戦いを続けたが、ガダルカナル島への補給は続かず、飢えと風土病に苦しむ陸軍部隊は、満足な重火器もないまま、つねに苦戦し、飛行場奪還の総攻撃もことごとく失敗していた。昭和十八（一九四三）年一月四日、大本営はついにガダルカナル島からの撤退を決め、以後、ソロモン諸島は日本にとって進攻拠点ではなく、敵の反撃を食い止める防衛拠点として、これまでとは正反対の位置づけとなる。

撤収が決まって、ガダルカナル島をめぐる動きも慌しくなってきた。それに加えて連日のように来襲する敵機の邀撃《ようげき》で、ブイン基地の二〇四空は多忙をきわめていた。

一月十九日、輸送船「阿蘇丸《あそまる》」の上空哨戒を三直（三交代）のべ二十二機で務めたときのこと。中村さんは、宮野大尉の率いる一直七機の搭乗割に入っていた。

「輸送船上空で私の飛行機のエンジンの調子が悪くなって戦場を離脱、尾関上飛曹がついてくれて引き返す途中、フラフラと雲の上を飛んでいると、はるか下の方、雲の合間にグラマンF４Fワイルドキャットの二機、二機の四機編隊が反航してくるのが見えました。ハッと思って、何も考えずにいきなり攻撃に入ってしまったんです。

敵機はなにも知らずに巡航速度でスイスイ飛んでいるから、訓練で曳的《えいてき》（吹き流し）を撃つのと一緒です。端っこの奴を狙ってバラバラッと撃ったら、バッと火を噴いて、そのまま墜ちていきました。尾関さんがあわてて来てくれたけど、そのときには残りの三機は急降下して逃げてましたね。

帰ってから、尾関さんにヤキを入れられました。突然いなくなったと思ったら勝手な真似しやがって、お前、なんで戦場離脱したかわかってるのかと。

私はこのときが初撃墜でしたが、後の戦いを振り返っても、敵機を墜とせるときというのはそういうものです。格闘戦で墜とす、というのは全くないとは言わないけれど、まずない。敵も必死ですからね」

空戦というと、組んずほぐれつの格闘戦（巴《ともえ》戦）、いわゆるドッグファイトを連想するが、中村さんは、

「空戦のときはスピードを落としたらイチコロでやられますよ。スピードを保ったまま格闘戦なんてできないし、敵もそんなフラフラ飛んでるやつはいないから、最初から格闘戦になることはなかったんじゃないですか。敵も味方も何機も同じ空を飛んで

いて、つねに敵機のほうが多いわけだから、一対一でぐるぐる回ってたら横から別の敵機に撃たれます。私の場合、何十回も空戦して縦の巴戦は一回だけ、それも結局、墜とせませんでした」

と言う。敵は零戦の長所と弱点を研究し、零戦の得意技である格闘戦に巻き込まれるのを避け、また、零戦が機体強度の不足で急降下速度に制限があることを知って、高高度から急降下して一撃、そのまま急降下で退避する「一撃離脱」の戦法をとるようになっていた。零戦が、そのすぐれた運動性能、すなわち旋回半径の小ささを生かして格闘戦に持ち込み、敵機を撃墜するようなのどかな時期はすでに終わりを告げていたのだ。

戦いは徐々に苦しくなり、連日のように若い搭乗員が戦死してゆく。それでも零戦隊の士気はあくまでも高く、邀撃戦ともなると我先に飛行機に飛び乗って出撃するのがつねだった。

「それはね、上官がよかったんですよ。小福田飛行隊長、宮野分隊長。この時期の二〇四空はとても雰囲気がいい部隊でした。

ふつう、少佐の飛行隊長ともなると、大きな作戦を指揮して出撃することはあって級）はどんな作戦でも率先して飛び上がっていった。蒸し暑いブイン基地で、みんなも、上空哨戒や邀撃戦に上がることはまずないんですが、小福田少佐（十一月一日進半袖の防暑服やランニングシャツ姿でいるときでも、隊長は指揮所で飛行服に身を包み、白いマフラーをきりっと結んで折《お》り椅子《いす》にデンと座って待機してる。歳《とし》も私らより一回りは上でしたし、貫禄がありましたね。

それに対して、宮野大尉は、親しみやすくて兄貴分のような感じでした。歳は私より七歳ぐらい上でしたか。宮野大尉は、まず俺がやる、俺がやるからお前たちもやってくれ、それから、死ぬな、絶対にやられるなよ、俺について来いよ、そういう姿勢の人でした。のちに接した指揮官の多くは、自分は危険から遠ざかっていて、そんな人に限って部下に無茶な命令を出したりしたものですが、宮野大尉はそういうところは微塵《みじん》もありませんでした。汗を流すのも、戦果を挙げて祝杯を上げるのも、つねに部下と一緒です。誰とでも分けへだてなく、下士官兵も分隊士も、海兵出も予備士官も、全く同じように接してくれる、あの人のいいところはそこでしたね」

ガダルカナル島の陸軍部隊が撤退しても、ソロモンの空をめぐる戦いはさらに激しさを増していった。

敵機による日本軍基地に対する空襲も間断なく続き、昭和十八（一九四三）年二月十三日、ブイン上空の邀撃戦では、米陸軍の新型戦闘機、双発双胴のロッキードP－38ライトニングが、カーチスP－40戦闘機とともに、コンソリデーテッドB－24重爆撃機を護衛して来襲、翌十四日には、P－38に加え、これが零戦と初対決となる米海軍の新型戦闘機、ボートシコルスキー（チャンスボート）F4UコルセアがやはりB－24を護衛して来襲、激しい空戦が繰り広げられている。二〇四空零戦隊はこれら新鋭機に対しても優位に戦い、十三日にはB－24三機、P－40二機、P－38四機を撃墜、零戦の損失は一機。十四日にはB－24二機、F4U二機、P－38四機を撃墜、全機が無事帰還している。新鋭戦闘機を二機種も投入して惨敗を喫した米軍は、二月十四日の空戦を「セント・バレンタインデーの虐殺」と呼んだ。

「そうこうしているうちに、三月上旬、森田司令、小福田隊長が内地に転勤となりました。搭乗員室で隊長の送別会を盛大にやりましたが、やはり寂しかったですね、なにか芯が抜けたみたいで。後任の司令には内地から杉本丑衛《うしえ》大佐が来られて、飛行隊長には宮野大尉がそのまま昇格しました。宮野大尉も転勤の内示があったらしいですが、部下を残して帰るのは忍びないと辞退されたという噂でした。本人が言ったわけではありませんが、そんな話を聞くとね、よし、宮野大尉をみんなで守り立てなきゃ、と闘志が湧いたものです」

隊長機の背後に敵、その背後についたら自分の背後にも敵、そのまた背後にも

ガダルカナル島攻防に日本軍が苦戦しているとき、東部ニューギニアにおける敵の反撃も活発になりつつあった。この戦線への兵力を増強するため、陸軍第五十一師団をラバウルからラエに輸送することになった。海軍は陸軍航空部隊と協力して、輸送船団の上空直衛に当たることになった。

陸軍輸送船七隻、海軍運送艦一隻と護衛の駆逐艦八隻からなる輸送船団は、約七千名の陸軍部隊を乗せて、二月二十八日深夜、ラバウルを出港、三月三日の朝にはフィンシュハーフェン東方海域に達した。天気は快晴で、上空直衛の担当は午前海軍、午後陸軍となっていた。

午前七時五十分、船団の南方から敵機の大編隊が現れた。最初に来たのは、高度三千メートルの中高度から水平爆撃のボーイングB－17爆撃機が十三機。その上方、高度五千五百メートル付近にロッキードP－38戦闘機二十二機がかぶさるようについていた。このとき、船団上空にいたのは、二〇四空の宮野大尉以下十二機、二五三空飯塚雅夫大尉以下十四機、計二十六機の零戦。零戦隊は、これらの敵機に一斉に攻撃を

開始、八時五分には、カビエンに派遣されていた空母「瑞鳳」零戦隊、佐藤正夫大尉以下十五機も空戦場に到着するが、敵機は続々と増えて八時十分には総数約七十機にもおよんでいる。

敵は、見事な連携プレーを見せた。B－17の上空にはP－38などの戦闘機を配し、零戦隊がそれらに気を取られているうちに、十三機の英国製双発機・ブリストル・ビューファイターが低空から進入、艦船を銃撃し、次いでノースアメリカンB－25、ダグラスA－20などの双発爆撃機が超低空爆撃を繰り返した。これは、爆弾を魚雷のように超低空で投下し、海面にバウンドさせて艦船の側部に命中させる、「反跳爆撃」（スキップ・ボミング）という新戦法であった。上空で空戦中の零戦隊が気づいたときには、もう遅かった。低空に降りて防ごうにも、P－38が攻撃してくるので防ぎようがなかった。

「私はこのとき、森崎予備中尉が率いる第二直九機のうちの一機として、一直めの一時間半後にラバウルを出撃しました。しかし、戦場に到着したときには、すでに敵機は引き揚げた後だったようで、海面にはいまにも沈みそうな船が見え、おびただしい量の油や漂流物が漂っていました」

このとき、日本側は輸送船七隻、海軍運送艦一隻、駆逐艦三隻を撃沈され、午後にはさらに駆逐艦一隻が沈められた。上陸部隊の半数以上にあたる三千六百名もの将兵が戦死し、輸送作戦は完全な失敗に終わった。「ダンピールの悲劇」（米側呼称・ビスマルク海海戦）と呼ばれるこの戦闘の結果、以後のニューギニア方面の作戦は、いちじるしく支障をきたすことになる。

日本軍をガダルカナル島から追い落として、勢いに乗る米軍は、二月二十一日、ガ島よりもラバウル、ブインに近いルッセル島に上陸を開始、またたく間に飛行場を作り上げた。さらにこの時期、ニューギニア東海岸・ブナ付近のオロ湾は、敵の重要な補給路の拠点となっていた。敵はここを足がかりに、ラバウルのあるニューブリテン島を窺《うかが》っていた。

いま、敵航空兵力に痛撃を与えて勢力を優位に持っていかなければ、今後、ますます苦戦を強いられるのは明白であった。そこで、聯合《れんごう》艦隊司令長官・山本五十六《いそろく》大将の命で、基地航空部隊に加え、空母に搭載されている航空兵力を臨時にラバウル基地に派遣、ソロモン、ニューギニア両方面の敵機を撃滅しようと計画されたのが「い」号作戦である。山本長官は、この作戦の重要性を示すため、ラバウルで自ら陣頭指揮に当たることとし、参謀長・宇垣纏《うがきまとめ》中将以下、司令部幕僚のほとんどを率いて、四月三日、ラバウルに進出した。

「い」号作戦は、四月七日から十四日まで実施され、のべ零戦四百九十一機、艦爆百十一機、陸攻八十一機、計六百八十三機が出撃している。

「私は、『い』号作戦では四月七日のガダルカナル島上空制圧、十二日のニューギニア・ポートモレスビー攻撃、十四日のニューギニア・ミルネ湾敵艦船攻撃の三度、出撃しました。出撃のとき、白い第二種軍装を着た山本長官が、帽子を振って我々を見送る姿が印象に残っています。三度とも、けっこうな激戦になりましたが、私は十四日の空戦で、敵戦闘機一機を撃墜しました」

「い」号作戦を通じて、日本側攻撃隊はのべ巡洋艦一隻、大型駆逐艦二隻、輸送船十八隻、計二十一隻を撃沈し、輸送船八隻を大破、輸送船一隻を小破、飛行機百三十四機（うち不確実三十九）を撃墜、十五機以上を地上で撃破したと報告した。損失は零戦十八機、九九艦爆十六機、一式陸攻九機の計四十三機。

だが、実際の戦果は報告されたよりもはるかに少なかった。米側記録によると、この間、ソロモン、ニューギニア戦線を通じて、喪失したのは駆逐艦一隻、油槽船一隻、輸送船二隻、飛行機二十五機にすぎない。

作戦が失敗に終わったことは、日米の史料を突き合わせてみれば明らかだが、当時は、敵兵力に相当のダメージを与え、所期の目的を達したものと判断されていた。

陣頭指揮を終えた山本長官は、四月十八日、幕僚たちを引き連れ、ブイン方面の前進基地へ激励視察に赴《おもむ》くことになった。長官一行は一式陸攻二機に分乗し、その護衛が二〇四空に命ぜられる。聯合艦隊司令部から指定された機数は六機。当初、宮野大尉は杉本司令を通じ、可動機全力、二十数機での護衛を聯合艦隊司令部に進言したが、「それには及ばず」と却下されたのだという。

護衛戦闘機の指揮官には森崎武予備中尉がつくことになった。中村さんは、

「宮野隊長の気性から言って、必要なら自分が行く人ですから、危険はないと判断したんでしょう」

と言うが、これは、アミーバ赤痢《せきり》のため「い」号作戦で出番がなく、ようやく病の癒《い》えた森崎予備中尉のたっての希望に、花を持たせる意味合いでの判断だった。米軍が日本側の暗号を解読し、長官視察の予定を分単位で把握して待ち構えているなど、当時の日本側には知る由《よし》もなかったのである。

長官一行を乗せた陸攻二機とそれを護衛する零戦六機は、目的地・ブインの手前で米軍戦闘機・P－38十六機の奇襲を受け、零戦隊の反撃もむなしく、陸攻は二機とも

撃墜される。海に墜落した二番機に搭乗していた参謀長・宇垣纏中将は助かったが、山本長官以下、一番機に搭乗していた全員が戦死した。

「陸攻の護衛に出たはずの六機が、なぜか戦闘機だけで帰ってきました。普通なら、報告後はすぐに宿舎に帰ってくるのに、あのときはずいぶん手間どっていて、おかしいな、と。長官機がやられたことを彼らは絶対に口外しませんでしたが、顔色でわかりました」

山本長官の戦死は、二〇四空にとって大きな重荷となり、その戦いもますます悲壮感を帯びたものになる。

五月一日には定例の下士官兵の進級があり、中村さんは、他の同年兵とともに、下士官（二等飛行兵曹）に任官した。

「五月三日、ガダルカナルに近いムンダ方面の敵機邀撃に出撃したときのこと。ブインで燃料補給、二十三機でムンダ上空に行ってみると敵はおらず、帰途、天候が悪く、ブカとブインに分かれて着陸しました。翌四日、ラバウルへ帰ったんですが、スコールの後だったのか、上空から見ると、地面が濡れているようでした。下で、『着陸待テ』の赤旗を振っているのが見えましたが、上空から見るぶんにはどうして着陸できないのかわからない。燃料も残りわずかでしたから、宮野大尉もそれを心配したんでしょう、かまわず着陸しました。ところが、飛行場が上から見た以上にぬかるんでいて、脚をとられてひっくり返ってしまったんです。続いて着陸した私もひっくり返りました。風防がペチャンコになって、水が迫ってきて息が苦しい。そこへ整備員が飛んできて、大勢で機体を持ち上げて助けてくれました。

それで、飛行機を壊したから、これは大目玉だぞ、と思いながら指揮所に報告に行くと、宮野大尉が顔を泥んこにして待っていて、

『いやいや、そんなのお前、仕方がないよ。俺もひっくり返った。俺のミスだ。赤旗を振っているのは見えたけど、燃料が心配だったんだ』

大原は、要領がいいから、鉄板の敷いてある部分にうまく着陸していましたね」

宮野大尉は、ときにこんな失敗もあったが、それがかえって人間味を感じさせ、部下たちに親しみを感じさせた。同じ失敗をしても、部下に笑われるか親しみを持たれるかは、それは日頃の人徳というものである。

中村さんはさらに、五月十三日、ルッセル島上空で零戦四十二機と約六十機の敵戦

闘機が激突した空戦で、ボートシコルスキーＦ４Ｕ戦闘機二機を撃墜。

「この頃になると、無我夢中だった初撃墜の頃とちがって、敵戦闘機には絶対に負けない自信が芽生えてきました。Ｆ４Ｕなんかは零戦よりずっと速いんだけども、動きが鈍く見えて、グラマンＦ４Ｆなんかと比べてもそれほど怖い相手ではなかった」

この頃になると、ソロモンの敵航空兵力はますますその数を増し、昼夜を問わず、大編隊で日本軍の各拠点に空襲を繰り返すようになった。そこで、頽勢《たいせい》を挽回するため、ふたたび「い」号作戦のような大規模作戦が立案された。この作戦は六〇三作戦とよばれ、戦闘機だけでガダルカナル島西方のルッセル島付近に出撃、敵機を誘い出して撃滅する「ソ」作戦と、その後、艦上爆撃機と戦闘機が合同してガダルカナル島の敵艦船を攻撃する「セ」作戦の二つの作戦が柱となっていた。

「この頃、敵戦闘機は四機で一個小隊の編成で、二機、二機がつねに連携して戦うようになり、こちらも従来の一個小隊三機編成のままでは戦いづらくなってきた。そこで、宮野大尉の発案で、四機で一個小隊を編成することになり、二〇四空では戦闘の合間に訓練を重ねました」

六月七日、第一次「ソ」作戦が発令され、第五八二海軍航空隊飛行隊長・進藤三郎《しんどうさぶろう》少佐を総指揮官として、五八二空、二五一空、二〇四空のあわせて八十一機の零戦が出撃。この日は二〇四空のみが一個小隊四機編成をとり、五八二空、二五一空は三機編成のままである。

「この日は、宮野大尉が直率する二個小隊八機が、艦爆に見せかけて敵戦闘機を誘い出すために爆弾を積み、私たちはその直掩《ちょくえん》機のフリをして行きました。すると案の定、百機以上とも思えるありとあらゆる種類の敵戦闘機が邀撃してきて、大空戦になった。空戦の最初に、山本長官機護衛の一人、柳谷謙治二飛曹機がグラマンに撃たれてグラッと傾き、墜落状態で降下していくのが見えました。彼は右手を失いながらも、なんとか生還するんですが……。

とにかく敵機は数に物を言わせて、やる気満々でかかってくる。こっちも負けてたまるか、と。私はグラマンF4F一機とベルP-39二機を撃墜しましたが、とにかく敵が海面に墜ちるまで見ている余裕はないので、グラマンは不確実です。P-39のうち一機も、味方の誰かと一緒に攻撃したので協同撃墜。しかしほんとに、激戦で戦果を確認するのは容易じゃないですね」

二〇四空は、あわせて十四機（うち不確実二）を撃墜したと報告したが、山本長官機護衛の日高義巳上飛曹と岡崎靖二飛曹が戦死、柳谷二飛曹が右手を失う重傷を負ったほか、一機が未帰還になった。

第二次「ソ」作戦が実施されたのは、六月十二日のことである。宮野大尉の率いる二〇四空の零戦二十四機は、五八二空の二十一機とともにブイン基地を発進、ブカ基地より飛んできた二五一空の三十二機（うち二機は途中不時着）と合同し、一路ルッセル島へ向かった。この日の総指揮官は宮野大尉。宮野大尉直率の二番機は辻野上豊《つじのうえとよ》光《みつ》上飛曹、三番機・大原亮治二飛曹、四番機に中村さんがついた。

進撃高度八千メートル。八時二十五分、敵編隊発見、宮野大尉は七十五機の零戦隊をリードして、有利な態勢で空戦に入るべく接敵行動に入る。敵は、七日のときと同じように、高度四千メートル、五千メートル、七千メートルと、三段構えで十数機ずつがガッチリと編隊を組んでいた。

八時三十分、五八二空がルッセル島西方海上で一つの敵編隊に突撃、三十五分、二五一空もルッセル島東方海上で空戦に入る。三十七分、二〇四空宮野隊は別のF４F十二機編隊と遭遇するがこれをやりすごし、四十分、F４F、F４Uからなる敵編隊と空戦に入った。交戦した敵機の機数は、二〇四空の記録では七十機、二五一空は五十機、五八二空は「数不明」とある。

「この日の空戦は凄かった。戦闘は約二十分も続いたでしょうか、海面には墜落した飛行機の波紋と、ガソリンの炎が何ヵ所も海に漂っていました。ヘトヘトに疲れて帰ろうとしたとき、約五百メートル後上方から敵の一機が宮野隊長機に突っ込んできた。隊長機を助けようとその後ろに私がついて、私の後ろにF4Uがついて、そのまた後ろに大原機がついて、向こうの六機とこちらの三機が縦にグルグルと、高度五千メートルから千五百メートルに下がるぐらいまで回り続けました。高度は下がるし、逃げるに逃げられないし、結局、どちらも一機も墜とせずに離れていきました。この空戦はじつに印象的でしたね」

空戦で被弾、重傷を負う。飛行隊長・宮野大尉の戦死

二度にわたる「ソ」作戦で敵戦闘機にある程度の打撃を与えたと判断されたことから、六月十六日、艦爆隊（急降下爆撃）と零戦隊が合同して、ガダルカナル島ルンガ泊地の敵艦船を攻撃する「セ」作戦が実施されることになった。

朝五時五分、宮野大尉の率いる二〇四空零戦二十四機はラバウル東飛行場を発進した。中村さんは、宮野大尉の直接の四番機である。この日、いつものように宮野大尉の三番機として出撃するはずだった大原亮治二飛曹は、指を怪我して基地に残ること

を命ぜられる。代わって、交代員として待機していた橋本久英二飛曹が出ることにな
り、この日の宮野大尉の列機は、二番機・辻野上豊光上飛曹、三番機・橋本二飛曹、
四番機・中村さんとなった。
六時五十五分、ブイン基地着。燃料補給、午前九時、指揮所前に全搭乗員が集合。
二十六航戦司令官・上阪《こうさか》香苗《かなえ》少将、五八二空司令・山本栄大佐、そして空中総指揮
官・進藤三郎少佐の訓示ののち、搭乗員は各々の乗機に向かう。
午前十時、五八二空の零戦十八機、九九艦爆二十四機、二五一空の零戦八機ととも
にブイン基地を出撃。艦爆にはそれぞれ、二百五十キロ爆弾一発と六十キロ爆弾二発
が搭載されている。
十時五分、ブカ基地から飛来した大野竹好《たけよし》中尉率いる二五一空の零戦二十二機とブ
イン上空で合同し、零戦七十二機、艦爆二十四機の大編隊は、空を圧して一路、東南
方面に向かって飛んでいった。
ルンガ泊地はガダルカナル島の北西端に位置している。そこへ、南西から島を横切
る形で突撃するのが日本側の計画である。
艦爆隊を中心に、その左右と後方にほぼ同数の零戦が掩護する形で飛ぶこと一時間
四十分。

「戦闘機と艦爆、合わせて百機近くいるんだから、これは素晴らしい、と機嫌よく飛び続けました」

と、中村さんは回想する。

「敵は地上からもの凄い対空砲火を撃ち上げてきましたが、爆撃態勢に入るまでは絶対に艦爆から離れられません。戦闘機の方がスピードが速いから、つんのめらないよう、二番機の辻野上上飛曹機と互いにジグザグに交差しながらバリカン運動のように飛んで行きました。ようやくルンガ泊地が見えてきて、艦爆隊が攻撃隊形に入ったところで、我々はかねてからの打ち合わせ通り、ぐんぐんと前に出て、爆撃を終えた艦爆の前路の掃討に向かいました。

スピードを上げて高度六千メートルから緩降下、おそらく四千メートルぐらいになったとき、左下方からカーチスP－40が向かってくるのが見えた。そのときはまだ距離は遠いし、敵機が射撃するには無理な姿勢だと判断しました。まだ、かわしたり反撃するには早いと。

ところがその、遠くから撃ったやつが命中したんだから運が悪かった。

撃ってくるのも、弾丸が命中するのもわかります。とにかく、あっという間に左下から撃たれて、左翼の燃料タンク、このとき私は零戦二二型に乗っていたんですが、二つあるタンクのうちの外側に被弾して、燃料を噴き出しました。

　これではもう、味方について行けん、と、エンジンの排気炎が引火しないよう、ガソリンが外に流れるように機体を横すべりさせながら、高度を下げていきました。

　低空を這《は》うように飛ばないと敵機にやられるから、高度を目いっぱい下げて、それでまず燃料タンクを切り替えようと燃料コックの把柄《はへい》を操作したら、血がダラーッと流れた。全然、痛いとも痒《かゆ》いとも感じなかったから気がつきませんでしたが、自分の体に目をやると、胸、顔、手とやられて、血が噴き出してるんです。

　あ、やられた！　と思ってふと見ると、右横に宮野大尉機がついていました。ええ、隊長機は胴体日の丸の後ろに、黄線二本の指揮官標識をつけているから一目でわかります。隊長機は翼端を切った形の三二型でした。

　宮野大尉は手信号で、燃料だけでなく潤滑油も漏れてるぞ、コロンバンガラ島の不時着場に向かえ、と。どんな手信号かと言うと、燃料関係は口を開けて指さす仕草、潤滑油は手の指をこすり合わせる仕草、コロンバンガラ島は、上空から見るとまん丸に見えるから指で丸く円を描く仕草、それを続けてやるんです。当時の零戦は無線の雑音がひどく、ラバウルの部隊では機体を少しでも軽くしようと無線機も降ろしていましたからね。

隊長、こんなところまで付いてきてくれたのか、大丈夫かな、と思いながらも右手を上げて了解の合図をして、また燃料コックの操作をしてコロンバンガラ島に針路をとり、もう一度振り返ったら、そのときにはもう、隊長機はいませんでした。まだ空戦は始まったばかりだし、宮野大尉のことだから、おそらく空戦場に戻ったと思うんですよ。八木隆次二飛曹がそのあと、乱戦のなかで二度、隊長機を見たそうですが」

中村さんは出血がひどく、マフラーを切って腕を縛ってみたが、片手ではうまくいかず、血は流れ続けた。

敵弾は、操縦席左下前方にある脚出し確認ランプの真ん中で炸裂《さくれつ》し、無数の弾片が体に食い込んでいたのである。機体には八発の敵弾が命中していた。エンジンも濛々《もうもう》と煙を吐き、焼きつく寸前であった。

「ようやくコロンバンガラ島上空にたどり着いて、着陸しようと脚を出しても、ランプが破壊されているから確認できない。ぐっと空気抵抗を感じたから、出たとは思いましたが、パンクしているかもしれん。で、着陸した時ひっくり返ってもいいように座席をいちばん下まで下げて、そのままなんとか、うまく着陸できました。

整備員が誘導してくれるのは見えましたが、出血のせいか意識が朦朧《もうろう》として、すぐに行き足が止まってしまい、私は立ち上がることもできませんでした。そしたら、これは搭乗員がやられとると、整備員たちがトラックでやって来て、私を飛行機からひっぱり出して戸板に乗せて、荷台に上げて運んでくれたんです。ちょうどその時、艦爆が一機、不時着してきましたが、後席の偵察員が立ち上がって、私の方に敬礼してる。それが、目迎目送《もくげいもくそう》といって死者に対する敬礼だったから、俺はもう駄目かも知れないと思いましたね……」

コロンバンガラ島では、海軍横須賀鎮守府第七特別陸戦隊の約千五百名が、陸軍第六師団歩兵第十三聯隊《れんたい》の千六百名とともに、島の守備にあたっている。別に、設営隊千八百名とガ島の撤収帰りの陸軍部隊の一部などもいて、総勢約五千名で、南の最前線の島を担っていた。

中村さんは、看護兵による応急手当てを受け、飛行場から二キロ離れたジャングルのなかにある病室に運び込まれた。そこには、やはり空戦中に被弾して、左手の指を一本失った坂野隆雄二飛曹もいた。島に軍医は四名いたが、中村さんを診てくれた軍医の名前はわからない。

「島の守備隊もいたんでしょうが、空襲を避けて息をひそめるようにしてるから、私にはどれぐらいの兵力がいるのか見当もつかなかったですね。軍医は、私の見た範囲では一人だけ、若い軍医少尉でした。病室ったってなにもないから、目で見える範囲で弾片を取り出して、ピンセットで血管をつまんで止血して、あとはヨーチン塗って包帯を巻いて終わりです。麻酔もないのに、そのときは痛いともなんとも感じませんでした」

ここで中村さんは、約二十日間の入院を余儀なくされた。

「気持ちが落ち着いてくると、ようやく激しい痛みを感じました。やっとなんとか飛行機に乗れるようになって、そろそろ帰ろうと坂野機と二機で掩体壕《えんたいごう》から出して、地上滑走をしてブレーキのテストをやりました。そのまま飛んで帰ったら三十分でブインまで帰れたんですよ。だけども、そこで軍医少尉から『待て』がかかったんです」

送別会をしてやるからもう一泊していけ、と軍医に言われ、ふたたび飛行機を掩体壕に戻す。しかし、当時の連合軍の諜報網には恐るべきものがあり、この日、コロンバンガラ島に二機の零戦があることは、おそらく現地人を通じて敵の知るところとなった。その晩、コロンバンガラ不時着場は執拗《しつよう》な敵の夜間爆撃を受け、ついに零戦は二機とも炎上してしまった。

「それで帰るに帰れなくなって、さらに一週間ばかりそこにいましたが、コロンバンガラにも敵が上陸してくるかもしれないし、いつまでもそのままってわけにはいかない。これは船で帰るより仕方がない、と、たまたま島に立ち寄った十トンか二十トンぐらいの小船に便乗して、昼は島陰に隠れて夜だけ航走、それで二日がかりでブインに着きました」

しかしそこで、中村さんは、六月十六日、宮野大尉が、山本長官機護衛の指揮官を務めた森崎武予備中尉らとともに未帰還になったことを知る。

「びっくりしました。まさか隊長がやられるなんて、思いもしないですから。ショックでしたね……。列機として、ほんとうに責任を感じましたよ。

あとから何人もの指揮官についたけど、宮野大尉の右に出る人はいなかった。ラバウルで、半袖の防暑服、半ズボンにカンカン帽、茶色のハイソックス、足元は飛行靴や白の革靴、革のサンダルなど、そんな一風変わったええ格好で指揮所にいたスマートな姿が思い出されます」

宮野大尉を失った二〇四空は、一時期、士官搭乗員が皆無となり、二十三歳の下士官・渡辺秀夫《わたなべひでお》上飛曹が飛行隊の指揮をとるなどして戦い続けた。七月以降も士官搭乗員が何名も着任したが消耗が激しく、ソロモンの海と空はまさに「搭乗員の墓場」となっていった。

「負傷して、体に力が入らなくなり、片目の視力も悪くなったりして、杉本司令からは、『内地に帰してやる。もう戦闘機はあきらめて大型機にまわったらどうか』と言われました。普通ならあのとき、胸を張って日本に帰ることもできたんですよ。しかし私は、包帯から膿《うみ》がジクジク沁《し》み出したりしてるのに、戦闘機から変わりたくない一心で、『いや、なんともありません。帰してもらわなくて結構です』と頑張り続けました。いま考えると真面目というか、純情でしたねえ。ラバウルに進出した当時は、なかなか実戦に出してもらえず、出撃したくてしょうがなかったのに、この頃になるともう、逃げようがない。ひどいときは邀撃戦で一日五回も八回も飛ぶことさえありました。栄養剤を注射しながら上がるようになると、さすがにうんざりすることもありましたね」

戦死した宮野大尉の後任の飛行隊長には、七月、進藤三郎少佐が、五八二空飛行隊長から横すべりで転任してきた。進藤少佐は、海軍兵学校では宮野大尉より五期も古く、下士官兵と交わることもないので、若い搭乗員には近寄りがたく感じられた。進藤少佐の二〇四空での出撃記録は、輸送機の直掩が二度のみである。さらに九月、進藤少佐が第二航空戦隊司令部に転出すると、代わって岡嶋清熊《きよくま》大尉が短期間、飛行隊長を務め（出撃記録一回）、続いて倉兼義男大尉が着任する。

「その倉兼大尉がね……。かつてはいい指揮官だったと言う人もいますが、一度着陸事故で瀕死の重傷を負って、それから人が変わったのかもしれません。ひと言で言って、宮野大尉とは正反対の隊長でした。とにかく、出撃する気がまるでないんだから。日付の記憶は定かではありませんが、敵上陸用舟艇の銃撃にめずらしく隊長が出撃することになり、『敵地上空だから落下傘バンドはつけずに行け』と言うんです。敵地で落下傘降下したら捕虜になるからということですが、それで搭乗員がみんな落下傘バンドをつけずに零戦に乗り込んで、いざ出撃、というときに隊長機を見たら、なんと一人だけバンドをつけてるんですよ。整備員に命じて操縦席に積んでおいて、乗るときにつけたんですかね。それで、なんだこの野郎、と。自分一人助かるつもりの指揮官に、部下はついていきませんね」

防衛省防衛研究所所蔵の「二〇四空飛行機隊戦闘行動調書」に、倉兼大尉が戦闘の指揮をとった記録はない。だが、倉兼大尉が出撃のとき、部下に禁じた落下傘バンドを自分一人だけつけていたということは、同じく二〇四空の生き残りである大原亮治さんも記憶しているから、記録の不備か、あるいは出撃直前に指揮官機が発進を取りやめた可能性もある。

「搭乗員の消耗も激しくなり、若い海軍兵学校出の士官や、予備士官の中尉、少尉が何人も着任してくるけど、来てすぐに、記憶に残る暇もなく戦死する人が多かった。ほとんどは飛行学生を出たばかりの初心者で、実戦経験がないのに階級が上だから指揮官になってしまう。

敵機の発見も遅い、接敵行動も緩慢、こんなのについていったら殺されると、大きな声では言えませんが、空戦が始まるときに列機がパッと左右に離れて、指揮官が単機で敵編隊に突っ込む形になったこともありました。彼は命からがら還《かえ》ってきて、私らに、『おお、お前たち、無事だったか！　誰も姿が見えなくなったから心配したぞ』と涙ぐんで言う。それで、悪いことしたかな、とみんなで顔を見合わせたこともありましたね」

被弾し落下傘降下。フカ（鮫《さめ》）の海、ワニの川を抜け、ひと月がかりで生還

十月二十日、東部ニューギニア・クレチン岬に敵が上陸したとの報に、磯崎千利《ちとし》少尉率いる二〇四空の零戦十六機は、敵上陸用舟艇銃撃のためラバウル基地を飛び立った。中村さんは、第二小隊長・片山傳少尉の二番機である。ちなみに、同じ少尉でも、磯崎少尉は兵から叩き上げた特務士官で、昭和八年に操練十九期を卒業、すでに十年を超える操縦経験と豊富な戦歴をもつ大ベテランだったのに対し、片山少尉は、昭和十七年一月に海軍に入り、十八年三月末日に実用機教程を卒《お》えてまだ半年の若い予備士官だった。

「行ってみると、海面には敵の上陸用舟艇がうようよといました。上空に敵機は一機もいないし、下からもほとんど対空砲火を撃ち上げてこない。それで、海面すれすれの超低空まで舞い降りて、海から陸地の方へ向かいながら銃撃しました。陸地の上空まで行くと地上の陣地から撃たれるから、海岸線近くで垂直旋回を打って避退して、二撃か三撃。面白いように銃撃を繰り返しましたね。

そしてその帰り、高度五千メートルぐらいでしたが、我々よりちょっと上空を、コンソリデーテッドPB2Y、四発の大型飛行艇ね、あれが反航してくるのが見えました。それで、敵発見の合図に七ミリ七（七・七ミリ機銃）を撃って片山少尉に知らせるけど、彼はまだ経験が浅いせいか、キョロキョロするばかりで敵機がどこにいるのかわからない。それで、手信号で『お前、行け！』と言うから、編隊の前に出てバンク、『我《われ》誘導ス』の合図をして接敵、前下方から一撃をかけました。

いいところに命中してるのは見えたんですが、敵発見の伝達に手間どったために私の機のスピードが十分についてなく、撃ってから下方に避退するときの動きにキレがなかった。フワーッという感じになってしまって、そこを撃たれたんです。操縦席前の胴体燃料タンクに被弾して、バアッと火が出た。目の前が一面炎ですよ。ワーッ熱い！ と思って何秒経ったか、気がついたら落下傘にぶら下がっていたんです。どうやって脱出したのか、全然記憶にありません。落下傘が開くと同時に、敵機の方からバラバラと機銃を撃ってきました。後続の味方機が攻撃に入るとやみましたが、相当撃たれましたね。身を縮めて降下していきました」

中村さんが落下傘降下した場所は、ニューギニア本島から十五浬《カイリ》（約二十八キロ）沖合の海上であった。

「海面に着くと、磯崎少尉機が上空を旋回していて、私はそれに向かって手を振りました。その日はいい天気で、海はベタ凪《な》ぎでした。確認してくれたから、これは夕方には助けに来てくれるわい、と、水中で邪魔な飛行靴を脱ぎ捨てて、フカよけにマフラーを足に結んで垂らしました。ところが、味方機は夕方になっても来てくれない。あとで聞いたら、ちょうど水上機が全部、出払ってたらしいですが。とにかく、ライフジャケットで浮いてはいるけど、私は山育ちなもんで泳ぎができない。それでもはじめは、手足をバタバタさせて一生懸命前に進もうとしましたが、疲れてしまって、あとはただ浮いていました。

夜半になると、私のすぐそばを、人の何倍もある大きな魚がバシャバシャ跳ねて泳いでいるのが、下弦の月の月明かりで見えました。あのへんは世界一フカ（鱶＝鮫《さめ》）の多いところだと聞かされていましたから、たぶんフカだったと思いますよ」

フカに身体を食いちぎられることを想像し、もう駄目だと観念した中村さんは、自決用に身につけていた十四年式拳銃をとり出し、夜空に向けて一発、試射してみた。すると、轟音《ごうおん》とともに銃口から一メートル以上にもなる炎が出るのが、暗闇のなかにはっきり見え、そしてまた、もとの静寂に戻った。

「やっぱりまだ子供だったんですね。いやー、これは、と恐ろしくなって、しまっとけ、と、また拳銃を元に戻しました。

それからまた、必死で水を掻《か》いて少しでも陸地に近づこうと試みました。でも、二十キロ以上も沖に降りたんだから、海岸に着くはずがありません。

やっぱり駄目だ、と思って、こんどこそ、と拳銃を頭にあてました。なんとも思わないもんですよ。悲しくもなければ何でもない。失敗したな、これまでの命だ、と思っただけで。それで、引き金を引いたけれど、カチッ、弾丸《たま》が出ない。いろいろ試してみたけど、とうとう出ませんでした。最初の一発は薬室に装塡《そうてん》された状態なので発射されましたが、弾倉に残る八発は、長時間海水に浸《つ》かって、バネが錆《さ》びついて装塡されなかったのかもしれません」

いつの間にか眠っていた。気がつくと朝になっていた。

「泳げなかったのが幸いして、体力が残っていたんでしょう。気がつくと、すぐ近くに陸地が見える。夜のうちに風向きが変わって、陸地の方に吹き流されたみたいです。助かった！　と思いました。

三十分も泳げば着くかと思い、また手足をバタバタさせてみたけど、そのときはまた、潮の流れが違っていたのかなかなか進まず、朝の九時頃泳ぎはじめて、岸に着いたのはもう日の暮れる頃でした。太陽はじりじりと照りつけるし、喉は渇くし、大変でしたよ。海の上で周りはみんな水なのに、それが飲めない、飲んでも渇きが癒《い》やされないのはつらいもんです。その間、敵の飛行機が頭上にやって来て、おそらく私の降下地点を捜索してたんでしょう、旋回するのが見えたので、あわてて、フカよけに垂らしたマフラーをたぐり寄せ、見つからないようにじっとしていました。幸い、しばらく旋回して行ってしまいましたが。

結局、三十時間近い漂流でした。ライフジャケットはその間、浮力の変化は感じなかったですね」

海岸にたどり着いた中村さんは、疲れ果ててそのまま樹の下で泥のように眠ってしまった。それから八日間、一人ぼっちの放浪が始まる。

「ニューギニアでは、ラバウルあたりとちがって、現地人が友好的ではないし、ところどころに敵の見張所があって、捕まったら終わりです。

飛行服は海岸に埋めて、裸になって防暑服を腰に巻き、カモフラージュに顔に泥を塗って、見当をつけた方向へ歩き始めました。靴がないので、足が痛くて仕方がない。マフラーを裂いてそれを足に巻き、なるべく痛くないように工夫しました。

でも、一日に歩けた距離はせいぜい五、六キロだと思いますよ。体はいかれてるし、肩の骨は折れてるし、顔は大やけどしてるし。疲れたら、木陰で休み休みしながら、歩き続けました」

このときの漂流、放浪が、中村さんにとって、戦争中のいちばん思い出深い出来事だったのだろう。口調はだんだん熱を帯びてきて、私はただ、固唾《かたず》をのむ思いで聴き入るばかりだった。

「腹が減って、なにか食うものはないかな、と、川べりに生えてる草をかじってみたら、これが甘い。野生の砂糖黍《さとうきび》だったんです。これには助かりました。

あとは、現地人が野菜を作った跡なのか、トマトやトウガラシが野生化して、びっしりと実をつけているんです。それから地面に落ちた椰子の実とか、自生している芋《いも》とか。そんなわけで、食糧がなんとか調達できたのは大きかったですね。

歩き始めて三日めぐらいだったか、顔がかゆくて、川に映して見てみたら、なにか白いものがいっぱいついてる。手でこすってみたら、蛆《うじ》がボロボロ落ちてきました。このあたりはハエがすごくて、昼寝をしていてもワンワンたかってくるんだから。それで、傷口に卵を産みつけたんでしょう。これはいかん、と思って、あわてて顔を洗って、泥を塗り込んで、それからはマメに手入れをするようになりました。

やはり三日めぐらいの晩、海岸に近い、誰もいない小屋にもぐり込んで泊まりました。部屋の隅でぐっすり眠っていると、ふと気配を感じて目が覚めました。外から何か音が聞こえる。ボートのエンジン音です。しばらくすると、海岸にボートをとめて、人が二人ぐらい、小屋に入ってきた。もちろん、敵兵ですよ。

もう遅い、これは捕まるかな、と観念しました。抵抗したり、自決するほどの体力も残ってない。息をころしてじっとしていると、敵兵たちは小屋のなかを探すでもなく、二言、三言なにかを話すと、それからまた出ていったんです。

彼らが外に出てからも、話し声が聞こえました。ボートまで四十〜五十メートルだったと思いますが、そこからも声が聞えてくる。

すると、彼らのうちの誰かが、突然、空に向かって機銃をババーッと撃ちまくった。日本兵がどこかに潜んでいたら出てくるとでも思ったんでしょうが。

夜が明けて、それからずっと歩いていくと、川がありました。幅が二十〜三十メートル、わりと浅くて歩いても渡れそうに思えました。

見つからないようにと草むらの見通しの悪いところを選んで渡ろうとしたら、目の前で大きなワニがポコッと頭を上げた。びっくりしましたね。これはいかん、と上流に向かって歩いてゆくと、現地人の家が二、三軒あって、水辺にカヌーが浮かべてある。草の間に隠れて様子をうかがうと、家のなかには人の気配がありました。

そこで、カヌーを貸してくれと言うわけにもいかんから、かっぱらう機会を待ちました。しかし、夜になってしまうと対岸まで渡る自信がないので、意を決してそっとカヌーに近づき、飛び乗って、対岸めざして漕ぎだしました。すると、川の中ほどまで来たときに気づかれて、現地人が出てきてワーワー言ってる。なにか言いながら手を上げているからこっちも手を上げたら、二人が別のカヌーに乗って追いかけてきました。必死で漕いで対岸まで渡りきり、カヌーをポーンと離したら、彼らはそちらの方へ行って、もう追ってきませんでした。別の部族かなにかがカヌーを盗みにきたとでも思ったんでしょう。

その後も海岸線を歩き続け、途中、日本陸軍の不時着機を見つけてそのなかで一夜を過ごしたりしながら、ようやく八日めに陸軍部隊と遭うことができたんです。

小屋から声が聞こえるから、敵かと思ってしばらくジャングルに潜んで見ていました。味方のような気もするし……と、小屋の外に立てかけてある小銃の上に載せられた鉄かぶとの星のマークに気がついて、これは日本の陸軍だと。

それで、オーイと声をかけたら、兵隊が鉄砲を構えて出てきましたね。味方だ、日本の海軍だ、と言うと、そうかそれは、と、飯盒《はんごう》でお粥《かゆ》を炊いてくれて、傷の手当てもしてくれました。この陸軍部隊は、准尉が指揮官で、前線の傷病兵を交代させるための部隊だということでした」

中村さんは、その後は陸軍部隊とともに、さらに十日間以上にわたって歩き続け、ようやく、陸海軍部隊が集結しているフィンシュハーフェンにたどり着いた。そしてここで海軍陸戦隊に引き渡され、ちょうどその日の夜、補給のために来た潜水艦に便乗してラバウルへ帰れることになった。

「潜水艦に乗ったら、海兵団で同じ分隊だった同年兵の渡辺という男がいて、奇遇に驚きました。おかげで、彼のベッドを使わせてもらえて、ずいぶん助かりました。しかし、帰る途中に突然、攻撃命令が出て、ガダルカナル方面に出動することになったと聞かされました。渡辺が、『あーあ、これはもう終わりだ。帰れんぞ』と言ってましたが、幸い、途中で中止になったらしく、助かりました」

中村さんは、この潜水艦を「伊号第十七潜水艦」と記憶しているが、伊十七潜はこれより前、昭和十八（一九四三）年八月十九日にニューカレドニア・ヌメア沖で沈没しており、別の潜水艦であったことは間違いない。日本海軍の潜水艦の全戦歴、戦没者を網羅した『日本海軍潜水艦史』（私家版）によると、当時、ラバウル、ニューギニア方面の輸送任務に就いていた潜水艦のなかで、中村さんの同年兵とおぼしき渡辺姓の乗組員の名があるのは伊号第六潜水艦のみである。

ともあれ、中村さんを乗せた潜水艦は、道中、敵駆逐艦による爆雷攻撃を受けながらも、数日後にはラバウルに入港した。落下傘降下から一ヵ月近くが経過していた。

ときすでに昭和十八年十一月半ば。六空ラバウル進出以来の生き残り、大正谷宗《おおじょうだにむね》市《いち》上飛曹、大原亮治一飛曹、坂野隆雄一飛曹の三名は、中村さんが海を漂流していた十月下旬、内地転勤の内示を受け、放浪中の十一月上旬には輸送機でラバウルを発っている。中村さん（十一月一日、一飛曹に進級）は、期せずして、二〇四空でいちばん古くからいる搭乗員になってしまった。

「陸戦隊で打ってもらった電報が届いておらず、私はとっくに戦死したことになっていました。のちに日本へ帰るときに司令・柴田武雄中佐が言ってましたが、実は大原たちと一緒に転勤命令が来ていたんだと。ところが、行方不明、戦死認定になってしまっていたので、それを取り消す手続きをする間、残されたということだそうです」

中村さんはその後も連日の邀撃戦に参加、昭和十八年十二月二十七日には、ラバウル上空でF４Uコルセア戦闘機一機を撃墜している。

「うまい具合に、敵機に気づかれないまま追尾できて、うんと近づいて射撃、あやうく追突しそうなところで左にかわすと、その瞬間、そいつはバアッと火を噴きました。しかしそのとき、驚いて振り返った相手のパイロットの顔を、間近ではっきりと見たんです。

めったにないことだけど、自分が撃った相手の顔を見るのは嫌な気持ちでしたね。戦後も、あの恐怖に引きつった顔を夢にまで見ましたよ。あれはいまでも忘れられません」

中村さんに、ようやく内地への転勤が発令されたのは、昭和十九（一九四四）年一月のことだった。新たな任地は、厚木海軍航空隊である。ラバウルに進出してから一年四ヵ月、被弾、重傷を負うこと二度。その間、一緒にラバウルに来た仲間の搭乗員は四分の三が戦死、生き残った者も、中村さん以外の全員が、すでに他の部隊へ転勤していた。ラバウルで生き残った者も、半数以上が硫黄島やフィリピン、沖縄、本土上空の空戦で戦死していて、生きて終戦を迎えたのは、率にしてわずか十二パーセントにすぎない。

勝てない戦争だとは思っていたが、最期まで生き残って見届けたかった

厚木空は、基地航空隊の戦闘機搭乗員の最後の仕上げを行う練習航空隊で、飛行隊長はかつて一時期、二〇四空飛行隊長をつとめた岡嶋清熊大尉。教官にはラバウルで活躍した鴛淵《おしぶち》孝大尉、林喜重《よししげ》中尉、飛行時間二千八百時間を超える予科練一期出身の大ベテラン・安部安次郎《あべやすじろう》中尉ら錚々《そうそう》たる顔ぶれが揃《そろ》い、なかにはラバウルで中村さんの小隊長だった尾関行治飛曹長もいた。

ここでは主に、海軍兵学校七十一期、七十二期出身の飛行学生を受け持ち、教員生活が始まったが、ほどなく厚木空は外戦部隊に編成替えになり、第二〇三《ふたまるさん》海軍航空隊

として北千島に移動することとなる。

「私は、海軍に入ってからは一度も家に帰ったことはないもんで、移動中に家にも寄れるかと楽しみにしてたんですが、なぜか北千島行きのメンバーから外されてしまいました。

結局、なにが運がいいのか悪いのかわかりませんが、二〇三空は北千島からさらにフィリピンに移動して、この年の秋には全滅してるんですからね。尾関行治飛曹長もそこで戦死しています。尾関さんなんて、間違っても敵機に墜とされるような人ではなかったのに」

尾関飛曹長（戦死後少尉）は操縦練習生三十二期出身、昭和十一年から八年におよぶ戦闘機の操縦経験があり、同期生の武藤金義《かねよし》少尉（戦死後中尉）とともに、海軍の至宝とも言うべき戦闘機搭乗員の一人であった。支那事変当時、直属の分隊長だった志賀淑雄《よしお》さんのアルバムに貼られた尾関飛曹長の写真には、

〈上海事変、支那事変、大東亜戦争において、比島上空で未帰還となるまで、烈々《れつれつ》たる闘志と非常なる技倆《ぎりょう》を以て、撃墜に撃墜を重ねた男。典型的な戦闘機乗りなりき〉

とのコメントがつけられている。

二〇三空の北千島行きからはずれた中村さんは、横須賀基地で編成中の第三〇二《さんまるふた》海軍航空隊に転勤を命ぜられた。

三〇二空は司令・小園安名《こぞのやすな》中佐（のち大佐）、厚木基地に本拠を置き、帝都防空部隊としての任務を帯びていた。小園中佐は、海軍戦闘機隊草創期の搭乗員で、台南海軍航空隊副長として開戦劈頭《へきとう》のフィリピン空襲、蘭印（現・インドネシア）攻略、ラバウル航空戦の立て役者の一人となり、昭和十八（一九四三）年には台南空が改称された第二五一海軍航空隊司令となって、ふたたびラバウルで航空戦の指揮を執っている。その間、撃墜困難な敵大型爆撃機との戦闘用に、通常は機体の進行方向に装備される機銃を斜めに向けて装着、敵機と同航しつつ腹の下から撃ち上げる「斜銃《しゃじゅう》」を考案、それを搭載した双発の夜間戦闘機「月光」で大きな戦果を挙げたことでも知られる。

「小園司令は、とても純粋ないい人。でも、真っすぐすぎて、こうと決めたら人の言うことなど絶対に聞かない。なんでもかんでも、零戦や局地戦闘機の『雷電』にまで斜銃をつけろと言うのには困りましたね。それだけ機体が重くなるし、夜間戦闘機なら闇にまぎれて敵機の下にもぐり込めるんでしょうが、昼間の空戦ではそうもいかないですから。

昭和十九（一九四四）年十一月頃、『雷電』の胴体側面、左斜め上四十五度に二十ミリ機銃をとりつけて、実験を兼ねて邀撃に上がったことがありました。この頃には本土上空にもボーイングB－29が来るようになってたから、斜銃をつけた『雷電』二機で、馬場武彦飛曹長と一緒に行くことになったんです。

飛んでるB－29に狙いを定めて撃ってみるんだけども、斜銃用の照準器というのはなくて腰だめで撃つようなもんですから、どうも命中している気配がない。それで、じわじわと近づいていったら、カーン、と敵弾が命中しました。あわてて基地に帰って見ると、被弾したのは斜銃の丸弾倉から十センチも離れてないところで、ヒヤッとしました。弾倉に敵弾を食らったら、爆発して木《こ》っ端《ぱ》みじんですからね」

中村さんは「雷電」のことを「むずかしい飛行機だった」と回想するが、昭和十九年十二月三日には、その「雷電」を駆って、銚子上空を単機で飛んでいた手負いのB－29に対し直上方から攻撃をかけ、これを撃墜している。

そして、昭和二十（一九四五）年の元日を厚木基地で迎え、すぐにこんどは第三四三海軍航空隊に転勤を命ぜられ、愛媛県の松山基地に着任した。

三四三空は、本土上空に押し寄せる敵戦闘機を掃討して制空権を確保すべく、新鋭の局地戦闘機「紫電改《しでんかい》」を主力として編成され、司令は源田實《みのる》大佐。源田大佐は、海軍戦闘機隊の草創期に日本初の編隊アクロバット飛行チーム「源田サーカス」を率いたことで知られ、第一航空艦隊航空参謀として真珠湾攻撃に参画。ミッドウェー海戦での手痛い失敗はあったが、その後も大本営参謀などの要職を歴任した。中村さんは期せずして、二〇四空の柴田武雄、三〇二空の小園安名、三四三空の源田實という、戦闘機出身の三大名物司令に仕えることとなった。

三四三空は「剣《つるぎ》部隊」と号し、実戦部隊の戦闘第三〇一（通称・新選組。飛行隊長・菅野直《かんのなおし》大尉）、四〇七（天誅《てんちゅう》組・林喜重大尉）、七〇一（維新隊・鴛淵孝大尉）の各飛行隊に加え、補充搭乗員の錬成部隊として戦闘第四〇一飛行隊（極天隊）を持っていた。

中村さんはこの戦闘四〇一の先任搭乗員として、他機種からの転科者などを訓練する役目が与えられた。

「三四三空では、私は訓練だけで空戦はなし。二十年の七月末まで松山基地にいて、長崎県の大村基地に展開していた戦闘第七〇一飛行隊に異動しました。戦闘七〇一は、七月二十四日、豊後水道上空の空戦で飛行隊長・鴛淵大尉が戦死、飛行隊長は空席のままで、もう末期的な状態でしたね。

とにかく燃料がないから、敵機の邀撃も一日おきと決められ、休みの日は、たとえ空襲があっても飛ばない。八月九日も休養日でした。搭乗員全員がトラックに乗って、いまでいうハイキングですね、基地の裏山に登ることになりました。途中、店屋があって、アイスキャンデーを食べに入ったところでドカン、とものすごい衝撃があり、店のガラスが割れました。驚いて外に出てみると、長崎の方向、青空に白いキノコ雲がもくもくと上がっているのが見えた。広島の『新型爆弾』のことは聞かされていましたが、そのときは、これが原子爆弾とは知る由もありませんでした」

八月十五日、三四三空の搭乗員は総員で飛行場に整列、戦争終結を告げる天皇の玉音放送を聴く。しかし、中村さんは放送の意味がすぐにはわからず、また、厚木の三〇二空は徹底抗戦の構えだという話も聞こえてきて、ただちに戦争が終わるとは思わなかったという。

「八月十七日でしたか、源田司令が横須賀に飛んだときも、搭乗員はみな、『源田司令は厚木で、小園司令と抗戦の打ち合わせをしている』と噂していました。十九日、司令が大村に帰ってきて、すぐに総員を集め、『戦争は終わりだ』と訓示をされた。君たちには休暇を与えるから解散、と。

やはり、いつかはこうなる、勝てない戦争だとは以前から思っていましたね。ラバウルから後退に後退を重ねて、本土上空でもやられっぱなしでしょう。勝てるはずがない。だから、俺は死なないよ、日本がどうなるか、後までちゃんと見届けてやる、と、そういう話を仲間うちではしていました。

……これはしようがない、先のことはわからないが、負けは負けだ、そんな気持ちだったと思います」

いまやベテランの域に達し、押しも押されもせぬ歴戦の戦闘機乗りだったが、中村さんはまだ満二十二歳だった。

大正に生まれ、激動の昭和を生き抜いた誠実な庶民の歴史そのもののような人生

戦争が終わったとはいえ、鉄道は復員者でごった返していて、郷里の北海道に帰るのも容易ではない。中村さんは、九州の戦友の家を転々としたのち、十月に一度、帰隊命令を受け、大村基地で残務整理をして、ようやく北海道に帰ることができた。海軍に入って以来、五年半ぶりの帰郷だった。

「生家は農家でしたが、その頃は澱粉《でんぷん》工場も営んでいて、私はとりあえず、その工場

を手伝うことになりました。全国的に食糧難の時代、北海道の食糧事情はさらに悪く、米の飯などとても食べられませんでしたね。結婚したのは昭和二十四（一九四九）年、二十六歳のときです。昭和二十八（一九五三）年、独立して木材の会社を始めました。

仕事は造材請負。それから四十年間、ずっとこれ一本でやってきました。木材の仕事は戦闘機と同じで、やっぱり馬力。粘りと度胸がいるんです。人を使うことは、海軍での経験が生きましたね。

山の上まで何百メートルも機械を上げていって作業するんですから、造材というのは危険がともなう仕事です。私も、若い頃は現場に出ずっぱりで陣頭指揮をとっていました。

夏に作業すると土を傷めて、まあ自然破壊になってしまうもので、主に冬に作業をすることになります。

林道のあるところはいいんですが、そうでないところは雪の上に水をかけたり、踏み固めたりして凍らせた上にトラックを引っぱり上げて、木《き》を伐り出して、枝払い、玉切りをして、トラックに積んで一定の場所まで運んで、百石《こく》いくら、という請負です。だから、勝負は一年のうち、冬の五十～六十日しかない。一発勝負ですね。

山のなかで、ヒグマに出くわしたことも何度かあります。めったにないけど、それでも四十年に四、五回は、すぐ近くで大きな熊に遭いました。

怖がらせたり、逃げたりすると、じっと目を睨むにらんです。するとそのうち、いなくなります。しかしこれは、グラマンより怖いですよ。

思えば、落下傘降下したときもフカだのワニだのに襲われそうになって、戦後はヒグマですから、動物に縁があったんですな……。

飛行機には、そりゃあもう一度飛べたら飛びたかったけど、戦後は仕事に精一杯で、自衛隊に入ってまで飛ぼうとは思わなかった。そんな余裕はなかったですね」

戦後、刊行された、戦闘機乗りを撃墜機数でランキングする本で、中村さんは「撃墜機数九機のエース」と紹介されている。そのことを中村さんに尋ねると、

「エース列伝とかいうやつですね。私のところには取材にも来てません。撃墜九機……そんなもんじゃなかったと思うんだけども、まあ、負けた戦争でいまさら自分から訂正しても仕方がない。ラブウルに長くいて内地に帰った、大原（亮治）にしても坂野（隆雄・硫黄島で戦死）、大正谷（宗市・本土上空で事故死）さんにしても、私にしても、自分では三十数機は墜としたと思っていたんじゃないですか。協同撃墜も

入るかもしれませんが……。それに、一人一人の戦果は編隊戦果の一部だという考え方でしたから、当時の海軍ではエースなんて言葉は使わなかったですよ。ゲームやスポーツみたいに個人の数字を競うもんじゃなく、国の命運を担って、勝つか負けるか、生きるか死ぬかの戦いですからね。欧米では、五機以上撃墜した戦闘機乗りはエースと呼ばれるそうですが、我々とは関係のないことです」

という答えが返ってきた。実際に、「二〇四空戦闘行動調書」で確認できる限りの中村さんの戦果は、撃墜八機、不確実、協同撃墜各一機で、欧米流に不確実と協同を合わせて一機と捉《とら》えれば九機になる。しかし、「戦闘行動調書」には単機ごとの戦果が記載されている戦闘の方が少なく、部隊により、時期により、その記載方法はまちまちである。たとえば中村さんの初戦果である昭和十八年一月十九日のグラマンF4F撃墜も、その日の記録では、部隊として二機撃墜としか記されていない。しかも、中村さんの「九機」のなかには、三〇二空時代、「雷電」を駆って銚子上空で撃墜したB－29のことは勘定に入っておらず、これらのデータをもって、戦死者も合わせた戦闘機乗りをランク付けするのは、不謹慎な上にやや杜撰《ずさん》にすぎると言えるだろう。

インタビューの晩、私は中村さん方の、二階の客間に布団を敷いてもらい、そこで一夜を過ごした。中村さんは戦後、戦友会以外でこんな話をするのははじめてだったと言う。この日のインタビューテープは、のべ九時間におよんでいた。しかも、話の中身がおそろしく濃く、メモを読み返し、中村さんの言葉を反芻《はんすう》しながら、私はまんじりともせずに朝を迎えた。

朝食を一緒にとりながら、中村さんは、

「昨日はいろいろ思い出して、興奮したのかなかなか寝つかれんかったですよ」

と笑った。

「しかしね、ラバウルでの月日はほんとうに長かった。それに比べて、帰ってからの歳月の短かったこと。戦争中の出来事は、日付や人の名前まではっきりと憶《おぼ》えているのに、戦後のことはね、日付どころか、なにが何年にあったかさえ思い出せなかったりします。

戦場で一緒だった戦友は、それがたとえ半年の付き合いであっても、いつまでも忘れられません。戦友会で会っても、いつも同じ話を繰り返すだけなんだけど、話が尽きることはありませんね。

戦中戦後を振り返ってみると、誰よりも長く戦場にいて、命を懸けて戦い、そこを生き抜いたという自信、実力では負けなかったという誇り、これは重みがありますよ。ああいうことがあったからこそ、その後の私がある。ほんとうにそう思います。

いまはもう、四人の息子たちも立派に成人してくれて、天下泰平の日々ですがね」

この日は、旭川空港から帰りの飛行機に乗る前に、中村さんのポートレートを撮影させてもらうことになっていた。あらかじめ、できれば戦後の歩みを象徴するような場所で、と伝えてある。

「それじゃあ、会社の木材の集積所があるから、そこにしますか。それからまた、空港まで送りますから」

撮影には、二眼レフカメラのローライフレックスを使い、瞳にキャッチライトを入れるのと、直射日光で影が黒くつぶれるのを防ぐため、日中でもライトスタンドを立て、光を拡散させるアンブレラ（裏面が白、または銀色の傘）を装着した大型ストロボを使うのが、当時の私の撮影スタイルだった。三角形に積まれた木材に腰かけた中村さんからは、文字通り体を張って戦中戦後を生きてきた男の迫力がにじみ出ているようだった。

撮影を終えると、また車中で雑談をしながら旭川空港へ。名残惜しそうに保安検査場の入り口まで見送ってくれた中村さんは、

「私はガダルカナル上空で被弾したときの弾片がまだ無数に体に残ってましてね。金属に肉が巻いて、取るに取れないまま五十何年。だから、空港の金属探知機に必ず反応するんですよ」

と言った。

それからも、中村さんとは電話や手紙を通じて長く交流が続いた。平成九（一九九七）年、二〇四空の同僚だった大原亮治さんと池田良信さんが、私の運転する車で大阪府八尾市の宮野善治郎大尉（戦死後中佐）の墓参に行ったときも、体調面で断念したものの、一度は同行を申し出ている。中村さんは、持病の神経痛が年々悪化するようで、具合が思わしくないことは電話の声からも伝わってきた。平成十八（二〇〇六）年頃には、心配した大原亮治さんが何度か、北海道に様子を見に行こうと言い、私も一緒に行くつもりでいたが、大原さんも心臓に持病があって、その都度、断念している。

結局そのまま、大原さんも私も、中村さんに会うことはできなかった。

平成二十四（二〇一二）年十一月二十九日、私は、大原さんからの電話で、中村さんが亡くなったことを知った。享年八十九。

「これで、ブインからガダルカナルまで一緒に飛んだ仲間が一人もいなくなっちゃって。さっき、神棚の宮野大尉に、『隊長、今日、中村がそちらへ行きました』と報告しましたよ」

寂しげに大原さんは言った。

——自転車も知らなかった地方の農家の三男が、手に職をつけて家から独立するため、生まれてはじめて汽車に乗って海軍に入った。そして空に憧れ、飛行機乗りを志望して、たった二年で戦闘機搭乗員となった。訓練中に戦争が始まり、激戦地・ラバウルに送り込まれて誰よりも長く戦い、生き残ったたった十二パーセントの一人として終戦を迎えた。戦後は、戦時中とはまったく別の職業についたが、戦闘機乗りとしての矜持《きょうじ》を胸に必死で働き、戦後の日本復興の下支えとなった。

——中村さんの生涯は、大正年間に地方で生まれ、激動の昭和を生きた、誠実な庶民の歴史そのものの縮図のようである。

中村佳雄（なかむら　よしお）

大正十二（一九二三）年、北海道生まれ。昭和十五（一九四〇）年、海軍を志願し横須賀海兵団に機関兵として入団。昭和十六（一九四一）年、部内選抜の丙種飛行予科練習生として土浦海軍航空隊に入隊。予科練卒業後、飛行練習生となり、戦闘機を専修する。昭和十七（一九四二）年五月、飛行練習生を卒業すると同時に第六航空隊（のち、第二〇四海軍航空隊と改称）に配属。同年十月、ラバウルに進出し、ソロモン、ニューギニア方面の激戦に参加。空戦で二度にわたって負傷するが、昭和十九（一九四四）年一月に内地に帰還するまで、誰よりも長い期間を、ラバウル零戦隊の中核を担って戦い抜いた。その後、厚木海軍航空隊（訓練部隊）教員を経て第三〇二海軍航空隊へ。局地戦闘機「雷電」に搭乗し、B－29を撃墜する戦果を挙げ、さらに第三四三海軍航空隊戦闘第四〇一飛行隊に転じ、同戦闘第七〇一飛行隊の一員として終戦を迎えた。海軍飛行兵曹長。戦後は地元・北海道で造材業を営む。平成二十四（二〇一二）年歿、享年八十九。

横須賀海兵団入団の前日（昭和15年5月31日）、江ノ島にて。左が中村さん

昭和16年、戦艦「比叡」乗組の頃。右が中村さん

昭和18年12月、落下傘降下生還後、ラバウルで現地人と

昭和18年5月、二〇四空の下士官搭乗員たち。前列左から大原亮治二飛曹、大正谷宗市一飛曹、中村佳雄二飛曹。後列左から、橋本久英二飛曹、杉田庄一二飛曹、坂野隆雄二飛曹。大正谷一飛曹はのちに殉職、橋本二飛曹、杉田二飛曹、板野二飛曹は戦死している

昭和19年、厚木基地にて

昭和19年、厚木基地にて

昭和19年、三〇二空に転勤。厚木基地で
「雷電」をバックに

昭和19年、「雷電」の翼下で。左が中村さん。右はラバウル以来の戦友・八木隆次上飛曹

昭和20年3月、
松山基地にて

昭和20年、三四三空戦闘四〇一飛行隊（極天隊）の搭乗員たち。4列め左から4人めが中村さん

第六章

角《つの》田《だ》和《かず》男《お》

特攻機の突入を見届け続けた
ベテラン搭乗員の真情

昭和15年、十二空の頃。漢口基地の宿舎前にて

生きていくために海軍航空兵を志願した小作農の次男

平成十三(二〇〇一)年九月十一日、アメリカで起きた同時多発テロ事件。突然の、想像を絶したニュースに世界が震撼《しんかん》したこの日、テレビで繰り返し放送されるニューヨーク・世界貿易センタービルに旅客機が突入する映像を、八十二歳の角田和男さんは、自宅のソファで涙を抑えながら見ていた。斜めになって高層ビルに体当たりする旅客機の爆発のすさまじさ。あのぶつかり方は、明らかにビルを狙って操縦しているというのが、角田さんにはわかる。

角田さんは、同じような場面を、ずっと以前にも見たことがある。時代も、目的も、場所も、全く違っていたが、角田さんの瞼《まぶた》には、五十七年前、上空から瞬《まばた》きもせずに見つめた特攻機の体当たりの状況が、まざまざと甦ってきた。

昭和十九(一九四四)年十月三十日、二百五十キロ爆弾を積んだ第一神風特別攻撃隊葉櫻《はざくら》隊の零戦六機は、フィリピン・レイテ島沖合のスルアン島東方で米機動部隊に突入した。角田さんは特攻機を掩護《えんご》し、その戦果を確認する直掩《ちょくえん》機として、その一部始終を見届けていたのだ。

私が、角田さんとはじめて会ったのは、戦後五十年の節目を迎えた平成七（一九九五）年八月のことである。角田さんは、戦後、茨城県の開拓地に入植し、農業を営んでいるという。稲穂が黄色く色づき始めた田んぼの脇にある角田さんの自宅前に車を停めたとたん、

「百姓のじじいを見にきてもしようがないでしょう」

と、大きな声が聞こえた。声の主は角田さんだった。角田さんは、当時存命だった約千百名の元零戦搭乗員のなかでも、飛行時間、実戦参加回数ともにもっとも多く、昔の仲間の誰からも一目置かれる存在である。だが、穏やかな容貌からは、かつて戦闘機乗りであった頃の姿を想像するのはむずかしかった。

角田さんはこのとき七十六歳。私は三十二歳で、写真週刊誌の専属カメラマンとして、報道の仕事に従事しながら、零戦搭乗員を訪ね歩く取材を始めたばかりだった。

角田さんは、元毎日新聞社の新名丈夫《しんみょうたけお》氏、今日の話題社の戸高一成《とだかかずしげ》氏から手記の執筆を勧められ、農作業の傍《かたわ》ら五年にわたって書き続け、平成元（一九八九）年、『修羅《しゅら》の翼』を今日の話題社から刊行している。だが、その無理がたたったのか、平成二（一九九〇）年に脳梗塞《こうそく》で倒れ、杖《つえ》の手放せない身体《からだ》になっていた。それでも、

自身が関係した部隊の戦没者慰霊祭に出席し、戦友の遺族を訪ねることもできる限り続けている。この頃はまだ、戦没特攻隊員の母親たちの何人かが、百歳近くなって存命だった。

初対面の私に、角田さんは、特攻隊で突入を見届けた隊員たちの姿を、涙をうかべて語ってくれた。深い哀しみを秘めた澄んだ瞳が印象的だった。この瞳に、どれほど凄惨《せいさん》な戦いが映ってきたのだろうと、ふと考えた。

帰り際、この年の八月に、茨城県の竜ヶ崎飛行場で里帰り飛行をした零戦（アメリカのプレーンズ・オブ・フェイム所有）の、撮ったばかりの写真をプレゼントしようとすると、角田さんは写真を一瞥《いちべつ》しただけで、

「私はいいです。零戦を見るのはつらいですよ」

と表情を曇らせて言った。

「竜ヶ崎は同じ県内だから、誘ってくれる人はいましたが、行く気になれなかった。いま、それを見る人はカッコいいなあ、勇ましいなあ、というんですが、私にはそうは見られないんです。きっと、戦って戦って、傷だらけになって生き残った零戦でしょうね。それがあんなふうに見せ物になって。手を叩いて見られる心境じゃないんです」

私は、胸を衝《つ》かれた。角田さんの戦いは、戦後世代の想像を絶する苦難の日々だったに違いない。零戦に乗っていた人だから、零戦の写真を見れば喜んでもらえると、単純に考えていた自分の浅はかさが恥ずかしく思えた。それは、心の傷に塩を塗るような無神経な思いつきだったのだ。

虚飾のない、真情にあふれた角田さんの人柄に、私はしだいに心惹《ひ》かれるようになっていった。四季折々に違った表情を見せる茨城の広大な風景も、私を魅了した。何度もインタビューに通ううち、角田さんも私に心を開いて、戦友会や慰霊祭に誘ってくれるようになった。

角田和男さんは、大正七（一九一八）年十月十一日、房総半島南端に近い千葉県安房郡豊田村（現・南房総市）に小作農の次男として生まれた。

世界恐慌後の不景気で米価は暴落し、大正末期には一俵十四、五円の値がついた米が、昭和五、六年にはわずか五円になっていた。農村は疲弊《ひへい》し、収穫の半分を地主に納めなければならない小作農の暮らしは困窮を極めていた。

家を継ぐのは長男だから、次男の角田さんはいずれ家を出なくてはいけない。といって、ほかに就職口のあてがあるわけでもない。角田さんには、ひそかに思いを寄せる少女がいたが、彼女は自作農の娘で、このままでは結婚の申し込みなどできそうにない。

角田さんが海軍を志願したのは、とくに空に憧れたわけでも、人一倍、国のために働きたいと思ったからでもなかった。海軍に入れば二十歳になるまでに一人前の軍人になれ、そうなると結婚して所帯を持つこともできるだろう。もしかすると下士官から准士官、特務士官（兵から累進した士官）となって、一生働けるかもしれないと思ったからだ。

昭和九（一九三四）年、十五歳のとき難関の海軍少年航空兵を志願、第五期予科練習生（予科練）として六月一日、横須賀海軍航空隊（横空）に入隊した。昭和九年十一月から十一年三月まで、約一年半にわたって指導を受けた横空の副長兼教頭は、のちに第一航空艦隊司令長官として角田さんに特攻を命じる大西瀧治郎《たきじろう》大佐（のち中将）だった。

予科練での基礎教育は三年二ヵ月におよんだ。

「一般科目の座学や体育、飛行機乗りになるのに必要な無線や気象、内燃機関などの勉強はもちろん、鍛冶《かじ》で日本刀を鍛造する実習まで行いました」

と、角田さんは言う。予科練の卒業間際には戦艦、巡洋艦はもちろん潜水艦にいたるまで、日本海軍が保有する一通りの艦での仕事や生活を体験する「艦務実習」も行われた。

のちに戦争が激しさを増すと、教育期間がどんどん短縮され、飛行機搭乗員が短期間の速成教育を受けただけで前線に送り出されるようになったが、角田さんたちのクラスは、海軍が理想と考えていた教育を、じっくりと時間をかけ施されたのだ。

昭和十二（一九三七）年八月、飛行練習生となって霞ケ浦《かすみがうら》海軍航空隊に転じた角田さんは、大きなG（加速度）のかかるアクロバット飛行の訓練を受けた晩など鼻血が溢《あふ》れて眠れず、それでも「搭乗員不適」の烙印《らくいん》を押されたくない一心で、凍てつく深夜、すでに氷の張った大浴場の浴槽で頭を冷やし、止血するような苦労も味わった。その甲斐《かい》あって念願の戦闘機操縦専修に選ばれ、昭和十三（一九三八）年三月からは大分県の佐伯海軍航空隊で戦闘機の飛行訓練に明け暮れた。

角田さんが予科練を卒業する直前の昭和十二年七月七日、北京《ペキン》郊外の盧溝橋《ろこうきょう》で起きた日中両軍の衝突に端を発する「北支《ほくし》事変」の戦火は八月には上海《シャンハイ》に飛び火し、「支那事変」と呼ばれるようになっていた。またたく間に戦線は拡大し、いつ果てるともしれない泥沼化の様相を呈していた。

戦闘機乗りとなった角田さんは、昭和十四（一九三九）年十月、空母「蒼龍《そうりゅう》」に乗り組み、九六式艦上戦闘機に搭乗して南寧《なんねい》空襲に参加、初陣《ういじん》を飾った。

昭和十五（一九四〇）年、漢口《かんこう》基地の第十二航空隊に転勤するが、同年夏、この部隊に「十二試艦上戦闘機」と呼ばれる新型戦闘機が配備され、角田さんもこの新鋭機の錬成員に選ばれた。十二試艦戦は、七月二十四日、海軍に制式採用され、零式艦上戦闘機（零戦）と名づけられる。

角田さんは八月二十日、九月十二日と零戦による重慶空襲に参加したが、二度とも敵機に遭遇することはできなかった。進藤三郎《しんどうさぶろう》大尉の率いる零戦十三機が、中国空軍のソ連製戦闘機約三十機と交戦、一機の損失もなしに二十七機を撃墜（中国側記録では被撃墜十三機、被弾損傷十一機）したのは、九月十三日のことである。

「今日こそは敵機と遭《あ》えるという予想でしたから、行けないのがもう悔しくて。私は進藤大尉の第三分隊の先任搭乗員でしたから、分隊長、なんで私を選んでくれないんだ、と。

朝、飛行場で搭乗割を見て、出撃搭乗員に自分の名前が入っていないので、面白くないと、出撃の見送りもせずに宿舎に帰ったんです。漢口基地の宿舎は、もともと監獄だったところを流用していたので、音が外に漏れず、外からも見えないのを幸い、一人で朝からやけ酒をあおっていました。当時のビールは、一ケース二十四本でしたが、それを二ケース。空になったビール瓶を周りに並べて飲みながら、それでもあまり悔しくて酔えないので、日本酒に切り替えました。

それで、一升七合も飲んだ頃、出撃搭乗員が帰ってくるがやがやとした気配を感じましたが、私はそのままふてくされて寝てしまいました。あのときは人生でいちばん飲んだと思いますね」

断っておくが、角田さんはけっして豪傑肌ではない。おだやかで優しく、どちらかと言えば静かな雰囲気の人である。その角田さんが、零戦による一番槍を逃したことをこうまで悔しがるというのは、当時の搭乗員の士気がいかに高かったかを物語る。

角田さんは、零戦の初空戦にこそ出撃を逃したものの、十月二十六日に参加した成《せい》都《と》攻撃で、初めての敵機撃墜を果たしている。このときの相手は複葉練習機で、零戦のスピードがあまりに速すぎるため一撃をミスし、エンジンを絞って突っ込み、ようやくこれを仕留めることができた。だが、ただ逃げ回るだけの敵機に、せめて敵《かな》わぬまでも反撃してくれたら、と、子供を相手に本気で喧嘩《けんか》でもしたあとのような、いやな気持ちはいつまでも消えなかったという。

戦いの渦中にあっても、角田さんは、弟、妹が上の学校に通うために必要な学費の仕送りを、欠かしたことがなかった。だがその間に、角田さんを海軍に駆り立てた初恋の人は、家庭の事情で他家に縁組みしてしまったという。一人前の下士官になって、結婚も夢ではないと思い出した矢先だった。

「まあ、いい。戦闘機乗りはいつ死ぬかわからない。愛する人を悲しませずにすんだのはかえってよかった」

と、自分を納得させてみたものの、心にすきま風が吹くような寂しさが残った。

角田さんはその後、筑波海軍航空隊教員（海軍では下士官を教員、准士官以上を教官と呼んだ）となって内地へ帰り、そのまま日米開戦を迎える。ちょうどその頃、土浦の映画館で、初恋の彼女に後ろ姿の似た女性と出会い、交際をはじめた。

昭和十七（一九四二）年四月一日、准士官である飛行兵曹長に進級すると、横須賀海兵団准士官学生を命ぜられ、ここでは隊員の人事や戦闘記録などの書類の書き方など、分隊長を補佐する分隊士になるために必要な教育を受けた。

この「准士官学生」は、戦火の拡大により、角田さんたちを最後に事実上廃止されている。そのため、角田さん以後に准士官に任官した者は、分隊士としての仕事を予備知識なしでいきなり任され、第一線で戦いながら苦労して覚えていくしかなくなった。

つまり角田さんは、予科練から准士官学生まで、一切の速成教育を受けず、戦闘機を操縦して戦うことはもちろん、部隊の人事や戦闘記録まで司ることのできる、日本海軍でも稀有《けう》な資質をもつ搭乗員だったのだ。

准士官学生だった十七年五月に妻・くま子さんと結婚したが、それもつかの間、その月のうちに実戦部隊である第二航空隊（二空）に転勤を命ぜられる。

二空は、アメリカとオーストラリア間の補給路を遮断《しゃだん》し、米軍のオーストラリアからの反攻を阻止する目的で、南太平洋の仏領ニューカレドニアを攻略するために横須賀基地で編成された。飛行機定数は零戦十五機（うち補用三機）、九九式艦上爆撃機（九九艦爆＝急降下爆撃機）十六機。司令は山本栄中佐（のち大佐）、飛行長・八木勝利少佐、戦闘機分隊長・倉兼義男大尉で、角田さんはその戦闘機分隊士となった。

小規模な部隊だが、搭乗員には、ベテランの輪島由雄飛曹長、真柄倖一《まがらこういち》一飛曹をはじめ、長野喜一一飛、山本留蔵一飛ら、後世、空戦史に名を残す逸材が名を連ねている。

二空の零戦は、当初は全機が新型の二号戦（零戦三二型）で揃《そろ》えられていた。二号戦は、エンジンを高高度性能にすぐれた二速過給器つきの「栄」二一型に換装、両翼端を従来の一号戦（二一型）より五十センチずつ短くし、角形に整形した。一号戦と比べると最高速力と横転性能が向上し、二十ミリ機銃の携行弾数が片銃六十発ずつだったのが百発ずつと増加している。反面、航続力はやや犠牲になっていた。

二空は客船を改造した特設空母「八幡丸《やわたまる》」に便乗し、昭和十七年八月六日、最前線のニューブリテン島ラバウル基地に進出。角田さんの苦難の戦歴が、ここから始まる。

少数精鋭主義の弊害、深刻な士官搭乗員不足で大編隊を率いた下士官

角田さんがラバウルに到着した翌日の八月七日、米海兵隊が、ラバウルの南東五百六十浬《カイリ》（約千キロ）に位置し、日本海軍が飛行艇基地を置いていたソロモン諸島のツラギ島に突如として上陸、次いでその南側対岸で日本海軍が飛行場を建設中だったガダルカナル島にも上陸を開始した。

台南海軍航空隊の零戦十七機が、陸攻隊とともにガダルカナル島沖の敵輸送船団攻撃に出撃したが、それと入れ違いにラバウルに米陸軍のボーイングB－17重爆撃機十

三機が来襲、二空零戦隊がこれを邀撃、早くも実戦の洗礼を受ける。

角田さんは敵機の前上方より二撃を加えたが燃料タンクに被弾。敵機の旋回機銃の命中率のよさに驚くとともに、着陸すると膝がガクガクふるえて困ったという。

この日から、二空は当初目的のニューカレドニア攻略ではなく、ガダルカナル島攻防戦に投入され、さらに、ニューギニア南東部のポートモレスビーに配備された米軍機の活動が活発化すると、東部ニューギニア戦線にも駆り出されることになった。

ちょうど使いごろのベテラン搭乗員の域に達していた角田さんは、二空零戦隊の中心的存在として、空戦に、あるいは味方輸送船団の上空直衛にと、風土病のマラリアを発症しても休む間もないほどの出撃に明け暮れた。

日本海軍は、それまで少数精鋭主義を貫いてきたため、搭乗員の絶対数が少なく、戦争が始まって急速養成されるようになったものの、補充が消耗に追いつかない。なかでも一年に数名から十数名しか養成してこなかった戦闘機隊の士官搭乗員の不足は深刻で、本来ならば古参の大尉か少佐が率いるべき零戦三十六機の大編隊を、飛行兵曹長の角田さんが率いて飛ぶこともあった。

角田さんは山本栄司令の信任もあつく、ひそかに「大人《たいじん》」のニックネームで呼ばれていた。前線基地に派遣されるときなど、司令の下に准士官以上の隊員が角田さん一人しかいないようなこともある。そんなときには、角田さんは司令の相談役も務めた。ニューギニアのラエ基地で、司令に、「角田飛曹長は副長兼飛行長兼分隊士だなあ」としみじみ言われたことを、角田さんは憶《おぼ》えている。

海軍の制度上、撃墜などの戦果確認には准士官以上の「見認証書」が、戦死者が出た場合の証明には、やはり准士官以上の「現認証明書」が要《い》る。下士官兵搭乗員が敵機撃墜を主張しても、それを准士官以上が目撃していなければ単独戦果としては認められず、准士官以上が最期を確認していない戦死者は、すべて「未帰還」または「行方不明」の扱いとなり、そうすると遺族への戦死公報が出るのも遅れてしまう。それだけ、士官、准士官には重要な任務が課せられているのだ。

昭和十七（一九四二）年十一月一日、海軍の制度変更で二空は第五八二海軍航空隊（五八二空）と改称され、それと同時に十五機だった零戦隊が三十六機に増勢される。飛行隊長として、重慶上空の「零戦初空戦」の指揮官・進藤三郎大尉が発令され、また、飛行学生を卒業したばかりの鈴木宇三郎中尉、野口義一中尉の二名の若手士官が新たに分隊長として着任してきた。だが、新任中尉の分隊長が名目上の指揮官として出撃するときも、基地を発進すれば中尉は角田機の一歩後ろに下がり、階級が下の角田さんが編隊の先頭に立って事実上の指揮官を務める。その働きぶりは、まさにソロモン方面の海軍戦闘機隊の屋台骨を支えているといって過言ではなかった。

敵機だけではなく、急変しやすい南洋の天候も、零戦搭乗員たちにとって大きな脅威であった。

角田さんには、昭和十七年十一月十三日、ガダルカナル島沖で被弾し漂流中の戦艦「比叡《ひえい》」の上空直衛に向かい、悪天候で「比叡」を発見できず帰投する際、積乱雲に閉じ込められて超低空飛行を続けるうち、ぴったりついてきた三番機を海面に激突させてしまった苦い思い出がある。

「昭和十八（一九四三）年二月二十日、零戦十五機を率いて輸送船団上空直衛の任務についた帰途に、巨大な積乱雲に閉じ込められました。視界は三〜四メートル、自分の飛行機の主翼に描かれた日の丸がやっと見えるぐらいです。雲に入る前、全機を単縦陣にして、後続機は前を飛ぶ零戦の尾翼にプロペラが触れるほどの距離につくよう、手信号で合図しました。私の計器飛行だけを頼りに約二十分、全機が無事に雲の上に出たときは、ほんとうにホッとしましたね……。当時の若い搭乗員は皆、優秀で勘がよく、一番機の私が頭上で手を前後に振るだけでサッと単縦陣《たんじゅうじん》になったり、片方にちょっとバンクしただけで、その方向——右バンクだと右後ろ、左バンクなら左後ろ——に、サッと梯形陣《ていけいじん》をつくってついてくる。そんな列機の技倆《ぎりょう》もあってのことですが、この積乱雲のなかでの編隊飛行は、有視界飛行しか事実上できなかった単座戦闘機として、おそらく世界にも例を見ない空前絶後の出来事ではないかと自負しています。昭和十六（一九四一）年、私が筑波空で教員をしていたとき、戦闘機搭乗員の教員を集めて計器飛行のやり方を一から教え込んでくれたのが、海軍における計器飛行のエキスパートだった小田原俊彦大佐でした」

角田さんは小田原大佐と、のちに特攻作戦の渦中で再会することになる。

大東亜戦争の初期には零戦に圧倒されていた米軍も、この頃になると高性能な新型戦闘機を次々と実戦に投入してきた。昭和十八（一九四三）年四月十四日、ニューギニア東岸のラビ上空で、双発双胴の米陸軍戦闘機・ロッキードP－38ライトニングと遭遇したとき、全速で追っても追いつけなかった角田さんは、戦闘詳報の「所見」のなかで、

〈P－38の水平速力はやや零戦より勝り、上昇、下降においては相当の差あり。敵に戦意なき場合、これを捕捉すること極めて困難なり〉

と書いて司令部に提出した。零戦の性能の限界を知り、上層部が早く対策をたててほしいとの思いをこめたつもりだったが、その日の夕食後、これを読んだ司令部偵察機搭乗員の同期生、大原猛飛曹長が顔面を蒼白にひきつらせて角田さんを詰問に来た。

「この戦闘報告はなんだ。いままでどの部隊からも、『零戦に勝る敵戦闘機がある』という報告はない。貴様は意気地がない。司令部の参謀連中からはさんざんの悪評だ。貴様のために『二空の戦闘機隊は敗戦主義者の集まりだ』と決めつけられているんだ。P‐38が怖いなら戦闘機乗りをやめてしまえ。俺は恥ずかしくて司令部に座っておれんじゃないか」

とまくしたてる大原飛曹長に、角田さんは、

「あれは他人の報告や意見ではない。俺が三回、自分で追って追いつけなかったんだ。ワシントンは零戦では落とせないぞ。俺が言わなきゃ、司令部はいつまでもわからんじゃないか」

と反論した。前線視察中の山本五十六《いそろく》聯合艦隊《れんごう》司令長官の搭乗する一式陸上攻撃機がP‐38に撃墜され、長官が戦死したのはそのわずか四日後のことだった。

日本海軍の一大拠点であったラバウルには、戦闘部隊だけでなく病院や慰安所の施設も完備している。

「慰安所は士官用、下士官兵用と分かれていて、士官用の慰安婦はたいてい日本人でした。日本人は沖縄の人が多かったんですが、下士官兵用の多くは、朝鮮から来た女性でした。慰安婦はみんな若いですよ。数え年で十七、八ぐらいですか。二十歳という人が最高でしたね。

法律的なことは知りませんが、本人たちは、戦死したら特志看護婦として靖国神社に祀《まつ》ってもらえると言っていました。そういうふうに教えられていると。だから、空襲があっても防空壕に入らない子もいたんです」

角田さんは、「天皇陛下のために兵隊さんの奥さんの代わりを務めようと決心しました」と健気《けなげ》に語る朝鮮半島出身の若丸という慰安婦が、

「いまさら生きて帰れない、戦死したい」

と言って空襲があっても防空壕に逃げようとしないのに同情し、

「天皇陛下のためにとこの道を選んだ少女がいるのなら、万一の場合は陛下に代わって、お詫《わ》びの印に死んでやろう」

と、空襲下、若丸とともに防空壕に入らず一夜をともにしたことがある。若丸は、

「今日は爆弾が当たる、当たる」と歌うように口ずさみ、「神様、仏様。どうか爆弾が当たりますように」と祈りながら角田さんの胸に顔を埋《うず》めた。角田さんは、この子の運命がなんとかならないものかと考えながら、「当たれば仕方がないが、なるべく爆弾は当たりませんように」と祈った。彼女がその後どうなったか、生きてラバウルを出ることができたかどうかさえ、角田さんには知るすべがない。

「金は、確かに儲かるんですよ。昭和十八年当時で、若い子たちがそれぞれ三万円ぐらいの郵便貯金を持っていました。内地で千円もあれば家が建った時代、少尉の給料が月七十円だった頃のことです。内地に帰れば横浜あたりで店でも開くには十分な資金でしたが、あの子たちにそんな経営能力があったかどうか……」

角田さんはまた、「死ぬのが怖くなった」と、飛行場に出てこなくなった中堅の下士官搭乗員に、

「そう簡単にアメちゃんに墜《お》とされてたまるか。閻魔《えんま》の関所は俺が蹴破る。地獄の底までついて来い！」

と気合を入れたこともあった。その搭乗員は角田さんの言葉に持ち前の明るさを取り戻したが、次の出撃で、艦爆隊を敵戦闘機から守ろうと、単機でボートシコルスキーF4Uコルセア十五機の編隊に挑み、撃墜されて戦死した。

ブーゲンビル島のブイン基地に進出していた昭和十八（一九四三）年六月、角田さんに厚木海軍航空隊への転勤命令がくだる。角田さんは十ヵ月ぶりに内地に帰還することになったが、その頃にはもう、二空編成以来の搭乗員は数名を残して、ことごとく戦死してしまっていた。

「片翼帰還で有名な樫村寛一飛曹長は、兵隊は私より一年古いのに、予科練出身の私のほうが飛曹長進級が半年早く、それだけで絶対に私の右に出ようとしない奥ゆかしい人でした。空戦技術は天下一品で、誰にも負けない技倆を持ちながら、『おそらく私は駄目だねえ。こんどは必ずやられる。わかりますよ』と予言めいたことを言っていましたが、その言葉の通り、戦死してしまいました。

筑波空で受け持ち、手を取って操縦を教えた篠塚賢一二飛曹は、歩き方まで私にそっくり真似するほど慕ってくれて、野口中尉の列機を務めていましたが、野口中尉が戦死した次の空戦で未帰還になりました。沖繁國男二飛曹は、酒に悪酔いしてほかの搭乗員に絡《から》んだのを注意する意味で、翌日、飛行場で殴ったんですが、一発殴るつもりがつい勢いで二発殴ってしまった。それで彼に、二発めは誠意がこもっていなかったから、すまないが一発殴り返してくれと……。そしたら彼は大粒の涙をこぼして、『ご心配をかけて私が悪かったのです』と謝ってくれました。かわいい部下を殴るのは嫌なもので、私が手を上げたのは、海軍に入って後にも先にもこの一回だけでした。

山本司令は、ほんとうに情に厚く、生還を期しがたい無理な作戦を命じるときは大きな両目いっぱいに涙をためて訓示するのが常でしたし、未帰還の部下が出ると、いつまでも飛行場で待っているような人でした。

ほかの戦友、部下たちのことも、思い出は尽きません。後ろ髪を引かれる思いで、ふたたび会うこともないであろう戦友たちに送られて、ブイン基地を後にしました」

厚木空は、基地航空隊向けの戦闘機搭乗員を錬成するため開隊された部隊で、角田さんはその教官を務めることになる。その後、第二五二海軍航空隊に転じた角田さんは、昭和十九（一九四四）年六月三十日、硫黄島《いおう》に進出。七月三日、四日と、来襲した米海軍のグラマンF６Fの大編隊を邀撃した空戦に参加している。この空襲は、六月中旬に米軍が上陸したマリアナ諸島のサイパン、テニアンへの日本軍の救援の動きを封じるためのものだった。

「私が硫黄島に進出したときには、すでに六月二十四日の空戦で、飛行隊長の粟信夫《あわのぶお》大尉以下、十機を失っていました。七月三日、四日の邀撃戦でも、十三機撃墜の戦果と引き換えに十四機を失い、飛行場に還《かえ》った零戦も、艦砲射撃で全機が破壊されて、二五二空はあっという間に壊滅してしまったんです。私も、三日の空戦でグラマンF6Fを一機撃墜しましたが、あまりにひどい負け戦で、手柄の自慢話をする者もいませんでした」

七月六日、残存搭乗員は迎えの輸送機で内地に帰ることになり、地上員も二五二空を残して引き揚げた。さらに十二日、大急ぎでかき集めた零戦十二機をもってふたたび硫黄島に進出、数次の戦闘を経て八月十九日、無事に内地に帰還した。だが、硫黄島における二五二空零戦搭乗員の戦死者は二十八名にのぼっており、壊滅状態になったため、内地では再編成が始まっていた。

ところで、この頃、海軍部内では、飛行機に爆弾を積んだまま敵艦に突入するという捨て身の作戦が議論に上るようになっていた。搭乗員の確実な死を前提とした類例を見ない戦法に、はじめは消極的だった軍令部も、昭和十九（一九四四）年二月十七日、聯合艦隊の泊地だったトラック島が米機動部隊艦上機による大空襲で壊滅的な打撃を受けたことで「体当たり戦闘機」「装甲爆破艇」をはじめとする新兵器を開発することを決定する。昭和十九年五月には、第一〇八一海軍航空隊の大田正一少尉が、大型爆弾に翼と操縦席を取りつけ、操縦可能にした「人間爆弾」の着想を、同隊司令・菅原英雄中佐を通じて空技廠《しょう》長・和田操《みさお》中将に進言、航空本部の伊東祐満中佐と軍令部の源田實《みのる》中佐とが協議して研究を重ねることになった。八月に入ると、航空本部は大田少尉の「人間爆弾」試案に(大)《まるだい》の秘匿名をつけ、空技廠に試作を命じた。のちの「桜花《おうか》」である。

(大)の試作が決まったのを受け、昭和十九年八月上旬から下旬にかけ、日本全国の航空隊で、「生還不能の新兵器」の搭乗員希望者を募集した。ただし、その「新兵器」がどんなものであるか、その時点では明かされていない。

千葉県の館山《たてやま》と茂原《もばら》の両基地で再建中の二五二空でも、「新兵器」搭乗員の募集が行われた。茂原基地では、司令・藤松達次大佐より、この新兵器は絶対に生還のできないものである旨《むね》の説明があり、紙が配られ、官職氏名と「熱望」「望」「否」のいずれかを記入して、翌朝までに提出するよう達せられた。

「青天の霹靂《へきれき》だった」

と、角田さんは回想する。先任搭乗員の宮崎勇上飛曹が、司令の言葉が終わるやいなや二、三歩前に進み出て、整列している下士官兵搭乗員を振り返り、

「お前たち、総員国のために死んでくれるな!」

と、どすの利いた大声で叫んだ。間髪をいれず、「ハイッ!」と、五十数名の搭乗

員の声が一糸乱れず響き渡った。彼らは全員が、その場で「熱望」として提出した。この部下たちが志願するなら、生死をともにするのは分隊士である自分の役目である。角田さんも用紙に「熱望」と書いて提出した。

だが、歴戦の搭乗員の中には志願しなかった者もいる。岩本徹三《てつぞう》飛曹長の意見ははっきりしていた。

「死んでは戦争は負けだ。われわれ戦闘機乗りは、どこまでも戦い抜き、敵を一機でも多く叩き墜とすのが任務じゃないか。一回の命中で死んでたまるか。俺は『否』だ」

初の特攻機直掩で見届けた、十八歳の搭乗員の人間業とは思えない見事な突入

昭和十九（一九四四）年十月十日、米機動部隊が沖縄に来襲した。この機動部隊を捕捉、撃滅するため、内地の各航空基地にあった第二航空艦隊（二航艦）麾下《きか》の第一線部隊に出動命令がくだる。角田さんら二五二空零戦隊は十四日、台湾に進出し、「台湾沖航空戦」に参加するが、ここで敵機動部隊に打撃を与えられなかったばかりか、大きな損害を出す。さらに十七日、連合軍攻略部隊の先陣が、フィリピン・レイ

テ島の東に浮かぶ小さな島、スルアン島に上陸を開始、それを迎え撃つため聯合艦隊司令部が「捷《しょう》一号作戦」を発動（十月十九日）すると、そのままフィリピンに前進した。

「捷一号作戦」は、戦艦を主力とした大艦隊がレイテ島の敵上陸船団を砲撃、撃滅することが主眼になっていて、航空部隊には、それを支援するため、敵艦隊、特に空母の飛行甲板を破壊して無力化することが求められている。

「記録では、二航艦のフィリピン進出は十月二十二日とありますが、私たちは捷一号作戦の発動を聞かされて、すぐに戦闘三一六飛行隊長・春田虎二郎大尉以下十五機で台湾・高雄《たかお》基地を離陸、フィリピンに向かいました。十九日だったと思います。

航空図には、クラーク地区は付近一帯を大きく囲んで『クラーク航空要塞』と書いてあるだけでしたが、春田大尉はフィリピンの地理に明るく、クラーク地区の北から、バンバン北、バンバン南、マバラカット東、マバラカット西、クラーク北、クラーク中、クラーク南、アンヘレス北、アンヘレス南、そしてマルコットと、海軍が使用する飛行場だけで十ヵ所があることを教えてくれました。

マバラカット西飛行場に着陸し、うす暗い小道の脇にある竹藪に囲まれた一軒家を宿舎にあてがわれました。宿舎は南洋特有の高床式、床の高さは二メートルほどで、床には割竹が敷き並べてある。翌日から、飛行場待機に入って、飛行場の中央付近東側に天幕を張り、そこに机を一個置いて二五二空の指揮所にしました。

そのうち、飛行機も整備員も後を追って進出してきて、二五二空飛行長・新郷英城少佐や戦闘三一七飛行隊長・小林實少佐らもやってきた。

そして十月二十三日、可動機二十五機が揃ったので、二五二空に初めて出撃命令が出ました。小林少佐を先頭に飛び出したものの、ものの三十分で悪天候に阻まれ、敵機にも遭わずに帰ってきたんですが、その出撃のさい、二〇一空の、爆弾を積んだ戦闘機隊がわれわれの前に離陸したのを見送ったんです。

一番機の搭乗員は飛行帽をつけていましたが、二番機、三番機の搭乗員は、飛行機に乗るとき飛行帽と飛行眼鏡をはずし、整備員に手渡していた。飛行帽の代わりに日の丸の鉢巻《はちまき》を締めていて、これはどうしたことだろうと不思議に思いました。被弾して油が洩《も》れたり、火災を起こしたりしたら助かる見込みはないからです。

緊急の邀撃戦ならともかく、準備を整えて出るはずの攻撃に無帽とは変だと思いましたが、あとで聞くと、二〇一空では零戦に二百五十キロ爆弾を積んで敵艦に体当たりすることに決まったとかで、あれがその特攻隊、すなわち敷島《しきしま》隊の出撃だったとのことでした。敷島隊は、この日は敵艦隊が発見できずに帰投、二十四日、二十五日の出撃とあわせて三度、見送りましたが、いつも指揮官以外の列機は飛行帽と飛行眼鏡を外していた。どうせ死ぬから、ほかの人に役立ててもらおうと思ったのかもしれません。

体当たり攻撃と聞いたときは、胸が締めつけられる思いがしましたね。これまでの負け戦を思い出し、来るべきときがきてしまった、そんな感じでした」

十月二十四日未明、索敵機の敵艦隊発見の報告を受け、第二航空艦隊に出撃命令がくだる。用意された機数は零戦百十一機、「紫電《しでん》」(局地戦闘機)二十一機、「彗星《すいせい》」艦爆十二機、九九式艦上爆撃機三十六機、「天山《てんざん》」艦攻十一機、計百九十一機にのぼったが、艦爆、艦攻の機数が少ない上に、艦爆の多くは、二年前のソロモン航空戦ですでに旧式化が顕著になり、搭乗員が「九九棺桶《かんおけ》」と自嘲していた、脚の出たままの九九艦爆だった。

角田さんは、二五二空指揮官・小林實少佐の第二小隊長としてマバラカット西飛行場から出撃した。機数は二十六機。だが角田機は、エンジンの発火装置に不具合を生じ、やむなく引き返した。角田の二番機・桑原正一上飛曹の報告によれば、その直後、雲の上からグラマンF6Fの奇襲を受け、小林少佐機は火だるまとなって墜落したという。二五二空は七機の撃墜と引き換えに、十一機を失った。ほかの攻撃隊も、悪天候のため敵艦隊を発見することもままならないまま、グラマンの大群の襲撃を受け、壊滅した。神風特別攻撃隊が、最初に敵艦への体当たりに成功したのはこの翌日、十月二十五日のことである。

角田さんは、なおも連日、偵察飛行などの任務に駆り出された。十月二十九日には、米軍の手に落ちたレイテ島のタクロバン、ドラッグ両飛行場の銃撃のため、戦闘三一六飛行隊長・春田虎二郎大尉の指揮下、零戦十二機でマバラカット西飛行場を出撃している。

「しかしこの日は、故障機が多く、攻撃が行えずに夕刻、レガスピー基地に不時着しました。この頃の飛行機は品質が悪く、故障のために命を落とす搭乗員も大勢いた。しかし私は、内地で出撃待機している頃、勤労動員された女学生が一生懸命働いている姿をまのあたりにしてますから、彼女たちが必死の思いで作ってくれた飛行機で故障があっても文句は言えない、この飛行機で全力で戦って死ぬまでだと思っていました」

と、角田さんは言う。

もはや、フィリピン各基地の指揮系統は寸断されているにひとしい。上級司令部との連絡がつかないので、レガスピーに不時着した春田大尉や角田さんたちは、翌日の行動のことは自分たちの判断で決めるしかなかった。

十月三十日。春田大尉の発案で、タクロバンの敵飛行場の黎明《れいめい》攻撃をしてから指揮機能のあるセブ島に向かうこととし、まだ暗いうちに敵の地上陣地に銃撃を加えてからセブ基地に着陸した。

基地で朝食を出してもらい、一服していると、午前十時頃、基地指揮官の二〇一空飛行長・中島正少佐に呼ばれ、突然の出撃命令を受ける。

「ただいま索敵機より情報が入り、レイテ沖に敵機動部隊を発見した。ただちに特攻隊を出さなければならないが、搭乗員に若い者が多く、航法に自信がもてないので春田隊の直掩を命ずる。任務を果たした場合は帰投してよろしい。だが、戦死した場合は特攻隊員と同様の待遇をする」

突然の特攻隊指名に、角田さんは驚き、緊張した。中島少佐は、声を一段高くして言葉を継いだ。

「直掩機は敵機の攻撃を受けても反撃はいっさいしてはならぬ。爆装隊の盾《たて》となって弾丸を受け、爆装隊に対する敵機の攻撃を阻止すること。戦果を確認したならば帰投してよろしい。制空隊も、二個小隊の突入を確認したなら、離脱帰投してよろしい。もし、離脱困難の場合は最後まで戦闘を続行すること」

角田さんは、顔がこわばるのを感じた。これまで、ソロモンや硫黄島で無数の修羅場をくぐり抜けてきた角田さんでさえ、こんな、鬼神のように厳しい命令を受けたのは初めてのことだった。

中島少佐はさらに、突入が成功すれば新しく隊名を命名する、と付け加えた。この特攻隊は、のちに葉櫻隊と呼ばれることになる。

角田さんの回想――。

「昼食に配られた稲荷《いなり》寿司の缶詰を、出発前に食べてみたら、そのまずいこと。貴重品の缶詰で、ほんとうはうまいはずなんです。でも、ぼそぼそで味も何も感じられなかった。そっと若い隊員たちを見わたすと、サイダーだけ飲んで、『おい、俺はとても喉を通らないぞ』といたずらっぽく言って、見送りの整備員に缶詰をわたす者もいましたが、半数の者は、じつにうまそうに、まるで遠足に行った小学生のように嬉々《きき》として立ち食いしている。私は、兵から累進《るいしん》した特務少尉ともあろう者が、この期におよんで弁当を食い残したとあっては恥だと思い、傍らにころがっていた丸太に腰をかけて、サイダーで流し込んで形だけは悠々《ゆうゆう》と平らげました。まったく、砂を嚙《か》む思いとはこのことです。あの若者たちには遠く及ばない、と思いました」

出撃準備を完了して、発進。針路百度（東方やや南寄り）、高度三千メートル。この日は好天で、視界はきわめて良好だった。角田さんは、爆装機の右上方百メートルの位置につく。

レイテ島を過ぎてまもなく、春田大尉機がエンジン故障で引き返す。ただ一機で三機を護ることになった角田さんは、敵戦闘機に遭えば、直掩機が一機でも二機でも死ぬことには変わりはない、と覚悟を決めた。

午後二時三十分、スルアン島の東方百五十浬（約二百八十キロ）の地点で、中型空母一隻、小型空母二隻を主力とする敵機動部隊を真正面に発見。敵艦隊の針路は南、速力は十八ノット（時速約三十二キロ）、距離三万メートル。角田さんは翼をバンク（左右に傾ける動作）して、突撃を下令した。爆装の三機は編隊を解き、全速で敵艦に向かった。艦隊上空に敵戦闘機の姿は見えない。

ふたたび角田さんの回想。

「操縦席の隊員の表情までは見えませんでしたが、全力で突入する気魄《きはく》に全く差異は見られませんでした。突入といっても、零戦は空戦用にできているので、急降下すると機首が浮き上がってしまい、また高速になると舵が重く鈍くなるので正確にぶつかるのはむずかしい。私には、彼らの苦労が泣きたいほどよくわかりました。

それでも、中型空母に向かった一番機・山下憲行一飛曹機は、その前部飛行甲板にみごと命中、大きな爆煙が上がりました。二番機・広田幸宜一飛曹機は、戦艦の煙突のすぐ後ろに突入、三番機・櫻森文雄飛長は、一番機のぶつかった穴を狙いましたが、この頃になってようやく猛烈になった防禦《ぼうぎょ》砲火に被弾、完全に大きな火の玉になりながらも空母飛行甲板の後部に命中、さらに大きな爆発の火焔《かえん》を上げました。まさに人間業とは思えない、ものすごい精神力でした」

数分後、もう一隊の崎田清一飛曹機はいまだ沈まぬ敵空母を見て、その飛行甲板中央に突入。山澤貞勝一飛曹機、鈴木鐘一飛長機は別の小型空母に命中、大爆発した。制空隊の二機、新井康平上飛曹機、大川善雄一飛曹機は、敵戦闘機十数機を艦隊の東北方に引きつけて空戦を繰り広げたが、二機とも還らなかった。いずれも二十歳前後の若者で、とくに櫻森飛長はまだ十八歳になったばかりの少年だった。

米側記録には、この攻撃で、空母「フランクリン」「ベロー・ウッド」が大破、二隻あわせて百四十八名が戦死、または行方不明となり、飛行機五十九機が破壊された、とある。二隻は修理のため、アメリカ本土に回航された。「サン・ジャシント」は、二機の特攻機に狙われたが、一機は艦首すぐ近くの海面に墜ち、大きな水柱を上げた。もう一機は体当たり直前に対空砲火で撃墜、艦の真上で特攻機が爆発する写真が残っている。「エンタープライズ」を狙った一機は、飛行甲板をわずかに飛び越え、左舷側の海面に突入、爆発。米軍はさらに、二機を対空砲火で撃墜したという。

広田機が突入したという戦艦に相当する記録はないが、米軍の損害の記録が正しいとしても、「サン・ジャシント」の二機、「エンタープライズ」の一機は、命中したと判断したのも当然といえるきわどさであり、そんな状況から考えれば、角田さんの戦果確認はかなり正確なものであったといえる。

特攻出撃前夜は恐怖と戦い、翌朝には笑顔で飛び立っていった若き搭乗員たち

「昭和十五年、第十二航空隊に属して戦ったときは、私のいた十ヵ月の間に、搭乗員の戦死者は一人も出ませんでした。十七年八月から十八年にかけ、ソロモンで戦った第二航空隊（途中、第五八二海軍航空隊と改称）は、補充を繰り返しながら一年で壊滅、しかし一年はもちました。

ところが、昭和十九年六月に硫黄島に進出した二五二空は、たった三日の空戦で全滅しました。続いて十月、再編成して臨んだ台湾沖航空戦では、戦らしい戦もできな

かった。

そんな流れで戦った搭乗員の立場からすると、フィリピンでの特攻というのは、ある意味、もうこうなったらやむを得ないと納得できる部分もありました。でも、同じ特攻隊でも、爆装で行くのと直掩で行くのとでは、心理状態は全然ちがうと思うんですよ」

と、角田さんは言う。

その夜、セブ基地にほど近い山の中腹にある士官宿舎では、中島少佐の音頭とりで「天皇陛下万歳」三唱が繰り返され、戦果を祝う宴が催された。セブの士官宿舎は立派なコンクリート造り二階建ての、もとは役所の庁舎に使われていたという建物で、室内には煌々《こうこう》と電灯がともり、窓には遮光《しゃこう》用のカーテンが引いてある。

ビールの栓が抜かれ、乾杯が行われ、士官たちの間で賑《にぎ》やかに話がはずむ。だが、下座の片隅に控えていた角田さんは、昼間見たばかりの特攻機突入の光景が眼の底に焼きついていて、笑う気分にはとてもなれなかった。

いたたまれない思いでいたところ、同じ日に直掩機として出撃した畑井照久中尉も同じ思いだったらしく、

「角《つの》さん、どうも今夜はここで眠れそうにないですねえ」

と話しかけてきた。

「兵舎へ行って搭乗員室に泊まりましょうや」

角田さんは答え、二人でそっと宴席を抜け出した。

暗闇の坂道を上って、椰子《やし》の葉を葺《ふ》いた掘っ立て小屋のような搭乗員宿舎の入り口に近づいたとき、突然、飛び出してきた者に大手を広げて止められた。

「ここは士官の来るところではありません」

声の主は、倉田信高上飛曹であった。真珠湾攻撃以来のベテランで、角田さんの前任地・厚木海軍航空隊では、直属の部下だった搭乗員である。

「なんだ、倉田じゃないか。どうしたんだ」

角田さんの声に倉田上飛曹も気づいて、

「あっ、分隊士ですか。分隊士ならいいんですが、士官が来たら止めるようにといわれ、ここで番をしていたものですから」

士官に搭乗員室を見せたくないのだという。ドアを開けてみると、電灯もなく、廃油を灯した空缶が三、四個置かれているだけの薄暗い部屋の正面に、ポツンと十名ばかりが土間に敷いた板の上であぐらをかいているのが見えた。無表情のままこちらを見つめる目に、角田さんはふと鬼気迫るものを感じた。

倉田上飛曹によると、正面にあぐらをかいているのは特攻隊員で、隅にかたまっているのはその他の搭乗員だという。

その日、喜び勇んで出撃していった搭乗員たちも、昨夜はこのようであった、目をつぶるのが怖くて、ほんとうに眠くなるまであのように起きている。他の搭乗員も遠慮して、ああして一緒に起きている、との説明だった。

しかし、こんな姿は士官には見せられない。特に飛行長には、絶対にみんな喜んで死んでゆくと信じてもらいたい。だから、朝起きて飛行場に行くときは、みんな明るく朗《ほが》らかになりますよ――。

割り切れない思いを胸に、角田さんと畑井中尉はまたトボトボと坂道を下り、明るい士官室へと引き返した。角田さんは、

「今日のあの悠々たる態度、嬉々とした笑顔。あれが作られたものであるなら、彼らはいかなる名優にも劣らない。しかし、昼の顔も夜の顔も、どちらも真実であったかもしれません」

と回想する。

十一月六日、セブ基地よりマバラカット基地へ零戦四機の空輸を命ぜられた角田さんは、飛行中にエンジンが故障、マニラのニコルス飛行場に不時着した。着陸直前に

エンジンが止まり、そのままグライドして、間一髪で滑走路にすべり込む。エンジンのシリンダーが一本、材質不良のためか裂けてしまっていた。

着陸すると、「飛行機は当基地に置いて、陸路マバラカットまで帰るように。ただし、当基地で編成中の特攻隊に一名欠員が出たから、このなかから一名選抜して、特攻隊員として残すように」との、第一航空艦隊司令長官・大西瀧治郎中将じきじきの命令を受ける。

このなかから一名残せ、と言われれば自分が残るしかないと、角田さんは決心した。列機の搭乗員に、二五二空に帰隊したらこのことを報告するよう命じ、まるで角田さんの到着を待っていたかのように司令部の前庭で行われた第三神風特別攻撃隊梅《ばい》花《か》隊、聖武《せいぶ》隊の命名式に臨んだ。

「突然のことに頭のなかは真っ白になって、ひたすら緊張するばかりでした」

と、角田さんは言う。

整列した搭乗員は十一名。その正面にずらりと並んだ将官、参謀の数はざっと見ても三十名をゆうに超えるだろう。死地に赴《おもむ》く搭乗員よりも命ずる側のほうがはるかに多い、頭でっかちの海軍の末期的症状が、はっきりと現れていた。角田さんは、

「ほんとうに一機一艦ぶつかれば戦争に勝てると思うのか、全機が命中しても、残る

のは敵のフネだということぐらい、長官や参謀の誰かが零戦の後ろに乗って、レイテ湾上空を一回りしてみればわかることだろうに」

と思った。が、思ってもそれを口に出せないのが軍隊である。だが、そんな角田さんのもやもやとした気分は、ほどなく吹き飛ぶことになった。

「大西中将は訓示のあと、緑の美しい芝生の上で、目に沁《し》みるような白布に覆われた、長い机を前に並んだ搭乗員たちの顔を、右端に立った隊長・尾辻是清《おつじこれきよ》中尉から、閲兵式のように順に見て回られました。そして、私の前では、特に私の右手を両手で包むように握り、食い入るように目をするどく見つめて、『頼んだぞ』と、気魄のこもった声で一言、言われました。大きな、温かい手でした」

大西中将は、昭和九（一九三四）年から十一（一九三六）年にかけ、角田さんが予科練時代の横須賀海軍航空隊副長兼教頭、漢口の第十二航空隊にいたときも、聯合航空隊司令官として、角田さんの上官だった。予科練時代、「必勝の信念確立」という標語を掲げ、なにがなんでも勝たなくてはならない、という教育方針で練習生を鍛え上げたのが、強く印象に残っている。

「その大西中将に、『やれ』という命令じゃなく『頼んだぞ』と言われた。私は中将の位がそれほど偉いとは思いませんでしたが、頼む、と言われたことで心のなかがカーッと熱くなるのを感じた。その瞬間、これまで抱いてきた不平、不満、疑問が全て消し飛んでしまい、完全に肚《はら》が決まりました」

梅花隊六名、聖武隊五名は、ともに尾辻是清中尉の指揮下に入る。角田さんは、直掩機四機の指揮官ということに決まった。爆装七機、直掩四機という編成である。

出撃待機中のある日、早朝から雨が降った。正午になっても索敵機が出せないので、この日の出撃待機は解かれることになった。休業と決まれば、搭乗員たちはあっという間に街に出てしまう。角田さんも小雨のなか、散歩に出かけた。ぶらぶら歩いてゆくと慰安所の裏口に出た。そこには尾辻中尉が立っていて、角田さんの足音に気づき、

「静かに！」

という。そして手まねで言われるがままに板塀の向こうを見ると、帳場の玄関を開け放して、五、六人の搭乗員と同数の慰安婦が、トランプ遊びに熱中しているところだった。

純白の揃いの服を着た慰安婦は十八、九歳、茶色の飛行服姿も同年代。わいわいとはしゃぎながら遊びに興じている。角田さんは、その姿に、一幅の名画を見るような神々《こうごう》しさを覚えた。そして、

「私が行くと搭乗員たちが遠慮しますから」

と、そっと見守る尾辻中尉の慈母のような人柄に、生きた観音様を見るような思いがしたという。

この日の午後、突然、レイテ湾東方に敵機動部隊発見との報告が入る。待機を解かれていた搭乗員たちに急遽《きゅうきょ》、出撃命令がくだり、角田さんたち梅花隊は、中央分離帯のグリーンベルトを外して臨時の滑走路として使われていたマニラ湾岸道路から発進した。しかし、この日は敵艦隊を発見できず、日没とともに反転した。

翌十一月十一日朝にも、梅花隊、聖武隊は、司令部はじめ大勢の報道班員に見送られ、マニラ湾岸道路を発進している。

「いよいよ離陸というとき、毎日新聞の新名丈夫さんが片膝をついて、カメラを構えて私のほうを狙っているのがわかりました。それを見て、ああ、ここでニッコリ、と思ったけれど、顔がこわばってしまって私は笑えませんでしたよ。ところが、若い搭乗員でニッコリ笑って出て行くのがいる。すごいと思いましたね」

離陸してみると、角田さんの飛行機のエンジンの調子が悪い。引き返すと攻撃に間に合わないので、角田さんは、レガスピーで燃料を補給するときに直してもらおうと、そのまま直進を続けた。正午頃、レガスピー基地に着陸。ただちに整備員に調整を頼む。しかし、調子はよくならない。尾辻中尉以下は、すでにエンジンを始動して待機している。

角田さんは、二番機に駆け寄り、

「おい、交代してくれ。お前、残ってくれ」

と声をかけたが、二番機は静かに頭を振り、

「三番機とかわってください」

と言う。角田さんは、それもそうだ、二番機は自分の次に実戦経験がある、いざというときには彼がいたほうが戦力になるだろうと考え、三番機に走った。

「おい、俺の飛行機はダメだ。お前、交代して残ってくれ。この飛行機を俺に貸せ」

しかし、三番機もまた平然と、

「四番機とかわってください」

と言う。ここで角田さんは、こいつら、ふつうに頼んでも飛行機を降りないな、と悟った。そして、今度はゆっくりと四番機に近づいた。二番機、三番機はこれまで面識のない搭乗員で名もよく覚えていない。だが、四番機・聖武隊の中山孝士二飛曹は、角田さんが厚木海軍航空隊で教えた練習生である。彼ならば嫌とはいうまい。

「おい、お前は残れ。俺が飛んでいくから」

だが中山二飛曹は、

「私が行きます。分隊士は残ってください」

という。角田さんは声を荒らげて、

「俺が行かなくて誰が誘導するんだ。降りろ！」

と叱りつけ、落下傘バンドに手をかけて引きずりおろそうとした。すると中山二飛曹は、操縦桿にしがみつき、

「教員！　私がやります。私に行かせてください！」

と叫んだ。角田さんは、ハッとして手を離した。久しぶりに聞く「教員」という言葉。引きずりおろす手を緩めてしまった角田さんは、最後の手段として、尾辻中尉に、

「隊長命令で誰か交代する者を指名してください」

と頼んだが、尾辻中尉は、いつもと変わらず静かな口調で答えた。

「私たちは、死処は一緒と誓い合った者同士です。いまここで、誰に残れとは言えません。分隊士は他部隊からの手伝いですから、残ってください。誘導機がいなくても私がなんとかしますから。そして飛行機が直ったら原隊に帰ってください。長い間ご苦労様でした」

死にに征《い》く者が残る者に「ご苦労様でした」とは！　……角田さんはもはや、一言も返す言葉がなく、うなだれて隊長機の前を離れたという。

梅花隊、聖武隊は、この日、敵艦隊を発見できずセブ基地に着陸したが、翌十二日、物資を揚陸中の敵輸送船攻撃に向かう途中、敵戦闘機P－38と遭遇、空戦となり、尾辻機ほか三機は突入を果たせないままに撃墜された。

ついに下された爆装突入の命令。その夜に司令官から聞いた特攻の真意

梅花隊、聖武隊の発進を見送った角田さんは、十一月十五日、特攻部隊に指定されていた第二〇一海軍航空隊に転入することになった。特攻作戦は拡大の一途をたどっていて、二〇一空は、各部隊からの新転入者で活気を呈していた。角田さんに突然、

「分隊士、しばらくでした」

と笑いながら敬礼する大尉がいる。はて、誰だろうと思ったら、ソロモンの五八二空時代、要務士を務めていた少尉候補生が、その後飛行学生を卒業し、いま前線に来たのだ。

「もう分隊長ですね」

階級章を見て角田さんが言うと、

「いや、隊長ですよ」

と胸をそらして笑う。出世したのを旧知の分隊士に見せて、得意でたまらない様子に、角田さんはふと心温まるものを感じた。だが、ここへ来たということは、「隊長」でも飛行隊長ではなく、特攻隊の隊長だ。それに気づいた角田さんが、返す言葉も出せずにいると、大尉は、

「すぐにセブに行かなくてはなりません。もう搭乗員が整列して待っておりますから、これで失礼します」

ともう一度敬礼した。特攻隊だから「ご無事で」とは言えず、角田さんは小さく「お元気で」と声をかけた。踵《きびす》を返し、足早に去ってゆくライフジャケットの背中には、大きく「竹田大尉」と書かれていた。

記録が現存しないので日付は定かではないが、十一月下旬のある日のこと。マバラカットからダバオへ零戦四機を空輸することになり、角田さんがその指揮官に選ばれた。飛行場の指揮所には、飛行学生を出たばかりの士官が数人いたが、ダバオまでの航法に自信が持てないという。

こんなとき、頼りにされるのが角田さんのような叩き上げの特務士官だった。いま

や、角田さんに匹敵する飛行経験を持つ搭乗員は、全フィリピンでも数えるほどしかいない。

角田さんは、飛行長・中島正中佐（十一月一日進級）に託《たく》された封書を持ち、弁当を受け取ると、この日初めて会った列機三人を引きつれて、マバラカット西飛行場を離陸した。高度三千メートル、雲ひとつない快晴だったが、途中、四番機が合図もせずに急に左旋回すると、セブ基地のほうへ飛び去った。のちに報告があったところでは、四番機の飛行兵長は、マラリアの発熱のため、慣れたセブ基地に着陸したという。角田さんは残る列機をつれて、三機でダバオ基地に着陸した。

ダバオ基地で、第一航空艦隊参謀長・小田原俊彦大佐に中島中佐からの手紙を手渡すと、そこには、列機三機を体当たりさせたあと、角田少尉は単機で爆装突入せよ、と書かれてあった。

ダバオには、フィリピン南部の航空基地を統括する第六十一航空戦隊司令官・上野《うわの》敬三中将、マニラの司令部から派遣されていた小田原大佐、六十一航戦先任参謀・誉《ほん》田《だ》守中佐、そして、第二〇三海軍航空隊の漆山睦夫《うるしやまむつお》大尉らがいて、その夜、角田さんたち三名の歓迎会を催してくれた。

上野中将は、角田さんが飛行練習生の頃の霞ケ浦海軍航空隊副長、のちに乗り組んだ空母「蒼龍」の艦長だった。小田原大佐は昭和十六（一九四一）年、角田さんが筑波空で教員をしていたとき、計器飛行のやり方を一から教えてくれた教官である。誉田中佐も、昭和十八（一九四三）年、角田さんが厚木海軍航空隊で教官を務めたときの整備長で、いずれも縁の深い人たちだった。角田さんの列機は、辻口静夫一飛曹、鈴村善一二飛曹の二名である。

元はフィリピン軍が兵舎に使っていたという、ガランとした大きな建物。体育館のように床は板張りで、間仕切りもない。その真ん中にアンペラ（イグサに似た植物を編んだ敷物）が敷かれていて、そこに草色の第三種軍装を着た上野中将以下四名と、飛行服姿の角田さん以下三名が向かい合って座った。照明は小さな裸電球で、けっして明るくはない。

ダバオはもはや食糧が不足しており、出されたのは魚肉の缶詰と白湯、しばらくして基地の特務少尉が探して持ってきてくれた、一升瓶に七分目ほど入った椰子酒だけだった。

宴も半ばの頃、小田原参謀長が、

「皆は特攻の趣旨はよく聞かされてるんだろうな」

と切り出した。

「聞きましたがよくわかりませんでした」

角田さんが答えると、小田原大佐は、

「教え子が、妻子をも捨てて特攻をかけてくれようとしているのに、黙り続けていることはできない」

と、大西中将から「他言無用」と言われていたという、特攻の真意を語り始めた。

「大西長官はここへ来る前は軍需省の要職におられ、日本の戦力については誰よりもよく知っておられる。各部長よりの報告は全部聞かれ、大臣へは必要なことだけを報告しているので、実情は大臣よりも各局長よりも一番詳しくわかっている訳である。その長官が、『もう戦争は続けるべきではない』とおっしゃる。『一日も早く講和を結ばなければならぬ。マリアナを失った今日、敵はすでにサイパン、成都にいつでも内地を爆撃して帰れる大型爆撃機を配している。残念ながら、現在の日本の国力ではこれを阻止することができない。それに、もう重油、ガソリンが、あと半年分しか残っていない。

軍需工場の地下建設を始めているが、実は飛行機を作る材料のアルミニウムもあと半年分しかないのだ。工場はできても、材料がなくては生産は停止しなければならぬ。燃料も、せっかく造った大型空母『信濃《しなの》』を油槽船に改造してスマトラより運ぶ計画を立てているが、とても間に合わぬ。半年後には、仮に敵が関東平野に上陸してきても、工場も飛行機も戦車も軍艦も動けなくなる。

そうなってからでは遅い。動ける今のうちに講和しなければ大変なことになる。しかし、ガダルカナル以来、押され通しで、まだ一度も敵の反攻を食い止めたことがない。このまま講和したのでは、いかにも情けない。一度でよいから敵をこのレイテから追い落とし、それを機会に講和に入りたい。

敵を追い落とすことができれば、七分三分の講和ができるだろう。七、三とは敵に七分味方に三分である。具体的には満州事変の昔に返ることである。勝ってこの条件なのだ。残念ながら日本はここまで追いつめられているのだ。

万一敵を本土に迎えるようなことになった場合、アメリカは敵に回して恐ろしい国である。歴史に見るインディアンやハワイ民族のように、指揮系統は寸断され、闘魂のある者は次々各個撃破され、残る者は女子供と、意気地のない男だけとなり、日本民族の再興の機会は永久に失われてしまうだろう。このためにも特攻を行ってでもフィリピンを最後の戦場にしなければならない。

このことは、大西一人の判断で考え出したことではない。東京を出発するに際し、海軍大臣（＝米内光政《よないみつまさ》大将）と高松宮様（＝宣仁《のぶひと》親王・軍令部作戦部部員、海軍大佐）に状況を説明申し上げ、私の真意に対し内諾を得たものと考えている。

宮様と大臣とが賛成された以上、これは海軍の総意とみて宜《よろ》しいだろう。ただし、今、東京で講和のことなど口に出そうものなら、たちまち憲兵に捕まり、あるいは国賊として暗殺されてしまうだろう。死ぬことは恐れぬが、戦争の後始末は早くつけなければならぬ。宮様といえども講和の進言などされたことがわかったなら、命の保証はできかねない状態なのである。もし、そのようなことになれば陸海軍の抗争を起こし、強敵を前に内乱ともなりかねない。

極めて難しい問題であるが、これは天皇陛下御自ら決められるべきことなのである。宮様や大臣や軍令部総長（＝及川古志郎《こしろう》大将）の進言によるものであってはならぬ。

これ（特攻によるレイテ防衛）は、九分九厘成功の見込みはない。これが成功すると思うほど大西は馬鹿ではない。では何故見込みのないのにこのような強攻をするのか、ここに信じてよいことが二つある。

一つは万世一系仁慈をもって国を統治され給う天皇陛下は、このことを聞かれたならば、必ず戦争を止めろ、と仰せられるであろうこと。

二つはその結果が仮に、いかなる形の講和になろうとも、日本民族が将に亡《まさ》びんとするときに当たって、身をもってこれを防いだ若者たちがいた、という事実と、これをお聞きになって陛下御自らの御仁心によって戦を止めさせられたという歴史の残る限り、五百年後、千年後の世に、必ずや日本民族は再興するであろう、ということである。

陛下が御自らのご意思によって戦争を止めろと仰せられたならば、いかなる陸軍でも、青年将校でも、随《したが》わざるを得まい。日本民族を救う道がほかにあるであろうか。戦況は明日にでも講和したいところまで来ているのである。

しかし、このことが万一外に洩れて、将兵の士気に影響をあたえてはならぬ。さらに敵に知れてはなお大事である。講和の時機を逃してしまう。敵に対してはあくまで最後の一兵まで戦う気魄を見せておかねばならぬ。敵を欺《あざむ》くには、まず味方よりせよ、という諺《ことわざ》がある。

大西は、後世史家のいかなる批判を受けようとも、鬼となって前線に戦う。講和のこと、陛下の大御心を動かし奉《たてまつ》ることは、宮様と大臣とで工作されるであろう。天皇陛下が御自らのご意思によって戦争を止めろと仰せられたとき、私はそれまで上、陛下を欺き奉り、下、将兵を偽り続けた罪を謝し、日本民族の将来を信じて必ず特攻隊員の後を追うであろう。

もし、参謀長にほかに国を救う道があるならば、俺は参謀長の言うことを聞こう。なければ俺に賛成してもらいたい。

私は生きて国の再建に勤める気はない。講和後、立て直しのできる人は大勢いるが、この難局を乗り切れるものは私だけである。

『大和』、『武蔵』は敵に渡しても決して恥ずかしい艦《ふね》ではない。高松宮様は『戦争を終結させるためには皇室のことは考えないで宜しい』と仰せられた」

話を要約すれば、特攻は「フィリピンを最後の戦場にし、天皇陛下に戦争終結のご聖断を仰ぎ、講和を結ぶための最後の手段である」ということだ。だとすると、特攻の目的は戦果ではなく、若者が死ぬことにあるのか――。

「うまいこと言われて、自分も欺かれてるんじゃないか」

ふと疑念が浮ぶが、しかし、特務士官一人を特攻で殺すだけのために、ここまで立ち入った話を参謀長がするとは思えない。

「気になったのは、上野中将がこの席で一言も口を開かなかったことでした。上野中将は、かつては部下に進んで声をかけ、細かな注意を与える上官だった。その上野中将がずっと黙ったままでいることは、少々奇異に感じられました。もしかすると、上野中将は、特攻に対し、否定的な考えを持っているのかもしれない。であるならば、いまの話は、大西中将から上野中将に対する伝言を、小田原参謀長が教え子に語りかける形で伝えようとしたのではないか、と思いました」

話はそれから雑談になったが、最後まで、上野中将は無言のままだった。宴がお開きになったときには夜十一時をまわっていた。南の島だが、夜の空気は冷たく、飛行服を着ていても肌寒いぐらいだった。

搭乗員三人だけになると、辻口一飛曹が、話の内容を理解したらしく、

「分隊士、ではあと半年生きていれば助かりますね」

と目を輝かせた。

「もう重油、ガソリンが、あと半年分しか残っていない。飛行機を作る材料のアルミニウムもあと半年分しかない」

と聞いて、辻口一飛曹の心に生への望みが芽ばえたようだった。

鈴村二飛曹は、中将や大佐との宴席という、軍隊では通常ありえない事態に緊張し、どうも上の空で話を聞いていたらしく、様子は話の前と後とで全く変わらなかった。

角田さんは、予科練習生のとき、上官の訓示を一語一句間違えずに記録する訓練を

課せられて以来、それが習慣化している。角田さんは、いまの小田原参謀長の話を深く心に刻みつけ、寝る前に忘れないうちにとメモ用紙に書き付けた。

角田さん、辻口一飛曹、鈴村二飛曹の三機は、ダバオ基地から数次の出撃を繰り返したが、いずれも突入の機会を得ず、空《むな》しく帰投を繰り返した。

あるとき、敵戦艦群を発見、猛烈な対空砲火を浴びたことがあり、鈴村二飛曹はスッと前に出てきて角田機の横に並ぶと、下を指差して突っ込む合図をしてきた。

「が、そのときの爆装機は、二百五十キロ爆弾を積めないようなおんぼろの一号戦(零戦二一型)で、搭載していたのは敵輸送船に向けての小さな六十キロ爆弾二発。これでは戦艦にぶつかってもへこみもしないだろうと思ってやめさせました。私の顔色ひとつ見誤っても突っ込んでいきそうで、ひやひやしました。さまざまな場面で、鈴村の豪胆さには驚かされることが多かったですね」

ある日、要務士の大尉がやってきて、角田さん以下三機で、モロタイ島の敵飛行場を強行偵察してこい、との命令を伝えてきたことがある。角田さんは、このときばかりははっきりと拒否した。

「特攻隊員を特攻以外の戦で死なせたくはありません。この任務はほかの人に代わってもらってください」

ダバオには、漆山大尉以下十数名の搭乗員がいたが、特攻隊として編成されていない彼らは、角田隊の出撃を横目に、毎日宿舎で花札やトランプ遊びをしている。それを知った上での、精いっぱいの抵抗だった。

「私は特攻指名されてからは、特攻以外で死ぬのはいやでした。というのは、賜金《しきん》が違うんですよ。特攻で戦死して二階級進級して、功三級の金鵄《きんし》勲章をもらうと、当時の金で二万円か三万円もらえる。それから、遺族手当とかなにかを入れると、女房は家も建てられるし、子供も学校に入れて十分に生活していけるな、と思っていました。通常の戦死で一階級の進級だと、金鵄勲章も功五級までで、もらえる金額が全然違ってくるんです。

戦後、生き残った若い隊員にその話をすると、『いやあ、分隊士がそんなことまで考えてるとは思わなかった』なんて言われますけどね」

一九四五年八月十五日朝、全機特攻出撃のため、機上にて出撃待機

昭和二十(一九四五)年の正月が明けた。一月六日、敵艦隊がルソン島のリンガエ

ン湾に侵入、艦砲射撃を開始すると、それを迎え撃つため、海軍航空部隊は総力を挙げて特攻隊を出撃させた。この日の朝、二〇一空飛行長・中島正中佐は、マバラカット基地の指揮所前に全搭乗員を集合させ、

「天皇陛下は、海軍大臣より敷島隊成功の報告をお聞き召されて、『かくまでやらねばならぬということは、まことに遺憾であるが、しかし、よくやった』と仰せられた。よくやったとは仰せられたが、特攻を止めろとは仰せられなかった。陛下の大御心を安んじ奉ることができないのだから、飛行機のある限り最後の一機まで特攻は続けなければならぬ。飛行機がなくなったら、最後の一兵まで斬って斬って斬りまくるのだ！」

と顔面を蒼白にひきつらせ、狂気のように軍刀を振り回して訓示した。それはもはや、「訓示」というより「絶叫」といったほうがふさわしかった。

角田さんは、この中島中佐の様子を見て、

「ついに飛行長、狂ってしまったか」

と暗然とした気分になったという。

マバラカットでもマニラでも、すでに食糧は不足している。この頃になると食事は、朝、昼、晩ともにサツマイモだけ、直径六十ミリほどのものなら一本、三十ミリ

ほどのものなら二本が支給されるに過ぎない。これから特攻に出撃する搭乗員にのみ、大きいサツマイモ二本と塩湯が供された。

一月七日、飛行機を失った搭乗員たちはバンバン基地に集められ、第一航空艦隊先任参謀・猪口力平大佐から、これから搭乗員はルソン島北部のツゲガラオ基地に移動し、そこから輸送機で台湾に引き揚げることが達せられた。使えるトラックは五、六台しかない。乗れる者はこれに乗って、ピストン輸送をする計画だったが、結局、ほとんどの搭乗員は徒歩での移動を余儀なくされる。バンバンからツゲガラオまで、直線距離で三百数十キロ、歩く距離はその二倍にはなる。

制空権を敵に奪われ、日中は行軍できないので、歩くのはもっぱら夜間である。途中、ゲリラの襲撃を受け、味方の誤射で命を落とした搭乗員もいた。

角田さんが一緒に歩いた搭乗員のなかに、練習生の頃から実戦部隊に出るまで同じ航空隊にいた岡部健二飛曹長がいる。開戦以来、空母「翔鶴《しょうかく》」零戦隊の一員として数々の空戦の場数を踏んできた二十九歳の岡部飛曹長は、「特攻反対」を公言してはばからなかった。岡部飛曹長は、大きな布袋にいっぱいの荷物を背負い、それを宿営のたびに広げてみんなに見せびらかす。荷物の中身は、シンガポールで買ったという女性用のハイヒール、香水、化粧品など。全て内地で待つ妻への土産であった。

「俺は、死なない。かあちゃんにこれを持って帰ってやるんだ」

岡部飛曹長は言い、角田さんにも、

「角さん、特攻なんかやめちゃいなさいよ。ぶつかったら死ぬんだよ。戦闘機乗りは死んだら負けだよ」

と、さかんに特攻を思いとどまらせようとした。気持ちはありがたいが、一度特攻編成された以上、角田さんが自分の一存でそこから抜けることはできない。

行軍の途中、ダバオで一緒になった列機の鈴村善一二飛曹が、いつも角田さんに影のように付き従っていた。鈴村さんは、角田さんに好物の酒を飲ませようと、自分の飛行服の下のシャツを脱いで裸となり、それを現地人の一升ほどの椰子酒と交換して届けてくれたりもした。


角田さんが、約二百名の搭乗員とともに、ようやくツゲガラオに着いたのは出発から十七日後、一月二十五日のことである。

「搭乗員はふだん歩き慣れない上に、飛行服、飛行靴姿で歩くのは、重くて大変でした。持っていた食糧も一週間ほどでなくなり、あとはところどころに駐屯している陸軍のご厄介になりました。陸軍さんは自分たちが食うものも乏しいのに、苦労して行軍している戦友を見ると必ず助けてくれる。短い区間でしたがトラックにも乗せてくれましたしね。ずいぶんお世話になりました」

ところが、やっとの思いでツゲガラオに着いた搭乗員たちが飛行場の指揮所前に整列してみると、待っていたのは、

「零戦が整備されているので、ただちに特攻隊員、士官一名、下士官兵三名を選出するように」

という非情な命令だった。四名は休憩の暇もなく特攻に出すが、残りの者は今夜、迎えの飛行機で台湾に送るという。角田さんは、はなはだ割り切れないものを感じた。このときは結局、一緒に行軍してきた予備学生十三期出身の住野英信中尉が、

「どうせ早いか遅いかの違いですから、私がやります」

と志願して指揮官に決まった。そして、列機をもたない住野中尉のために、残る三名の特攻隊員を士官たちが合議で決めた。ところが、ここまで来たのに自分の列機を進んで差し出す者はいない。三人めがどうしても決まらず、角田さんは、たまらなくなってもっとも信頼している鈴村二飛曹を推薦した。苦い後悔を覚えながら――。

住野中尉以下の特攻隊は、ただちに発進した。しかし長く露天に置かれたままの零戦は十分な整備がされていなかったらしく、住野機はかろうじて離陸したものの、鈴

村二飛曹機は上昇できずに飛行場内に不時着、岡本高雄飛長機も途中、故障で不時着し、住野機だけが直掩機・村上忠広中尉機と二機でリンガエン湾へと向かった。敵艦が見えたとたん、住野機はまっしぐらに突入してゆく。村上機もそのあとを追う。だが、途中、敵戦闘機の襲撃を受け、そこで村上中尉は住野機を見失った。米軍記録によると、この日の特攻機による損害はなかった。

これが、二〇一空、そしてフィリピンから出撃した最後の特攻機だった。

角田さんたち二〇一空特攻隊員が、輸送機で台湾の高雄基地に到着したのは、一月二十六日早朝のことだった。これでしばらくは休める、と誰もが思ったが、彼らには、翌日から交代で特攻待機に入るようにとの命令が言い渡される。台湾では、もはや特攻隊員の志願募集は行われず、フィリピンから帰った戦闘機乗りは自動的に二〇一空の指揮下に置かれ、いままで特攻隊員ではなかった者までもが、否応なしに特攻編成に組み込まれることになった。角田さんは、フィリピンから帰ってきた名も知らぬ予備士官の中尉が一人、中島飛行長に特攻編成から抜けさせてくれるよう直訴し、怒った中島中佐に顔が紫色に腫《は》れ上がるほど殴られても屈せず、のちに内地に転勤していったのを記憶している。

昭和二十（一九四五）年二月五日、二〇一空が解隊され、フィリピンから戻った搭乗員を中心に新たに第二〇五《ふたまるご》海軍航空隊が編成された。

二〇五空は本部を台中に置き、司令は玉井浅一中佐、副長兼飛行長には、昭和十八（一九四三）年、オーストラリア本土のダーウィン空襲で、豪州空軍のスピットファイア部隊を相手に一方的勝利をおさめ、名戦闘機隊指揮官として知られた鈴木實《みのる》少佐が内地から着任した。二〇五空の特攻隊は「大義隊《たいぎ》」と呼ばれることになり、百三名の搭乗員がそれに組み入れられた。

大義隊のなかでもっとも搭乗歴の古い角田さん（五月一日中尉進級）は、ベテランなるがゆえに爆装は命ぜられず、直掩機として、仲間や部下たちの体当たりを見届ける辛く非情な出撃を重ねた。

五月四日、宮古島南方に敵機動部隊発見の報に、宜蘭《ぎらん》、石垣から計二十五機の「第十七大義隊」が、六隊に分かれて出撃した。

この日、角田さんが直掩機を務める一隊がイギリス機動部隊を発見、角田さんは、谷本逸司中尉、常井忠温上飛曹、鉢村敏英一飛曹、近藤親登二飛曹の四機が敵空母「フォーミダブル」「インドミタブル」に突入するのを確認している。

敵艦にまさに突入するときの特攻隊員の心情は想像するしかない。だが、角田さんには、自らの体験に照らしてのある確信があった。それは、角田さんが五八二空に属しソロモンで戦っていたときのこと。

「輸送船団の上空直衛をしているとき、爆弾を積んだグラマンF4Fが二十数機で攻撃に来たのに列機がほかの敵機を深追いして、味方船団上空には私一機しかいなくなったことがありました。爆弾を命中させないためには、敵の注意を全部、私に向けさせなければ、そう思って、単機で下から突っ込んで行った。すると案の定、ガンガン撃ってきました。被弾すると、エンジンの爆音の中でも聞こえるぐらい大きな音がするんです。

——撃たれたときは嬉しかったですね、よし、これで俺の作戦は成功したと。射撃しながら爆撃の照準はできませんから、輸送船には一発の爆弾も当たらなかった。ガンガン撃たれながら、それまで固くなっていたのが、フワーッと胸がふくらむ思いがしました。

私は、胸がふくらむ思いを経験したのはそのときだけでしたが、特攻隊員たちも、命中した人はみんな、同じ気持ちだったろうと思うんです。それまでは恐れて体を固くしてるでしょうが、よし、これで命中するぞと、何秒か前にはわかると思います。

そのときはおそらく胸をふくらませたんじゃないか。それが自分の経験からして、ひとつの慰めになるんです。そう思わなきゃいられないですよ」

八月十三日、台湾では、高雄警備府の命令で、台湾各地と石垣島、宮古島の日本海軍航空基地に残存する全兵力で、八月十五日をもって沖縄沖の敵艦隊に体当たり攻撃をかける「魁《さきがけ》作戦」が発動された。「一億総特攻」の魁となって、全機特攻出撃せよ、というものである。角田さんは、

「いよいよこれで終わりだ」

と覚悟を決めた。索敵機の撮影した航空写真を見ると、沖縄本島中城《なかぐすく》湾、金武《きん》湾の内外には、無数とも思える敵艦船が、びっしりと海面にひしめいている。作戦計画では、第一陣として爆装機八機に対し一機の直掩機をつけ、直掩機が帰還したらただちにその飛行機に爆弾を積んで第二陣として体当たりさせる。出撃するのは、この時点で二〇五空が保有する可動全機、約六十機である。

十五日の朝、エンジンの試運転を行い、搭乗員が機上で待機しているとき、司令部から、「出撃待テ」の指令が届いた。理由も告げられず、腑《ふ》に落ちないまま搭乗員たちは飛行機を降り、翼の下で待機する。真夏の太陽が真上から照りつけ、飛行服にライフジャケットをつけていると、日陰にいても汗が流れた。午後になって、うやむや

のうちに出撃は中止されることになった。

角田さんが終戦を知ったのは、数日後になり、台中基地に集められた飛行機のプロペラが外されたときだった。

「正直言って、ああよかったと思うと同時に、どうしてもっと早くやめてくれなかったんだと思いましたね。逃げようとも生き残ろうとも思いませんが、早くやめなくちゃ大変だなあとは、ずっと思っていましたから」

台湾には、中華民国軍が、GHQの委託に基づき、日本軍の武装解除のために進駐してきた。中国軍の占領方針は、蔣介石総統の「仇に報いるに徳を以てせん」の言葉どおり、旧怨《きゅうえん》を感じさせない紳士的かつ穏やかなものだった。宿舎が「収容所」と名を変えただけで、日本の軍人は帯刀を許され、自由に外出することもできた。日本にいつ帰れるかわからないので、隊員たちは畑を耕し、自給自足の準備を始めた。

だが、昭和二十(一九四五)年十二月二十六日、突然、角田さんたち二〇五空の隊員に帰国命令がくだる。その日のうちに台中を引き払うことになり、ここではじめて武装解除を受けた。搭乗員の武装は軍刀と拳銃だけだが、それらを中国軍に引き渡した。一人一人の飛行経歴を記した「航空記録」は、要務士がまとめて焼却した。

基隆《キールン》港の倉庫で一泊ののち、十二月二十七日、兵装を撤去した小型海防艦にすし詰めの状態で乗せられ、台湾をあとにする。

十二月二十九日、鹿児島に上陸すると、そこは一面の焼け野原であった。海軍の鴨《かも》池《いけ》飛行場があってなじみの深かった鹿児島の街は、山形屋デパートの残骸にかろうじて面影をとどめるのみで、完全に瓦礫《がれき》の山と化していた。

焼け残った市外の小学校で復員手続きを終え、三十日、隊員たちは復員列車に乗せられて、流れ解散の形でおのおのの郷里に帰ることになる。

夜通し汽車に揺られて、三十一日早朝、広島駅に到着すると、ここも一面の焦土だった。広島市内出身の香川克己一飛曹がここで降りる。その意気消沈した後ろ姿に、皆、かける言葉もなかった。原爆の跡には百年は草木も生えないと聞かされていたが、瓦礫を片づけたところどころに蒔《ま》かれた麦が力強く芽吹いているのが見え、その青さが角田さんの目に沁みた。

「生きてさえいればなんとか暮らせるのか」

と、角田さんは思った。広島駅では、愛媛県に帰る玉井司令も下車した。いよいよこれで、ほんとうに部隊が解散したのだと、寂しい実感が湧いた。

房総半島の突端近くに帰る角田さんは、東京駅で総武線に乗り換え、昭和二十一

（一九四六）年元旦、故郷の南三原の駅に着いた。

これまでは国のためにと働いてきたが、これからは自分が生きてゆくための戦いである。妻子がいる次男の身で、いつまでも生家にいるわけにはいかない。だが、兄弟たちが戦地から帰ってくるまでは母と祖父を置いて出るわけにもいかない。角田さんは、生家の農作業の手伝いをしながら、職を探した。

そんなある日、角田さんはGHQの占領政策を聞かされて驚いたという。

「財閥解体、農地解放。昭和十一（一九三六）年の二・二六事件で、青年将校がやろうとしていたことと同じじゃないかと。私は貧しい農家の生まれですから、二・二六のときは予科練の同期生たちと決起に加わることを真剣に考えたぐらいで、その行動をいまでも支持しています。あれが成功していたら、満州事変だけでそれ以降の戦争はしなくてすんだと思うんです。いかにもああいう人たちが戦争の導火線になったように言われていますが、全然違うと思います。それで、彼らがやろうとしていたことをアメリカがやってくれて、これは一体どうなってるんだ、と思いました。俺たちは何のために戦争してたんだろうと思って、心底がっかりしましたよ」

昭和二十一年の夏、妻の実家のある常磐線友部《ともべ》駅で降りると、二〇五空の甲板士官（軍紀・風紀を取り締まる）だった同年兵の草地武夫少尉とばったり出会った。

草地さんは、茨城県にできた緊急開拓食糧増産隊に入っているという。昭和二十一年四月に発足したばかりの一期生で、ここで一年間、農家を助けて食糧増産に働けば、新しい開拓地が一町五反（約一・五ヘクタール）払い下げてもらえ、自作農になることができる。

「どこへ行っても追放で就職は無理だから、百姓になろうよ。土地さえ確保しておけば、また羽を伸ばすこともできるよ」

草地さんも農家の次男で、子供が三人いる。角田さんと似た境遇だった。

「一生奉公できると、大船に乗ったつもりでいた海軍でさえ潰《つぶ》れちゃうんだから、こんど就職するときは、いつ会社が潰れても安心して帰れるところをつくっておいてから出直そうよ。いま、十一月一日入隊予定の三期生の募集が行われている。奥さんの実家に寄留して茨城県民になれば応募資格はできるよ」

草地さんの熱心な勧誘に心が動いた。確かに、食糧増産は急務だ。腹が減っては戦はできない。

――突然のように、フィリピン・ルソン島で、サツマイモ二本と塩湯を口にしただけでリンガエン湾の米軍輸送船団に突っ込んでいった特攻隊の戦友のことが思い出された。角田さんは、これからは百姓として生きていくことを決意した。

遺言となった「二度と戦争をしてはいけない、『遺族』を作ってはいけない」

昭和二十一（一九四六）年暮れ、角田さんたち十八歳から四十六歳までの三十数名は、茨城県緊急開拓食糧増産隊三期生として、茨城県内原町《うちはら》（現・水戸市）の、旧満《まん》蒙《もう》開拓青少年義勇軍訓練所の兵舎に入った。ここで、開拓農業を基礎から教わるのである。さらに二ヵ月後、角田さんたちは、鍬《くわ》、斧《おの》が各々に一挺《ちょう》ずつ、鋸《のこぎり》は共同で二挺、天幕二張りと若干の付属物の支給を受けて、神立《かんだつ》地区（現・かすみがうら市）の仮兵舎跡に移された。

角田さんは三期生の代表者に選ばれ、この地区の雑木林に入植することを決め、茨城県開拓課の了解も得た。しかし、このあたりの山林はすべて民有地で、地番、地籍、所有者を調べて地主に払い下げの陳情をしなければならない。

角田さんは、地主に追い返されても、子供たちに石を投げられても、陳情に通った。するとなかには、話を聞いてくれる人も出てくる。美並村《みなみ》の中田康之さんは、「困ったときはお互いさま」と、二反歩の山を開墾することを認めてくれ、ここが角田さんたち三十数名の拠点になった。続いて、中田康之さんの本家・中田穎助さんが、地続きの五反歩の山と、「雪のなか、幕舎暮らしは大変だろう」と、杉の間伐材の丸太を提供してくれた。これは、各自七坪ほどの小屋を建てられる量があり、角田さんも、それで小さな自分の小屋を建てた。角田さんはこの小屋で、妻、四人の子供たちと六人家族で暮らし始めた。

これで、三十数名の生活基盤はできたので、あとは国の買収事業を待つことにした。角田さんたちは神立第五帰農組合と名づけられ、農家としての生活がスタートした。

ただし、このあたりの土地は、火山性灰土の酸性土壌で、農業には不向きである。はじめ、馬鈴薯の種芋を植えてみたが、人の親指ぐらいの大きさにしか育たない。そこで、まずは鶏《にわとり》を飼い、鶏糞《けいふん》を肥料にし、つぎに豚《ぶた》、牛と飼ってその糞も肥料にして、根気よく土地を肥《こ》やしていった。

昭和三十（一九五五）年、同じ七坪ながら大工に小屋を建て直してもらい、母を呼び寄せる。六人家族が七人家族になり、一人一坪の暮らしは、念願の家を新築する昭和三十九（一九六四）年暮れまで続いた。昭和二十九（一九五四）年には、新たに発足した航空自衛隊から、入隊するよう再三の勧誘を受けたが、

「二度と飛行機は操縦するまい、戦争はするまい」

と、かたくなに拒み続けた。自衛隊に入る気はないが、飛行機の操縦ならいつでもできる自信がある。もし万が一、日本がふたたび戦争に巻き込まれるようなことがあれば、敗戦で牙をもがれ、物資もない日本が戦うにはやはり「特攻」以外に手はないだろう。そのときは真っ先に志願して、第一陣で出撃する決意でいた。

「二〇五空のほかの連中も、同じ気持ちだったろうと思います。六十歳を過ぎて、体力に自信がなくなった昭和の終わり頃には、さすがにそんな気持ちも薄れましたが……」

と、角田さんは言う。日本が高度成長期に入りつつあった昭和三十（一九五五）年頃からは、農作業の合間をみては東京・北千住のメッキ工場に季節労働者として通うようになった。農繁期は農業に専念し、畑でサツマイモ、白菜、大根、スイカなどを収穫しては東京の市場に届ける。農閑期には毎朝四時に起き、牛の飼料の草刈りをして六時の汽車で北千住に出、工場で残業をして夜十時に帰ってくるという生活で、文字どおり寝食を忘れて働き通しに働いた。

しかし、その間も戦死した人たちのことは頭を離れることはなく、常磐線に乗って往復四時間、立ちっぱなしの満員電車のなかで、一人一人の若い顔やその最期を思い出しては涙が溢れ、周囲の人に気づかれないよう、ハンカチでそっと目を押さえたりしていた。

昭和三十九（一九六四）年、自宅を新築した頃からは、いくつかの戦友会にも参加することができるようになった。ところが、ようやく生活も落ちついてきたと思った昭和四十四（一九六九）年、妻・くま子さんが急逝する。

「働きづめでしたからね……。家内は百姓の家の生まれでしたから、私よりも仕事ができるぐらいでした。長女を嫁に出して、長男が大学を出て就職して、次男が跡を取ってくれましたから私と一緒に出稼ぎしながら農業をやって、末っ子も銀行に就職が決まった。ほっとしたのもつかの間、その秋に脳溢血《いっけつ》でぽっくりと逝《い》ってしまいました。過労がたたったんでしょうね、かわいそうなことをしました」

妻の死を一つの転機として、角田さんは戦友たちの慰霊の旅をはじめた。

まずは遺族を探そうと、時間を見つけては早朝から厚生省を訪れた。開館と同時に戦死者名簿を出してもらい、本籍地を確認し、昼食も抜いて閉館まで筆記した。戦闘記録はどうなっているか、防衛庁の図書館にもしばしば出かけた。そして戦死者の本籍が判明するたび、手紙を出したが、返事がなかったり、宛先不明で返ってくることも多かった。

「昭和四十年代、戦友たちと語らって、靖国神社に特攻隊の慰霊碑を建てたいと申し出たことがありましたが、靖国神社は全ての戦死者を祀るところなので特攻だけを特別扱いできない、と相手にされませんでした。いまでは靖国神社も、特攻の企画展なんかやってますが、その頃は認めてくれませんでしたね、特攻というものを。それで、軍馬、軍犬、軍鳩の慰霊碑が先に建ったものだから、憤懣《ふんまん》やるかたない。仕方なくあちこち探しているうちに、世田谷山観音寺で、特攻観音というのが祀られているのを知りました。

それで、昭和四十七（一九七二）年頃でしたか、『誰にも遠慮なく、戦死した皆さんの話ができるのはここしかありませんから来てください』と案内状を、ご遺族や関係者に出したんです。そうしたら、北海道からも、九州からも来てくれました。いまでも毎年、秋の彼岸の中日に慰霊法要をやってくれています……」

昭和四十九（一九七四）年、角田さんは、かつての列機・鈴村善一さんから、

「宮崎県の同期生・櫻森文雄飛長のお墓参りに行きたいが、それには最後の体当たりを直接見届けた分隊士に説明してもらうのがいちばんよいと思います。遺族の前では話しにくいでしょうが、当時の状況は私からもよく話しますから、ぜひ同行してください」

と頼まれた。角田さんが開拓農家で苦労していることは鈴村さんもよく知っている。名古屋市内で「八剣工業所」という金属加工の町工場を営んでいる鈴村さんもけっして楽な生活ではなかったが、必死に働いて得たなけなしの私財を、戦死した戦友のため、遺族のために惜しげもなく注ぎ込んでいる。鈴村さんは言った。

「費用が大変でしょうが、全部私が持つと言っては失礼ですから、名古屋駅までは自費で来てください。あとは旅費、宿泊費など帰宅するまで一切私にお任せください。責任をもってお届けしますから」

生活状況まで見抜いての丁重な要請に、角田さんは列機の厚意に甘えて応じることにした。このとき、櫻森飛長の両親に会い、いまだ癒《い》えない遺族の心情に接したことで、

「これは親御さんの丈夫なうちに、一生懸命自分で回らないといけない」

と、角田さんは思った。

「子供たちと相談して、出稼ぎに行った農閑期の金は俺にくれ、遺族をまわってお参りするから、とそれから本格的に始まったんです」

義理堅い鈴村さんは、フィリピン脱出の行軍のときのように、そんな角田さんにいつも寄り添い、戦友会にも一緒に出てくれた。

遺族のなかには、息子や兄弟を失い、国を恨んでいる人もいた。息子が、飛行機の搭乗員になっていたことを知らない母親もいた。同姓の別人に誤って戦死公報が届き、本人の遺族には公報さえ届いていない人もいて、

「いま頃になって戦死していたとは、どういうことだ。貴方《あなた》が責任をとってくれるのか」

と、詰問されたこともある。

「うちの息子は死んだのに、どうして貴方は生きてるんだ」

「大勢の中からうちの息子を選んだのは誰か、教えてほしい」

と責められたこともしばしばだった。遺族の深い悲しみに触れるたび、角田さんの心も痛んだ。角田さんには、

「国のため、家族のため、一生懸命戦ったのですから誉めてあげてください」

としか言えなかった。

角田さんの慰霊の旅は北海道を除く日本全国、また硫黄島、台湾、ニューギニア、ソロモン方面にまでおよぶ。

遺族にとって、息子や兄弟を戦争で亡くした悲しみは、過ぎ去った昔のことではなく、生々しい「いま」である。そんな遺族の姿に接していると、

「昨日の敵は今日の友」

とばかりにアメリカ人と仲直りするなどというのは、角田さんにとっては考えられないことだった。

「偏狭な考えだと言われてもいい。かわいい部下を大勢殺されて、いまさらアメリカと仲良くなんてできるもんですか」

と、角田さんはつねづね言っていた。昭和五十年代、元零戦搭乗員の集いに、「エース」と称する元米軍パイロットが来たさいにも、

「エースだと？　貴様、俺の仲間を何人殺したんだ。何をのこのこ日本に来たんだ」

と詰め寄り、周囲をはらはらさせている。

昭和五十二（一九七七）年八月、特攻隊慰霊祭のため、関係者とともにフィリピンへ渡ったとき、角田さんは、一行で最年長だった櫻森飛長の八十歳になった父親に、櫻森機の最期の状況を、その終焉《しゅうえん》の地であるレイテ湾を望みながら報告した。

「この湾に、隙間《すきま》がないほど敵の艦艇が集まっていました」

角田さんは言った。

「長官か参謀を零戦に乗せて、その様子を見せたかった。見た上で、命令してほしかった」

あの戦いの日、連合軍の艦船でいっぱいだった広いレイテ湾には、一隻の船も、また一機の飛行機の姿も見えず、ただ真っ青に晴れた空と海が広がっていた。

「櫻森飛長が、火の玉になって空母『フランクリン』に命中するところまでを御父様に報告できて、やっと『戦果確認機』としての使命を果たすことができたと思いました」

と、角田さんは述懐する。

その後も角田さんの慰霊行脚《あんぎゃ》は続くが、戦後五十年を経た平成七（一九九五）年以降は、たいてい私も同行している。歴戦の戦闘機乗りでありながら、角田さんは、高いところの苦手な人であった。しかも、乗り物に酔うたちでもあった。最初に予科練を受験したときは汽車に酔って力が出せず、翌年、受験したときには自転車を漕いで試験会場に向かったという。自分で戦闘機の操縦桿を握るときは何ともないのに、「常磐線の千住大橋を渡るときは目をつぶる」「宿屋の二階には怖くて泊まれない」というほどだった。

やがて、寄る年波で、一本だった角田さんの杖はいつしか二本になり、靖国神社の本殿の階《きざはし》を上り下りするのも一苦労するようになった。慰霊祭に向かう道中、電車のなかで気を失い、救急病院に運び込まれたこともあったが、それでも角田さんは、関係した部隊の慰霊祭に靖国神社へ行くことをあきらめなかった。

平成十四（二〇〇二）年秋、鈴村善一さんが、循環器系の難病で入院したと聞くと、角田さんは不自由な体をおして、一人で名古屋の病院に見舞いに行っている。角田さんは、昭和二十（一九四五）年一月二十五日、フィリピン・ツゲガラオ基地からの最後の特攻出撃で、行軍中に自分の着ていたシャツと交換してまで角田さんのために椰子酒を届けてくれた鈴村さんを、特攻隊員として指名したことにずっと負い目を感じていた。そのときの椰子の実は、自分自身の心の戒めとして、角田さんは最期まで大切に保管していた。

鈴村さんが息を引き取ったのは、翌平成十五（二〇〇三）年一月三十日のことである。享年七十六。名古屋市の葬祭場で執り行われた通夜、告別式には、角田さんをはじめ、十三名の元二〇五空特攻隊員が泊まりがけで集った。

戦後、角田さんの脳裏から離れなかったのは、小田原大佐からダバオで聞かされた「大西中将の特攻の真意」のことである。

「大西中将は、本土決戦さえ防ぐことができれば、たとえ国は滅びても日本民族は残る、残った民族に将来の再興を託す、という最終の決断をされたのでしょうね」

——若い搭乗員が肉弾となって命を散らすことで、講和への道を拓く。自分たちの死が、日本にふたたび平和をもたらす。

「戦争に勝てるとは思えない。しかし、そういうことならやむを得ない」

と、角田さんは心底で納得しようと努力しながら、それを拠《よ》りどころに終戦まで戦い抜いたのだ。

ところが、角田さんが聞かされたはずのその「真意」は、特攻作戦を推し進めた第一航空艦隊先任参謀・猪口力平大佐と第二〇一海軍航空隊飛行長・中島正中佐の手により特攻の「正史」として出版された『神風特別攻撃隊』（日本出版協同・昭和二十六年刊）をはじめ、戦後、海軍のしかるべき地位にあった関係者が著した書籍などでも全く触れられていない。

「自分が聞いた話は幻だったのか」

角田さんは、同じ話を聞いたはずの元上官や部下に、折に触れそのことを問い合わせたが、一向にはかばかしい答えは返ってこなかった。だが、特攻隊慰霊祭で出会い、意気投合した元第一航空艦隊副官（大西中将の副官）・門司親徳主計少佐とともに、周囲が呆れるほどの熱意をもってそのことの裏づけをとるため奔走し、ついには大西中将夫人・淑惠さん、フィリピンで最初の特攻隊が編成されたとき、現地指揮官の会談で大西中将から直接構想を打ち明けられた第二十六航空戦隊参謀・吉岡忠一中佐から、「間違いない」とのお墨付きを得ることができた。

角田さんは、著書『修羅の翼』（今日の話題社。現在は光人社NF文庫より刊行）にそのことを書いたが、さらに私に、第三者の立場で、門司さんと角田さん、つまり司令部側と搭乗員側の双方の視点から大西中将の真意を明らかにしてほしいと言い、当時の一次資料を惜しげもなく提供してくれた。そうして、私は、門司さんほかの司令部要員や角田さんほか生き残り特攻隊員、遺族を可能な限り取材し、平成二十三年（二〇一一年）、『特攻の真意』（文藝春秋、現在は文春文庫）という本を上梓した。

「私はかねがね、大西中将の『特攻の真意』を伝え残すために生かされてきたと思ってるんですが、この本を出してもらって、私の役割はもう終わったと思うんですよ。おそらく寿命も近いでしょうし、もういつ死んでも悔いはありません」

本を届けたとき、角田さんはしみじみとした口調で言った。心のこもった言葉に、私は、著者というよりも、人間冥利《みょうり》に尽きると思った。

「いまもよく夢に見ます。死んだ連中が出てきて、眠っていてもこれは夢だとわかるから、はじめのうちは、『お前たち、また出てきやがったか！　早く成仏しろ』と追い払うように無理やり目を覚ませたものですが、歳月が経てば経つほど、夢なら覚めないでほしい、もっとゆっくり会っていたいと思うようになりました。でも、そう思えば思うほど、夢ははかなくすぐに目が覚めてしまうんです」

でも……と、角田さんは言う。

「特攻隊員が敵艦に向かって突入し、目を見開いて、これで命中する、とわかったとき、幸せに胸をふくらませたであろう気持ちは、自分の体験に照らして信じています。ただ、これを戦後世代の人に理解してもらうことはむずかしいでしょうね。ほんとうに胸をふくらませるような、幸せな気持ちになったことがある人が果たしているのかどうか……」

九十歳を超えて歩行がさらに困難になり、外出が意のごとくならなくなったあとも、角田さんは自宅で、亡き戦友たちを静かに弔《とむら》い続けた。

朝、起きると、戦友たちの遺影のアルバムを広げて般若心経《はんにゃしんぎょう》を読む。日中は、同居する次男・照実さん夫婦が勤めに出て、客がなければ物音ひとつ聴こえない自室で物思いに耽《ふけ》り、夕食のあとは夜十一時過ぎまで起きて本を読む。ベッドに入ると、自分の関係した部隊の戦没者百七十七名の氏名を「南無阿弥陀仏」とともに唱える。

時おり、『修羅の翼』を読んで話を聴きにくる客がいると、角田さんは不自由な体を押して一人一人に丁寧《ていねい》に応対し、ときに涙を浮かべながら戦時中を振り返った。戦後世代が元零戦搭乗員をサポートすることで慰霊活動を続ける「NPO法人零戦《ゼロせん》の会」の、小さな子供がいる若い会員のために、角田さん自ら畑でスイカをつくり、夏になるとスイカ狩りに誘ったりもした。

「米や野菜は息子に任せましたが、スイカだけは口も手も出します」

角田さんは自ら選んでスイカを摘み、やさしく子供に手渡す。その姿は、日本の未来を担う世代に、バトンを託すかのようだった。

そんな角田さんが倒れたという知らせを受け取ったのは、平成二十四（二〇一二）年秋のこと。脳梗塞らしかった。平成二十五（二〇一三）年二月十四日、死去。享年九十四。

ふつう、この年代になると同世代の友人がほとんどいなくなっているので、葬送の式は寂しいものになりがちである。だが、かすみがうら市の斎場で執り行われた角田さんの通夜、告別式には、交通不便な場所であるにもかかわらず、親族はもとよりかつての戦友、遺族、著書や慰霊祭を通じて出会った人たち、角田さんを取材したメディアのスタッフなど、斎場いっぱいの人々が参列し、別れを惜しんだ。

大戦中、誰よりも長く、誰よりも勇敢に戦った角田さんは、戦後はいっさいの我欲を捨てて、慰霊と巡拝に後半生を捧げた。何ごとも自分のことは二の次で、人を思いやる真心のこもった人柄ゆえ、周囲に愛され、尊敬を集めていた。

こんな日本人がいた、ということを知るだけで、ややもすれば暗黒に塗りつぶされがちな、日本の戦前、戦中に対する印象はずいぶん違ったものになると思う。

「特攻隊員の死はけっして徒死《むだじ》になどではなく、日本に平和をもたらすための尊い犠牲であったと思いたい。でも、親御さんたちの、子を想う姿を見ていると、たとえ平和のためであっても、二度と戦争をしてはいけない、『遺族』をつくってはいけない、とつくづく思います」

最後に会ったとき、特攻を振り返って角田さんは言った。この言葉が、私にとっての角田さんの遺言になった。

角田和男（つのだ　かずお）
大正七（一九一八）年、千葉県に生まれる。昭和九（一九三四）年、予科練（のちの乙種予科練）五期生として横須賀海軍航空隊に入隊。昭和十三（一九三八）年、飛行練習生を卒業し、戦闘機搭乗員になる。空母「蒼龍」乗組だった昭和十四（一九三九）年、南寧空襲で初陣を飾り、昭和十五（一九四〇）年、第十二航空隊の一員として、制式採用されたばかりの零戦を駆って出撃を重ねる。筑波海軍航空隊教員として日米開戦を迎え、昭和十七（一九四二）年八月、第二航空隊戦闘機分隊士としてラバウルに進出。翌十八年六月、内地に帰還するまでの約十ヵ月にわたり、ソロモン航空戦を戦い抜いた。昭和十九（一九四四）年六月、第二五二海軍航空隊の一員として硫黄島に進出、激戦に参加。さらに十月、フィリピンに進出し、特攻隊直掩機として出撃を重ねた。昭和二十（一九四五）年一月、飛行機を失い台湾に脱出したのちは第二〇五海軍航空隊に転じ、特攻隊員として終戦を迎えた。海軍中尉。本人の記録によると、単独での撃墜戦果は十三機、協同撃墜約百機にのぼる。戦後、茨城県の荒れ地を開拓し、農業に従事。また、戦没者の慰霊巡拝に後半生を捧げた。平成二十五（二〇一三）年二月歿、享年九十四。

昭和13年、佐伯海軍航空隊にて、戦闘機専修の同期生たちと。前列左端が角田さん

角田さんが操縦する第十二航空隊の九六式艦上戦闘機。
大石英男二空曹が撮影した

昭和17年5月、結婚記念写真

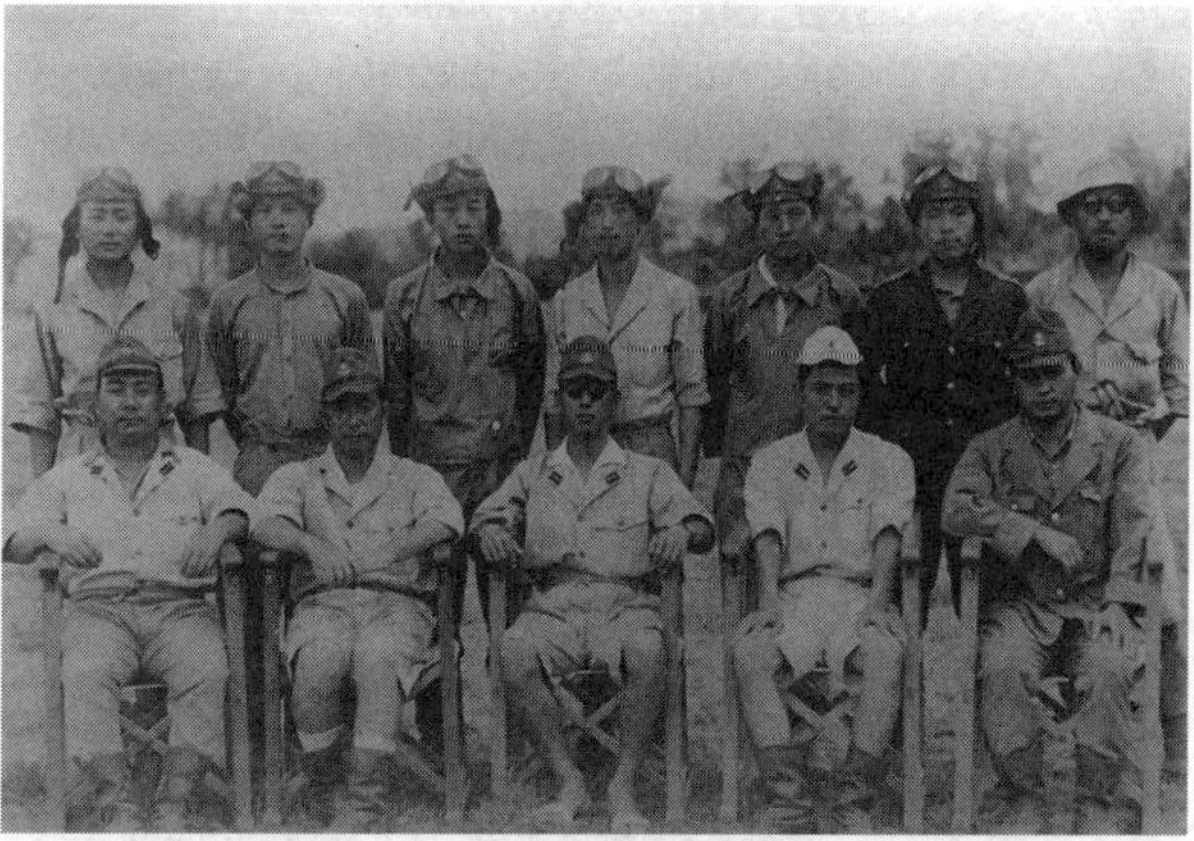

昭和17年10月、ラバウル基地の第二航空隊隊員たち。前列左より和田整曹長、輪島飛曹長、倉兼大尉、二神中尉、角田さん。後列左より森田三飛曹、長野一飛、横山二飛曹、山本一飛、石川二飛曹、生方一飛、細田一整曹

昭和17年8月26日の空戦で被弾し、ニューギニア・ブナ基地に放置された角田さん搭乗の零戦三二型、Q-102号は、のちに米軍の手に渡り、飛行テストに使用された

昭和17年暮れ、ラエ基地にて。左より角田さん、大槻二飛曹、明慶飛長

昭和18年6月2日、角田さんがブインを離れる日、五八二空戦闘機隊の隊員たち。椅子に座っている左より鈴木宇三郎中尉、司令・山本栄大佐、進藤三郎少佐、野口義一中尉、角田さん（飛曹長）、竹中義彦飛曹長

昭和19年、硫黄島に進出前。三沢基地にて

転勤記念に山本司令とともに

昭和19年10月30日、特攻機の突入で炎上する米空母「フランクリン」「ベロー・ウッド」。角田さんはこの突入の一部始終を間近に見ていた

昭和19年11月6日、角田さんは神風特攻梅花隊に編入される。左より高井威衛上飛曹、和田八男上飛曹、坂田貢一飛曹、尾辻是清中尉、角田さん（少尉）、岡村恒三郎一飛曹

昭和19年11月11日、マニラ湾岸道路から出撃する角田さん搭乗の零戦。毎日新聞社の新名丈夫記者が撮影した

大義隊出撃前、整列する搭乗員に訓示をする司令・玉井浅一中佐（壇上）

昭和20年3月9日、出撃待機中の第二〇五海軍航空隊・神風特攻大義隊の隊員たち。前列左より鈴村善一二飛曹、高塚儀男二飛層、藤井潔二飛曹、磯部義明二飛曹、永田正司二飛曹。後列左より常井忠温上飛曹、村上忠広中尉、角田さん（少尉）、小林友一上飛曹

昭和20年8月、台湾で終戦を迎え、最後の飛行服姿

昭和19年11月6日、特攻隊命名式の直後

平成11年8月、角田さんが自ら畑で丹精込めてつくったスイカを、子供に手渡す

第七章

外伝　一枚の写真から

まずは左の写真をご覧いただきたい。

この写真、いつ、どんなグループを撮った写真かおわかりになる読者はいるだろうか。

みんなもう、相当酔っぱらっているであろうことは、色彩のない白黒写真からも伝わってくるから、酒席であることはわかる。楽しげといえば楽しげだが、なんだかやけくそな感じもする。襟《えり》の階級章を見て、旧日本海軍の軍人であることに気づいた人もいるかもしれない。だが、女性のような姿もあるし、軍隊で撮られた写真にしては、なんだか拭《ぬぐ》いがたい違和感が残る。

この写真自体は、いくつかの本に掲載されているから見覚えのある人もいるかもしれないが、間違った解説（おそらく取材ではなく想像で書かれた）が付記されているものが目立つ。だからちゃんと取材した上で、ここで通説の誤りも併せて正しておく。

正解は、昭和十九（一九四四）年五月二十七日（土）、当時は休日だった海軍記念日に、青森県の三沢基地宿舎で撮られた、第二五二《ふたごおふた》海軍航空隊の司令、飛行隊長以下、零戦搭乗員の面々である。

昭和19年5月27日、三沢基地。二五二空の隊員たち。
前列左から、後藤喜一上飛曹（20.1.6　フィリピン・リンガエンで特攻戦死）、宮崎勇上飛曹（生存・平成24年歿）、木村國男大尉（19.10.14　台湾沖で戦死）、飛行隊長・粟信夫大尉（19.6.24　硫黄島で戦死）、司令・舟木忠夫中佐（20.7.10　フィリピン・クラークで戦死）、花房亮一飛曹長（生存・戦後歿）。
2列め右から2人め・桝本真義大尉（19.6.24　硫黄島で戦死）、その左の女装姿・村上嘉夫二飛曹（19.11.5　フィリピン・マバラカットで戦死）、その左・勝田正夫少尉（19.6.24　硫黄島で戦死）、その左のほっかむり・成田清栄飛長（19.7.3　硫黄島で戦死）、成田飛長の左上・角田和男少尉（生存）、角田少尉の上の化粧姿・若林良茂上飛曹（19.12.15　フィリピン沖で特攻戦死）、その右・橋本光蔵飛曹長（19.6.24　硫黄島で戦死）

同じ日に撮られた別カット。
前列左から、筒口金丸上飛曹（19.12.11　フィリピン・クラーク沖で戦死）、若林良茂上飛曹、村上嘉夫二飛曹、成田清栄飛長。

軍隊の隊内だからあたりまえだが、女装している者もふくめ、全員が男である。顔が写っていない者もふくめ三十名ほどが収まっているが、この写真に写っている隊員のうち、一年三ヵ月後に生きて終戦を迎えたのは三名だけである。

氏名が判明しているのは、前列左から、後藤喜一上飛曹、宮崎勇上飛曹、木村國男大尉、飛行隊長・粟信夫《あわのぶお》大尉、司令・舟木忠夫中佐、花房亮一飛曹長。二列目右から二人目・桝本真義大尉、村上嘉夫二飛曹（女装）、勝田正夫少尉、成田清栄飛長、成田飛長の左上・角田和男《つのだかずお》少尉、角田少尉の上の化粧姿・若林良茂上飛曹、その右・橋本光蔵飛曹長。

舟木中佐以外は全員が、十代後半から二十代半ばの若者だった。

さて、通常の土曜日ならば午前中の勤務があるところ、この日は海軍記念日ということで、三沢基地では、隊員たちの慰労演芸会を催したり、一般客を基地内に招いて屋台を出したりする、いまで言うところの「基地祭」あるいは「オープンハウス」が予定されていた。

ちなみに「海軍記念日」とは、日露戦争時の明治三十八（一九〇五）年五月二十七日、東郷平八郎大将率いる聯合《れんごう》艦隊がロシア・バルチック艦隊と戦い、一方的勝利をおさめた「日本海海戦」にちなんだ記念日である。

悪化する戦況のなか中止された演芸会。自棄酒《やけ》に酔う搭乗員たちの凄惨《せいさん》なその後

二五二空は、昭和十五（一九四〇）年十一月、朝鮮半島東岸の元山《げんざん》（現・北朝鮮）で編成された元山海軍航空隊戦闘機隊を母体とし、そこから昭和十七（一九四二）年九月、戦闘機隊が独立する形で編成、改称された航空隊である。南太平洋のラバウル、ソロモン方面の激戦で活躍したのち、昭和十八（一九四三）年には中部太平洋に転用され、マーシャル、ギルバート諸島に展開したが、同年秋にはじまった米軍の侵攻、なかでも米海軍が新たに投入した戦闘機・グラマンF6Fヘルキャットとのたび重なる交戦で壊滅状態に陥り、内地で再建をはかっているところであった。

昭和十九（一九四四）二月、千葉県の館山《たてやま》基地で錬成をはじめ、さらに北方守備を担当する第二十七航空戦隊の麾下《きか》部隊となって、三月末からは三沢基地で訓練に明け暮れている。

司令は生粋《きっすい》の戦闘機乗りである舟木忠夫中佐、航空隊には戦闘第三〇二飛行隊が付属し、飛行隊長は粟信夫大尉、飛行機定数・零戦四十八機。搭乗員のなかには、支那事変以来、海軍戦闘機隊有数の戦歴をもつ角田和男少尉や、ラバウル、マーシャルの

激戦をくぐり抜けてきた花房亮一飛曹長、宮崎勇上飛曹、若林良茂上飛曹らベテランがおり、戦況が悪化し、搭乗員の消耗に補充が追いつかなくなっていた当時としては充実した陣容だったが、これから訓練の必要な、実戦経験のない若いパイロットも多かった。

飛行隊長の粟大尉は、海軍兵学校を六十九期生として卒業、昭和十八年二月に飛行学生を卒《お》え、蘭印（現・インドネシア）の第二〇二《ふたまるふた》海軍航空隊に配属されたが、敵機と戦う機会のないまま、二五二空に転勤となった。分隊長には、海軍兵学校七十期出身の木村國男大尉、桝本真義大尉が着任してきたが、二人とも実用機教程の飛行訓練を卒えたばかりで、実戦部隊での勤務ははじめてである。

角田和男さんによると、粟大尉は、初対面の挨拶で、自らに実戦経験のないことを率直に明かしたうえで、

「これからいくら急いでも、少しは訓練しなければ戦争になりません。この飛行隊はあなたに預けますから、あなたの思うように訓練して、あなたの思うように使ってください。私は名前だけの隊長でよろしいですから」

と、階級の垣根を越えて角田さんに懇請《こんせい》したという。

飛行時間で比較すると、角田少尉がすでに三千時間を超えていたのに対し、粟大尉

は七百時間、木村大尉、桝本大尉はそれぞれ三百五十時間程度で、戦闘機乗りとしての経験、実力は比較にならない。空の戦いは階級ではないことを、粟大尉はきちんと自覚していたのだ。

三沢基地の周辺は、春は霧が多く、五月になっても山の頂《いただき》には雪が残る。ひとたび天候が急変すれば、濃霧は零戦の飛行速度以上の速さで広がり、容赦なく視界を遮《さえぎ》って着陸を妨《さまた》げる。悪天候が原因の殉職者もでた。そんな過酷な条件で、来《きた》るべき出動に備え、二五二空の搭乗員たちは猛訓練を重ねた。それはまさに、当時の流行歌に歌われた「月月火水木金金」そのものだった。

五月二十七日の海軍記念日に、演芸会をやるという話が隊員たちに伝えられたのは、そんな訓練のさなかのことだった。航空隊で、祝日やなにかの記念日に演芸会を催すのはよくあることで、たいていの部隊には、一見、軍隊には縁のなさそうな、帳簿外の舞台道具や衣裳が揃《そろ》っている。たとえ道具が足りなくても、兵隊にはさまざまな前職の者がいるから、大道具、小道具、衣装、たいていのものは自分たちで作ってしまう。

隊員たちは猛訓練の合間に、分隊対抗の演芸会の出し物を考えたり、練習をしたりして、その日がくるのを楽しみに待っていた。

ところが、準備万端ととのった当日の朝になって、二五二空の上部組織である第二十七航空戦隊の先任参謀が、

「この非常時に演芸会などもってのほかである」

と、予定のすべてを中止するよう命じてきたのである。すでに演芸用に衣装を着替え、顔に白粉《おしろい》を塗ってスタンバイしている者もいたほどのギリギリのタイミングだった。

事実、この頃には中部太平洋方面の戦況は風雲急を告げ、非常時であることは間違いない。

二月十七日、聯合艦隊の一大拠点であったトラック基地が、敵機動部隊艦上機の奇襲で壊滅。トラックに代わる拠点となったパラオも、三月三十日、三十一日と敵機動部隊艦上機による大空襲で大打撃を被《こうむ》っている。

階級や立場により、戦況の認識に差はあるものの、戦況が思わしくないこと、自分たちの出撃が近いことは隊員の誰もが理解している。

「戦争だ、仕方がない」

と、みんな、楽しみを潰《つぶ》されてぶつぶつ言いながらも、通常の日課に戻ろうとして

いた。

……すると、宿舎の入り口近くで、

「おーい、汁粉《しるこ》はどこだぁ？」

というのんびりした声が聞こえる。角田少尉が宿舎の窓から顔を出して見ると、それは二十七航戦司令官・松永貞市《さだいち》中将だった。

松永中将は、「しるこ券」と書かれた券を手にもってひらひらさせながら、汁粉の屋台を探していたのだ。つまり司令官は、基地祭が中止になったということを知らずにいた。中止させたのは、先任参謀の独断だったのである。これは、幕僚としての越権行為と言っていい。

このことが、隊員たちの不満に火をつけた。

「こんちくしょう、中止は参謀が勝手に決めたのか。馬鹿馬鹿しい、みんな、今日は飲もうぜ」

角田さんが声をかけると、搭乗員宿舎に、この日のために用意していた酒や食料がまたたく間に集められた。そして、演芸の衣装もそのままに、昼間から宴会がはじまったのだ。

松永中将は、開戦早々、マレー沖でイギリス東洋艦隊を壊滅させた航空戦隊司令官として名高いが、なにごとにも口やかましく隊員たちから煙たがられている。上層部への、言葉に出せない鬱憤《うっぷん》は、部隊の幹部のあいだにも溜まっている。そのことを知っている角田さんは、

「搭乗員一同、愉快にやっております。ぜひ顔を出してください」

と、司令室や士官室にも若い搭乗員を使いに出した。ほどなく、司令・舟木中佐と飛行隊長・粟大尉、分隊長・木村大尉、桝本大尉らも、自費で購入したビールケースを従兵にかつがせて加わった。

こうして、司令、隊長から下士官兵搭乗員までが一緒になっての宴会は、夜半過ぎまで続いた。歌う者、練習していた芝居を演じる者、わけのわからないことを言ってゲラゲラ笑う者、急に泣き出す者……搭乗員宿舎は軍隊らしからぬ笑いと歓声に包まれたという。写真は、そんなさなか、カメラを趣味としていた西川作一二飛曹の手で撮られたものである。

やがて東の空がほんのりと白み始めた頃、酔いつぶれた舟木司令を戸板に乗せ、それを搭乗員たちがかついで司令室へと運び出したのをしおに、さしもの宴もお開きに

なった。

しかし、話はこれで終わらない。

翌五月二十八日は日曜日である。この日は課業の予定はないので、搭乗員たちは、めいめいの寝台で朝寝を決め込んでいた。

すると突然、ときならぬ搭乗員整列の隊内放送が流れる。すわ、何ごとかと整列した搭乗員たちの前に、件《くだん》の先任参謀が立った。

「これより総員、飛行場一周のマラソン大会を行う。かかれ！」

広大な飛行場、その周囲を一周するだけで優に十キロはあるが、否も応もない。突然で理不尽な命令だが、突然はじまって、理不尽に弾丸《たま》が飛んでくるのが戦争である。いわば、理不尽に耐えることも訓練のうちなのだ。軍隊に何年もいて戦争をやっていると、理不尽に対する一種のあきらめもある。上官の命令とあらば、やむを得ない。

角田和男さんが、二日酔いでガンガン痛む頭をかかえながら走りだすと、周囲にはやはり、昨夜の酒が残っているのか、蒼《あお》い顔をしながら走っている者、うずくまって吐く者が何人もいた。

ところが、同じように朝まで飲んでいたはずの飛行隊長・粟大尉は、ふだんとまったく変わらない様子で、表情一つ変えず、伸びのあるきれいなフォームで疾走してゆく。

「さすが海兵出はちがうなあ。まさに指揮官先頭の海軍精神だ」

みるみる遠ざかってゆく長身の粟大尉の後ろ姿を見送りながら、角田さんは感嘆した。

分隊長・木村大尉と桝本大尉も、粟大尉に続く。その後ろには、予科練出身の若い搭乗員たち。彼らは、少しでも手を抜けばあとあと大変な罰直が待っているので、一生懸命である。少し遅れて、古い下士官や准士官のベテラン搭乗員が、不満たらたらの態度でゾロゾロと走る。軍隊ずれした彼らは、多少怠《なま》けても制裁を受けることはないし、こんなことで必死になるのは馬鹿馬鹿しいと思っている。

何キロも走らないうちに、角田さんはビリに近くなっていた。空に上がれば無敵でも、二日酔いには勝てない。思えば、搭乗員になってからこれまで、酒の上での失敗は数知れず、ラバウルでは、酔った勢いで上官を殴り、懲罰を受けそうになったこともあった。ふだんは温厚篤実、部下に荒い言葉一つ浴びせない分隊士（分隊長の補佐）だが、酒が過ぎるといけないということは自覚している。しかし、わかっていてもやめられない。

「これじゃあ、若い連中に示しがつかないな」

と、角田さんは思った。

「仕方ない、隊長や部下たちも走ってるんだ。ビリでもいいから、完走しよう」

そのとき、角田さんの真横を、ドタドタといかにも重そうな走りで追い越していった士官がいた。搭乗員たちは事業服、あるいは草色の第三種軍装の上着を脱いだ、シャツとズボンに飛行靴というでたちだが、この士官は、第三種軍装に黒い短靴のままである。肩には、金色の参謀飾緒が、跳ねて揺れている。

「先任参謀だ！」

どうして参謀まで走っているのかわからないが、これは、間違っても負けるわけにはいかない。年齢も、参謀のほうが十五歳は上だろう。角田さんは必死で抜き返す。するとまた、ヒイヒイ言いながら参謀が前に出る。角田さんが追い抜く。……そんなデッドヒートを繰り広げ、かろうじて参謀を振り切ってビリから二番めで完走した角田さんは、ゴールと同時にぶっ倒れた。

「参謀がビリでも完走したのは立派でした……」

と、角田さんは回想する。

軍隊の指揮系統でいうと、参謀は司令官を補佐し、司令官の命令を伝達することはあっても、直接命令をくだすことはない。参謀が独断で演芸会を中止させたことに対し、みんなが怒ったのもそのためだった。

統率の筋道から言えば、おそらくこの日のマラソン大会は、汁粉を食いそこなった松永司令官から、参謀を通じて達せられた命令であったと思われる。

宴会からひと月後、硫黄島《いおう》に進出した二五二空はわずか三日で壊滅

圧倒的な航空兵力をもって進撃速度を増した米軍をはじめとする連合軍は、六月十五日、サイパンに米軍が上陸したのを皮切りに、いよいよ日本の喉元ともいえるマリアナ諸島への侵攻を開始した。

サイパン、テニアンが敵手に落ち、米軍の新型爆撃機、ボーイングB－29がそこを拠点にするようになれば、日本本土のほぼ全体が爆撃可能圏内となる。

空母九隻を主力とする日本海軍機動部隊は、空母十五隻を揃えた強力な米機動部隊に総力をもって挑んだが、六月十九日から二十日にかけて戦われた「マリアナ沖海戦」で一方的敗北を喫し、虎の子の空母搭載機がほぼ全滅する。

いっぽう、日本本土からは、横須賀海軍航空隊と、二五二空をふくむ第二十七航空戦隊とで臨時に編成した「八幡《はちまん》空襲部隊」と第三〇一海軍航空隊が小笠原諸島の硫黄島に進出、味方機動部隊に呼応してサイパン沖の敵機動部隊を攻撃するよう命ぜられるが、梅雨前線に行く手をはばまれ、ようやく第一陣が進出できたのはマリアナ沖海戦も終わった六月下旬のことである。

二五二空は、六月二十一日、粟大尉率いる三十機が硫黄島に進出した。

日本機動部隊を殲滅《せんめつ》した米機動部隊は、勢いに乗じて、こんどは日本本土からのサイパン救援の動きを封じるため、硫黄島に向かった。

六月二十四日、五百ポンド爆弾を搭載したグラマンF6F戦闘機五十一機が、硫黄島を急襲する。日本側はレーダーでこれを察知、横空、二五二空、三〇一空の零戦五十九機で邀撃《ようげき》した。この空戦で零戦隊は、F6F六機撃墜の戦果と引き換えに三十四機を失う。

さらに日本側は、第一次・「天山《てんざん》」艦攻二十機、第二次・「天山」艦攻九機、「彗《すい》星《せい》」艦爆三機、零戦二十三機、第三次・一式陸攻十八機の攻撃隊を敵機動部隊に向け発進させるが、敵艦になんらの損傷も与えることはできず、この日の未帰還機の合計は六十機にのぼった。

昭和19年5月、三沢基地の第二五二海軍航空隊の零戦。
左は五二型、右は二一型

二五二空も、粟信夫大尉、桝本真義大尉、勝田正夫予備少尉、橋本光蔵飛曹長、名倉誠上飛曹、戒能守上飛曹、小山勇上飛曹、辻忠呂久一飛曹、吉岡恒右門飛長、佐藤忠次飛長の十名を失った。

海軍記念日の宴会から、わずかひと月足らずのことである。

六月二十五日、木村大尉が率いる第二陣十六機、三十日、角田少尉の率いる第三陣十三機が硫黄島に進出、ようやく移動を完了する。

だが、七月三日、四日にも硫黄島は激しい空襲を受け、邀撃に上がった零戦隊は、三日に三十一機、四日に十二機を失った。二五二空の戦死者は、三日・石田乾飛曹長、前田秋夫上飛曹、岡部任宏上飛曹、赤崎裕一飛曹、若松千春一飛曹、西川作一二飛曹、川越實二飛曹、勝又次夫二飛曹、成田清栄飛長、沢崎光男飛長の十名、四日・久木田正秀一飛曹、藤田義光一飛曹、平塚辰己飛長、田代澄穂飛長の四名。角田さんは語る。

「石田飛曹長は温厚沈着で、若いのに大人の風格をもった人でしたが、第一次の空戦で上官全員を失ったことで責任を感じているようで、ほとんど口をきかなくなっていました。

搭乗員たちの写真を撮ってくれた西川二飛曹、女装のよく似合った成田飛長、若松一飛曹、田代飛長……みなかわいい十代の少年たちが還《かえ》ってきませんでした」

橋本光蔵飛曹長は、水上偵察機から戦闘機に転科した人で、空戦経験はなかったが、負けず嫌いで闘志あふれる搭乗員だった。高度二千メートル以下の低空でグラマンと激しいドッグファイトの末、被弾。落下傘降下したものの、硫黄島南方の海に沈んだ。

「橋本飛曹長は結婚していて、館山基地の隊門のそばに奥さんの実家がありました。七月六日、補給のためいったん館山基地に帰ったとき、外出しようとすると奥さんが生まれたばかりの赤ちゃんを抱いて立っていて、顔見知りの搭乗員をつかまえては、『うちの人はまだ帰りませんか、いつ頃帰るのでしょうか』と聞くので、みんな答えに窮《きゅう》してしまって……。戦死の公報はまだ出ていないし、報告に行けば硫黄島の敗戦の状況を説明しなければならないし、生まれたばかりの子供を抱いて、おそらく不安で胸が張り裂けんばかりの奥さんに話す勇気は、私にはありませんでした」

橋本飛曹長の奥さんには、舟木司令が自ら戦死の報告をしたという。

ささやかな笑いを誘う出来事もあった。七月三日の空戦で被弾、海上に不時着水した筒口金丸上飛曹は、夜の十時頃、ようやく島に泳ぎつき、搭乗員宿舎にひょっこり帰ってきた。ところがそのときには、筒口上飛曹が戦死したと思い込んだほかの隊員たちが「遺品整理」と称し、衣服や官給品を持ち去っていて、着替えもなにもなくなっている。やむなく、濡れねずみのまま黙って寝たふりをしていると、暗闇のなか、誰かがごそごそと這《は》い寄ってきては持ち去った物を置いていき、朝までには全部、元通りに返されていた。

「分隊士、ここではうっかり戦死もできません。仲間に裸にされてしまいますよ」

筒口上飛曹は角田さんに話しかけ、その場にいた若い搭乗員たちも一緒に大笑いしたという。

二五二空零戦隊は、硫黄島でのたった三日の空戦で壊滅した。グラマンF6Fは、零戦を凌《しの》ぐ性能を持ち、弾丸の初速が速く弾道直進性のよい十二・七ミリ機銃六挺《ちょう》を両翼に装備、強靱な機体強度と防弾性をそなえ、旋回性能においても零戦にひけをとらない。これと戦って勝ち残ることができるのは、角田少尉や宮崎上飛曹のような限られたベテラン搭乗員のみであった。

二五二空はふたたび再建されることになり、新司令に藤松達次大佐、副長に八木勝利中佐が着任、千葉県の茂原《もばら》、館山の両基地を拠点に、戦闘第三〇二飛行隊、戦闘第三一六飛行隊、戦闘第三一七飛行隊の三個飛行隊を擁する大部隊となった。

激戦を生き残った強者《つわもの》まで特攻へ。そして終戦時生存者はわずか三名

十月十一日、訓練中の二五二空零戦隊に急遽《きゅうきょ》、出動命令がくだる。マリアナを奪取した連合軍のつぎの目標は、大方フィリピンにちがいない。二五二空は、ひとまず鹿児島県の第二国分基地に進出したが、翌十二日、台湾が米機動部隊艦上機による大空襲を受け、それを迎え撃つべく、日本陸海軍の航空部隊が九州、沖縄の基地を発進。世に言う「台湾沖航空戦」がはじまる。

鹿屋《かのや》基地から出撃した陸上爆撃機「銀河《ぎんが》」、一式陸上攻撃機計五十六機、沖縄を発進した艦攻二十三機、陸軍重爆撃機二十二機が夜間攻撃を敢行《かんこう》し、

〈撃沈二隻、中破二隻、艦種不明なるも撃沈、中破各一は空母の算大〉

という戦果を報じた。

十月十三日も、台湾は激しい空襲にさらされたが、鹿屋から四十五機の攻撃隊が発進、薄暮攻撃を行っている。十月十四日には、南九州各基地から四百機以上、またフィリピンからは海軍、陸軍あわせて百七十機が出撃、航空攻撃はさらに十五日、十六日と続行され、敵機動部隊の空母ほとんどを撃沈したと報告したが、じっさいに沈ん

だ敵空母は一隻もなく、戦果は幻にすぎなかった。

戦果判定の多くは、薄暮から夜間の攻撃で、味方機が自爆、炎上するのを敵艦の火災と誤認したものだったのだ。

十月十二日から十六日まで五日間にわたって続いた「台湾沖航空戦」で、日本側が四百機の飛行機を失ったのに対し、戦果は八隻に損傷を与えただけだった。米軍の飛行機喪失は七十九機であった。

二五二空戦闘三〇二飛行隊分隊長・木村大尉も、十月十四日、グラマンF6Fの奇襲を受け戦死した。

十月十七日、連合軍攻略部隊の先陣は、フィリピン・レイテ島の東に浮かぶ小さな島、スルアン島に上陸を開始した。いよいよ、敵の本格的進攻が始まったのだ。

十八日、敵をフィリピンに迎え撃つ「捷《しょう》一号作戦」が下令され、二五二空にも、フィリピンへ進出せよとの命令がくだされた。

十月二十三日、フィリピン・マバラカット西飛行場で、角田さんは異様な出撃風景を見た。爆弾を搭載した零戦五機と、増槽をつけた零戦四機。新たに編成された体当たり攻撃部隊「神風特別攻撃隊」の発進である。

「体当たり攻撃と聞いたときは、胸が締めつけられる思いがしましたね」

と言う角田さんもまた、その後、特攻隊に編入され、直掩機《ちょくえん》（爆弾を搭載した体当たり機――爆装機――を掩護《えんご》し、戦果を確認する）としてのべ二十回もの出撃を重ねることになるが、ともに進出した二五二空の搭乗員たちも、次々と戦火に斃《たお》れていった。

十一月五日、三沢の宴会で女装姿を披露した村上嘉夫二飛曹がマバラカットで、十二月十一日には、硫黄島で不時着水し、泳いで生還した筒口金丸上飛曹がクラークで戦死。十二月十五日には、若林良茂上飛曹が、神風特攻第七金剛《こんごう》隊の直掩機として出撃、戦死。

――戦後、角田さんが、群馬県に暮らす若林上飛曹の遺族を訪ねると、商店の裏の六畳ほどの倉庫のような建物に、母親が一人で暮らしていた。

うす暗い部屋には仏壇代わりのリンゴ箱が二つ置かれ、その上に息子の位牌と、白い事業服姿の写真が飾ってあった。驚いたことに、若林上飛曹の母親は、息子が飛行機の搭乗員になっていたことすら知らなかった。

飛行機の搭乗員を目指すには、親の同意書がいる。母一人子一人の若林上飛曹は、飛行機乗りへの夢を母親に反対され、徴兵で海軍に入ると同意書を自分でつくり、部内選抜の丙《へい》種予科練に合格した。ラバウル、マーシャルと激戦をくぐり抜けながら、休暇で帰省したときも、母に手紙を書くときも、飛行機の話は一言も出さず、飛行服姿の写真も送ってこなかったのだという。

昭和二十（一九四五）年一月六日、米軍の先遣隊がルソン島西部のリンガエン湾に侵入、艦砲射撃を開始した。それを迎え撃つため、日本海軍は、フィリピンに残る航空兵力のほぼ全力をもって、特攻隊を出撃させる。

この日、第十九金剛隊の爆装機として出撃した後藤喜一上飛曹機が、爆弾を投下し、体当たりすることなしに還ってきた。爆弾は敵輸送船に命中したという。だが後藤上飛曹が指揮所に報告にくるやいなや、特攻隊を指揮する第二〇一海軍航空隊司令・玉井浅一中佐と飛行長・中島正中佐から激しい怒声がとんだ。

「特攻に出た者が、なんで爆弾を落としたか！」

というのである。後藤上飛曹は、作戦室を兼ねた防空壕に連れ込まれ、二人から四時間にわたって叱責《しっせき》され続けた。そして夕方、エチアゲから出撃し、マバラカットに着陸してきた第二十一金剛隊の零戦に乗って、こんどは第二十金剛隊の一員としてふたたび出撃することを命ぜられ、そのまま還ってこなかった。

　後藤上飛曹は、マーシャル、硫黄島の激戦を戦い抜いた歴戦の搭乗員で、いつもニコニコと笑顔を絶やさない少年だった。三沢基地での宴会の写真、前列左端に笑顔で写っているのが後藤上飛曹である。だが、体当たりしなかったことで叱責を受け、防空壕から引きずり出されたときは、別人のようにやつれ果てた姿になっていたという。

　米軍の上陸を迎え、翼を失ったフィリピンの海軍航空部隊は、生き残り搭乗員を台湾へ脱出させ、残る地上要員は、食糧も弾薬も決定的に不足する悪条件のもと、慣れない陸上戦闘に従事することになった。

　第三四一海軍航空隊司令としてフィリピンに進出していたかつての二五二空司令・舟木忠夫中佐は、極限状態で、なにかのことで部下の恨みを買ったらしく、部隊が壊滅状態に陥っていた七月十日、マンゴーの実をとろうと木に登ったところを従兵に火をつけられ、燃える草原の上に落ちて非業の死を遂げたと伝えられる。

　台湾に後退した搭乗員も、その多くはふたたび特攻隊に組み入れられ、沖縄戦に出撃を重ねた。

　昭和十九年五月二十七日、海軍記念日の三沢基地での宴席に参加した、約三十名の二五二空隊員のうち、生きて昭和二十年八月十五日の終戦の日を迎えたのは、角田和男さん、宮崎勇さん、花房（戦後、下村と改姓）亮一さんの三名だけである。その三名も、すでにこの世にない。

一枚の写真。一見、屈託のない笑顔を見せる若者たち一人一人の、短かった人生を思い、それぞれの思いや残された家族のことなどを思うと、たまらない気がする。

だからと言って、

「この悲劇を二度と繰り返してはならない」

と、紋切り型の結論で片づけてしまうのも、なんだか違う気がする。

せめて、

「かつて日本に、戦争の渦のなか、懸命に生き、死んでいった、こんな若者たちがいた」

ということを忘れずにいたいと思う。

あとがき

かつて零戦は、「力道山」だった――。

戦時中、その活躍がしばしば写真入りで報じられ、ニュース映画や劇映画にも勇姿が映し出されていたにもかかわらず、零戦の名が国民に明らかにされたのは、戦争も終盤に入った昭和十九（一九四四）年十一月二十三日の新聞発表が最初である。制式採用から四年以上、「レイセン」という戦闘機の名前を知るのは、ごく一握りの関係者か、搭乗員の家族ぐらいしかいなかった。これは、陸軍が一式戦闘機「隼《はやぶさ》」の愛称を、早い時期から前面に出していたのとは対照的である。卑近な例を持ち出せば、明治三十八（一九〇五）年生まれ、大阪に暮らしていた筆者の祖母は、日本の戦闘機の名前として、「隼」は知っていても「零戦」は知らなかった。

では、零戦が、どうしてこれほど日本人の心をつかみ、愛されるようになったのか。そこには敗戦国日本ならではの事情が浮かび上がってくる。

昭和二十七（一九五二）年四月二十八日、サンフランシスコ講和条約の発効で、占領軍の支配下にあった日本はようやく独立を取り戻した。時あたかも、昭和二十五（一九五〇）年に勃発した朝鮮戦争による米軍の物資消耗がもたらした「朝鮮特需」と呼ばれる経済成長のさなかで、日本が活気を取り戻しつつある頃だった。

昭和二十八（一九五三）年二月一日、NHKが日本で初めてのテレビ本放送を開始。同年八月二十八日には初の民放、日本テレビも開局。テレビそのものは庶民にとって高嶺の花だったが、街のあちこちに街頭テレビが設置されるようになり、人々はそこに群がった。この年、力道山が日本プロレス協会を設立、翌二十九（一九五四）年二月十九日、蔵前国技館で行われた「力道山・木村政彦対シャープ兄弟　ノンタイトル六十一分三本勝負」はNHK、日本テレビがともに生放送し、新橋駅西口広場の街頭テレビには、試合中継を見ようと二万人が押し寄せたと言われる。

敗戦による「ガイジン」コンプレックスが色濃く残っていた当時、アメリカ人の巨漢レスラーをなぎ倒す力道山の空手チョップに人々は熱狂し、留飲を下げたのだ。

そして、そんな力道山の活躍と、まさに時を同じくして忽然《こつぜん》と現れたのが、元零戦搭乗員・坂井三郎氏（中尉）の著書『坂井三郎空戦記録』（日本出版協同株式会社）である。昭和二十八年十月五日に刊行されたこの本は、版元の社長・福林正之《ふくばやしまさゆき》氏が坂井氏にインタビューした聞き書きだったが、太平洋戦争初期、零戦がもっとも輝いていた時代に連合軍機を圧倒し、勝ち抜いた男の空戦記は、力道山と同じように、敗戦国日本の人々に夢と希望と勇気を与え、誇りを取り戻させるものだった。『坂井三郎空戦記録』はベストセラーになり、それを契機として、さまざまな出版社が、零戦搭乗員の手記の体裁をとった本を出版、昭和三十年代になると少年マンガにも零戦が主役の作品が次々と発表されるなど、一大ブームが巻き起こる。

——だが、こんなブームは、大多数の当事者、特に元搭乗員にとって、歓迎すべきものであるとは言えなかった。

なにしろ、人々が求めているのは「力道山」のような零戦だから、圧倒的に強くなければならず、どうしても表現が情緒的になり、かつオーバーになる。

戦後、米軍に接収された陸海軍の公文書は昭和三十三（一九五八）年四月になるまで返還されず、防衛庁（現・防衛省）防衛研修所戦史室で一次資料を閲覧《えつらん》することもできなかった。防衛研修所戦史室が編纂《へんさん》する公刊戦史『戦史叢書《そうしょ》』の刊行が始まるのは昭和四十一（一九六六）年からのこと。つまり、いかに不正確な内容の本を書いても、第三者が検証する手段がなく、いわばやりたい放題で、当事者からすれば唾棄《だき》すべきような誤った情報がまかり通り、イメージが一人歩きしていたのだ。

「力道山」としての零戦が、戦後の一時期、敗戦で自信を失っていた日本人を元気にした、その功績は否定できない。だが、未来を見据え、「戦争を忘れない」、「戦争の記憶を語り継ぐ」ということを考えると、その前提となるのは「正しく知ること」にほかならず、もはや力道山では通用しない。

戦後七十二年のいま、北朝鮮のミサイル、核保有の問題が国際社会を不安に陥れている。いまや「戦後」ではなく「戦前」である、という言説もしばしば耳にするようになった。現在ほど、かつての戦争に学ばねばならない時代はないように思う。

零戦を駆って戦った男たちの生の声を通して、本書が、戦争の実相を知り、いま守るべき平和を考えるよすがになれば幸いである。

最後に、本書の取材にご協力くださったすべての皆様、これで三冊めとなる『証言零戦』シリーズのすべてに出版の労をとってくださった講談社の今井秀美氏に、心より御礼申し上げます。大空に散った敵味方の戦士たちのみたま安かれと祈りつつ。

平成二十九年十一月　　　　　　　　神立尚紀

零戦関連年表

【昭和12年】（1937）

■5月、海軍が十二試艦上戦闘機（のちの零戦）の計画要求書案を三菱、中島の両社に提示。のちに中島は試作を辞退。

■7月、北支事変勃発。8月、第二次上海事変勃発。支那事変（日中戦争）始まる。

【昭和14年】（1939）

■4月1日、十二試艦戦初飛行。

■航空本部、空母部隊、大村海軍航空隊が横須賀海軍航空隊に集結し、実施された昭和14年度の「航空戦技」で、戦闘機の空戦は編隊協同空戦を基本とし、単独戦果を認めないこと、日本海軍では「エース」等の称号を用いないことが決まる。

【昭和15年】（1940）

■3月11日、十二試艦戦二号機空中分解、奥山益美工手殉職。

■7月上旬、漢口の十二空分隊長進藤三郎大尉、新型戦闘機受領のため横空に出張。

■7月、横空の横山保大尉以下十二試艦戦6機、漢口に進出、十二空に編入。24日、十二試艦戦は零式艦上戦闘機（零戦）として制式採用される。

■9月13日、進藤大尉率いる十二空零戦隊13機、中国空軍戦闘機33機と空戦、一方的戦果でデビュー戦を飾る。日本側記録、撃墜27機。中国側記録、被撃墜13機、被弾損傷11機。

■10月4日、成都空襲で、零戦4機が敵飛行場に強行着陸。

【昭和16年】（1941）

■2月21日、昆明空襲で十四空の蝶野仁郎空曹長戦死、零戦の損失第一号になる。

■4月17日、フラッター試験飛行中の零戦135号機空中分解、下川万兵衛大尉殉職。

■9月15日、十二空、十四空は解隊され、対米戦準備のため中国大陸の零戦は全機内地に引き揚げ。ここまで1年間の中国大陸における零戦隊の戦果は撃墜103機、撃破163機、損失は地上砲火によるもの3機のみ。台湾で三空、台南空の戦闘機航空隊が相次いで開隊。
■12月8日、対米英開戦。真珠湾攻撃。台湾を発進した零戦隊、フィリピンの米軍基地を攻撃。大東亜戦争（太平洋戦争）始まる。
■12月10日、マレー沖海戦、中攻隊、英東洋艦隊主力艦2隻撃沈。

【昭和17年】（１９４２）

■1月、機動部隊ラバウル攻略。
■4月5日、機動部隊、セイロン島コロンボ空襲。英軍戦闘機を殲滅。
■4月18日、日本本土初空襲。
■5月7日～8日、珊瑚海海戦。日米機動部隊が激突。世界史上初、空母対空母の戦い。
■6月5日、ミッドウェー海戦、日本海軍第一機動部隊の空母「赤城」「加賀」「蒼龍」「飛龍」の4隻が撃沈される。
■6月5日、第二機動部隊、アラスカ州のダッチハーバー空襲。被弾、不時着したほぼ無傷の零戦が敵の手に渡り、以後、神秘のベールが剝がされてゆく。
■8月7日、米軍がソロモン諸島のガダルカナル島に上陸。日本軍はラバウルを拠点にこれを迎え撃つ。以後のソロモン・ニューギニア方面航空戦は、つねに陸上部隊の作戦に呼応して行われる。
■8月24日、第二次ソロモン海戦、空母対空母の海戦。
■10月26日、南太平洋海戦。米空母「ホーネット」撃沈。結果的に、日米機動部隊が互角に渡り合った最後の海戦になった。
■11月1日、海軍の制度改定。航空隊の名称、階級呼称などが大きく変わる。

【昭和18年】（１９４３）

■2月1日、ガダルカナル島撤退作戦開始。
■3月3日、ニューギニアに増援する部隊を載せた輸送船団、敵機の襲撃を受け全滅、３６００名余りが戦死。零戦隊これを守れず。

零戦関連年表

■4月7日～14日、「い」号作戦。ガダルカナル島（X作戦）、ポートモレスビー（Y作戦）、ラビ（Y1作戦）航空総攻撃。山本五十六聯合艦隊司令長官陣頭指揮。
■4月18日、山本五十六聯合艦隊司令長官戦死。
■6月7日、12日、ガダルカナル島へ戦闘機隊全力をもって空襲（「ソ」作戦）。
■6月16日、ルンガ沖航空戦（「セ」作戦）、戦爆連合約100機でガダルカナル沖敵艦船を攻撃、激しい空中戦で被害甚大。二〇四空飛行隊長宮野善治郎大尉戦死。以後、零戦隊がガダルカナル上空まで進撃することはなかった。
■10月6日、ウェーク島に米機動部隊のグラマンF6F初登場。二五二空の所在零戦隊は6機の撃墜と引き換えに空中で16機、地上で残る全機を失い、「零戦神話」に終止符が打たれる。

【昭和19年】（1944）

■2月17日、トラック島聯合艦隊泊地が敵機動部隊の急襲を受け、所在艦船、航空部隊壊滅。ラバウルの戦闘機隊は一部残留隊員をのぞきトラック島に後退。以後、ラバウルでは組織的な航空戦は行われず。
■6月15日、米軍がサイパン島に上陸を開始。
■6月16日、中国大陸より飛来したB－29、九州の八幡製鉄所を爆撃。
■6月19日～20日、マリアナ沖海戦。機動部隊飛行機隊壊滅。
■6月24日～7月4日、硫黄島上空で大空中戦。
■7月8日、サイパン島陥落。8月3日、テニアン島陥落。8月11日、グアム島陥落。
■8月中旬、必死必中の新型兵器（「桜花」「回天」など）の搭乗員募集。各航空部隊で志願者が募られる（この時点で、特攻は既定路線であった）。
■10月12日～16日、台湾沖航空戦で、内地からフィリピン決戦に向け増派された第二航空艦隊の戦力も壊滅的消耗。
■10月20日、神風特別攻撃隊命名式。
■10月21日、特攻隊初出撃。
■10月24日～25日、比島沖海戦で日本聯合艦隊壊滅。

■10月25日、特攻隊初戦果。特攻作戦の恒常化。

■11月24日、B－29東京初空襲。

【昭和20年】（1945）

■1月7日、フィリピン残存搭乗員、台湾に引き揚げが決まる。

■2月16日～17日、関東上空に敵艦上機飛来、関東の航空部隊がこれを邀撃。敵に一矢を報いるも、横空の山崎卓上飛曹、落下傘降下時に敵兵と誤認され、民間人に撲殺される（以後、搭乗員の飛行服などに日の丸のマークをつけるようになる）。

■3月19日、米艦上機呉軍港空襲。三四三空の「紫電改」「紫電」がこれを邀撃。

■3月21日、七二一空（神雷部隊）桜花隊、敵機動部隊攻撃に向かうも敵戦闘機の邀撃を受け全滅。

■4月1日、沖縄本島に敵上陸。

■4月6日、菊水一号作戦、特攻を主とした大規模航空攻撃が始まる。

■4月7日、B－29の空襲時、硫黄島飛行場よりP－51戦闘機が随伴するようになり、以後、防空戦闘機の動きが著しく制約される。

■6月22日、菊水十号作戦、沖縄方面への大規模航空攻撃が終わる。

■8月6日、広島に、9日、長崎に原爆投下。

■8月14日、在台湾全航空部隊に、翌15日、沖縄沖の連合軍艦船に対する特攻命令（魁作戦）発令される。

■8月15日、午前、敵機動部隊艦上機250機、関東を空襲。二五二空、三〇二空戦闘機隊がこれを邀撃。正午、終戦を告げる玉音放送。夜、三三二空零戦隊四国沖敵艦船攻撃に出撃。

■8月16日、厚木三〇二空が徹底抗戦を叫び叛乱。抗戦呼びかけの使者を各部隊に派遣する。

■8月18日、関東上空に飛来した米軍B－32爆撃機を横空戦闘機隊が邀撃。1機撃破、米軍下士官機銃手1名戦死。

■8月19日、三四三空を中心に皇統護持秘密作戦が動き出す。

■11月30日、陸海軍解体。

本文中の表記・用語について

①戦争、事変等の呼称は、取材した元搭乗員たちが使用する当時の呼び方を使用した。（例：支那事変など）

②飛行機の型式名等については旧海軍の表記にしたがった。（例：ソ連製戦闘機E15など）

③階級については、それぞれの時点における階級を記した。

写真撮影、及び提供　神立尚紀

地図製作　白砂昭義（ジェイ・マップ）

本文デザイン　門田耕侍

本書は、iOS向けのアプリ「小説マガジンエイジ」（編集・講談社、配信・株式会社エブリスタ）で2015年4月から2017年10月まで掲載したものに加筆・修正しました。

神立尚紀－1963年、大阪府生まれ。日本大学藝術学部写真学科卒業。1986年より講談社「FRIDAY」専属カメラマンを務め、主に事件、政治、経済、スポーツ等の取材に従事する。1997年からフリーランスに。1995年、日本の大空を零戦が飛ぶというイベントの取材をきっかけに、零戦搭乗員150人以上、家族等関係者500人以上の貴重な証言を記録している。著書に『証言 零戦 生存率二割の戦場を生き抜いた男たち』『証言 零戦 大空で戦った最後のサムライたち』(共に講談社＋α文庫)、『零戦 搭乗員たちが見つめた太平洋戦争』(講談社文庫・共著)、『祖父たちの零戦』(講談社文庫)、『零戦 最後の証言I／II』『撮るライカI／II』『零戦隊長 二〇四空飛行隊長宮野善治郎の生涯』(いずれも潮書房光人社)、『戦士の肖像』『特攻の真意 大西瀧治郎はなぜ「特攻」を命じたのか』(共に文春文庫)などがある。NPO法人「零戦の会」会長。

講談社＋α文庫 証言《しょうげん》 零戦《ぜろせん》 真珠湾攻撃《しんじゅわんこうげき》、激戦地《げきせんち》ラバウル、そして特攻《とっこう》の真実《しんじつ》

神立尚紀《こうだちなおき》

2017年11月20日第1刷発行

発行者――――鈴木 哲
発行所――――株式会社 講談社
東京都文京区音羽2-12-21 〒112-8001
電話 編集(03)5395-3522
販売(03)5395-4415
業務(03)5395-3615
デザイン――――鈴木成一デザイン室
カバー印刷――――凸版印刷株式会社
印刷――――豊国印刷株式会社
製本――――株式会社国宝社
本文データ制作――――講談社デジタル製作

落丁本·乱丁本は購入書店名を明記のうえ、小社業務あてにお送りください。
送料は小社負担にてお取り替えします。
なお、この本の内容についてのお問い合わせは
第一事業局企画部「＋α文庫」あてにお願いいたします。
Printed in Japan ISBN978-4-06-281735-6
定価はカバーに表示してあります。

講談社+α文庫 Ⓖビジネス・ノンフィクション

君は山口高志を見たか 伝説の剛速球投手
鎮 勝也
阪急ブレーブスの黄金時代を支えた天才剛速球投手の栄光、悲哀のノンフィクション
780円 G 284-1

＊二人のエース 広島カープ弱小時代を支えた男たち
鎮 勝也
「お荷物球団」「弱小暗黒時代」……そんな、カープに一筋の光を与えた二人の投手がいた
660円 G 284-2

ひどい捜査 検察が会社を踏み潰した
石塚健司
なぜ検察は中小企業の7割が粉飾する現実に目を背け、無理な捜査で社長を逮捕したか？
780円 G 285-1

ザ・粉飾 暗闘オリンパス事件
山口義正
調査報道で巨額損失の実態を暴露。ジャーナリズムの真価を示す経済ノンフィクション！
650円 G 286-1

マルクスが日本に生まれていたら
出光佐三
出光とマルクスは同じ地点を目指していた！〝海賊とよばれた男〟が、熱く大いに語る
500円 G 287-1

完全版 猪飼野少年愚連隊 奴らが哭くまえに
黄 民基
真田山事件、明友会事件——昭和三十年代、かれらもいっぱしの少年愚連隊だった！
720円 G 288-1

サ道 心と体が「ととのう」サウナの心得
タナカカツキ
サウナは水風呂だ！ 鬼才マンガ家が実体験から教える、熱と冷水が織りなす恍惚への道
750円 G 289-1

新宿ゴールデン街物語
渡辺英綱
多くの文化人が愛した新宿歌舞伎町一丁目にあるその街を「ナベサン」の主人が綴った名作
860円 G 290-1

マイルス・デイヴィスの真実
小川隆夫
マイルス本人と関係者100人以上の証言によって綴られた「決定版マイルス・デイヴィス物語」
1200円 G 291-1

アラビア太郎
杉森久英
日の丸油田を掘った男・山下太郎、その不屈の生涯を『天皇の料理番』著者が活写する！
800円 G 292-1

＊印は書き下ろし・オリジナル作品

表示価格はすべて本体価格(税別)です。本体価格は変更することがあります